퇴
마
록

퇴마록

말세편 2

이우혁

VANTA

공통 일러두기

- 도서는 『 』, 단편이나 서사시 등은 「 」, 그림, 글씨, 영화, 오페라, 음악, 필담 등은 〈 〉, 전화, 방송, 라디오 등은 [ ]로 구분했습니다.
- 각주는 모두 저자 주입니다(엘릭시르 판본에서 용어 해설로 처리된 부분 중 가감된 내용의 일부가 이에 해당).
- 영의 목소리(빙의됐을 경우 제외)와 전음이나 복화술 등 육성으로 하지 않는 말은 등장인물과의 구분을 위해 고딕체로 표기했습니다.
- 피시(PC) 통신에서 사용하는 메시지는 별도의 서체로 구분했습니다.
- 본문의 ( )는 편집자 주이며, −는 저자가 보충하려 덧붙인 이야기를 구분한 것입니다.

차례

재회 • 7

정령들의 여왕 • 137

때는 임박하도다 • 253

退魔錄 Exorcism Chronicles

재회

그로부터 한 달 후……

기다리는 아이

 조영고등학교는 특이할 것도 하나 없는, 어디에서나 쉽게 볼 수 있는 평범한 고등학교였다. 특별히 성적이 우수한 학생들이 몰려 있는 것도 아니고, 그렇다고 성적이 불량한 학생들만 모여 있는 것도 아니었다. 교육 방법이나 수업 방법이 유별난 점도 없었고 교사 중에 유독 괴짜나 독특한 사람이 많지도 않았다. 남녀 공학이 아니라 남자 고등학교라는 것이 유별나다면 유별난 점일까?
 사람들이 말세가 온다, 말세가 온다 떠들어 대던 1999년도 별다른 일 없이 훌쩍 지나가 버리고 21세기에 접어든 지도 꽤 지났다.
 그런 시기라서 더더욱 조영고등학교의 학생들은 불평을 뇌까리곤 했다. 새로운 세기인 21세기가 열린 지 몇 년이 지났는데, 아직도 구태의연하게 남녀칠세부동석을 부르짖으며 시커먼 사내 녀석들만 우글거리는 학교를 고수하는 것에 대한 불평 말이다.

조영고등학교의 건물은 멋대가리 없이 길게만 올라간 오 층짜리 회색 건물이었다. 기다랗게 본관이 이어진 한 채의 큰 건물에 학교의 거의 모든 부분이 속해 있었으며 체육관과 강당, 창고 등의 부속 건물들 몇 군데만이 운동장 여기저기에 띄엄띄엄 박혀 있었다.

이런 멋대가리 없는 건물에도 한 가지 장점이 있다면 탁 트인 시야였다. 조영고등학교 근방에는 그다지 높은 건물들이 없는 데다가 학교 자체가 다소 높은 산비탈에 자리 잡고 있었다. 그래서 사 층이나 오 층 정도만 올라가면 복도 창문을 통해 교문 너머의 동네 풍경이나 차들이 지나다니는 모습, 조금 눈이 좋은 사람에게는 거리의 행인들 모습까지도 모두 들어왔다.

특히 오 층의 동쪽 끝 복도 창문에서는 교문 앞이 아주 잘 보였다. 칙칙한 남자 고등학교의 교문 앞에 뭐 그리 대단한 것이 있겠는가마는 대부분의 경우 학생들은 아침에 지각해 뛰어오는 다른 학생들의 모습을 킥킥거리며 지켜보곤 했다. 또한 그곳은 청소 당번이나 기타 일이 있어 하교하지 못하는 학생들이 자못 처연한 표정으로 즐겁게 집으로 돌아가는 학생들을 바라보는 장소이기도 했다.

그날도 여느 날과 다를 것 없는 하루였다. 마지막 수업만 남은 시간, 방학을 얼마 앞두지 않은 시점이라서 그런지 고등학생들의 떠들어 대는 소리가 더욱더 요란하게 재잘거리는 것처럼 들려왔다.

이제 한 시간만 더 지나면 수업이 끝나고 아이들은 대부분 집으로, 또는 학원이나 놀러 가기 위해 학교 문을 나서게 된다. 고등학교의 야자(야간 자율 학습)는 거의 없어졌지만 아직도 그 명맥은 유지되고 있어 학교에 남는 아이들이 물론 소수는 있을 테지만…….

원석은 마지막 쉬는 시간을 틈타 복도에 나와 기지개를 커다랗게 켰다. 곧이어 평소 친하게 지내는 인이 따라서 기지개를 켰다.

"아음~!!! 아, 짜증 난다. 아직도 한 시간이나 남았단 말인가."

원석이 근래 들어 텔레비전에 자주 보이는 어느 개그맨의 말투를 흉내 내며 기지개를 켜자 인이 킥킥 웃었다.

"너 똑같다. 빼다 박았는데?"

"자식이?"

"히히. 아이구. 그나저나 남은 한 시간을 또 어떻게 버티냐? 졸라 지겨워서."

"야, 마지막 시간이 뭐냐? 영어냐?"

"넌 시간표도 모르냐? 국어다, 국어."

"국어? 으…… 그러면 눈탱이냐?"

눈탱이는 국어 선생님의 별명이었다. 원석의 평상시 지론에 따르면 무릇 샘에는 세 종류가 있는데, 학생들의 존경과 인기를 끄는 샘이 첫 번째이고, 학생들에게 공포와 두려움을 자아내게 하는 샘이 두 번째이며, 학생들의 비웃음과 웃음거리가 되는 샘이 세 번째 유형이라고. '눈탱이' 선생님은 불행히도 세 번째 유형의 전형적인 예라고 할 수 있었다.

"우리…… 토낄까?"

"너나 해라. 난 노(No)."

"자식이, 겁만 많아서."

"어쨌든 난 노다. 또 네 이빨 믿다가 한 달 동안 청소하랴?"

둘은 원래 반의 문제아(?) 격인 학생이었다. 그렇다고 뭐, 불량서클의 장이라 할 정도로 사회의 악의를 가진 정도의 문제아는 아니었다. 다만 공부하기를 극도로 싫어하기로 유명하기 때문에 그렇게 된 셈이다. 그런데 그 둘을 부르는 누군가가 있었다.

"야! 조원석!"

"어?"

원석이 돌아보니 그들을 부른 것은 다름 아닌 부반장인 장준호였다. 원석은 자신을 부른 것이 준호인 것을 알고는 흥 하고 코웃음을 쳤다.

"됐네."

원석이 비웃자 준호의 얼굴이 금방 붉어졌다. 그러자 인이 한마디 거들었다.

"왕따가 말을 다 시키네. 이거 재수 털리겠군."

준호는 소위 학급의 '왕따'라고 할 수 있었다. 공부는 잘하는 축에 속해 부반장을 맡고 있었지만 아이들은 준호를 상당히 싫어했다. 예전에 원석은 '장준호가 재수 털리는 열 가지 이유'라는 것을 칠판에 붙였던 적이 있었다.

    1. 계집애처럼 조그마하고 매가리 없이 생긴 것이, 속은 계집

애보다 더 좁다.

2. 뭔가를 보면 반드시 샘한테 일러바친다.

3. 싸움도 못 하면서 맨날 우물거리다가 구석에 가서 질질 짠다.

4. 되지도 않게 한문 나부랭이만 중얼거리고 남의 말을 졸라 잘 씹는다.

5. 주거 불명이면서 이상한 짓거리만 한다.

6. 길에 나갈 때는 어울리지도 않는 한복 나부랭이만 입고 다닌다.

7. 낯짝이 계집애 같아서 밥맛이 없다.

8. 어디서 전학 왔는지도 모르는 주제에 붙임성마저 없다.

9. 대화하게 되면 사흘 동안 재수가 없다.

10. 그런 주제에 속으로는 졸라 잘난 척한다. 왕밥맛이다.

그러나 실제로 아이들이 준호를 피하게 된 것은 꼭 그런 종류의 이유 때문만은 아니었다. 특히 원석과 인의 경우에 있어서는 말이다. 부반장 준호가 정말 키가 조그마하고 얼굴이 뽀얗게 생겼고 여자애라 착각할 정도로 곱살하게 생긴 것도 사실이었으며, 길을 다닐 때는 항상 한복만 입고 다닌다는 것도 사실이었다.

한문 나부랭이를 늘 읊어서 말할 때마다 옛 말씀이 어쩌고 운운하는 고리타분한 이야기 일색인 것도 틀림없었으며, 어디서 전학을 왔는지 아는 아이도 없었고 본인도 그것을 밝히지 않으며, 나아가서는 사는 곳마저도 아는 아이들이 없을 정도로 아이들을 피

한다는 것도 사실이었다.

화가 날 때도 사람들 앞에서는 결코 언성을 높이지 않으며 구석진 곳에서 혼자 눈물을 흘리다가 아이들의 눈에 띈 적이 있는 것도 사실이었다. 하지만 그 모든 것 때문에 준호가 '왕따'가 된 것은 아니었다. 준호가 '왕따'가 된 것은 두 달 전 주석의 자살 사건이 있던 이후부터 비롯된 일이었다. 그때 준호는……

"야, 그러지 말고 들어가라, 너희들. 부반장이 일이 있다잖아."

다시 얼굴을 내밀며 원석에게 말을 건 것은 박현규였다. 현규가 말을 걸자 인이 먼저 미소를 지었고 원석도 얼굴에 웃음을 지으면서 대꾸했다.

"아, 그래? 알았어."

원석과 인은 이번에는 아무 불만 없이 선뜻 교실 쪽으로 몸을 돌렸다. 준호의 말이라면 누구도 듣지 않을 것이었지만 현규의 말이라면 누구라도 들을 테니까.

현규를 싫어하는 아이는 아무도 없었다. 같은 전학생이었지만 준호와는 하늘과 땅 차이였다.

전학 온 것은 현규가 준호보다 훨씬 뒤였다. 그러나 현규는 키가 반에서 두 번째로 큰 데다가 행동거지가 시원시원하고 대범했다. 그와 아울러 현규는 영어는 조금 못했지만 공부도 잘하는 편이었고 운동도 잘하고 얼굴빛은 좀 검었지만 몹시 미남이었다.

더구나 현규에게는 암암리에 다른 사람을 압도하는 듯한 카리스마가 있었는데, 그것은 눈매에서 비롯됐다. 처음 현규를 보는 사람은 눈매의 날카로움에 잠시 몸을 움찔하곤 했다. 그렇다고 눈빛이 위압감이나 경계감을 주는 것은 아니었다. 뭐라고 할까? 눈빛이 워낙 차가울 정도로 맑기 때문에 속이 뜨끔해진다고나 할까?

그러나 전혀 구김이 없는 쾌활한 아이였기 때문에 아이들은 금방 현규를 좋은 감정으로 생각하기 마련이었다. 그러한 아이들의 존경심에 가까운 감정은 현규가 형과 함께 불구가 된 할아버지를 모시고 부모도 없이 산다는 이야기가 교사 한 명의 말실수로 퍼진 다음부터 더더욱 커졌다.

현규는 주먹으로도 거의 무적에 가까웠으며, 행동거지가 조금 파격적이었지만 비뚤게 나가는 법이 없었다. 현규는 그래서 조영고등학교의 캡짱이나 다를 바 없는 존재가 됐다. 현규가 캡짱임을 자칭하는 일은 없었지만, 자신이 캡짱이라 자처하는 몇몇 아이들조차 현규의 말이라면 두어 발은 접고 들어갔으니 말이다.

한 가지 좀 의문스럽기도 하고 현규에게 불만스러운 점이 있다면 현규가 준호를 어느 정도 감싸고 도는 듯한 느낌을 준다는 사실이었다. 하긴 현규는 대부분의 아이들에게 친절했으니 준호에게 친절한 것도 이해가 되지 않는 바는 아니었다.

현규는 아이들이 준호를 왕따로 만든다고 무어라 직접적으로 말하는 때도 없었다. 어디까지나 그것은 준호와 아이들의 문제이지, 자신이 개입할 성질의 것은 아니라고 생각하는 듯했다.

그런데 원석과 인이 막 교실로 도로 들어가려 할 때, 원석이 이상하다는 듯이 외쳤다.

"야, 저거 봐라!"

"뭔데?"

인은 의아해서 원석이 가리키는 쪽을 보았다. 교문 쪽이었는데 그 앞에 웬 여학생 하나가 서 있었다. 누군가를 기다리는 듯 꼼짝도 하지 않고 서 있었는데, 퍽 오랜 시간 그곳에 있었던 듯싶었다.

"야, 쟤는 뭐 하러 저기 서 있냐? 누굴 기다리나?"

"히히, 어떤 놈인지 몰라도 좋겠다."

그러나 그때 '눈탱이' 국어 선생이 나타나는 바람에 원석과 인은 교실 안으로 들어갈 수밖에 없었다.

교문 앞에 여자아이가 와서 기다린다는 것은 흔한 일은 아니었지만, 또 그렇다고 해서 그렇게 희귀한 일까지는 아니었기에 인은 그 일을 잊어버렸다. 더구나 수업 시간에 눈탱이에게 몇 대 쥐어박히는 통에 그 일을 기억하려고 해도 할 수가 없었다.

그러나 원석은 이상하게도 멀리서 본 그 아이의 모습이 잊히지를 않았다. 그래서 수업 시간이 끝나자마자 원석은 다시 창 앞으로 나가서 교문 쪽을 내려다보았다. 아니나 다를까, 그 아이는 여전히 교문 앞에 서서 기다리고 있었다.

'21세기에 웬 춘향이? 허허.'

누군지는 몰라도 복도 많은 놈이라고 원석은 생각했다. 종례 시간이 돼서 원석은 내려다보던 것을 멈추고 교실로 들어갔다. 재수 없이 원석은 그날 청소 당번에 걸리고 말았다. 그것도 보통 청소가 아니라 대청소. 청소를 마치고 검사까지 받고 가야 하니 적어도 한 시간은 걸릴 것이었다.

원석은 청소하다가 그 아이가 있나 궁금해져서 또 밖을 내다보았다. 원석이 처음 보았던 때부터 계산해도 벌써 한 시간 반이 넘게 지났는데도 그 아이는 여전히 교문 앞에 서 있었다. 좀 더 자세히 살펴보니 그 아이는 누군가를 찾는 것처럼 교문을 통과해 나가는 아이들을 한 명씩 살펴보고 있었다.

'춘향이 이상이구나. 심청인가? 아니지, 심청이는 효녀고……음, 그렇다면…….'

원석은 이상하게 계속 그 아이 생각이 머릿속에서 떠나지 않았다. 재수가 없어 그랬는지 눈탱이에게 걸려 함께 청소 당번을 맡게 된 인이 멍하니 있는 원석을 보고는 어깨를 툭툭 건드렸다.

"야, 뭘 보냐?"

"아, 아냐."

"제기랄. 준호가 말 시키더니 정말 재수가 없긴 없네. 에잉, 퉤."

인은 침을 한 번 뱉고는 원석이 내려다보는 창문 밖을 한 번 힐끗 보았다.

"어? 저거 뭐야? 저 애 아직도 있네?"

"그러게."

"음냐, 너 그래서 그렇게 눈알이 빠져라 창밖만 보고 있었냐? 반했냐?"

"이 자식이?"

원석은 인을 한 대 때리는 시늉하고 창가에서 물러났다.

청소 검사는 생각보다 오래 걸렸다. 원석과 인은 처음 예상했던 한 시간이 아니라 두 시간이 지나고 나서야 학교를 빠져나갈 수 있게 됐다.

이미 밖은 어둑어둑해져 있었다. 운동장을 가로지르던 원석은 그 아이가 아직도 꼼짝하지 않고 교문 앞에 서 있는 것을 보고 놀라지 않을 수 없었다. 이제는 학교에 남아 있는 아이들도 그리 많지 않은데. 야자가 끝날 때까지 기다리려는 걸까? 이게 도대체 웬 지극정성이란 말인가?

원석은 교문을 나서다가 잠시 걸음을 멈추고 여자아이를 한 번 힐끗 보았다. 때마침 그 여자아이도 원석과 인을 한 번 살펴보는 것 같았다.

그 아이는 도대체 나이를 짐작하기 어려운 아주 특이한 용모였다. 사복을 입고 있었는데 어찌 보면 중학생인 것 같았고 어찌 보면 고3이나 대학생으로도 볼 수 있을 것 같았다. 용모는 꽤 예쁜 편이었으나 그보다는 분위기가 묘했다. 아주 어려서 응석을 부릴 것 같기도 했으며, 한편으로 보면 냉랭하기 그지없을 것 같기도 했다.

원석이 그 아이의 모습을 멍하니 바라보고 있자, 인이 히히 하며 웃었다.

"너 왜, 마음 있냐?"

"음냐, 자식이."

원석은 괜히 부끄러워져 서둘러 걸음을 재촉하려 했다. 그때 인이 그 아이에게 장난스럽게 물었다.

"안녕? 뭐 하니?"

그러나 아이는 대답이 없었다. 인이 다시 말을 걸었다.

"이봐, 거기. 누구 기다려?"

그러자 그 여자아이는 힐끗 눈길을 돌렸다가 아무 소리도 못 들었다는 듯 다시 교문 쪽만 주시했다.

이번에는 원석이 물었다. 그 아이가 조금 가엾다는 생각이 들어서였다.

"누굴 기다려? 학교 안에는 야자 하는 아이들 몇밖에 없는데. 이름 알아?"

아이는 잠시 뭔가 생각해 보는 듯하다가 대꾸했다.

"됐어. 집에들 가."

원석은 어이가 없어 허 하는 소리를 냈고 인은 화가 난 듯 톡 쏘아붙였다.

"뭐야, 그게? 도와주려고 하는 건데."

"도와줄 필요 없어."

여자아이는 그냥 둘을 무시해 버렸다. 근처에 굴러다니는 돌멩이로밖에 보지 않는 것 같았다.

인이 화가 치미는 듯 움찔거리자 원석이 그런 인을 달래서 끌다시피 데리고 집으로 향했다.

다음 날이었다. 원석은 원래 지각 대장이었지만 그날만은 이상하게 잠이 일찍 깨어 다른 때보다 훨씬 빠른 등교를 했다. 주번 정도 되는 아이들이 아니면 학교에 오지 않을 시간이었다. 원석이 교문 근처로 다가가자 놀랍게도 그 여자아이가 어제 그 모습, 그 자리에 그대로 서 있는 것이 눈에 들어왔다.

저 아이는 학생도 아니란 말인가? 아니면 땡땡이를 친 건가? 그보다는 혹시나 밤을 꼬박 새우고 저 자리에 서 있었던 것은 아닐까, 하는 믿지 못할 생각이 들었다.

처음에는 그 아이에게 말을 걸고 싶지 않았다. 어제처럼 돌멩이 취급이나 당하는 것이 아닐까 싶어서였다. 그러나 그냥 지나가기에는 아무래도 찜찜해서 조심스럽게 말을 걸었다.

"안녕?"

그러자 그 아이는 슬픈 듯이 원석에게로 눈을 돌렸다.

"너…… 얼마나 기다리려고 그러냐? 못 찾았어?"

그 아이는 아무런 대답을 하지 않았다. 원석이 다시 물었다.

"너…… 혹시 여기 서서 밤새운 건 아니지?"

그 말에 그 여자아이가 처음으로 피식 웃었다.

"내가 미쳤니? 아침에 일찍 온 것뿐이야."

비웃는 듯한 웃음이었지만, 그 아이의 얼굴을 보는 순간 원석은 별안간 눈앞이 캄캄해지면서 주변이 잘 보이지 않았다. 성격으로 본다면 밥맛없는 아이 같았지만 이상하게도…….

"음…… 근데 누굴 찾는데 그래? 혹시 이름 알아?"

여자아이가 조금 망설이는 듯하다가 입을 떼었다.

"혹시 장……."

"장?"

원석이 묻자 그 아이는 잠시 머뭇거리다가 말했다.

"이 학교에 혹시 장준후라고 있지 않니? 넌 알아?"

"장준후?"

원석은 장준후라는 아이가 이 학교에 있는지 떠올리려 했으나 그런 이름의 아이는 없었다. 자신이 모르는 아이도 있을지 모르지만…… 아니지, 장준후는 없어도 장준호는 있지 않은가? 그러나 원석은 설마 했다. 설마 그 밥맛없는 왕따 준호가 이 아이가 찾는 준후일 리는 없다고 생각됐다.

"그런 애는 없는데……."

그러자 여자아이는 갑자기 날카로운 목소리로 말했다.

"분명히 있어. 망할 자식. 나쁜…… 나쁜 놈……."

여자아이는 갑자기 울음을 터뜨릴 것 같은 얼굴이 됐다. 원석은 뭐라 말할 수 없었지만 어쨌든 그 장준후라는 녀석이 정말 못된 녀석일 거라는 생각이 들었다. 도대체 그 녀석은 힘없는 여자아이에게 무슨 짓을 했단 말인가? 혹시 무슨 영화나 추적 프로그램 같은 데서 나오는 그런 일이……?

"야, 울지 마라, 울지 마."

원석은 진심으로 여자아이가 가련해져 달래 주기 시작했다. 그러나 아이는 계속 욕을 퍼부었다.

"정말 나쁜 자식이야. 정말…… 어떻게…… 어떻게 나한테 그럴 수가 있는 거야. 흐흑…… 흐흑…….”

이제 여자아이는 어깨를 들먹거리면서 울었다. 여기까지 찾아온 여자아이를 보고도 마음이 움직이지 않는다면 남자가 아니라고 원석은 생각했다.

"도대체 장준후가 어떤 놈이야? 응? 난 잘 모르겠지만 그런 이름을 가진 아이가 있을지도 모르지. 내가 찾아 줄까?"

원석의 말에 여자아이는 고개를 저었다.

"이름을 숨기고 있을지도 몰라."

이름을 숨긴다고? 원석은 자신이 갑자기 무슨 탐정 소설의 주인공이라도 된 것만 같은 어리둥절한 기분이 들었지만 내친김에 다시 물었다.

"이름을 숨겨? 그럼 뭐…… 특징 같은 것도 없니?"

"있어."

"어떤 거?"

"음…… 본 지 좀 오래됐지만, 얼굴이 하얗고 귀엽게 생기고…… 눈이 좀 가늘고 찢어진 편이야."

"그런 거 말고. 그거 가지고 어떻게 찾냐?"

"아! 한복을 잘 입고 다니는데…….”

한복! 음, 그렇다면 장준호가 아닌가? 그러나 원석은 고개를 저었다. 그 왕따가 어찌…….

"그리고?"

원석이 묻자 여자아이는 눈물을 닦더니 언제 울었냐는 듯이 도도한 표정으로 다시 돌아갔다.

"한문 나부랭이 같은 걸 자주 중얼거릴 거야, 아마."

한문 나부랭이를 중얼거린다고?! 원석이 입술을 깨물었다. 그러나 아직도 거부하고 싶었다. 그 왕따…… 왕재수에게 이런 여자아이가 목숨을 걸다니!

"또?"

"이상한 짓이나 말을 자주 할 거야, 아마. 부적을 들고 다닌다거나…… 무슨 영이 어쩌고 신이 어쩌고……."

원석은 포기하고 싶은 기분이 됐다. 아이는 장준호에 대해 눈앞에서 보는 듯이 묘사하고 있었다. 그런 기분임에도 불구하고 원석은 아이의 얼굴에서 일 초도 눈을 떼지 못했다.

느닷없이 여자아이의 눈빛이 불안하게 흔들렸다. 뭔가 망설이는 것 같았다. 그리고 갑자기 목에 걸고 있던 희한하게 빛이 번쩍거리는 목걸이 같은 것을 꺼내서 손에 들고 한 번 쳐다보다가 말했다. 망설이는 듯한 표정은 이미 깨끗이 지워져 있었다.

"요 근래…… 학교에서 이상한 일이 있지 않았니? 누가 죽었다거나 하는……."

있었다. 바로 주석이의 자살. 그런데 이 아이가 그걸 어떻게 알고 있을까?

"무, 무슨 말이야, 그건?"

"장준후…… 분명 그 아이가 죽은 것과 연관돼 뭔가를 하려고 할지도 몰라. 네가 알지 모르겠지만……."

갑자기 원석은 소름이 쫙 끼쳤다. 물론 이건 우연의 일치일 것이다. 이 아이가 무슨 마녀나 에스퍼(초능력자)라도 될 리는 없을 테니까. 어쩌면 소문을 들었는지도 모른다.

아무튼 주석의 죽음과 준호의 그날 행적 때문에 준호는 왕따가 됐고 재수 없는 애로 전락한 것인데…….

주석은 옥상에서 뛰어내려 자살했다. 야자가 끝난 늦은 시간이었다. 그 직전까지 주석은 왕따 장준호와 무슨 이야기인가를 열심히 하고 있었다. 거의 말다툼하는 것 같았다는 이야기도 있었다. 본 사람이 많았다.

그리고 주석은 옥상에서 뛰어내려 피로 범벅이 된 시체로 발견됐다. 그 사건만으로도 준호는 왕따에다 재수 없는 애가 될 소지가 다분했다. 그러나 준호는 아무런 말도 아이들에게 하지 않았다. 주석이 자살하기 직전까지 도대체 무슨 이야기를 했는지에 대해 아이들이 용기를 내어 물어보았지만 한마디도 하지 않았다.

어떤 아이는 준호에게 주먹질까지 해 댔지만 준호는 몇 대 얻어맞으면서도 조개껍질처럼 입을 꾹 다물고만 있었다. 아이들은 준호가 주석을 죽인 것이 아니냐는 소리까지 수군거렸다.

하지만 준호가 주석을 밀지 않았다는 것은 분명했다. 주석이 뛰어내리던 그 시간에 준호는 현규와 함께 교무실에 가 있었으니까. 왜 갔는지는 몰라도 해튼 준호는 분명 그 시간에 많은 선생님들과 같이 있었으니 준호가 직접적인 범인은 아닌 셈이었다.

그래도 아이들은 찜찜해했다. 주석은 평소 말이 없고 조용하기는 했어도 자살할 만한 언행 같은 것은 전혀 보이지 않았다. 오히려 근래에 들어서는 성적이 무척이나 올라 은근한 노력파로 인정받던 아이였다. 그러나 그와는 달리 준호의 기이한 행적은 그 이후에도 끊이지 않았다. 그것은…….

"알아."

원석이 이상하게 몸이 떨리는 것을 느끼면서 입을 열었다.

"뭘?"

여자아이가 묻자 원석이 소리치듯 말했다.

"네가 말하는 게 누군지 안다고."

순간 여자아이의 얼굴이 그야말로 빛을 발할 듯이 환해졌다.

"알아? 정말?"

"그래, 장준호야. 틀림없어. 한복 입고, 한문 나부랭이를 중얼거리고 부적 같은 거 들고 다니고……."

"정말이야?"

"그래."

여자아이는 별안간 눈물이 글썽해지면서 다급하게 물었다.

"어디 있어? 몇 반이야? 응?"

허허…… 여자란 이런 것인가? 분명 조금 아까까지만 해도 죽일 놈 살릴 놈 했으면서. 원석은 갑자기 준호란 놈이 구역질이 치밀 정도로 꼴 보기 싫어져 견딜 수가 없었다.

"내 말 잘 들어. 내가 할 말은 아닌지도 모르지만, 그런 놈은 잊어버리는 게 어때? 안 그래도 난 지금 그 자식을 뭉개 버리려고 벼르던 참인데…….”

거기까지 이야기했을 즈음 원석은 뭔가 화끈한 것이 얼굴을 치고 지나가는 것을 느꼈다. 아니, 화끈할 정도가 아니라 완전히 불덩이 같았다. 여자아이가 다짜고짜로 따귀를 올려붙인 것이다. 그것도 믿어지지 않을 만큼 강한 일격이고 독기가 서린 듯이 매워 매에 어지간히 단련된 원석이었지만 하마터면 중심을 잃고 넘어질 뻔했다.

여자아이가 앙칼진 목소리로, 마치 동화 속에 나오는 계모 왕비 같은 도도한 얼굴로 외쳤다.

"걔한테 손대면 내 손에 죽을 줄 알아!"

"이…… 뭐 이런 게 다 있어! 이걸…….”

원석은 가까스로 정신이 들자마자 눈이 확 뒤집혔다. 자기도 모르게 주먹을 치켜들었지만 차마 내리칠 수가 없었다.

그 여자아이는 원석이 주먹을 치켜드는데도 눈썹 하나 까딱하지 않고 얼음장 같은 눈으로 원석의 얼굴을 화난 듯 쳐다보고 있을 뿐이었다.

"이런 제길! 원, 재수가 옴 붙으려니까…….”

그러자 아이는 다시 한번 또박또박 말했다.

"다시 말하겠어. 걔한테 손끝이라도 대면 넌 죽어, 정말이야. 그리고 그 애가 몇 반에 있는지 어서 대.”

원석은 기가 막혀서 말조차 이을 수가 없었다. 도대체 뭐 이런 여자애가 다 있단 말인가? 그러나 이상한 일이었다. 그 여자아이의 얼굴이 너무도 자신감에 넘치고 당차 보여서 이제는 슬슬 무서워 보이기 시작했다.

"넌, 넌 도대체가……."

"난 아라라고 해. 최아라. 이름까지 알려 줬으니 너도 어서 말해. 죽기 싫으면 말이야."

원석은 도대체 뭐 이런 아이가 다 있냐는 듯한 의아한 눈으로 아라의 얼굴을 올려다보았다. 얼굴은 곱살한데 말끝마다 '죽기 싫으면'이라니. 정말 애가 나를 협박하는 건가 아니면 도대체 뭐란 말인가.

원석이 멍하니 있을 즈음, 저만치서 일찍 등교하는 아이들 몇이 올라오는 것이 보였다. 원석이 채 정신을 차리기도 전에 아라가 원석에게 말했다.

"이리 좀 와."

원석은 홀린 듯 아라를 따라 교문 옆의 조금 후미진 골목길 안으로 들어섰다. 아라가 원석에게 말했다.

"너, 준후에게는 이야기하지 마. 그리고 저녁때 준후를 데리고 와. 알았지?"

"너…… 남에게 말하려면 좀 더……."

친절하게 이야기해야 하는 것 아니냐고 원석이 말하려 했지만 아라는 듣지도 않고 원석의 말을 그 즉시 잘라 버렸다.

"음, 가만. 사람들이 좀 없는 곳이 좋은데. 좋아, 학교 뒤쪽이 좋겠군. 학교 뒤쪽에 가면 체육 창고 같은 게 있지? 아이들도 잘 안다니는 곳 말이야."

원석은 깜짝 놀랐다. 말을 무시당한 것보다도 여자아이가 어떻게 남자 학교의 내부를 잘 알고 있을까 하는 것이 더 의아했다. 그러나 이상한 것은 거기서 그치지 않았다.

"그래. 여덟 시? 아니, 너무 일러. 아홉 시면 되겠지? 그때까지 네가 무슨 수를 써서라도 걔를 붙들어 놓고 있다가 그리로 데려오라고. 알았어?"

"하지만……."

원석은 말하려다가 또다시 제지당했다.

"거기는 다른 아이들이 잘 안 가는 장소 아니야? 얼마 전에 누군가가 거기서 죽지 않았니? 자살이라도 한 거겠지, 아마?"

"으…… 으……."

원석은 몸이 얼어붙는 것 같았다. 이 애는 혹시 귀신이나 여우가 아닐까? 대체 그곳을 어떻게 안 것일까? 그곳은 바로 주석이 뛰어내려서 죽은 곳이었다. 아직도 주석의 핏자국이 물들어 있는 곳. 그리고 왕따 준호에 관해 가장 좋지 않은 소문이 퍼진 장소이기도 했다.

"너, 너 어떻게 그런 걸 알았어? 너, 너 혹시…… 이 학교에 오빠나 동생이 다니니?"

그러나 아라는 가볍게 코웃음을 치며 말했다.

"그런 건 묻지 마. 실례잖아?"

실례는 누가 정말 실례를 하는 거냐고 원석은 외치고 싶었지만 그럴 수가 없었다. 이상하게도, 정말 이상하게도 이 아이 앞에서는 꼼짝할 수가 없었다. 온몸에 힘이 쭉 빠져나가는 느낌. 마치 고양이 앞에 쥐가 된 듯한 기분이었다.

"아무튼 뭔가 느껴져, 희미하지만. 새벽 시간인데도 이 정도 느껴진다면 보통 일이 아닐 거야. 그냥 어제 그 자리에서 뭔가 이상한 것을 보았다고만 해. 그러면 분명 준후 오빠는 너랑 같이 그리로 갈 거야. 틀림없어."

원석은 갑자기 눈을 치켜떴다. 준후 '오빠'라고? 준호가 그 준후라는 놈이라고 치면 이 여자아이는 그럼 준호보다도 어리다는 얘기인데, 그렇다면 나보다 어린 것 아냐! 그런데 나를 완전히 노예 부리듯이 이러쿵저러쿵하다니! 원석은 돌연 자존심이 상했다. 목청을 돋워 막 소리라도 지르려는 순간, 아라가 다시 서늘한 눈을 원석에게 돌리자 원석은 이내 말문이 막혀 엉뚱한 이야기를 둘러댔다.

"그…… 준, 준호는 아무래도…… 걘 좋지 않은 소문이 많은 아이야. 그런 애는……."

그러자 아라는 전혀 개의치 않다는 듯이 심드렁한 표정으로 물었다.

"그 소문이 뭔데?"

"준호가, 준호가…… 주석이가 죽던 날 마지막으로 주석이 하고 이야기했다는 소문이 있어."

"흠, 그 자살한 아이 이름이 주석인가 보군. 그래서?"

"그래서…… 애들은 주석이가 자살한 것과 준호가 무슨 관련이라도 있지 않나 해서……."

"뭐?"

순식간에 아라의 얼굴이 다시 화난 고양이처럼 변했다.

"어느 자식이 그따위 소리를 해?"

"하지만 그것만이 아냐. 준호는, 준호는……. 주석이가 죽은 자리에 밤마다 가서…… 뭔가 이상한 짓을 한다는 소문도……."

차마 그 짓이 무엇이라고까지는 말할 수 없었다. 준호도 그런 소문을 적극 부정했으며, 정확히 누가 그런 것을 보았는지도 알려지지 않았다. 아무튼 막연한 소문이 떠돌고 있었다. 밤마다 준호가, 주석이 죽은 그 자리에서 주석과 이야기한다는…….

아이들은 모두 헛소문이라고 웃으며 21세기에 어떻게 그런 일이 벌어질 수 있느냐고 했지만 내심으로는 모두들 찜찜하게 생각하고 있었다. 하지만 아라는 가볍게 코웃음만 칠 뿐이었다.

"흥! 상관없어!"

"너…… 정말……."

"오히려 잘됐네. 그러면 오늘 밤에도 오겠군그래, 틀림없이. 흠, 그러면 넌 같이 가든지 말든지 알아서 해. 아참, 몇 반인지 물어보는 걸 까먹었는데……."

아라는 말하다가 느닷없이 씨익 웃으며 중얼거렸다.

"모르면 어때. 오늘 밤에는 만나게 될 건데, 뭐. 아무튼……."

아라는 다시 원석을 보면서 차가운 눈빛을 보냈다.

"준후 오빠가 아홉 시에 그 자리에 없으면 넌……!"

아라는 갑자기 말을 끊더니 배시시 웃으면서 말을 이었다.

"죽어…… 라고 말하고 싶지만 가엾은 목숨을 죽이면 안 되겠지? 다만 평생 잊지 못하게 혼을 내 줄 테니 그렇게 알아."

차라리 죽인다고 하는 게 낫다고 원석은 생각했지만 미처 말을 꺼내기도 전에 아라가 손가락으로 바로 땅 아래를 가리켰다. 그러고는 방긋 웃으면서 골목 밖으로 뛰어나갔다.

원석은 아라가 별안간 나가 버리자 놀라서 따라 나가려다가 그 자리에 넘어졌다. 발이 땅에서 떨어지지 않았다.

"아이구! 이게 뭐야."

원석은 이마를 땅에 세게 부딪쳐 혹이 난 것 같았다. 그런데 몸이 넘어졌는데도 발은 아직도 땅에 붙은 채 움직이지 않았다.

화가 나기도 했고 왜 발이 안 움직이는지 의아해 발밑을 보던 원석은 깜짝 놀랐다. 어느 틈에 그리된 것인지 모르지만 발밑에 잡초와 풀들이 덩굴처럼 자라 원석의 발을 꽁꽁 묶어 두고 있는 것이 아닌가.

"에엑……! 이게 뭐야! 언제 이렇게……!"

원석은 기겁하며 발을 묶은 잡초를 손가락으로 마구 뜯었다. 얼마나 겹겹이 묶였는지 한참이 지나서야 원석은 그 풀을 다 뜯어낼 수 있었다.

'이게 도대체 어찌 된 일이지? 내가 정말 귀신에게 홀린 건가? 으아악……!'

그러나 그다음 순간, 더 믿지 못할 일이 벌어졌다. 사방에서 갑자기 수백 마리나 되는 하루살이들이 날아든 것이다. 간혹 하루살이 떼들이 와글와글하게 날아다니는 예는 있었지만, 별안간 하루살이들이 사방에서 모여드는 것은 처음 보는 일이었다.

 게다가 그 하루살이들이 허공에 모이면서 이상한 형상을 그렸다. 마치 무슨 글자를 쓰는 것처럼 꼬불꼬불하게 날아다니는 것이 희한해 원석은 그 하루살이들의 날아가는 궤적을 눈으로 좇았다. 놀랍게도 그 하루살이들은 글자를 쓰고 있었다.

 "잊……지……마……. 바……보……."

 원석은 거기까지 읽어 보다가 너무도 놀란 나머지 뒤로 넘어져 버렸다.

 "으아…… 으아아!!!"

 갑자기 원석이 꽥 소리를 지르면서 자리에서 벌떡 일어났다. 일어나는 순간 결코 낯설지 않은 주변의 풍경들이 보였다. 바로 교실 안이었다. 곧이어 아이들이 "와아!" 하고 웃는 소리가 들려왔다. 그리고 바로 뒤를 이어 '눈탱이'의 목소리가 들렸다.

 "오, 아예 잠꼬대에 가위까지 눌리냐? 잘 빠졌다, 잘 빠졌어. 이리로 튀어나와! 얼른!"

 원석은 멍한 기분에서 눈탱이에게 몇 대 쥐어박히고 구석에서 벌을 섰다. 아직도 얼떨떨한 기분이었다. 내가 언제 교실로 돌아온 것일까? 자다가 꿈을 꾼 것일까? 그렇다면 그 아이의 일은 꿈이었단 말인가?

'꿈이었겠지. 그래, 악몽이야. 제길, 재수 없어. 에이, 씨팔. 정말 존나게 재수 없네!'

원석은 속으로 한참 욕을 해 댔다. 그러나 꿈이었다고 생각하니 오히려 마음이 놓였다. 아니, 한편으로는 아쉽기도 했다.

아라라고 했던가? 꿈속의 그 여자아이. 비록 싸가지도 없고 왕밥맛에 왕공주병인 것 같았지만, 이상하게도 꿈이었다고 하기엔 그 얼굴이 너무나 선명하게 어른거렸다. 아라를 생각하다가 원석은 문득 준호의 얼굴과 마주쳤다. 그러자 다시 기분이 나빠졌다.

'제기랄, 저 왕재수. 그래, 꿈이다. 꿈이니 망정이지, 너한테 아라가 가당키나 하냐? 돼지에다 진주지. 아무튼 꿈에서나마 너한테 그런 애를 붙여 주었으니 나한테 고맙다고 하려무나. 고마우면 내일부터 당장 학교 좀 그만두고 나오지 말란 말이다, 이 자식아. 재수가 털린단 말이야. 알겠어?'

원석은 속으로 중얼거리면서 벌을 서는 고통도 잊은 채 그 시간을 넘겼다. 사실 벌서는 일은 어느 정도 버릇이 된 일이었다.

수업이 끝나고 눈탱이가 나감에 따라 원석의 형기도 만료돼 다시 자유의 몸이 됐다.

인이 낄낄 웃으며 다가왔다.

"너 캡이던데? 우와, 정말 볼만했어. 히히, 잠꼬대도 그만하면 수준급이다. 히히."

"짜식이, 주글려(죽을래)?"

"너 그 여자애한테 홀렸냐?"

"무슨 여자애?"

"짜식이, 내숭. 나 아까 아침에 다 봤어. 그 아이가 교문 옆 골목길에서 막 뛰어나가는 거 말이야."

원석이 깜짝 놀랐다.

"뭐?"

"그래서 가 보니깐 네가 기절해 있잖아. 병신. 그 애가 뭐라디? 그리도 이쁘디? 내가 보니깐 그렇게 기절할 정도까진 아니올시다 더구면."

"어…… 그, 그러면 아침에 있었던 일이…… 그게…… 꿈이 아니었단 말이야?"

원석은 어이가 없었고 다시 몸에 소름이 돋았다. 인이 대뜸 원석의 머리를 탁 쳤다.

"정신 좀 차려, 정신 좀. 이거 완전히 얼이 나갔네……."

"야, 그럼 아침에 내가 정말……."

"그래, 인마. 이거 이상해졌네. 병원 한번 가 볼래? 뭔 꿈을 꾸었는진 모르지만 아침 내내 멍하다가 이제 좀 제정신이 드나 했더니만."

그러나 더는 인의 말도 들리지 않았다. 원석은 몸을 부르르 떨었다. 꿈이 아니었단 말인가? 그러면…… 그러면 어떻게 해야 하지? 어떻게?

아라의 얼굴과 협박하던 그 목소리. 하루살이와 잡초에 당한 일이 갑자기 기억에 떠올라 원석의 머릿속을 엉망으로 헝클어 버리는 것 같았다.

원석은 다시 눈을 돌렸다. 저만치에 따돌림을 당한 채 말없이 앉아 있는 준호가 보였다. 준호. 준후. 어떻게 해야 할까?

원석은 한참 망설이다가 슬그머니 준호에게서 시선을 거두었다.

어떻게 시간이 흘러가는지조차 알지 못했다. 그냥 뒤숭숭하고 두렵기만 했다. 원래 수업에 신경을 쓰는 편은 아닌 원석이었지만 오늘 더욱더 그랬다.

그 풀과 하루살이는 정말 아라가 한 짓이었을까? 그렇다면 그 아이는 무슨 에스퍼란 말인가? 아냐, 그건 말도 안 된다고 원석은 생각했다. 그냥 우연이었을지도 모른다. 그러나 우연이라고 하기엔 너무도 믿을 수 없는 일이었다. 아라의 얼굴이 자꾸 눈앞에 어른거렸다. 원석은 도대체 어떻게 해야 할지 고민에 빠진 채 계속 골머리만 앓았다. 그래도 시간은 쏜살같이 흘러갔다. 결국 더 이상 망설일 수 없는 시간이 됐다. 마지막 수업이 끝나고 종례 시간이 된 것이다.

원석은 고민하다가 결국 준호에게 갔다. 반에서 현규를 제외한 누군가가 준호에게 다가가 말을 거는 것은 흔한 일이 아니었다. 반 아이들의 시선이 원석에게로 향했으나 원석은 짐짓 사나운 눈길로 교실을 둘러보았다. 그러자 원석을 향한 눈길이 조금 줄어들었다.

원석은 다시 준호를 보았다. 햇빛을 못 본 지 몇 년이나 된 듯

하얗고 창백한 얼굴, 그리고 조그마한 몸집, 작고 가늘게 찢어진 눈. 이런 녀석이 어떻게 아라 같은 아이를 아는 걸까?

원석은 용기를 내려고 한 번 헛기침했다.

준호는 가만히 원석을 올려다보았다. 조금 찌푸린 표정이었다. 이왕 내친 김이라는 생각에 원석은 준호에게 말을 건넸다.

"너…… 수업 끝나고 잠깐 나 좀 보자."

그러나 준호는 잠시 원석의 얼굴을 바라보다가 곧 시선을 돌렸다.

"왜?"

원석은 무시당한 것 같아 다시 기분이 나빠졌다. 호감을 느낀 상대였다면 아무렇지도 않았을 것이고, 그저 그런 상대가 그렇게 했다고 해도 화를 낼 만한 행동은 아니었다. 하지만 준호에 대한 기분 나쁜 선입견 때문에 이런 단순한 행동 하나에도 기분이 나빴다. 그래도 참아야 한다고 원석은 다짐했다.

"좀 일이 있어. 절대 너한테 나쁜 일은 아닐 거야. 어때?"

원석은 간신히 이야기한 것이지만 준호는 짧게 잘라 말했다.

"글쎄."

도무지 나올 것 같은 표정이 아니었다. 할 수 없이 원석은 준호의 귀로 슬쩍 입을 가져가며 속삭였다.

"주석이와 관련 있을지도 모르는 일이야."

그 말에 준호의 안색이 약간 변했다. 원석은 준호의 얼굴을 똑바로 바라보았지만 준호는 조용히 고개를 저었다. 원석은 울화가 치밀었다. 제길, 내가 왜 이 자식에게 간청해야 하지?

원석은 입에서 맴도는 대로 다시 말했다. 물론 준호의 귀에 대고 조용히 말한 것이지만.

"안 오면…… 후회할지도 몰라. 아홉 시에 체육 창고 앞으로 와라."

준호는 다시 의아하다는 눈길로 원석을 바라보았다.

"너 오늘 어차피 환경 미화 때문에 늦게 가잖아. 널 만나고 싶어 하는 사람이 있어. 그러니 반드시……."

그 순간 담임 선생님이 교실로 온다고 인이 외쳤다. 원석은 재빨리 자기 자리로 돌아갔다.

'제기랄, 이래도 안 온다면 내 탓이 아니야.'

속으로는 그렇게 중얼거렸지만 원석은 이상하게 마음이 조급해졌다.

만남

원석은 영 기분이 찜찜했다. 걸음을 재촉해 일단 교문을 빠져나가면서 다시 보았으나 아라의 모습은 보이지 않았다. 내가 제정신일까. 도무지 갈피를 잡을 수가 없었다.

인이 뒤에서 따라오며 말을 건넸다.

"야야, 미팅 안 갈래? 오늘 저녁때 말이야……."

그러자 원석은 인상을 찌푸리며 되받았다.

"안 돼, 오늘은."

"어라라? 네가 미팅을 다 거부하다니, 사람 됐네? 짜식아, 무슨 일인데 그래? 웬만하면 제껴."

"안 된대도. 아홉 시에 학교로 다시 와야 해."

"음? 학교는 왜 와?"

"넌 몰라도 돼."

"자식이. 언제부터 그렇게 비밀이 생겼냐? 무슨 일이야? 응?"

"몰라도 된다니까."

원석은 끈질기게 묻는 인의 말을 끝끝내 묵살했다. 잠시 후 인과 헤어지고 나자 원석은 골목길로 살짝 몸을 숨겼다. 원석은 걸음을 빨리해 일찌감치 교문을 나선 터였다. 아직 준호가 나오지 않은 것이 확실했다. 오늘 환경 미화 준비를 하고 간다고 했으니까.

이 골목에 있으면 교문을 빠져나오는 아이들을 모두 볼 수 있으므로 준호가 빠져나가나 나가지 않나 지키기에는 안성맞춤이었다. 그곳에서 원석은 기다렸다. 준호가 지나가면 도로 붙잡아서 끌고 들어갈 작정이었다.

여덟 시 반가량 됐을 때 결국 준호가 지나갔다. 원석은 배가 고파 군것질하다가 준호가 지나가는 것을 보고 재빨리 달려가서 준호를 붙들었다.

이미 사방이 어두워진 뒤라 아이들은 보이지 않았다.

"야, 너 어디가?"

그러나 준호는 여전히 짧게 대답했다.

"집에."

"아홉 시에 체육 창고 앞에서 보자고 했잖아? 널 기다리는 사람이 있다고."

"날 기다릴 사람은 없어."

준호가 다시 몸을 빼어 걸어가려고 했다. 그러자 원석은 화가 났다. 생각 같아서는 그냥 요 조그마한 놈을 두들겨 패고 싶었지만 아라가 했던 말이 공연히 마음에 걸려서 그렇게 하지도 못했다.

"제길! 장준…… 후!!! 너 그럴 거야? 사람이 호의로 하는 말을?"

그 말에 준호가 발을 멈칫했다. 원석은 준호의 뒷모습만 보여서 그 표정을 볼 수 없었으나 장준후라는 이름을 듣고 준호는 몹시 놀란 것 같았다.

준호가 약간 떨리는 목소리로 대꾸했다.

"난 준호야. 준후가 아냐."

"다 알아, 장준후. 널 아는 애가 있어. 그리고 널 몹시 만나고 싶어 한다고."

준호의 어깨가 조금 떨리는 것 같았다. 그럼에도 준호는 그냥 걸음을 옮기려는 듯 몸을 주춤거렸다. 그때 원석이 재빨리 말했다.

"같이 가자고, 어서. 왜 이름이 바뀐 건지는 모르지만 널 아는 애가 있다니깐? 만나고 싶어 한단 말이야. 안 간다면…… 앞으로 어떤 일이 벌어질지 난 몰라."

그러자 준호는 걸음을 멈추었다. 그러고는 조금 두려운 듯한 목소리로 물었다.

"그 애가 누군데?"

원석은 지금 아라의 이름을 말해 주면 이 녀석이 어떤 좋지 않은 반응을 보일지도 모른다고 생각했다. 궁금하게 하는 것이 더 좋을 것 같았다.

"몰라도 돼. 아무튼 체육 창고 앞으로 오라고. 주석이와도 연관이 있는 일이야."

"거기는 가면 안 돼."

"뭐? 왜?"

"해튼 가면 안 돼. 특히 오늘은 절대로……."

"왜 못 간다는 거야, 제기랄."

원석은 분통이 터졌다. 그리고 대뜸 준호의 팔목을 홱 낚아채듯 잡아끌었다.

"어서 가자고."

그러자 돌연 준호의 태도가 바뀌었다. 준호는 몹시 조심스러운 듯한 표정이 돼 한참이나 원석의 얼굴을 바라보다가 입을 열었다.

"너…… 괜찮니?"

원석은 의아했다. 이게 무슨 소리를 하는 거야?

"내가 뭘?"

원석이 되묻자 준호는 입술을 살짝 깨물더니 말했다.

"음, 그래. 좋아, 가자. 하는 수 없지."

준호는 의외로 순순히 원석의 뒤를 따라 걸음을 옮겼다.

체육 창고 앞. 그곳은 주석이 육 층에서 뛰어내려 피범벅이 된 곳이었다. 그리고 그 사건은 그리 오래된 일이 아니었다. 그날 이후로 아이들은 그 장소에 가는 것을 몹시 꺼렸다.

그런데 준호가 어느 날 밤 그곳에 있었다는 이야기가 돌았다. 누가 보았는지는 모르지만 말이다. 그리고…… 죽은 주석도 그 자리에 있었다는 말이 떠돌았다. 누가 본 것인지, 누가 이야기한 것인지는 몰랐지만 그랬다. 준호가 주석을 죽게 만든 탓에 주석의 귀신이 계속 나와 준호를 괴롭히고 있는 것이라는 그럴싸한 추측도 있었다.

그런 말들이 사실이든 아니든 자살한 아이와 모종의 관계가 있다는 것은 준호를 재수 없는 왕따로 만들기에 충분한 소문이었다.

어두침침한 체육 창고 앞. 그곳은 본관 건물의 뒤쪽이었으며, 그렇지 않아도 어두운 곳이었다. 그곳에 면한 창문들은 대부분 과학실이나 창고, 음악실 등에 딸린 것들이라서 불빛도 새어 나오지 않았다. 그런 방들은 자재들이 많아 하교 시간만 되면 문을 잠그기 때문에 누가 아래를 내려다볼 수도 없었다.

오늘따라 학교가 몹시 조용했다. 아직 저 멀리 별관에는 개미만 하게 사람들이 오가는 것이 보였지만 본관은 쥐 죽은 듯 조용했다. 일이 학년만 있는 본관은 저녁때만 되면 썰렁하기 그지없었다. 그나마 사람들이 있는 곳은 별관이었는데, 바로 삼 학년들의 건물이기 때문이다. 그리고 체육 창고 앞은 외등 하나 없는 곳이라 낮에도 지나갈 때는 걸음을 빨리했으며 밤에는 아무도 가지 않는 곳이었다.

지금 원석과 준호는 그리로 가고 있었다.

'아라는 와 있을까?'

원석의 머리에는 그것밖에 생각나지 않았다. 무섭다는 생각도 없었고 다만 준호를 무사히 데리고 왔으니 아라가 기뻐하겠구나 하는 생각뿐이었다. 그런데 준호의 얼굴은 자못 심각했다.

"저기 있다. 와 있었구나!"

원석은 먼발치에서 체육 창고 앞에 어른거리는 사람의 그림자를 보고 말했다. 그러자 준호가 몹시 의아해하며 물었다.

"누군데? 이제 좀 이야기해 줄 수 없어?"

"네가 직접 봐, 제길."

원석은 준호를 끌고 창고 앞으로 갔다. 먼발치에서 보아도 분명 아라였다.

원석은 준후인지 준호인지 좌우간 데리고 왔다고 말하면서 걸음을 더 옮기려다가 그만 갑자기 현기증을 느끼고 그 자리에 풀썩 고꾸라져 버렸다. 준호는 원석의 등에 부적을 붙이느라 갖다 댔던 손을 조용히 거두었다. 그리고 어두운 그늘에 서 있는 그림자를 향해 천천히 걸어갔다.

"넌 누구지?"

준호는 잔뜩 긴장하고 있었다. 평상시에는 조그맣고 힘이 없어 보이는 아이였지만 돌연 준호의 눈에서 불빛이 번져 나오는 것 같았다.

그 말에 아라는 한 발짝 앞으로 나왔다.

"준후 오……?"

아라의 목소리는 조금 떨렸으나 갑자기 의아한 목소리로 바뀌었다. 아라가 조금 더 앞으로 나오자 준호의 눈에도 아라의 얼굴이 희미하게 보였다.

순간 아라의 얼굴이 의아함과 놀라움으로 가득 찼다.

"넌 누구지?"

"너야말로 누구야? 장준후를 왜 찾지?"

"준후 오빠가 오는 줄 알았는데…… 넌…… 너는 준후 오빠가 아니잖아? 도대체 누구야!"

그러자 준호는 심각한 음성으로 외쳤다.

"넌 장준후에 대해서 어떻게 아는 거지? 그리고……."

준호는 눈을 가늘게 찌푸리며 말을 이었다.

"능력도 좀 있어 보이는걸?"

아라는 어이가 없었다.

"너는 그럼 준후에 대해 어떻게 알지?"

준호는 입술을 깨물면서 나직하게 말했다.

"장준후에 대해 안다면…… 그냥 둘 수 없겠는걸……."

이 남자아이는 도대체 누구란 말인가? 조금 전 이 아이가 다가올 때까지만 해도 아라는 준후와 거의 흡사한 기운을 느낄 수 있었다. 그래서 틀림없다고 여기고 기뻐했는데…… 비록 흡사한 면이 약간 있었지만 이 아이는 결코 준후가 아니었다. 그러나 이 아이는 준후에 대해서 알고 있는 듯했으며, 지금 자신을 협박하려는 것 같았다.

"너, 너는……."

아라가 말을 더듬자 준호는 조용히 아라 쪽으로 천천히, 그러나 결코 멈추지 않을 듯이 다가오고 있었다. 준호의 손에는 이상한 부적 같은 것이 들려 있었고, 눈에는 보이지 않았지만 다른 손에는 이상한 기운 같은 것이 엉겨 가고 있었다. 아라는 손에 꼭 쥐고 있는 조요경을 통해 그 기운을 느꼈다. 아라는 분위기가 심상치 않다는 것을 느꼈지만 오히려 흥 하고 크게 코웃음을 친 뒤에 쌀쌀맞게 물었다.

"넌 뭐야? 어디서 같잖게 술수를 부리려고 하는 거지?"

그러면서 아라는 손에 쥔 조요경에 아무도 모르게 힘을 불어넣었다.

오해

아라가 손에 쥔 조요경에 힘을 불어넣자 환한 빛이 번져 나오기 시작했다. 그 빛을 보며 준호는 눈살을 찌푸렸다.

"그건 어디서 났지?"

"네가 알아서 뭐 할래?"

아라는 다시 흥 하고 코웃음을 친 다음 조요경을 쥔 손을 살짝 폈다. 별안간 사방에서 푸드덕거리는 소리가 나면서 뭔가가 바스락거리기 시작했다.

준호는 여전히 굳은 얼굴로 주변을 한 번 둘러보더니 말했다.

"대단한데?"

곧이어 열 마리가 넘는 비둘기 떼가 아라의 주변으로 날아들었다. 이내 다른 방향에서 또 십여 마리의 비둘기가 날아들었다. 비둘기 떼는 계속 푸드덕거리면서 꾸역꾸역 모여들기 시작했다. 얼마 지나지 않아 백 마리가 넘는 많은 비둘기 떼가 아라와 준호의 주변을 에워쌌다.

아라는 준호를 보며 쏘아붙었다.

"너, 왜 준후 오빠인 척했지?"

그러자 준호는 훗 하고 코웃음을 치면서 대꾸했다.

"난 그런 적 없어. 난 장준호야."

그 말에 아라는 화난 듯 쓰러져 있는 원석을 가리켰다.

"저 애, 네가 기절시켰지?"

그러자 준호는 어이가 없다는 듯 되받았다.

"저 애를 조종하려고 한 건 너잖아! 사악한 힘을 함부로 쓰는 몹쓸 계집애 같으니!"

"사악한 힘? 아쭈, 한번 혼 좀 나 볼래?"

아라가 눈꼬리를 세우면서 눈빛을 번쩍이자 곧 백 마리가 넘는 비둘기 떼가 와르르 준호를 향해 덮쳐들었다.

그때 준호는 호흡을 들이마시면서 손으로 크게 허공에 원을 그리며 부적을 뿌렸다. 그러자 부적이 공중에서 저절로 확 불이 붙으면서 사방으로 날아갔다. 비둘기 떼는 부적의 열기에 놀라 준호에게 덤벼들지 못하고 사방으로 흩어졌다. 몇 마리의 비둘기들은 털에 불이 붙어 놀라 푸드덕거리며 땅에 뒹굴었다.

그 모습에 아라가 놀라움을 감추지 못하며 물었다.

"너…… 그 부적 쓰는 법은 어디서 익혔지?"

"너야말로 어떻게 동물을 부리는 술수를 익힌 거지?"

"넌 준후 오빠를 어떻게 알지?"

"너야말로 장준후에 대해 어떻게 알았지?"

아라는 기가 막히기도 하고 분하기도 해서 발을 굴렀다.

"내 말만 따라 하다니! 나 화났어!"

준호는 여유 있게 능글맞은 웃음을 지었다.

"네가 화나면 날 어쩔 건데? 동물을 쓰려고 해도 여긴 시내 한복판이야. 쓸 만한 동물들이 그리 많지 않을걸?"

"애들이 널 왕따라고 하더니만 그 이유를 알겠어. 너처럼 밥맛 없는 놈은 처음 본다!"

비아냥거리는 아라의 말에도 준호는 조금의 표정 변화도 보이지 않고 다그쳤다.

"네가 뭐라고 하건 상관없지만 장준후를 어떻게 알게 됐는지 어서 말해."

준호는 다시 두어 장의 부적을 꺼내 오른손으로 수인을 맺었다. 보통 사람은 알아볼 수 없을 것이지만 아라는 그 손끝에 무형의 기운이 솟아 나오는 것을 느낄 수 있었다. 그 기운은 과거 준후가 사용하던 술법과 비슷한 면이 있었다.

'준후 오빠와 비교하면 형편없는 실력이기는 하지만 비슷해. 제길, 저 자식은 뭘까? 혹시…… 혹시 준후 오빠를 저놈이 해치고 술수를 얻은 거라면…….'

그렇게 생각하자 아라는 치가 떨렸다. 아라는 다시 조요경에 정신을 집중했다. 준호는 아라가 조요경에 힘을 주려는 것을 보고는 손가락을 세워 아라를 가리켰다. 아라는 손에 화끈하면서도 뜨거운 기운이 닿는 것을 느꼈다. 화상을 입은 것 같았다. 하마터면 조요경을 떨어뜨릴 뻔했으나 아라는 도리어 조요경을 꽉 쥐었다.

"자꾸 허튼짓할래? 몇 군데 데어 보고서야 순순히 말하겠어?"

준호가 윽박지르자 아라는 비상수단을 쓰기로 했다. 아라는 갑자기 흑 하면서 얼굴을 찌푸리고 그 자리에 주저앉았다.

아라의 모습에 준호는 조금 당황해했다. 준호는 침착하려고 애를 쓰며 입을 떼었다.

"뭐 하는 거야? 어서 장준후를 어떻게 알았는지 말하래도!"

"흑흑…… 난, 난 다만……."

"말해 봐!"

"으음…… 흐흑…… 그러니까…… 흑……."

준호는 침착하려 했지만 아무래도 마음이 흔들리는 것 같았다. 그때 아라가 뚝 울음을 멈추고 돌연 휘파람을 불자 이번에는 열 마리가 넘는 크고 작은 개와 스무 마리가 넘는 고양이가 소리도 없이 준호의 등 뒤에 나타났다.

"어엇!"

준호는 이상한 기운을 느끼고 놀라서 몸을 뒤로 돌리려 했지만 하마터면 휘청하고 넘어질 뻔했다. 어느새 준후의 발밑에 풀뿌리들이 자라 엉켜서 발을 땅에 못 박아 두고 있었던 것이다.

준호가 놀라 다시 중심을 잡으려는 순간, 개들과 고양이들이 준호에게 달려들었다. 고양이 세 마리가 준호의 등에 매달렸는데, 양어깨에 한 마리씩, 그리고 머리 위에 한 마리의 고양이가 매달려서 발톱을 곤두세웠다. 거기다 개 세 마리가 준호의 바짓가랑이를 물고 늘어졌으며, 준호의 양팔에 개들이 한 마리씩 소맷자락을 물고 늘어졌다. 나머지 개와 고양이들은 이를 드러내며 준호를 에워쌌다.

순식간의 일인 데다가 개와 고양이들은 로봇처럼 아무 소리도 내지 않았고 준호의 옷만 물고 늘어졌을 뿐 준호의 몸은 건드리지 않았다. 준호가 거의 꼼짝 못 하게 된 것 같아지자 아라는 호호 웃으면서 일어났다.

"숙맥이구나?"

준호는 화가 치밀었다. 아라는 우는 척하면서 근방의 개와 고양이들이 달려온 시간을 버는 한편, 암암리에 준호의 발밑의 풀을 엉키게 해서 준호를 꼼짝 못 하게 만들어 버린 것이다.

"이런 여우 같은!"

준호가 이를 갈자 아라가 싱긋 웃으며 눈짓했다. 그러자 준호의 머리 위에 있던 고양이가 발톱을 세워서 이마를 살짝 긁었다.

"아!"

준호가 아프다기보다는 놀라서 탄성을 지르자 아라는 고개를 설레설레 저으며 말했다.

"어디 한번 다시 말해 볼래? 그 잘난 손가락 하나라도 까딱해 보라고. 그럼 얼굴을 바둑판으로 만들어 줄 테니."

아라의 으름장에 준호는 다시 무표정하게 입을 다물었다. 아라는 뒷짐을 지고 준호의 주변을 천천히 돌면서 물었다.

"넌 준후 오빠를 어떻게 알게 된 거야? 어서 불어. 만약 준후 오빠를 네가 어떻게 했다면…… 널 개밥으로 줄 거야."

아라는 준호의 머리 위에 있는 고양이를 보고 웃으며 말을 이었다.

"오, 실수. 개밥만 아니라 고양이 밥으로도 줘야지. 오 대 오로 나눠 줄까? 아니면 삼 대 칠로 나눠 줄까?"

"허튼수작 부리지 마. 여긴 우리 학교야. 소리만 지르면 사람들이 올 거라고."

그 말에 아라는 깔깔 웃으며 말했다.

"오, 그래? 잘났다, 잘났어. 나같이 가냘픈 여자애한테 당해서 소리를 지르겠다고? 사람을 부른다고? 얼마든지 불러 봐. 난 가 버리면 그만이고, 네가 개밥이 되는 건 변하지 않으니까."

아라의 말이 끝나기가 무섭게 개 한 마리가 펄쩍 뛰어올라 준호의 목덜미에 이빨을 대고 물어뜯을 듯이 매달렸다. 준호의 얼굴은 여전히 무표정했지만 이마에는 송골송골 식은땀이 맺혔다.

"내가 가면 애들이 날뛸 텐데? 나는 연약해서 끔찍한 건 못 보거든? 그러니 허튼짓하면 난 애들 맘대로 하라 하고 그냥 가 버릴 거야. 아니, 이 기회에 구경 한번 해 볼까? 뭐, 꺅꺅거리고 연기 좀 하면 내가 조종하는 건지는 아무도 모를 테니까."

아라가 천연덕스럽게 끔찍한 이야기를 하자 준호의 이마에 솟는 땀이 점점 늘어 갔다. 하지만 표정만은 여전히 변함없었다. 그러다가 준호는 목이 메는 듯 간신히 말했다.

"맘대로 해 봐."

그 말에 아라는 준호의 코앞으로 다가가 얼굴을 바싹 들이대면서 물었다.

"넌 준후 오빠를 어떻게 알지? 지금 준후 오빠는 어디 있지?"

준호가 고개를 가로젓는 순간 아라는 인상을 썼다. 그러자 고양이와 개들이 조금 힘을 주어 준호의 몸 곳곳에 이빨과 발톱을 들이댔다. 아직 물어뜯기는 것은 아니었지만 준호는 조금씩 얼굴색이 하얗게 변해 갔다.

"어서 말해. 넌 분명히 준후 오빠에 대해 알고 있잖아? 어디 있냐고?"

"죽어도 못 말해."

준호가 끈질기게 버티자 다시 아라가 표독스럽게 깔깔 웃었다. 정말로 화가 나면 아라는 이렇게 웃는 습관이 있었는데, 지금 정말로 화가 난 것이다.

"내가 못 죽일까 봐? 흥, 좋아. 널 죽여 버리면 준후 오빠가 어디 있는지 말할 사람이 없겠지. 하지만 죽이지 않아도 충분해. 눈부터 빼 줄까? 코부터 잘라 줄까? 아니면 혀부터?"

준호는 끔찍한 듯 몸을 부르르 떨었다. 정말 그런 일을 당하는 것보다도 아라의 입에서 그런 끔찍한 이야기가 나오는 것이 더 겁났다. 그러나 준호는 애써 무표정한 얼굴을 해 되받았다.

"정말…… 잔혹하구나……. 하지만……."

준호는 다시 당당한 표정을 지었다.

"그럴수록 더 말할 수 없지."

그 말에 아라는 안달이 나는 듯 외쳤다.

"알긴 알고 있는 거야? 야! 준후 오빠가 무사하긴 한 거야?!"

그러나 준호는 묵묵부답이었다. 아라가 화가 치밀어 올라 준호의 뺨을 마구 후려쳤다.

"빨리 말 안 해? 나는 준후 오빠를 만나야 한단 말이야!"

순간 준호가 갑자기 전광석화처럼 아라의 손을 쳤다. 아라가 술수를 부릴 겨를도 없었다. 아라의 손에 들려 있던 조요경이 땅에 떨어져 버렸고, 이내 준호는 희한한 동작으로 아라의 발을 걸었다.

조요경이 아라의 손에서 떨어져 나가고 아라마저 땅에 넘어지자 고양이와 개들은 깨갱거리며 준호의 몸에서 떨어져 나갔다.

그 틈을 타 준호는 이상한 무예 같은 동작으로 서너 마리의 개를 걷어찼다. 몇 번 긁히기는 했지만 준호가 쳐서 쫓아내자 개와 고양이들은 거미 새끼처럼 달아나기 시작했다.

아라는 넘어지는 통에 정신이 조금 아찔했지만 조요경을 얼른 다시 쥐려고 손을 뻗었다. 그러나 간발의 차이로 아라의 손보다 준호의 발이 먼저 조요경을 콱 밟았다.

"너…… 혼 좀 나 봐라."

준호가 말하는 순간, 아라는 준호의 머리를 붙잡고 휙 공중에 던져 버렸다. 준호의 몸이 붕 허공에 뜨면서 땅에 나뒹구는가 싶었지만 준호는 이내 또다시 희한한 동작으로 팔을 짚고 스프링처럼 튀어 올라서 몸을 일으켰다. 아라는 곧 획획 소리를 내며 세 번이나 준호의 얼굴을 향해 발차기를 날렸다. 준호는 유령처럼 흐물흐물한 동작으로 아라의 발차기를 피했다. 그러다가 아라의 네 번째 발차기가 준호의 뺨을 스치자 뺨이 금방 벌겋게 부어올랐다.

준호는 뒤로 조금 물러서서 뺨을 쓰다듬으며 말했다.

"제법이구나, 계집애가."

아라는 으쓱거리며 폼을 잡았다.

"술수가 없어도 네까짓 건 문제없어. 난 합기도 삼 단이야."

그러자 준호는 다시 흐늘흐늘 기이한 자세를 취하며 이죽거렸다.

"삼 단씩이나 된다니, 여자라고 봐줄 건 없겠군."

그 말에 아라가 흥 하고 코웃음을 치면서 다시 준호에게 덤벼들려는 순간, 준호가 깜짝 놀라는 표정을 지었다. 아라는 그런 것에 신경 쓰지 않고 재차 돌려차기를 시도했다. 너무도 어이없이 준호는 그 일격에 간단히 강타당해 저만치에 나가떨어졌다.

"내가 그런 얼빵한 수에 속을 것 같아?"

아라는 흥 하고 코웃음을 쳤다. 그러고는 막 뒤로 몸을 돌리는 순간, 아라는 자신도 모르게 그 자리에 주저앉고 말았다. 자신의 뒤에 다리가 없는 형체가 허공에 둥둥 떠 있는 것이 아닌가. 준호 또래 정도 돼 보이는 체구가 작은 아이의 모습. 그러나 더더욱 끔찍한 것은 그 아이의 얼굴이었다. 아이의 얼굴은 눈과 코, 입이 모두 실로 꿰매져 있는 끔찍한 형상이었던 것이다.

"이, 이건……"

아라는 끔찍하기 짝이 없는 몰골에 기겁을 하며 채 일어나지 못했다. 뒤로 비척거리며 몸을 빼려 했으나 흉악한 망령은 아라 앞으로 서서히 다가왔다. 그제야 기억이 났다. 이 장소는 아이들이 잘 오지 않는 장소, 주석이라는 아이가 자살했다는 장소였다. 하지만 자살한 아이의 망령이 어째서 저런 끔찍한 모습을 하는 것일까?

망령은 온통 꿰매진 얼굴을 아라의 코앞에까지 들이밀었다. 아라가 더 이상 버티지 못하고 막 비명을 지르려는 찰나, 누군가가 뒤에서 아라의 입을 덥석 틀어막았다. 아라는 소리를 지르려고 했으나 입을 틀어막은 손의 힘이 너무 완강해 그 어떤 소리도 밖으로 내지 못했다. 자신의 입을 틀어막은 것은 준호가 틀림없었다. 이 녀석이 왜 이러는 것일까?

얼굴 전체가 잔뜩 꿰매진 흉측한 망령이 서서히 아라의 앞쪽으로 다가오고 있었다. 아라는 무서웠다. 발버둥을 치며 몸을 빼려 했지만 그마저도 잘되지 않았다. 준호라는 이 망할 자식을 가만두지 않겠다고 다짐했을 그때 아라의 눈에 저만치 쓰러져 있는 준호가 보였다.

'그럼…… 그럼 이건 누구……?'

아라는 눈앞에 있는 망령의 존재도 잊어버릴 정도로 놀랐다. 순간 아라의 입을 막은 자가 다른 손으로 아라의 손을 탁 쳤다. 그러자 조요경이 다시 땅에 떨어졌고, 그와 동시에 망령의 모습이 아라의 눈앞에서 사라져 보이지 않게 됐다. 망령이 보이지 않게 되니 아라는 더 겁이 났다. 차라리 보이면 도망이라도 치겠지만, 보이지 않으면 망령이 자신에게 달라붙었는지 무슨 짓을 하는지 알 수가 없지 않은가!

아라는 조요경 쪽으로 발을 쭉 뻗었다. 조요경은 손에 쥐는 것이 가장 좋았지만 몸 아무 곳이나 접촉해도 그런대로 그 안에 내재한 힘을 끌어낼 수는 있었다. 발끝이 조요경에 닿자 아라는 이를 악물며 주변의 것들을 불러 모았다. 닥치는 대로, 무엇이든 간에 말이다. 그러나 주변의 동물들은 아까 다 불러서 없는 것인지, 발에 닿은 것만으로는 조요경의 힘을 제대로 끌어낼 수 없기 때문인지 아무 반응도 느껴지지 않았다. 놀란 아라는 기를 쓰면서 자신의 입을 틀어막은 손을 이로 꽉 깨물어 버렸다.

다음 순간, 아라는 몸이 뒤로 붕 뜨면서 젖혀져 날아가는 듯한 느낌을 받았다. 조요경에서 발이 떨어지자 몸이 갑자기 무엇에 부딪힌 것처럼 철컥 멈춰 세워졌다. 느닷없이 몸이 정지하자 유원지의 바이킹을 타는 것처럼 속이 느글거렸다. 결국 입을 막았던 손이 풀렸다.

아라는 휙 몸을 돌려 입을 틀어막은 손아귀에서 빠져나왔다.

"아앗!"

뒤를 돌아본 순간 아라는 놀라 소리를 쳤다. 그리 크게 지른 소리는 아니었다. 아라의 뒤에는 키 큰 한 남자가 풀썩 쓰러지려는 참이었다. 그리고 그의 뒤에 제복 같은 것을 입은 얼굴이 붉고 작달막한 중년 남자가 보였다. 그 중년 남자는 손에 몽둥이를 들고 있었다. 학교 수위 정도 되는 것 같았다. 아라는 놀라면서도 안도감을 느꼈다. 쓰러진 녀석의 얼굴은 보이지 않았지만, 자신을 잡아 무엇인가를 하려다가 수위 아저씨에게 한 방 맞고 쓰러진 것이리라. 수위는 아라를 이상한 눈빛으로 살펴보았다. 아라는 당황해 벌떡 몸을 일으켜 저만치 나뒹굴고 있는 조요경 쪽으로 가려 했다. 아까 본 그 기분 나쁜 망령이 나타날까 봐 두려웠지만 지금 상황이 더 난처했다.

"너…… 누구야! 왜 여기 있는 거야?"

수위가 묻자 아라는 막 조요경을 주우려다가 찔끔해서 다시 수위를 바라보았다. 수위는 쓰러진 남자를 끌어다가 저만치에 던지듯 놓고 오는 참이었다. 그 남자는 키가 상당히 크고 날씬했는데 머리가 마구 헝클어졌고 뒷모습이라 얼굴은 보이지 않았다. 아라는 수위가 몽둥이를 내밀며 위협하듯 다시 묻자 얼버무리려고 아무렇게나 말을 둘러댔다.

"아. 저, 저는 오빠를 만나러 왔거든요. 남자 친구가 아니고…… 진짜 오빠예요. 그런데…… 갑자기 뒤에서 누가……."

수위는 험상궂은 표정으로 아라의 말은 듣지도 않는 듯 주변을 두리번거리며 살피더니 준호를 발견했다. 수위는 준호를 덥석 잡아 번쩍 들어 올려서는 아까 쓰러진 남자 옆에 털썩 놓았다.

 아라는 그 모습을 보고 조금 의아한 생각이 스쳤다. 이 수위는 덩치도 크지 않은데 힘이 어쩜 그렇게 센 것일까? 준호가 아무리 작은 아이라 할지라도 한 손으로 아이를 번쩍 들어 내던지다니. 왠지 아라는 찜찜해서 그만 가 보아야겠다고 생각했다.

 "아저씨, 저 이만…… 이만 가 볼게요."

 "거기 서!"

 서란다고 설 성격의 아라가 아니었다. 아라는 재빨리 조요경을 주워서 저만치 달음박질치기 시작했다. 순간 뒤에서 무엇인가 획하고 날아오는 것 같은 느낌이 왔다.

 섬뜩한 느낌에 얼른 고개를 숙이니 머리칼에 무엇인가가 아슬아슬하게 스쳐 지나갔다. 아까 수위가 들고 있던 몽둥이였다. 몽둥이는 아라의 머리를 스치고도 한참이나 더 날아가다가 벽에 부딪혀 둔탁한 소리를 내며 바닥에 떨어졌다. 아라는 너무도 놀라 걸음을 멈추었다. 저 몽둥이에 맞았으면 머리가 깨졌을지도 모른다.

 "아저씨, 정말 너무하네! 맞았으면 어쩔 뻔했어요!"

 아라는 자신도 모르게 성질이 치밀어 올라 버럭 소리쳤다. 망령이고 무서움이고 성질이 한번 치밀어 오르니까 아무것도 눈에 보이지 않는 듯했다. 그러면서 뒤를 돌아보는 순간, 아라는 자신도 모르게 헉하며 신음을 냈다.

눈에 보이는 것은 분명 아까의 수위였다. 그러나 그에 겹쳐 뭔가 이상한 것이 눈에 들어왔다. 수위의 얼굴에 다른 두 사람의 얼굴이 겹쳐 보였다. 누구인지 알아보기는 어려웠지만 마치 유령처럼, 필름이 겹친 것처럼 수위의 원래 얼굴까지 세 사람의 얼굴이 일렁거리고 있었다. 정상적인 모습이 절대 아니었다.

수위가 다시 몽둥이 하나를 집어 들더니 성큼 아라 앞으로 다가왔다. 아라는 자신도 모르게 한 걸음 뒤로 물러섰다. 수위의 얼굴, 아니 세 명의 얼굴이 동시에 물었다.

"너…… 뭘 봤지?"

"아저씨, 왜 그래요? 저는 아무것도, 아무것도 못 봤어요……."

"거짓말……!"

아라는 손에 꽉 쥐고 있던 조요경에서 빛이 솟아 나오는 것을 느꼈다. 조요경이 이 정도의 반응을 보이는 것은 심상치 않은 일이다. 무섭도록 큰 영력이 근방에 있는 것이 분명했다. 어디에? 바로 저 수위의 몸에 무언가가 깃들어 있는 것이 틀림없었다.

아라는 뒤로 물러서면서 몸을 부르르 떨었다. 아라의 등이 벽에 닿았다. 수위가 다짜고짜로 몽둥이를 크게 휘두르며 달려들었다. 무섭도록 빠른 속도였다. 아라는 합기도가 삼 단이었고 수위의 몽둥이를 눈이 빠지도록 주목하고 있었음에도 불구하고 거의 피하지 못 할 뻔했다.

아라가 몸을 아래로 재빨리 숙이자마자 몽둥이는 어깨를 스치면서 벽에 맞고 부러지면서 튀어 올라 귀를 치고 저쪽으로 날아갔다. 아라는 더욱 몸을 숙이면서 수위의 다리를 걸었다. 아라는 합기도 외에 쿵후 도장에도 다니고 있었는데, 이것은 '지당공부(地堂功夫)'라고 하는, 남의 발을 걸어 넘어뜨리는 수법이었다. 아라의 발이 수위의 발목을 정통으로 가격했지만 수위는 비틀거리지도 않았고 눈도 한 번 끔뻑거리지 않았다. 오히려 수위의 발목을 친 아라의 발목만 아팠을 뿐이다. 마치 나뭇등걸이나 전봇대를 찬 것 같았다. 아라가 너무도 아파서 눈물을 찔끔거리는 사이 수위가 재빨리 손을 뻗어 아라의 발목을 잡았는가 싶더니 놀랍게도 그대로 아라의 몸을 거꾸로 들어 올렸다.

"으악! 이거 놔! 이 치한!"

치마가 뒤집혀 아라가 마구 소리를 지르자 수위는 인정사정없이 아라의 옆구리를 대차게 걷어찼다. 아라는 당장 숨이 막혀서 소리도 지르지 못했다. 대뜸 수위가 아라를 종잇조각처럼 휙 내팽개쳤다. 무서운 힘이었다. 아라는 끽소리도 못 하고 준호와 또 한 남자의 위에 엎어질 수밖에 없었다. 떨어질 때의 충격 때문인지 아라는 정신을 잃어버렸다.

짧은 마주침

얼마나 지났을까? 누군가가 자신의 머리를 톡 건드리는 바람에 아라는 퍼뜩 정신을 차렸다.

"누구야!"

아라는 소리를 지르며 눈을 떴다. 그러자 자신의 목소리가 빙빙 메아리치면서 사방으로 울렸다.

누구야-. 누구야-. 누구야-. 누구야-.

사방은 캄캄했다. 너무도 캄캄해서 아무것도 보이지 않았다. 그야말로 칠흑 같은 암흑 속이었다.

"쉿!"

누군가가 조용히 하라는 소리를 냈다.

"누구야! 여긴 어디야?"

"조용히 해. 떠들면 안 돼. 그러면 녀석이 올지도 몰라……."

준호의 목소리였다.

"녀석이 누구야?"

"우릴 잡아 가둔 녀석……."

"씨이! 그러니 도움을 청해야 할 것 아냐!"

"안 돼! 쉿! 녀석이 들으면 큰일 나. 조용히 해……."

"빨리 빠져나가야지!"

"안 돼. 우린 모두 꽁꽁 묶여 있어."

준호의 말을 듣고 보니 몸이 꼼짝도 하지 않았다. 무엇인가에 꽁꽁 묶여 있는 모양이었다. 쓰러져 있는 아래에는 물 같은 것이 질퍽거렸다. 고약한 냄새도 났다.

"나 여기 싫어. 나가고 싶어!"

"조용!"

"싫어! 사람 살려! 사람 살려요!"

아라가 소리를 지르자 나직하고 허스키한 목소리가 울렸다.

"조용히 해."

아라는 흠칫 놀라서 얼른 입을 다물었다. 그 목소리는 어디선가 들은 것도 같은 목소리였기 때문이다. 그러나 일부러 낮게 깐 음성 같아서 누구인지 알 수가 없었다.

"누구야?"

"조용히 해. 녀석이 들으면 우린 위험해져."

"녀석이란 게 누구야? 도대체."

"종말교의 인형이 분명해."

아라는 의아해졌다.

"종말교? 인형이라고?"

"그래. 아까 그 수위…… 제길, 수위가 종말교 인형일 줄이야."

이번에는 준호가 중얼거렸다. 그러자 낮은 목소리가 다시 말했다.

"줄을 끊을 수가 없어. 난 쇠줄로 묶여 있어."

"나는 쇠줄은 아니지만…… 풀 수가 없어."

아라는 뒤로 묶인 손목을 한 번 당겨 보았다. 무슨 천 같은 것으로 단단하게 묶여 있는 듯했다.

"종말교가 뭐야? 아까 수위가 우릴 이렇게 묶었단 말이야? 도대체 왜? 무슨 죽을죄라도 지었나?"

"우릴 죽이려 할 거야."

아라는 가슴이 덜컥 내려앉는 것 같았다. 그러나 도무지 이해되지 않았다.

"도대체 왜? 무엇 때문에 우리를?"

"보면 안 되는 것을 봤거든."

"그게 뭔데?"

"아까 그 망령, 주석이의 원혼 말이야."

아라는 몸이 덜덜 떨리는 것을 느꼈다. 그러나 아라는 고집이 세고 자존심이 강했다. 그냥 냅다 울음이라도 터뜨리고 싶었지만 약한 꼴을 보이고 싶지 않아 억지로 참으며 물었다.

"원혼?"

나직한 목소리가 다시 말했다.

"그래. 이제야 알겠어, 제기랄."

"뭘?"

"주석이는 종말교의 뭔가를 봤어. 그래서 죽임을 당한 거야. 옥상에서 떠밀려 떨어져 버린 거지……. 그런데 준호 너하고 내가 그 일을 수상하게 여기고 조사하는 것 같으니까 놈들은 주석이의 무덤을 팠을 거야."

"넌 누구야?"

아라는 나직한 목소리가 아까 자신의 입을 막았다가 수위에게 맞고 쓰러진 그 사람일 것으로 짐작했다. 그러나 그 목소리의 주인공과 준호는 아라의 말에는 대답하지 않고 자기들끼리만 말하고 있었다.

"주석이의 얼굴이 모두 꿰매졌던 것은 그러면……?"

"그래. 우리에게 영력이 있는 것을 알고 소혼을 해서 뭔가를 알아낼까 봐 혼박술(魂縛術)을 쓴 게 분명해. 그리고 인형을 들여보내서 감시하다가 걸린 거야. 우리가 너무 쉽게 생각했어. 종말교는 생각보다 훨씬 무서운 집단이군."

"종말교가 뭔데 그래?"

아라는 다시 소리를 질렀다. 소리는 어디인지 알 수 없는 어두운 공간 내부를 빙빙 돌며 메아리쳤다. 한참이 지나자 준호가 주저하듯 말했다.

"사이비 종교야. 아니, 사이비 정도가 아니라 아주 무서운 이단 종교지……."

"인형은 또 뭔데?"

"그들이 조종하는 사람들이야. 제길, 그런 놈들이 아직도 있을 줄은……."

"잠깐!"

나직한 목소리가 대뜸 긴장하며 말을 막았다. 그러자 갑자기 조르륵거리며 물소리가 들리기 시작했다.

"뭐야, 이건?"

나직한 목소리가 한숨을 쉬며 되받았다.

"큰일 났군. 여기가 어딘지 알 것 같아."

"어딘데?"

"옥상의 물탱크가 분명해. 그 인형 녀석이 물을 튼 것 같아. 여기서 빠져나가지 않으면 우린 모두 물에 빠져 죽게 될 거야."

이런 상황이 됐음에도 나직한 목소리는 침착했으나 아라는 대번에 머릿속이 어지러워졌다. 죽게 될 거라고? 이런 캄캄한 곳에서? 싫어! 그건 싫다고!

 아라가 울음을 터뜨렸다. 하지만 아라가 울음을 터뜨리든 말든 물소리가 점점 거세지더니 급기야는 폭포처럼 울려왔다. 바닥의 물은 점점 차오르기 시작했다. 아라는 있는 힘을 다해 몸을 꿈틀거려서 일어나려 했으나 허리를 일으키는 것이 고작일 뿐, 손발이 묶여 일어설 수가 없었다. 그래도 아라는 나은 것 같았다. 보이지는 않았지만 느낌으로 볼 때 준호와 다른 한 명은 꽁꽁 묶였는지 아예 허리조차 펴지 못했다. 그때 준호가 소리쳤다.

 "아이구! 어떻게 해!"

 나직한 목소리가 다급하게 이어졌다.

 "큰일인데. 아, 아라야. 너는 여기 오면 안 되는 건데……."

 "내 이름을 알아?"

 "그래. 아, 제기랄, 네가 끼어드는 바람에……."

 "뭐야? 넌 누구야?"

 아라가 대들자 그 목소리는 한숨을 한 번 내쉬면서 말했다.

 "할 수 없지. 잊어버렸으니, 내가 누군지?"

 "네가 누군지 내가 어떻게 알아!"

 "나는 잊지 않았는데…… 난 준후야."

 아라는 너무도 놀라 묶여 있는 것도 잊고 벌떡 일어나려다가 중심을 잃고 그 자리에 철벙 소리를 내며 쓰러져 버렸다. 물은 점점 빠르게 차오르고 있었다.

"저, 정말 준후 오빠야? 정말이야?"

아라는 비록 위기 상황인 데다가 물에 빠지기까지 했음에도 커다랗게 목소리를 높였다. 이내 나직한 목소리가 중얼거렸다.

"뭐 하러 내가 거짓말하겠니? 아라야, 너 참 많이 컸더구나."

"목, 목소리가 다른데? 준후 오빠 목소리는 그렇게 낮지가······."

"변성기가 와서 그래. 얼굴을 보면 더 놀랄지도······."

"못 믿겠어. 아무리 그래도······."

준후가 한 말에 아라가 반신반의하고 있을 때 준호가 외쳤다.

"사부! 물이 점점 차오르고 있어! 이러다간 익사한다고! 어떻게 좀 해 봐!"

아닌 게 아니라 물은 점차 물탱크 안을 채우고 올라와 앉아 있는 아라의 허리께까지 차올랐다. 그러고도 수위(水位)는 계속 기분 나쁘게 몸을 간질이며 위로 올라오는 중이었다.

"사부, 수형도로는 쇠줄을 끊을 수가 없어. 손을 못 풀면 인을 맺을 수 없잖아."

"그래도 어떻게든 해 봐! 여기서 명을 마감할 수는 없잖아!"

준호와 준후가 목소리를 높이며 외치자 아라도 덩달아 외쳤다.

"사부라니? 그건 또 뭐야?"

그 말에 준호가 답답하다는 듯이 대꾸했다.

"준후는 내 사부란 말이야. 아무튼 그만 좀 떠들어. 지금 그런 것을 논할 계제(階梯)가 아니잖아."

"너야말로 뭔 소리? 논할 계제가 어쩌고 어쩐다고? 너 말도 안 되는 헛소리 좀 하지 말아 줄래?"

아라가 지지 않고 준호에게 투덜거리자 준후가 나섰다.

"아라야, 너를 묶은 줄은 쇠줄이 아니라면서?"

"그런데?"

"너 조요경은 가지고 있니?"

아까 엉겁결에 움켜쥔 조요경이 아직도 손에 있는 것을 아라는 느낄 수 있었다.

"응."

"네 조요경으로 어떻게 줄을 끊어 볼 수 없겠니?"

"내 조요경으로 뭘 어째? 이건 아무 힘도 없어. 다른 동물들을 부르는 정도밖에는…… 으악! 엄마야!"

갑자기 아라가 비명을 지르자 준후가 놀라서 물었다.

"뭐야? 응?"

"엄마…… 난 몰라. 어떻게 해. 앙앙……."

아라가 울음을 터뜨리자 이번에는 준호가 중얼거렸다.

"지금 상황이 일촉즉발인데 울고 짜다니, 원……."

"쥐가 지나갔단 말이야! 아앙…… 그것도 얼굴로…… 징그러! 더러워!"

아라가 소리를 꽥 지르는 순간 준후가 다급하게 말했다.

"이 안에 쥐가 있다고? 잘됐다!"

"잘되긴 뭐가 잘돼! 날 놀리다니! 너 준후 오빠 맞아?"

"아라야, 조요경으로 쥐를 시켜서 줄을 갉아 먹게 해. 네 손을 묶은 줄 말이야. 그러면 빠져나갈 수 있을 거야!"

준후의 제안에 아라는 기겁했다.

"으악! 쥐를?"

아라가 경악하자 준호도 준후의 말을 거들었다.

"그게 가능하다면…… 이건 천재일우의 기회야! 절체절명에서 생로(生路)를 찾은 거라고!"

그러나 아라는 어두워서 볼 사람도 없었지만 죽어라 하고 고개를 내저었다.

"싫어! 쥐는 더럽고 징그러워서 싫어! 차라리 죽을래!"

아라는 조요경으로 모든 동물과 약간의 식물들까지도 조종할 수 있었다. 그러나 쥐만은 딱 질색이었다. 차라리 바퀴벌레라면 견딜 만했다. 실제로 급했을 때 부려 본 일도 있었으니까. 그리고 대부분의 동물을 부린 경험이 있었다. 개, 고양이, 비둘기, 까마귀, 하루살이, 모기, 파리에 이르기까지. 하지만 시커멓고 지저분한, 번들거리는 앞니에 교활한 눈과 징글맞은 수염이 돋아난 쥐만은 한 번도 부려 본 일도, 부릴 생각을 해 본 적도 없었다.

그때 준호가 화를 내면서 뭐라 소리치려는 것 같았지만 준후의 차분한 목소리가 준호의 목소리를 누르고 흘러나왔다. 물은 앉아 있는 아라의 가슴께까지 차오르고 있었고 쓰러져 있는 준호는 거의 입 아래까지 잠길 판이었다.

"아라야, 방법이 없어. 지금 여긴 꽉 막힌 공간이라 큰 술수를 쓰면 우리가 더 위험해. 더구나 수인을 맺을 수 없으니 방법은 네가 줄을 풀고 우리를 풀어 주는 것뿐이야."

"하지만, 하지만 쥐는…… 쥐…… 으윽."

"아라야……."

준후가 다시 한번 간곡한 목소리로 말하자 아라는 아랫입술을 깨물었다. 잠시 후 아라의 손에 쥔 조요경에서 한 줄기 빛이 흘러나와 컴컴한 물탱크 안을 희미하게 비추었다. 아라는 얼굴이 새파랗게 사색이 된 채 눈을 꼭 감고 있었다. 찍찍 소리를 내며 쥐 두어 마리가 아라 손목 쪽으로 다가오자 아라는 손을 부들부들 떨었다.

그때 끼이익 하는 금속성의 마찰음이 길게 들려왔다. 순간 놀란 아라가 조요경에서 힘을 풀었다. 조요경의 빛이 사라졌는데도 물탱크 안은 여전히 희미한 빛이 어디선가 흘러들고 있었다. 아라는 그 짧은 순간에도 준후의 얼굴을 보려고 잠시 눈을 돌렸으나 준후는 뒷모습밖에 보이지 않았다.

"문이 열렸어!"

물에 잠기기 일보 직전인 준후가 외쳤다. 아라는 눈을 뜨고 빛이 흘러 들어오는 쪽을 바라보았다. 물탱크의 열린 구멍으로 아까 그 수위가 쓰윽 얼굴을 들이밀고 있었다.

"으악!"

아라는 놀라 소리를 지르면서 다시 발작적으로 조요경을 꽉 움켜쥐었다. 그러자 갑자기 쥐들이 튀어 오르면서 아라의 손목에 매달렸다.

수위가 서서히 물탱크 안으로 몸을 들이밀며 내려왔고 그의 손에는 몽둥이가 들려 있었다. 아무래도 안에서 들려오는 소리를 밖에서 엿듣다가 물을 붓는 것만으로는 충분치 못하다고 판단한 것 같았다.

"이 녀석들 장난질은 이제 끝이다."

수위가 몽둥이를 쳐드는 순간 아라는 더 기다리지 못하고 젖 먹던 힘까지 끌어올려서 몸을 용수철처럼 솟구쳐 올려 수위를 들이받았다.

수위의 몸은 바윗덩어리 같아서 아라가 부딪히는 정도로는 끄떡도 없었으나, 좁은 물탱크 안에서 수위는 발이 미끄러져 균형을 잡지 못하고 넘어졌다. 넘어진 수위가 별안간 으아아 하며 비명을 지르더니 축 늘어져 버렸다. 그 순간 아라는 자기 손을 묶었던 줄이 풀어지는 것이 느껴졌다.

"고맙지만…… 제발 좀 떨어져!"

아라는 손목에 매달린 쥐들을 매정하게 떨쳐 버리고는 축 늘어져 있는 준후에게 다가가 그 몸을 일으켰다. 그러나 그 사람은 준후가 아니라 아까 정신을 잃었던 원석이었다.

아라는 원석을 물에 아무렇게나 던져 버리고는 주위를 살폈다. 수위의 밑에 또 한 사람이 깔린 것이 보였다. 아라는 그 사람을 온 힘을 다해 일으켜 세웠다. 준후였다.

"고맙다, 아라야."

아라는 어둠 속에서 준후의 실루엣을 멍하니 쳐다보았다. 조요경의 희미한 빛밖에 없는 물탱크 안이라 자세히 보이지는 않았지만, 지난 몇 년 사이에 준후는 정말 몰라볼 정도로 변한 것 같았다. 오목조목하던 얼굴 윤곽은 옛 모습이 그대로 남아 있는 듯했지만, 동글동글하던 얼굴은 늘씬한 청소년의 얼굴이 돼서 전체적인 이미지는 완전히 달라져 있었다.

무엇보다도 놀라운 것은 키였다. 여전히 체구는 가는 편이었지만 조그마하던 키가 어느새 웬만한 어른보다도 훤칠할 정도로 커져 있었다. 그리고 준후의 눈은 조요경의 불빛이 비쳐서인지 어둠 속에서 번쩍이며 빛났다. 좀 가늘던 눈이 날카롭게 변한 듯했다. 그러나 분명 준후였다. 아라는 잠시 준후를 망연히 바라보다가 갑자기 준후의 뺨을 찰싹 때렸다.

"나쁜 오빠! 왜 죽었다고 속이고 나를…… 날……."

울먹이던 아라가 급기야 울음을 터뜨렸다. 준후는 일단 뒤로 묶인 손을 풀어 달라고 하고 싶었지만 머쓱하기도 하고 좀 당황하기도 해서 아무 말도 하지 못하고 서 있었다.

아라는 더 크게 소리 내어 엉엉 울다가 말했다.

"도대체 그동안 어디서…… 아앗!"

말을 잇지 못하고 아라가 갑자기 휙 뒤로 넘어져 버렸다. 준후는 깜짝 놀랐다. 방금 수위의 몸이 자신에게 덮치는 것 같아 준후는 급한 김에 영력으로 그 몸에 충격을 가했다. 한두 시간은 정신을 잃고 있으리라 여겼는데 수위가 이렇게 빨리 깨어날 줄은 몰랐다.

수위는 아라를 구석에 내던지고는 몽둥이를 들어 내려치려 했다. 준후는 몸으로 수위를 밀어 보려 했지만 이번에는 수위도 아까처럼 간단히 미끄러지지 않고 되레 준후의 머리를 몽둥이 자루로 갈겼다. 준후는 눈앞이 아찔해지는 것을 느끼며 자리에 풀썩 쓰러졌다. 손이 뒤로 묶였을 뿐만 아니라 발도 묶여 있었기 때문에 힘을 쏠 수가 없었다. 그러나 준후는 포기하지 않고 물속에서 몸을 굴려서 아라의 앞을 막아섰다.

　수위가 몽둥이를 내리치자 아라는 비명을 질렀다. 준후는 몸을 일으켜 눈을 질끈 감고 어깨로 몽둥이를 받아 냈다. 퍽 하는 소리와 함께 준후가 쓰러지면서 아라와 같이 넘어졌다. 그 순간 준후는 뒤로 묶인 손으로 아라의 손을 잡았다.

　"아라야, 내 손을…… 그리고 쇠줄을…… 쇠줄을……."

　"뭐?"

　더 말을 잇지 못하고 준후의 얼굴이 물에 잠겨 버렸다. 아라는 준후의 몸을 일으키려고 했지만 수위는 잔인하게 준후의 등을 밟아서 얼굴을 들지 못하게 하고 다시 몽둥이를 내리치려 했다.

　'이젠 죽었구나……. 준후 오빠…….'

　아라는 단념하려다가 준후가 했던 말이 생각나서 준후의 손을 잡고 다른 한 손으로 쇠줄을 잡았다. 그러자 이상한 기운이 준후의 손을 잡은 아라의 팔에 밀려 들어와서는 어깨를 통과해 쇠줄을 잡은 손으로 찌르르 흘러갔다. 다음 순간, 탁 하는 소리와 함께 준후의 손목을 묶었던 쇠줄이 투둑 소리와 함께 썩은 새끼줄처럼 끊어지고 말았다.

　아라는 놀라서 탄성을 지르려 했으나 막 수위의 몽둥이가 머리로 떨어지려는 판이라 질끈 눈을 감았다. 그러나 몽둥이는 아래로 내려오지 않았다. 아라는 의아하며 눈을 떠 보았다. 아래에서 수위의 몽둥이를 잡은 준후의 팔이 보였다.

　수위는 놀란 얼굴이 돼 몽둥이를 빼내려고 애쓰는 것 같았지만 준후의 가늘고 긴 팔은 마치 쇠로 빚어진 것처럼 꼼짝도 하지 않았다. 이내 푸른빛의 번갯불 같은 섬광이 번쩍했고 수위는 와당탕 소리와 함께 저편의 물탱크 벽에 호되게 부딪힌 다음 다시 튕겨 나와 대자로 물에 첨벙 쓰러져 버렸다.

　준후가 대수롭지 않다는 듯이 말을 내뱉었다.

　"끝났어."

　아라가 놀란 눈을 휘둥그레 뜨니 준후는 어느새 일어나 물에 흠뻑 젖은 원석과 준호를 한 손에 하나씩 잡고 가볍게 들어 올리고 있었다. 그리고 아라가 뭐라 말할 틈조차 주지 않고 휙 물탱크 밖으로 빠져나가 버렸다.

　아라는 준후가 급하게 움직이자 힘겹게 몸을 일으켜서 일단 물탱크 밖으로 빠져나왔다. 그러나 밖으로 나왔을 때 준후의 모습은 그 어디에도 보이지 않았다. 다만 아직 쓰러진 원석과 발목에 묶인 줄을 풀고 있는 준호가 보였을 뿐.

　"어어. 준후 오빠…… 오빠 어디 갔어?"

　아라는 당황해 중얼거리다가 주위를 둘러보았다. 곧이어 여기

저기를 뛰면서 준후가 있지 않나 살폈다. 순식간에 어디로 꺼졌는지 준후의 모습은 보이지 않았다.

"어디 있어! 준후 오빠! 어디 간 거야!"

"조용히 해……."

아라의 목소리가 높아지자 준호가 아라에게 말했다.

"뭐야, 넌! 준후 오빠는 어디 갔어? 응?"

"조용히 해. 떠들다가 사람들이 몰려오면 뭐라고 할 거야? 응?"

"지금 그게 문제야? 야, 너 준후 오빠 어디 갔는지 알지?"

"뭐?"

"준후 오빠는 어디로 간 거야! 나 혼자 두고 말이야!"

그러나 준호는 대답하지 않았다. 아라가 안달하든 말든 간에 준호는 발에 묶였던 줄을 다 풀고 나자 물탱크 안으로 들어가서 수위를 끌어내어 땅에 눕혔다. 아라는 준후가 없어지자 속이 상해 있던 참에 준호가 다시 수위를 끄집어내는 모습을 보더니 외쳤다.

"그 사람은 왜 꺼내 줘? 가둬 버려!"

"저 안에 물이 쏟아지는데…… 그러다가 죽으라고?"

"그렇다고 꺼냈다가 또 우리한테 덤비면 어떻게 해!"

아라가 꽥 소리치자 준호는 안심하라는 듯한 표정을 지었다.

"이 아저씨, 이제 제정신으로 돌아올 거야. 종말교에 잠시 이용당한 것뿐인데. 사부가 주술을 풀어 줬으니 괜찮을 거야. 너도 재주가 좀 있으니까 내가 무슨 말 하는지 알지?"

아라는 무심코 고개를 끄덕이다가 앙칼진 목소리로 외쳤다.

"가만! 사부라면 준후 오빠 아니야?"

"맞아."

아라는 믿어지지 않는다는 듯 눈을 치켜뜨면서 물었다.

"너, 준후 오빠의 제자야?"

"그런 셈이지, 뭐. 아무튼 여기서 어물쩍거리고 있으면 골치 아픈 일이 생긴다는 걸 모르진 않을 텐데?"

아라는 금방이라도 울음을 터뜨릴 것 같은 얼굴로 말했다.

"준후 오빠를 찾아야지!"

준호는 울려고 하는 아라를 보다가 별수 없다는 듯 씨익 웃었다. 아까는 다 큰 아이 같아 보였는데, 지금 눈물이 그렁그렁한 모습을 보니 아라가 자기보다도 한참이나 어린 것 같아 측은해진 것이다.

"그럼 일단 날 따라와."

"싫어! 난 준후 오빠를 만나야 해!"

"지금 사부는 급한 일 때문에 갔단 말이야. 어차피 넌 쫓아가지도 못해. 우선 여기서 나가자. 그러면 내가 사부랑 만나게 해 줄게."

"정말이야? 약속할 수 있어?"

"그래."

"그런데 이 사람하고 애는 어떡하지?"

"할 수 없지, 뭐. 뭐에 홀렸던 것쯤으로 생각하겠지. 일단 그건 나중에 걱정하자고."

그제야 아라는 준호의 뒤를 따라 으슥한 학교 뒤쪽을 나섰다.

비로소 준호는 속으로 안도의 한숨을 내쉬었다.

'학교 안인데 앙칼진 목소리가 들리면 시끄러워지지.'

다행히 물탱크는 아주 후미진 뒤쪽이라 그들의 말소리를 들은 사람은 아무도 없는 듯했다.

준호와 아라

"근데 준후 오빠는 어딜 간 거야? 어디 간 건지 알아? 오늘 일하고 관련 있는 거야?"

대충 젖은 옷을 추스른 뒤에 누가 볼세라 학교 뒷문을 나서면서 아라가 물었고, 준호는 좀 머리가 아프다는 표정으로 대답했다.

"오늘 일하고 관련이 있지. 아마도 사부는 종말교 일에 대한 걸 캐러 갔을 거야. 더 지체할 수가 없으니까 말이야. 그런데 가급적 한 가지씩만 물어봐."

"종말교가 뭐야? 그리고 인형이란 건 뭐고? 거기다 아까 보였던 애 유령은 또 뭐지?"

아라가 총알같이 물어 대자 준호는 인상을 약간 쓰더니 대꾸했다.

"그런데…… 너 사부랑 오래전부터 잘 아는 사이 맞아? 믿어도 되겠지?"

"당연히! 난 말이야, 준후 오빠랑 정말 죽을 고비를 몇 번이나 넘겼던 사이라고!"

"사부의 능력이나 이름이 밝혀지면 좋지 못하거든. 비밀 지킬 수 있는 거지?"

"당연히 지키지!"

"내가 어떻게 믿지?"

"너 죽을래?"

곧 덤벼들 듯이 아라가 으르렁거리자 준호는 웃으면서 말했다.

"알았어, 알았어. 사부가 너한테 말 잘해 두라고 했으니 나도 아는 한도 내에서는 대답해 줄게. 좋아, 뭘 알고 싶어?"

"그러니까 종말교가 뭔지, 인형은 또 뭐고 아까 그 끔찍한 유령은 어떻게 된 거며, 그리고……."

"한 가지씩 물으랬지!"

준호가 정색을 하자 아라는 조금 비위가 뒤틀려서 목소리를 높였다.

"야! 준후 오빠가 너한테 사부님이면 난 장차 사모님이 될지도 모르는데, 그깟 거 하나 못 외워? 너 돌대가리야?"

"사아모오니임?"

준호가 놀리는 듯한 표정이 되자 아라는 금세 얼굴이 빨갛게 돼서 얼버무리듯이 대꾸했다.

"알았어, 알았어. 종말교가 뭐야?"

준호는 킥킥거리며 웃다가 말했다.

"종말교란 말세를 대비한다는 종파야. 원래 이름이 종말교인 건 아니지. 우리가 그냥 그렇게 부르는 거고, 간판에는 '종말재림부흥교'라고 쓰여 있어. 너 휴거(携擧)라는 말 들어 봤지?"

"응? 응. 그런데?"

"몸을 가지고도 그대로 천국으로 들어 올려져 죽지 않는 게 휴거지. 종말교는 이미 말세에 들어섰으므로 휴거가 될 몸을 지니게 해 준다는 사이비 종파라고 할 수 있어. 그러나 실제로는 사악한 주술을 사용하는 거지. 좀비만큼 지독한 술수는 아니지만 그와 비슷해. 인형이란 건 종말교의 주술에 걸려서 멍한 상태가 된 사람이야. 아까 그 수위처럼."

종말교는 말세론을 주장하는 일종의 이단 종파였다. 처음에 준후는 그에 대한 별 관심을 두지 않았지만, 근래 들어 이 일대에서 수상쩍은 일들이 빈번하게 발생하기 시작했다. 물론 보통 사람들은 전혀 느끼지 못할 정도의 사소한 일들이었지만 영감이 발달한 준후로서는 그 심상치 않은 기운을 느낄 수 있었다.

그래서 준후는 주석을 주목하게 됐다. 주석이 종말교와 약간의 인연이 있다는 것을 눈치챘기 때문이었다. 하지만 준호와 준후가 주석에게 접근하자 주석은 의문의 죽임을 당하고 말았다. 그 후 준호와 준후는 여러 번 주석의 죽음에 대해 알아내려고 시도해 보았다.

보통 자살자가 생겼던 자리에는 강한 영적인 흔적이 남게 마련인데 이상하게도 주석이가 죽은 자리에는 아무런 느낌 없이 깨끗했다. 마치 누군가에 의해 지워진 것처럼.

준후는 이를 이상하게 여겨 준호와 함께 강신술을 행해 보았지만 그마저도 실패였다. 이건 보통 일이 아니었다. 자살을 했든 아니든 간에 주석의 죽음은 뭔가 석연치 않은 면이 있음이 분명했다. 하물며 죽은 지도 얼마 되지 않은 사람의 영혼이 강신술에 나타나지 않았으니 그 의심이 더욱 짙어질 수밖에.

준호가 사람들의 눈에 띈 것은 그런 과정에서였다. 준후는 은신술 같은 고도의 수법을 이제는 자유자재로 쓸 수 있었기 때문에 남의 눈에 띄지 않았고, 그 결과로 준호만 왕따가 돼 버렸지만.

"그러면 준후 오빠하고 너는 계속 종말교를 추적해 온 거야?"

"아냐, 그건 순전히 우연이야. 사부가 이 근처로 이사하게 돼서 이 학교에 편입하려는 계획에 따라 나도 함께 움직인 거지. 난 사부의 그림자니까 말이야."

"그림자?"

"그래, 그림자."

준호는 자신과 준후와의 과거에 대해 간략하게 말해 주었다.

원래 준호는 갱정유도(更定儒道)[1]라는 민족 종교를 믿는 집에서 태어났다. 그 때문에 한복을 고집하고 한문 등에 능했다. 그러다 이상한 일에 휘말려 부모를 잃고 죽을 위험에 빠졌는데, 우연히

---

1 1945년 강대성(姜大成)이 창시한 신종교로 정식 명칭은 시운기화 유불선 동서학 합일 대도대명 다경대길 유도갱정 교화일심(時運氣和儒佛仙東西學合一大道大明多慶大吉儒道更定敎化 一心)이다. 줄여서 일심교(一心敎)라고도 한다. 갱정유도의 교리는 유·불·선에 근거하고 동·서학을 합일하되 그를 다시 유도(儒道)로 구제한다는 것이다. 영서(靈書)와 토설(吐說)을 합친 『부응경(符應經)』이라는 경전을 사용한다.

산중으로 수련하러 갔던 준후를 만나 도움을 받게 됐다. 그때 준후에 대해 경탄한 준호는 준후를 사부라 부르면서 한사코 떨어지지 않으려 했다.

"그래서 사부라고 불렀구나. 그런데 준후 오빠가 널 순순히 따라다니게 했어?"

"처음엔 안 된다고 막무가내였지. 그래서 나를 안 받아 주면 죽어 버리겠다고 했어……."

"정말?"

"으음…… 난 진심이었어. 사부랑 같이 있거나 사부의 재주를 배우지 않으면 난 죽는 수밖에 없거든. 빠르든 늦든 말이야."

"그건 또 왜?"

아라가 의아해하며 물었으나 준호는 그 물음에 대해서는 어두운 미소만 지어 보이고는 슬쩍 말머리를 돌려 대답을 피했다.

"좌우간 난 아무래도 사부가 안 받아 주려고 해서 죽을 각오로 절벽에서 뛰어내렸어. 나도 정말 죽는 줄 알았지. 그런데 정신을 차려 보니…… 사부 옆에 누워 있었어. 사부가 한숨을 쉬더니 정말 무섭지 않느냐고 물었지. 난 어떤 일이라도 맞설 각오가 돼 있다고 했어. 안 그러면 죽는 수밖에 없으니까 말이야……. 그것도 가장 끔찍하고 무섭게……."

아라는 도대체 준호가 준후와 같이 있지 않으면 왜 죽는 것인지가 궁금했지만, 준호의 얼굴빛이 너무도 침울한 것을 보고는 목에까지 올라온 질문을 꿀꺽 삼켜 버렸다. 그렇다. 누구나 어둡고 남에게 밝히기 싫은 과거가 있는 법이니까. 아라도 준후에게 밝히지 않은, 앞으로도 밝히기 싫은 일이 있으니까 말이다.

준호는 다시 말꼬리를 돌려 그림자에 대해 설명을 해 주었다.

준호는 준후와 이름이 비슷하고 준후가 어렸을 때와 용모가 비슷한 것을 신기하게 여겼다. 그러다가 준후가 정체를 숨기고 있어야만 한다는 사실을 알고 그림자 역할을 자청했다.

"그러니까 난 항상 밖으로 튀는 존재가 되는 거야. 이 학교에서처럼. 너처럼 사부를 찾는 사람들은 다 내가 사부인 줄 알고 찾아올 거잖아. 그랬다가 나를 보면 사부가 아니라는 것을 단박에 알게 되겠지. 그러면 그들은 잘못 찾았다고 여기고 포기할 게 아니겠어? 바로 가까이에 있는 사부는 안진한 거지, 안 그래? 바로 허허실실(虛虛實實), 등하불명이지."

준호의 설명을 듣고 보니 그도 그럴듯했다. 상당히 안전한 방법 같기는 했다. 그러나……

"하지만 네가 위험해질 일이 생길 수도 있잖아? 나도 널 보고 혼내 주려고 했는데……"

"아, 사부는 항상 내 근처에 있으니 염려 없어. 사부의 능력을 넌 모르니?"

"나도 알아. 인간도 아니지, 뭐."

아라는 준후가 차라리 아무 힘도 없어서 그렇게 골치 앞은 일들에 휘말리지 않고, 자기와 단둘이 만나면서 즐겁게 지낸다면 얼마나 좋을까 싶었다.

"어쨌든 종말교는 그냥 두어선 안 될 것 같다고 사부가 말했어. 나쁜 집단들이고…… 무엇보다도…… 무엇보다도……."

"무엇보다도 뭐야?"

"그들은 사부의 얼굴을 봤잖아."

"그 수위만 봤잖아. 그러게 수위를 그냥 두고 가지 말자니깐."

"그게 문제가 아냐. 아까 수위 아저씨는 인형처럼 조종당하고 있었을 뿐이고. 실제로 문제는 조종한 녀석이 수위 아저씨의 눈을 통해 사부를 봤다는 데 있어. 사부는 큰일을 바로 앞에 두고 있다고 들었는데, 그런 자잘한 것들 때문에 신경 쓰이게 하면 안 돼."

"자잘한 것들? 네 반 친구가 죽었고 사람을 그렇게 조종하는 일들이 자잘한 것들이야?"

그렇다면 준후가 자신도 자잘한 것으로 생각해 멀리 떼어 놓으려고만 할지도 모른다고 아라는 생각했다. 그러자 은근히 심통이 났다.

하지만 준호는 무딘 것인지, 아니면 모르는 척하는 것인지 자기 이야기만 계속했다.

"사부의 눈으로 볼 때 그렇다는 거겠지, 뭐. 어쨌거나 놈들이 흉악한 짓을 했다고 우리가 복수하려 해서는 안 된다고 사부는 말했어. 우리가 나서는 건 복수를 위해서가 아니라, 나쁜 놈들에게 조종당하는 희생자가 더 이상 나오지 않게 하는 거라고 말이야. 우리 사부 참 멋있지 않냐? 히히."

아라는 심통이 난 차에 준호가 입에 침도 바르지 않고 너무 준후를 떠받들자 약간 비꼬는 듯 되받았다.

"뭐가 그렇게 멋있다는 거야?"

"생각하는 게 아주 옳고 확실해서 하는 말이야."

"난 말이야, 너보다 훨씬 전에 준후 오빠를 알았어. 그리고 오늘보다 더 무시무시한 일도 많이 겪었다고. 내가 왜 준후 오빠를 잊지 못하는데……?"

아라는 준호에게 지지 않으려는 듯 떠들다가 말꼬리를 흐렸다. 그러자 준호가 슬쩍 말했다.

"넌 너무 우악스럽고 거칠어서 불안해. 여자애가 말이야……."

"뭐야, 인마?"

아라는 금방이라도 칠 듯이 손을 올렸으나 자칫하다간 나중에 준호가 준후에게 자신이 우악스럽다고 말할 것 같아서 입술을 깨물고 손을 다시 내렸다.

"너 여자를 무시해? 넌 아직도 케케묵은 옛날 사고방식을 가지고 있구나? 여자라고 맨날 '예, 예.' 하고 얌전한 척 내숭만 떨어야 된다는 거야, 뭐야?"

"그런 건 아냐. 내가 거칠다고 한 건 다른 의미야. 스스로 잘 판단해 능력이 되는 한에서 움직여야지, 너처럼 무모하게 계획도 없이 마구 사람을 치거나 덤비는 건 잘못된 거야. 너, 아까 원석이에게 뭔 수작을 부렸지?"

아라는 이내 할 말을 잃었다. 원석을 이용한 건 분명한 사실이었다. 그러나 솔직히 아라가 의도적으로 원석을 조종하려 한 건 아니었다. 다만 원석에게 겁을 주면서 조요경이 동물과 식물에게도 신통하게 들으니 사람에게도 혹시 듣지 않을까 생각했던 것뿐이다. 그러고 보니 원석이 동식물처럼 아라의 말을 무조건 들은 것은 아니지만 그렇게 애를 쓴 것을 보면 조요경의 힘이 어느 정도는 작용한 것 같기도 했다.

그렇게 따지고 보니 조요경도 사람에게 어느 정도 영향을 줄 수 있다는 추측도 가능했지만, 준호 앞에서 아라는 자신이 우연히 그런 것이라고 변명하고 싶은 생각은 추호도 없었다. 오히려 준호가 모르는 신기한 재주를 많이 가지고 있는 것처럼 해 준호의 코를 납작하게 해 주고 싶었다.

"그래서 뭐 개가 별 탈이라도 났니? 너도 한번 당해 볼 테야?"

그러자 준호는 늙은이처럼 고개를 설레설레 저으며 말했다.

"너는 그래서 안 된다는 거야. 아까 뭐라고 했어? 사모님? 내 눈에 흙이 들어가지 않는 한 꿈도 꾸지 마. 네가 자꾸 따라다니면 사부가 귀찮아질 테니까."

"뭐? 아쭈, 이게? 야, 인마. 네가 뭔데 상관이야? 죽을래? 응?"

아라가 부끄럽기도 하고 화가 나기도 해서 독이 바짝 올라 대들자 준호는 어이쿠 하면서 저만치 물러났다.

"아녀자랑 이런 일로 손을 써서 다툴 수야 없지. 좌우간 내 말 명심해. 사부랑 아는 사이니 만나는 건 상관없지만, 그렇게 속 보이는 수작은 하지 말란 말이야. 알았어?"

"야! 땅꼬마! 너 거기 서! 뭉개 버릴 테다!"

아라가 정말로 칠 듯이 대들자 준호는 냉큼 한마디 덧붙였다.

"너, 사부 만나고 싶지 않아?"

"뭐?"

"사부는 나한테 일을 전담시켰다고. 즉 나를 통하지 않고선 앞으로 사부를 만날 수 없을걸?"

"웃기는 소리! 학교 앞에서 기다리면 그만이야!"

"사부가 학교 안 나오면? 아니, 설혹 나온다 쳐도 사부가 모른 척하면 네가 어쩔 거야? 응?"

"뭐? 모른 척? 그럼 사생결단이다!"

아라가 앙칼지게 소리치자 준호는 아라를 타이르듯 말했다.

"이거 봐. 너 사부 편이야, 아니면 적 편이야? 사부를 쫓는 사람이 무척 많단 말이야. 그렇지 않으면 내가 왜 여기서 바람막이 노릇을 하겠어? 그런데 네가 그렇게 소란을 피우면 그건 사부를 노리는 사람들한테 사부의 존재를 알리는 거나 다름없어. 오늘 한 번은 모르고 그랬고 다행히 일이 잘 풀렸지만, 사부의 정체를 알고 이상한 놈들이 우르르 쫓아오면 어떻게 할 거야? 오늘 일만 해도 그래. 사부는 너하고 내가 다투고 소란을 피우는 바람에 소란을 줄이고 우릴 구하려다가 하마터면 당할 뻔했어."

"하지만 내 덕에 살아난 거잖아!"

"네가 안 왔으면 이렇게 직접적으로 난리가 터지지도 않았어. 아마도 조용히 조사하면서 단서를 잡아냈을 거야. 하지만 아까 수위를 조종하던 놈이 결국 사부를 직접 봤다고 생각해야 해. 사부

뿐만 아니라 나하고 너까지도 말이야. 이제는 우리도 발등에 불이 떨어진 거라고."

아라는 조금 무서웠지만 억지를 썼다.

"직접 대면도 하지 않고 남의 눈을 통해서 우릴 어떻게 봐? 종말교인지 뭔지, 엉터리 사이비 종교 아냐? 그런 재주가 있을 리 없어."

"사이비라는 건 맞지만 놈들을 무시하면 안 돼. 엉터리 사이비 종교가 혼박술을 펼치고, 산 사람을 인형처럼 조종한단 말이야!"

그러고 보니 아라는 아까 수위의 얼굴이 세 개로 겹쳐 보였던 것이 생각났다. 조요경을 들고 있던 덕분에 본 것이 분명한데, 그렇게 생각하니 아라나 준호, 준후도 모두 놈들의 눈에 띄었다는 말이 맞는 듯했다. 천방지축이고 안하무인이었던 아라도 아까 일을 생각하니 자기 혼자서는 도저히 그런 놈들의 상대가 될 것 같지 않았다. 그러자 금방 등골이 으슬으슬해지는 것 같았다.

"그럼 이제 어떡하지……? 준후 오빠도 위험할 거 아냐? 그럼 우리가 가서 도와줘야지!"

"정신 좀 차려라. 누가 누굴 돕는다는 거야? 사부가 걱정하는 건 오히려 너란 말이야. 그래서 네 옆을 내가 지키라는 분부가 떨어진 거야. 제길, 내가 너 같은 왈패가 걱정돼서 이러는 줄 알아? 사부가 그렇게 시켰으니까 그런 거라고. 사실 사부를 그 누가 당하겠어? 네가 조심하는 게 사부를 가장 도와주는 거니까 그리 알아."

아라는 준호가 빈정거리듯 말하자 화가 나기도 했지만 준후가 자신을 생각해 준다는 말에 새삼 감격스럽기도 했다.

"준후 오빠는 그럼 어디 간 거야?"

"사부는 아마 바쁠 거야. 느닷없이 종말교랑 정면 대결하게 되는 셈이잖아. 그렇다고 그 사람들을 무작정 때려잡을 수도 없으니…… 아마 알아볼 게 많을 거야."

"종말교가 커? 어디야?"

"바로 저 아래에 있는 교회 같은 큰 건물이 본거지야. 하지만 무턱대고 쳐들어갈 수도 없잖아. 거긴 신도도 무진장 많다고."

"많아 봐야 밥통들뿐이겠지. 준후 오빠를 지들이 어쩌겠어."

"이봐, 그게 문제가 아냐. 물론 종말교에는 광신도들이 많아. 그 사람들은 안 그래도 기도회를 드리네 뭐네, 밤새 난리 치고 울고 소리 지르고 해서 동네 사람들이 다 싫어해. 하지만 그런 광신도들 말고 보통 신도들은 죄도 없으니 함부로 때려눕힐 수도 없어. 그런 사람들에게 술수를 쓰는 걸 보이게 되면 앞으로의 일을 어떻게 감당하란 말이야? 나도 답답하고 사부도 아주 당황스러울 거야."

"그럼 경찰에라도……."

"넌 우리들 셋이 나란히 정신 병원 가는 걸 보고 싶냐?"

아라는 몇 번 눈을 깜박거리며 생각했다. 솔직히 아라는 걱정도 되고 자기 때문에 일이 커진 거라는 자책감을 느끼기는 했지만 준후가 워낙 천하무적이고 반은 신선 같은 존재이니 아무 일 없을 것이라고 믿었다. 오히려 종말교 놈들이 불쌍하게 됐다는 터무니없는 동정심마저 들었다.

"우리가 도와줄 순 없을까?"

"뭘 어떻게 도와? 아까 인형이 된 수위 하나도 못 이기면서. 우리가 할 수 있는 건 그저 잔심부름뿐이야. 사부가 필요 없다면 우린 조용히 있는 거고. 아니지? 가만! 그건 내 일인데 그 틈에 네가 어물쩍 끼어들려는 거 아냐?"

그 말에 아라는 화를 벌컥 냈다.

"그렇게 볼일이 많고 바빠서 나하고는 이야기도 못 하는데! 잔심부름거리라니? 흥! 장준호! 사람을 그렇게 무시해도 되는 거야?"

"너 입이 험한 건 알았지만 좀 심하구나. 사부는 널 걱정하고 또……."

"근데 언제쯤 준후 오빠랑 만날 수 있는 거야? 내일은 안 돼?"

아라가 직설적으로 나오자 준호는 말을 얼버무렸다.

"글쎄. 종말교 일이 끝나야 어떻게든……."

"일이 안 끝나면?"

"설마. 하지만, 하지만 단시간에 끝날 건 아니고 또 이대로라면 모두가 위험해지기 때문에 사부는……."

준호가 더듬거리는 순간 아라는 준호의 얼굴을 살폈다. 준호는 의아해서 아라의 얼굴을 보았다가 문득, 아라가 비록 말이 험하고 행동이 우악스러워도 생긴 것은 참 예쁘구나 하는 생각이 스쳤다.

아라가 준호에게 따지듯 물었다.

"너, 솔직하게 말해. 아까 네가 나보고 딴생각하지 말라고 했던 이야기. 그거 준후 오빠가 말한 거지? 준후 오빠는 날 만나기 싫어하는 거지? 날 만나면 귀찮아질까 봐 널 시켜서 아예 날 떼어 놓으려는 거 아냐?"

"그렇게 함부로 말하는 거 아냐. 사부는 할 일이 많고 또……."

"제길! 누군 할 일이 없어서 여기까지 찾아온 줄 알아? 내가 찾느라 얼마나 힘들었는데! 삼 년이나 걸렸어, 삼 년! 떼쓰고 핑계 대서 전학만 몇 번 했는지 알아? 그리고 매일 밤늦게까지 미친년처럼 거리를 헤매면서 남학교 앞에서 얼마나 죽치고 기다렸는데! 그런데 위험하다 뭐다 핑계 대고 도망만 가다니……."

"사부는 많은 사람들을 위해 그러는 거야, 그건……."

"네가 뭘 알아? 장준후, 이 나쁜 자식! 사람들을 위해 그런다고? 미친 자식! 지가 그렇게 잘났어? 다른 사람만 중요하고 난 안중에도 없다, 이거야? 나…… 날 보살펴 주고 보호해 준다고 그래 놓고…… 분명히 그래 놓고……."

아라는 마구 욕을 하다가 갑자기 눈물을 뚝뚝 흘렸다. 준호는 워낙 고지식한 성격이라 아라의 마음을 이해하지 못하고 그저 난감한 표정으로 잠시 멀뚱거리다가 물었다.

"사부가 그랬어? 언제?"

아라는 대답하지 않고 급기야 마구 흐느끼며 중얼거렸다.

"나쁜 놈! 난 자기만 믿고 그렇게 기다렸는데…… 나타나지도 않고, 죽었다고 거짓말이나 하고…… 찾아왔더니 뭐가 어째? 아버지도 돌아가시고 세상에 믿을 사람도 없는데…… 내가 미친년이야. 그런 이상한 자식을 믿다니…… 난 이제 귀찮은 존재라, 이 거지?"

준호는 뭐라고 할 말이 없어서 뜨거운 불판 위의 개미처럼 안절부절못하다가 아라를 위로한답시고 말을 꺼냈다.

"사부는, 사부는 그런 생각이 아냐, 아닐 거야. 그, 그래, 그러니까 사부는 네가 위험한 일에 말려드는 게 싫어서 조금…… 조금만 기다리라고……."

"조금만 기다리라는 게 이거야? 지가 바쁘면 얼마나 바쁘다고 얼굴조차 보이기 싫어 도망을 가? 그럼 난 뭐야? 나만 쏠개 빠진 미친년이야? 나쁜 자식! 야아!!! 장준후! 이 나쁜 자식아아!!"

아라가 화를 이기지 못해 울면서 고래고래 소리를 지르자 준호는 얼굴까지 벌겋게 돼서 안절부절못했다. 여자의 울음소리와 고함이 나자 근처의 집들 창문이 열리면서 누군가가 소리를 쳤다.

"이 녀석들아! 이 밤중에 뭐 하는 거야!"

준호가 다급해져 발을 구르는데 아라는 오히려 큰소리쳤다.

"아저씨가 뭔데 끼어들어! 썩 창문 닫아!"

준호는 너무도 놀라 발만 동동 굴렀다.

'이거 우악스러운 정도가 아니라 완전 깡패잖아?'

남자도 화가 치민 듯 고래고래 고함을 쳤다.

"아니, 이 조그만 계집애가!"

순간 어느새 아라가 조요경을 썼는지 사방에서 벌레들이 까맣게 날아와 그 집 창문으로 날아들었다. 준호가 깜짝 놀라 아라를 만류하려 했지만, 이미 창문이 열린 집에서 비명이 쏟아져 나왔다.

"아이고, 이게 뭐야! 여보, 파리약 가져와, 파리약! 으아악!"

그 집에 벌레가 수천 마리 몰려 들어간 듯 난리가 벌어졌는데도 아라는 울음기가 잔뜩 실린 앙칼진 목소리로 외쳤다.

"아저씨! 좋은 말로 할 때 창문 닫고 귀 막아! 남의 일엔 신경 꺼!"

준호는 너무 놀라기도 하고 아라가 너무한다는 생각에 조요경을 빼앗아서라도 그만두게 하려 했다. 막상 그렇게 하려다가 보니 아라는 어느새 또 서럽게 울고 있었다. 준호는 차마 빼앗지도 못하고 좌불안석으로 허둥거리기만 했다.

그러는 사이, 어느 틈에 그렇게 몰려왔는지 준호와 아라 주변에는 수만 마리도 넘는 시커먼 벌레 떼들이 미친 듯이 맴돌고 있었다. 몇몇 열린 창문들에서 수없이 몰려드는 벌레들 때문에 기겁하는 소리가 여기저기 들려오더니 이내 창문이 모조리 닫혔다.

아라와 준호 주변으로 수많은 벌레가 에워싸고 거의 벽을 치다시피 해 두 사람의 모습이 밖에서는 보이지 않을 정도였다. 준호는 아라가 너무 심하게 사고를 치는 것 같아서 아라의 어깨를 마구 흔들어 소리쳤다.

"그만해, 그만! 이건 너무하잖아!"

그러나 준호의 말은 애당초 듣지 않으려는 듯 아라는 계속 서럽게 울기만 했다. 점점 조요경의 술수가 심해지는지 사방에서 동물들이 몰려왔다. 한쪽에는 이백 마리가 넘는 도둑고양이들이 떼를 지어 마치 군대처럼 정렬해 앉았고, 그 반대쪽에는 오십 마리나 되는 개들이 몰려왔다. 아주 조그맣고 털이 고우며 리본까지 단 애완견과 쇠줄을 끊고 온 듯한 무섭고 커다란 도사견도 한 마리 있었다. 머리 위에는 비둘기며 까치 같은 새들이 빙빙 맴돌고 날아들어 어두운 밤하늘을 뒤덮을 지경이었다. 거기다가 벌레 떼에 이르러서는 거의 안개로 착각할 지경이었다.

도시 한복판에 이렇듯 많은 동물이 있으리라고는 믿기 힘들 정도였다. 더구나 그 동물들은 혼란스럽게 떠들고 다니지도 않고 마치 아라의 명령을 기다리는 것처럼 모조리 한곳에 정렬해 부리를 다듬고 이빨과 발톱을 다듬는 것이, 금방이라도 출전하려는 군대같아 보였다. 준호는 너무도 당황스럽고 두려워서 아라의 어깨를 인정사정없이 흔들어 대며 마구 고함을 쳤다.

"무, 무슨 짓을 하려는 거야! 이게 뭐야, 대체?"

아라는 울다가 그제야 눈이 퉁퉁 부은 채 고개를 들어 주변을 보면서 화들짝 놀랐다.

"이게 다 뭐야?"

준호는 어이가 없어서 아직도 아라의 목에서 빛을 내뿜고 있는 조요경을 가리켰다.

"네가 한 짓 아냐?"

아라는 마치 남의 일처럼 조요경을 들여다보다가 중얼거렸다.

"이렇게 많이 모인 건 처음인데……."

그때 별안간 아라는 표정을 싹 바꾸어 싸늘한 눈매로 뭔가를 생각하다가 흥 하며 코웃음을 쳤다.

"좋아! 까짓것 안 되면 죽기밖에 더 하겠어!"

"너 무슨 소리를 하는 거야? 어서 이것들을 다 흩어지게 해."

그러나 아라는 준호의 말이 들리지 않는 것처럼 허공을 날카로운 눈빛으로 바라보면서 중얼거렸다.

"종말교인지 뭔지, 그놈의 거 핑계를 댄다, 이거지? 좋아, 장준후 네 맘대로 해. 나도 내 맘대로 할 거야. 내 맘대로 할 거라고."

준호는 아라의 말을 듣고 너무 끔찍해 아라에게서 조요경을 빼앗으려고 생각했지만 준호가 채 움직이기도 전에 벌레 떼들이 준호에게 새카맣게 달려들어 주위를 겹겹이 에워쌌다.

임자 없는 묘지

내친김에 변두리에 있는 공원묘지로 향하기는 했지만 준후의 발길은 무거웠다. 준호로서도 오랜만에 다시 만난 아라가 반갑기 그지없었다. 하지만 『해동감결』을 전부 해석해 자신 앞에 놓인 운명을 다 알게 된 준호로서는 아라를 받아들일 수가 없었다. 그대로 두면 틀림없이 아라는 자신의 뒤를 예전처럼 졸졸 따라다니려 할 테니까. 그렇다면.

'안 돼. 조요경을 가지고 있다 해도 아라 정도의 힘으로는 도움이 안 돼. 위험만 자초할 뿐이야……'

그래서 준후는 준호를 시켜서 아라에게 변명을 둘러대든지, 무슨 수를 써서라도 어떻게든 따돌려 달라고 부탁한 바 있었고, 항상 자신의 말을 잘 듣는 준호는 선선히 그에 응했다. 하지만 자꾸 마음이 무거워지는 것은 어찌할 수 없었다.

준후는 다시 생각했다. 혹시 내가 말도 안 되는 소리를 한 것이 아닐까. 아라는 위험해서 안 된다고 해 놓고 준호는 수족처럼 이 일 저 일을 시키고 있지 않은가. 다행히 준호가 그런 생각을 하지 못한 것인지, 아니면 말하지 않은 것인지는 몰랐지만 그렇게 나왔으면 준후로서도 아마 할 말이 없었을 터였다.

준후가 아라를 이 일에 말려들지 않게 하려는 진정한 이유는 다른 데 있었으며, 지금 스스로를 속이고 있는 것이나 다름없었다. 준후는 심호흡을 하면서 억지로 생각을 바꾸었.

'때가 되면 준호도 떼어 내야 해, 다 위험해지니까.'

그러면서도 준후는 『해동감결』에 뚜렷이 언급된, 네 명의 아이들의 도움을 받아야 한다는 구절을 생각해 냈다. 준호를 받아들일 때부터 준호가 그런 운명으로 자신과 만나게 된 것인지도 모른다고 생각했다. 하지만 거기에 아라까지라…… 준후는 다시 고개를 저었다.

'믿을 수 없어.'

과연 아라와 준호를 뺀다면 네 명이나 되는 기이한 아이들과 새로이 만날 수 있을까? 이제까지 몇 년을 지내면서 겨우 두 명을 만났을 뿐인데, 아무리 운명이 그리 정해져 있다고는 하지만 짧은 기간에 네 명이나 되는 기이한 능력을 지닌 아이들을 만날 수 있게 될까?

'혹시 그렇다면 아라도 그중 한 명일까? 그러나 조요경의 그런 조그마한 능력으로는. 거기다…….'

준후는 마음속으로 거부하려 했지만 마음 깊은 곳에서는 다른 목소리가 외쳐 댔다.

'앞으로 해야 할 싸움이 능력과 힘으로만 하는 것이냐? 너는 왜 스스로를 속이지? 그 이유는 뭐지?'

준후는 한숨을 쉬면서 답답해져 머리를 마구 긁으며 헝클어뜨렸다.

택시 운전사는 준후를 힐끗 백미러로 보다가 준후와 눈이 마주치자 얼른 시선을 돌렸다.

'신부님이나 현암 형과 상의해 볼까? 나 혼자 지금 결정을 내리는 것은…….'

준후는 준호의 일에 대해서는 아직 박 신부나 현암에게 말하지 않은 상태였다. 사실 준후는 학교에 재미를 붙이고 있던 참이었다. 그래서 학교에서의 일은 자신의 좋은 추억으로 간직하고 싶었으며, 가급적 자신이 실제로 걷고 있는 어두운 세계와는 멀리 떼어 놓고 싶었다.

준호도 반은 장난삼아, 반은 『해동감결』의 내용이 마음에 걸려서 제자로 삼은 것이었다. 그런데 학교 내에서 음산한 일이 터지고, 급기야는 종말교라는 이상한 세력과 맞부딪치게 됐다. 반 친구였던 주석이 죽고, 아라까지 나타나 이제는 발을 빼지도 못하게 된 것이다. 그렇다고 종말교가 두려운 것은 아니었다. 다만 아라나 준호나 자신과 관련이 있는 친구들이 종말교에 어떤 해를 입을까 봐 서두르는 것이었다.

준후는 마음속으로 이것은 개인적인 일일 뿐이며, 퇴마사로서의 일과는 다른 것이라고 억지로 짜맞추고 있었다. 그렇게라도 억지를 부리지 않고서는 학교에 다니며 즐겁게 보냈던 그 시간마저도 피로 얼룩진 어두운 과거의 일과 뒤섞여 버릴 것 같았다.

'나 혼자 해결할 거야. 이건 내 개인적인 일이야, 개인적인 일. 나도 개인적인 일이 있는 거야. 나도…… 나도…….'

준후는 혼자 중얼거리면서 다시 종말교로 생각을 돌렸다. 종말교, 정식으로는 종말재림부흥교가 수상쩍다는 것은 이제 의심할 여지가 없었다. 정말로 사람을 조종하고 죽이는 그 영까지도 흉악한 방법으로 처리할 정도가 아니던가.

그러나 그들을 어떻게 해야 할까 궁리하면서도 준후는 아직 결정을 내리지 못하고 있었다. 신도들의 숫자도 꽤 될 텐데 무작정 쳐들어가서 뒤엎어 버릴 수도 없고, 그렇다고 증거도 없이 무턱대고 경찰에 고발할 수도 없는 노릇이니 말이다. 일단은 그들의 근본이 무엇이며 무엇을 바라며, 어떤 술수를 사용하는가를 파악하는 것이 급선무였다.

그러려면 주석에게 무슨 일이 일어났는지를 알아보는 것이 가장 빨랐다. 귀찮은 탐문 조사 같은 것을 할 필요도 없었다. 당사자에게 직접 물어보면 그만이니까. 경찰은 죽은 사람과 대화할 수 없지만 준후는 할 수 있었다.

거기다가 주석은 혼박술을 당해 영마저도 거의 봉인돼 있었다. 아까 잠시 모습을 보인 것도 주석의 영으로서는 최선을 다한 안간힘이었을 터였다. 입과 눈이 모두 꿰매어진 끔찍한 모습으로 나타난 것은 바로 주석의 영혼이 강한 금제(禁制)를 받고 있다는 뜻으로, 그렇다면 당연히 그것부터 먼저 해결해야 했다.

행동은 빠르면 빠를수록 좋은 법이다. 더구나 지금은 한 번 실패를 겪은 종말교에서 재차 무슨 짓을 할지 모르는 시점이었다. 선수를 치는 것이 중요했다. 그렇게 생각하다가 준후는 마침내 혼자 주석의 무덤을 파 보기로 결심을 굳혔다. 지난번 반 아이들과 함께 장례식에 참석했기 때문에 무덤의 위치는 잘 알고 있었다.

결혼 전의 아이들이 부모보다 먼저 죽으면 묘에 묻지 않고 화장하는 것이 전통적인 관례이기는 하지만 주석의 부모님은 아들을 차마 화장하지 못하고 공원묘지에 묻었다. 공원묘지에는 관리인이 있기는 하겠지만 준후 정도 되는 능력이라면 들킬 염려는 없었다. 죽은 사람의 무덤을 파야 한다는 일반적인 불쾌감도 느끼지 않았다.

준후는 여느 사람들과는 생각이 달랐다. 이미 죽은 주석에게 가해진 많은 일들, 그리고 이미 죽은 영혼에게조차 불유쾌한 짓을 서슴없이 하는 자에 대한 분노와 짧으나마 학교생활을 같이했던 주석에 대한 연민이 준후의 마음을 무겁게 짓누르고 있었다. 비록 주석과 그렇게까지 친했던 것도 아니었고 학교생활을 그리 오래 한 것도 아니었지만 말이다.

'안됐어, 정말로.'

택시 기사는 늦은 밤에 묘지로 가는 것이 아무래도 영 찜찜한 모양이었다. 갔다가 처녀 귀신이라도 탈까 봐 그러는 것일까.

택시 기사의 뒷모습을 보며 준후는 무심코 다른 쪽으로 생각을 돌렸다. 죽은 사람은 불쾌하고 공포스럽고 무서운 대상이 아니라 가엾고 안쓰러운 존재일 뿐이다. 정작 사람들이 무서워하는 것은 죽음 그 자체일 뿐인데, 사람들은 얼마 전까지 같은 동료였던 사람을 단지 죽었다는 이유만으로 은근히 공포의 대상으로 여기기도 한다. 눈에 보이고 보이지 않는 것의 차이 때문일까? 알고 알지 못하는 것의 차이 때문일까? 만약 모든 것이 눈에 보이고 죽음에 관한 것을 사람들이 전부 알게 된다면 어떤 일이 생길까? 그것은······.

"다 왔다."

나이가 지긋해 보이는 택시 기사가 말하는 통에 준후는 퍼뜩 생각에서 벗어났다. 그러고는 꼬불쳐 두었던 비상금을 꺼내 차비를 내고 차에서 내렸다. 이렇게 늦은 밤중에 묘지를 찾아가는 아이를 기사는 의아한 눈으로 보았지만 곧이어 택시는 휑하니 떠나 버렸고, 준후는 뚜벅뚜벅 걸어 묘지 주변의 담 밑으로 가서 간단히 담을 훌쩍 뛰어넘어 들어갔다.

"잠, 잠깐만! 뭐 하겠다는 거야! 아이고!"

준호는 새카맣게 주위를 에워싼 벌레들 속에서 손을 허우적거리면서 외쳤다. 벌레들이 준호를 물어뜯지는 않았지만 수천, 수만 마리가 넘게 구름같이 몰려든 벌레들 속에 있는 기분은 끔찍했다. 벌레들의 붕붕거리는 소리 사이로 아라의 목소리가 들려왔다.

"난 지금부터 종말곤지 뭔지 하는 거기로 갈 거야. 내가 다 때려 부술 거야. 그러면 바빠지고 자시고도 없겠지? 그러니 장준후 그 자식한테는 알리든지 말든지 알아서 해."

"미쳤냐? 너 혼자 어떻게…… 아이구! 이것 좀 어떻게 해 봐!"

준호는 아라가 미친 것이 아닌가 싶었다. 동물과 벌레들을 다루는 재주가 좀 있다고 한들, 자기 혼자 종말교 안으로 쳐들어가서 무엇을 하겠다는 말인가? 더구나 아라는 전후 사정을 자세히 알지도 못하고 있는데 말이다.

"위험해! 아무리 그래도 너 혼자 가면 그건……!"

"죽든 살든 내 맘이야! 방해하지 마!"

아라는 야멸차게 소리치고는 개 떼와 고양이 떼, 새 떼들을 몰고 달려가기 시작했다. 만류하고 싶었지만 벌레들 속에 갇혀 버린 준호는 허우적거리기만 할 뿐 그 안에서 도무지 빠져나갈 수가 없었다. 그러다가 벌레들이 마구 달려들지 않는다는 것을 깨닫고는 허우적거리기를 멈추고 조용히 서 있어 보였다. 그러자 벌레들은 마치 준호를 가두어 두려는 듯이 주위를 맴돌 뿐 덤벼들지 않았다.

'저 애, 완전히 미쳤어. 돌았어. 지가 뭐라고…….'

잠시 곰곰 생각해 보니 준호는 아라가 무엇을 바라고 그러는지 알 것도 같았다. 준후한테 알리든지 말든지 알아서 하라는 소리는 알리라고 강요하는 것이나 다를 바 없지 않은가? 준호는 조금 무딘 편이지만 그 정도 눈치는 있었다. 그렇다면 아라는 준후를 끌어내기 위해 스스로 위험을 무릅쓰려는 것이 틀림없었다.

'정말 돌았어. 미친 애야, 정말.'

준호는 몹시 난감해졌다. 아라라는 아이가 너무하다는 생각도 들었다. 응석도 정도가 있지, 만약 준후가 늦어지면 어쩌려고 저런단 말인가? 준호에게 있어 준후는 친구이며 은인이자 하늘 같은 사부였다. 아라가 나타나서 갑자기 준후의 계획을 엉망으로 만들어 놓고 정말 막무가내로 행동하는 것이 준호는 영 마음에 들지 않았다.

'그냥 가서 혼쭐 좀 나게 가만있어 버려? 아이구, 이거 원 참.'

하지만 종말교는 무서운 단체였다. 주석을 죽이고 혼까지 얽어맬 정도로 지독한 면이 있는 곳이다. 아라가 약간 재주가 있다고는 하지만 아까 겨루어 본 결과 동물이나 벌레의 힘을 빼고는 자신만도 못하지 않았던가? 그 정도 힘으로는 혼자 쳐들어가서 종말교를 뒤엎어 버릴 수 있다고는 절대 생각할 수가 없었다. 그렇다면 아라는 어쩌면 혼쭐나는 것을 넘어 주석이 꼴이 될 수도……

'안 되겠다, 안 되겠어. 아무리 그래도 그냥 죽는 꼴을 볼 수는 없잖아? 제길, 무슨 수를 써서라도 잡아 와야겠구나.'

그러고 보니 준후에게 알려야 할까 말까 고민이 생겼다. 준호와 준후는 둘 다 휴대 전화를 가지고 있어 아무 때나 서로 연락이 가능했다. 하지만 일단 준호는 혼자 힘으로 아라를 저지해 보고, 그게 안 되면 준후를 부르기로 결론을 내렸다.

마침내 마음을 다잡고 준호는 시건방지고 제멋대로인 아라를 속으로 마구 욕하면서 준후에게 배운 수법대로 수인을 맺었다. 원래 함부로 쓰지 않으려고 했지만 이놈의 벌레 떼들을 헤치고 가려면 그 주술을 쓸 수밖에 없었으니까.

한편, 준후는 무거운 마음으로 묘지 사이를 걸어 주석이의 묘를 찾아가고 있었다. 전에 한 번 와 본 적은 있었지만 불빛조차 없는 넓은 묘지들 가운데를 헤매는가 하면, 간간이 돌아다니는 관리인들의 눈을 피하느라 시간은 꽤 많이 지나 있었다.

지나가는 도중에 묘들에 서려 있는 갖가지 사자(死者)들의 기운을 느끼면서 준후는 씁쓸한 기분이 들었다. 평안하게 잠든 사람도 많았지만 그들 중 상당수가 무슨 이승에 대한 집착이나 상념이 그리도 많은지 그 느낌이 아직도 전해졌다. 더구나 묘지가 빽빽하게 들어차 수가 많다 보니 그 기운도 합쳐져 상당히 강렬해졌고 준후도 조금은 으슬으슬한 기분이 됐다.

주석의 묘를 찾자마자 준후는 곧바로 행동에 들어갔다. 흔적을 남기지 말아야 했기 때문에 준후는 일단 묘의 행태부터 살펴보았다. 공원묘지의 묘들은 화강암으로 기반을 세우고 그 위에 봉분을 올린 형태였다.

"이거면 쉽지."

구태여 힘쓸 필요도 없다 싶어 준후는 눈을 감고 주문을 외워 리매를 불러냈다. 리매는 힘이 무척 세기 때문에 봉분 정도는 가볍게 들어 올릴 수 있었다. 그렇게 하지 않고 파헤친다면 시간도 걸리거니와 봉분에 낀 잔디가 망가져 흔적이 남을 우려가 있었다.

그래서 준후는 리매를 시켜 봉분을 들어 올리게 해 보았는데, 흙더미와 돌로 된 봉분은 생각보다 무거워 결국 세 마리의 리매를 불러내야만 했다. 깊은 밤중, 묘지들 사이에서 희끄무레하고 거대한 괴물 세 마리가 무덤을 들추는 광경을 누가 보았다면 기절하고도 남았으리라.

리매들이 그르렁거리면서 봉분을 들어 올렸을 때, 준후는 어딘가 이상한 것을 느꼈다. 아무리 리매들이 봉분을 들어 올렸어도 어느 정도의 흙이 무너지는 것은 당연한 일이었는데, 기이하게도 봉분은 마치 미리 잘려져 있던 것처럼 번쩍 들어 올려졌다. 마치 누군가가 이전에 이미 한 번 무덤을 같은 방법으로 들춘 것처럼 말이다.

준후는 눈을 빛내면서 무덤 안을 살폈다. 봉분을 들어내고 약간 흙을 파내자 관이 보였다. 그런데 관도 똑바로 놓여 있지 않고 어딘가 미세하게나마 비뚤어져 있는 것 같았다.

'이상하다, 아무래도……'

준후는 관 뚜껑의 흙을 치우고 나서 주변을 살펴보았다. 스산한 바람과 안개 같은 것이 감도는 것 말고는 아무도 보는 사람이 없었다. 아무리 험한 일을 많이 겪고 못 볼 것을 많이 본 준후라 해도 스산해지는 기분을 떨칠 수가 없었다. 준후는 한 번 숨을 몰아

쉬고는 관 뚜껑을 서서히 열었다. 삐걱거리면서 관 뚜껑이 열리는 순간, 관 안에서 무엇인가 시커먼 것이 튀어나와서 준후에게로 달려들었다.

준후는 반사적으로 손에 기운을 모으고 그것을 쳐 냈다. 그 시커먼 것이 준후의 손에 맞고 땅에 데구루루 굴렀다. 아무 힘도 없었고 별것도 아니었다. 준후는 그것이 무엇인지 확인해 보려고 땅으로 눈을 돌린 순간, 깜짝 놀라 그 자리에 얼어붙듯이 꼼짝하지 않았다. 그것은 바로 눈을 부릅뜨고 있는 아라의 잘린 머리였다.

"아앗!"

준후가 자기도 모르게 소리를 질렀다. 그 순간, 머리가 옅은 안개 같은 기운과 함께 다른 형체로 변했다. 놀라서 두근거리는 가슴을 진정시킨 뒤 조심스레 보니 헝겊을 꿰맨 포대 자루 같은 것이었다.

'이게 뭐지?'

준후는 약간 마음이 심란해져서 관 속을 들여다보았다. 놀랍게도 관 속에는 시체가 없었다. 그 안에는 대강 사람 모양으로 만들어진 헝겊 인형밖에 없었던 것이다.

'누군가가 벌써 파 갔나? 그렇다면 종말교에서 선수를 쳤나?'

그러나 왜 갑자기 인형의 목이 튀어 오르고 그것이 아라의 얼굴로 보였는지, 어떤 힘이 그렇게 했는지 준후는 잠시 갈피를 잡지 못했다. 그러다가 준후는 곧 짚이는 바가 있어 허공을 보며 생각했다.

'주석이가 여기 있는 걸까?'

스산한 바람이 한 번 불어왔다. 준후는 곧 번잡스러운 것을 없애기 위해 리매를 시켜 봉분을 다시 덮게 만들었다. 그리고 혹시라도 아까 낸 소리 때문에 관리인이라도 오지 않을까 염려해 리매를 사라지게 하고 주위를 살핀 뒤 눈을 감고 허공에 말했다.

"주석아, 여기 있니?"

마음속에서 뭔가 느껴졌다. 서늘한 느낌. 준후는 천천히 눈을 떴다. 그러자 주석의 봉분 위로 뭔가가 가물거리는 것이 보였다. 준후의 눈은 신안이 트였기 때문에 마음만 먹으면 영의 모습을 볼 수 있는데도 보이지 않으니 정말 기이한 일이었다.

"주석이니?"

준후는 곧 주머니에서 안명부를 꺼내 한 번 손가락으로 튕기자 안명부에 곧 불이 붙어 파르륵 타올랐다. 그러나 안명부를 태웠는데도 그 형체는 여전히 뚜렷하게 보이지 않았다.

'뭔가가 매우 강하게 방해하고 있구나……'

준후는 기운을 더 모아서 수인까지 맺고 평소에는 거의 쓰지 않았던 사자를 불러내는 진언을 외웠다. 그러자 사방에 찬 기운이 감돌면서 스산한 바람이 묘지 안을 가득 메웠다. 준후의 강한 힘에 영향을 받아 주석이 아니라 묘지 안을 떠돌던 새로 묻힌 자들의 혼령까지도 너울너울 휘젓고 날아다녔고, 다른 곳의 혼령들까지도 끌려오는 것 같았다. 그러나 주석의 모습은 여전히 보이지 않았다.

'도대체 왜 이럴까?'

분명 아까 주석은 스스로의 의지만으로도 모습을 드러냈다. 그러나 지금은 준후가 안간힘을 써도 주석의 영혼은 나타나지 않았다. 아주 단단한 금제에 걸려 있거나, 이미 갈 곳이 결정된 영혼이 아니고는 이 진언에 응하지 않을 수가 없었다.

조금 아까 모습을 드러낸 영혼이 그사이에 지옥이나 천국으로 갔다는 것인가? 아니면 그사이에 어떤 금제가 또다시 가해졌다는 말인가? 처음에는 분명 주석의 영혼에서 뭔가 반응이 있었다. 관 뚜껑을 들출 때 아라의 모습을 인형의 얼굴에 비추어 자신에게 보인 것은 주석의 영혼이 그랬던 것이 틀림없었다. 그런데 그 직후 강한 주술을 썼는데도 그 자취는 점차 희미해지더니 마침내는 사라져 버리고 말았다. 그렇다면…….

'그렇다. 아직 주석이의 영혼은 그 시신을 벗어나지 못했을 거야. 그리고 시신이 여기 없으니 종말교 놈들이 가지고 있는 게 분명하다. 거기다가 종말교 놈들도 내가 주석이의 혼을 불러내려 한다는 걸 알고 혼박술을 더욱 강하게 건 것이 틀림없다.'

그렇게 결론을 내리고 나니 종말교가 생각보다도 훨씬 대단한 집단인 것 같았다. 지금 준후의 행동을 낱낱이 파악하고 있지 않다면 저렇듯 신속하게 반응을 보일 수 없을 것이다. 그렇다면 그들은 대체 누구기에……? 그리고 주석이는 왜 아라의 얼굴을 나에게 보여 준 것일까? 아라가 위험해졌다는 것을 나에게 알려 준 것일까? 그러나 아라는 준호와 같이 있을 텐데 어째서…….

준후는 수인을 풀고 곰곰이 생각에 잠겼다. 그때 휴대 전화가 울리기 시작했다. 이 번호는 준후 외에는 아는 사람이 아무도 없는 번호였다. 준후가 얼른 전화를 받자 준호의 다급한 목소리가 울렸다.

[사부! 큰일 났어!]

"뭐지?"

[그 아라라는 애가…… 혼자 종말교로 쳐들어갔어!]

준후는 믿어지지 않아 눈을 부릅뜨며 무심결에 큰 소리로 외쳤다.

"뭐라고?"

[그 애가…… 막무가내로…… 아이구!]

준호는 말을 잇다가 말고 갑자기 비명을 질렀고 돌연 어수선한 소리가 들려왔다. 무슨 소리인지 알아들을 수는 없었지만, 많은 사람과 동물 등등이 마구 비명을 지르고 소리 지르는 것이 뒤섞인 듯했다. 그때 대뜸 전화가 누군가의 손에 의해 뚝 끊어져 버렸다. 그러나 그것만으로도 충분했다. 준후는 암담한 심정으로 휴대 전화를 거칠게 닫으며 외쳤다.

"바보들!"

종말재림부흥교

준후는 다시 서둘러 택시를 타고 달려가면서 종말교에 대해 알고 있는 것들을 꼼꼼하게 정리해 보았다. 준후와 준호는 종말교라고 줄여서 부르지만 그곳은 '종말재림부흥교'라는 간판을 붙은, 겉으로 보기에는 개신교 교회와 닮은 곳이었다. 그곳은 의식이나 다른 것들도 개신교의 것들과 상당히 유사했다.

그러나 그것은 오로지 겉치레에 불과했다. 그곳에는 목사가 없었고 모든 사람을 형제님이나 자매님으로 불렀다. 일반 신도나 맨 위의 사제나 다를 바가 없었다. 그리고 그들은 다가올 말세에 재림할 구세주를 영접하고 크게 자신들의 교를 부흥시킨다는, 그야말로 이름과 똑같은 슬로건을 내걸고 있었다. 진작 한 꺼풀 더 파고들었으면 좋으련만, 지금으로서는 매주 열리는 일반 집회 외의 시간에 무슨 일이 벌어지는지, 종말교가 정말 무엇을 노리고 만들어진 것인지는 알 수 없었다. 미리 알아보았으면 좋았을 테지만 지금은 시간이 없었다.

하다못해 종말교의 사제가 누구인지, 종말교에서 제일 높은 자는 누구인지조차 준후는 알지 못했다. 구체적으로 종말교에 혐의를 두고 알아보기도 전에 일이 너무도 급하게 터졌으니 말이다. 하지만 일단 발등에 불이 떨어졌으니 끄지 않을 수 없었다.

'도움을 청할까?'

박 신부는 며칠 걸릴지도 모른다고 말하고 나갔으니 없을 것이고 현암과 승희에게는 지금 연락을 취할 수 있을지도 몰랐다. 그러나 잠시 생각하던 준후는 고개를 저었다. 이런 자잘한 일에 그들까지 끼어들게 만들고 싶지 않았다. 아니나 준호가 정말 필요한 사람들인지, 『해동감결』에 나온 그 아이들인지를 확인하기 전까지는 현암 등에게도 그들의 이야기를 하고 싶지도 않았고.

그러는 사이 어느덧 준후는 종말교의 건물 앞에 다다랐다. 건물은 생각 외로 평온해 보였고 아무런 소리도 들리지 않았다. 분명 아라가 조요경의 힘을 써서 한바탕 소란을 일으켰을 것으로 생각했는데 주변은 너무도 조용하고 평온했다.

더더욱 기이한 것은 주변에 장사하는 노점상들이나 행인들이 한가하게 지나다니고 있다는 점이었다. 만약 아라가 준호의 말 그대로 동물들이라도 몰고 들이닥쳤다면 사람들 모두가 기겁했을 터였다. 그러나 전혀 무슨 일이 있었던 기색을 찾아볼 수가 없었다.

'이게 어떻게 된 거야?'

준후는 몇 번이나 고개를 갸웃거리다가 그냥 있을 수 없어서 조용히 쪽문을 통해 종말교의 건물 안으로 들어섰다. 주위에는 아무도 없었다. 뚜벅뚜벅 걸어서 종말교의 정문에 다다를 때까지 누구도 얼굴을 내보이지 않았고, 아무도 나타나지 않자 오히려 준후는 더 긴장이 됐다.

나무로 된 정문을 열고 안을 살펴보았지만 환하게 불이 켜진 예배당 안에는 아무도 없었다. 준후는 다시 발길을 돌려 지하실로 향하는 계단으로 내려섰다. 또박또박 계단을 밟고 내려감에도 불구하고 아무도 나타나지 않았고 그 어떤 기척도 느껴지지 않았다. 시간이 흐를수록 준후는 점점 더 불안해졌다.

'이게 어떻게 된 노릇일까? 이렇게 아무도 없다니…… 혹시 아

라나 준호가 여기로 오지 않은 것은 아닐까? 아냐, 아냐……. 그럴 리가 없는데…….'

주석이 묘지에서 보여 준 징조나 준호의 다급한 전화 내용을 준후는 믿지 않을 수 없었다. 그렇다면 무슨 함정이 기다리고 있는 것은 아닐까?

지하실 계단을 거의 다 내려온 준후는 거기에 생각이 미치자 조심하자는 의미에서 리매 한 마리를 불러냈다. 그리고 자신은 그 자리에 멈춰 서서 움직이지 않고 리매를 지하실로 먼저 내려보냈다. 그러나 리매가 들어간 지 한참이 지나도록 아무 소리도 들려오지 않았으며 리매의 어떤 반응도 느껴지지 않았다.

'정말 여기서는 아무 일도 없었단 말인가?'

준후는 이상하게 여기고 리매를 사라지게 하려 했다. 그런데 리매에게서 반응이 없었다. 준후는 깜짝 놀라 주의를 기울여 보니 리매는 이미 사라지고 없었다. 그제야 준후는 바짝 긴장했다.

'뭔지 몰라도 정말 무섭구나. 리매를 사라지게 만들다니! 정말 가볍게 보면 안 되겠다!'

준후는 바짝 긴장해 양손에 각각 멸겁화와 뇌전의 기운을 잔뜩 모은 다음 계단을 내려섰다. 어둠 속에서 꽉 닫힌 육중한 철문이 어렴풋이 눈에 들어왔다. 준후가 문을 발로 슬쩍 밀자 문이 끼이익 하면서 준후 한 사람이 갑자기 들어갈 수 있을 만큼 열렸다. 준후는 주저하지 않고 날카로운 눈빛으로 어둠 속을 한 번 훑어본 다음 그 안으로 들어섰다.

준후가 안으로 들어선 순간, 갑자기 문이 쾅 닫히면서 사방에서 불이 켜졌다. 그것도 아주 밝아 눈을 뜨지 못할 정도의 빛이 한꺼번에 준후를 향해 쏟아진 것이다. 어둠에 눈이 길들었던 준후는 눈을 뜨지 못하고 기습당할까 봐 반사적으로 몇 걸음 물러서면서 양손에 기운을 모았다. 그러나 그 어떤 종류의 공격도 가해지지 않았다. 대신 낭랑한 여자의 목소리만이 울려왔을 뿐이다.

"장준후 형제?"

준후는 깜짝 놀랐다. 만약 엄청난 주술과 불길이 쏟아졌다고 해도 이보다 놀라지는 않았을 터였다. 눈이 몹시 부신 참이라 준후는 가늘게 눈을 떠보았다. 그러고는 자신도 모르게 아아! 하는 절망감 섞인 한숨을 내쉬었다. 준후의 눈앞에는 검은 후드를 쓴 여자 하나가 서 있었다. 그녀는 안경을 쓰고 있었으며 나이는 서른 남짓 돼 보였는데 꽤 미인형인 얼굴에 미소를 머금고 있었다.

하지만 준후를 놀라게 한 것은 그녀의 존재가 아니었다. 그녀의 등 뒤에는 커다란 제단이 차려져 있었으며 그 뒤에는 거대한 검은 십자가가 거꾸로 세워져 있었다. 그리고 그 앞에는 천장에서부터 늘어뜨려진 줄에 세 사람이 묶인 채 매달려 있었던 것이다.

한 사람은 아라, 한 사람은 준호, 그리고 마지막 한 사람은 놀랍게도 외국인이었는데 준후가 잘 아는 사람이었다. 준후는 어이가 없는 듯 그 사람을 바라보며 들리지도 않을 작은 목소리로 혼자 중얼거렸다.

"이반 교수님?"

여자는 악의가 전혀 없는 얼굴로 담담히 준후에게 말했다.

"준후 형제, 오랫동안 기다렸어요. 들었던 것보다 훨씬 큰 분이군요. 그사이 키가 많이 크고 아주 멋져졌나 보네요. 여기 세 형제 자매는 잘 아는 분들이죠?"

준후는 도대체 저 여자가 어떻게 자신의 이름을 알고 있는지, 그리고 무엇을 바라는지 알 수 없어 그저 타는 듯한 눈으로 여자를 매섭게 쏘아보았다. 그러나 여자는 미동도 하지 않고 다시 말을 건넸다.

"오랜만의 재회겠군요, 저기 있는 나이 든 형제분하고는. 그리고 우리 주인님과도. 저 어린 자매는 누군지 모르겠지만, 좀 놀랐어요, 동물들을 떼로 몰고 오기에."

준후는 그 말을 듣고 어떻게 이 여자가 혼자서 아라를 막아 냈나 하고 놀라움에 여자의 얼굴을 쳐다보았다. 그러자 여자는 눈을 찡긋해 보이더니 말을 이었다.

"동물들은 저 자매를 주인으로 알고 모시죠. 그러나 동물들은 제 주인님을 진정으로 두려워하거든요. 동물들은 주인님이 여기 계신 것을 알고 뿔뿔이 흩어져 도망쳤어요. 불쌍한 어린 자매…… 상당히 억울할 거예요. 안 그랬으면 이렇듯 간단하게 잡히지는 않았을 텐데……."

"당신의 주인이 누구죠?"

준후는 거칠게 물었다. 그러자 여자가 웃으면서 대답했다.

"보이지 않나요? 우리 주인님은 준후 형제를 참으로 많이 기다리셨는데."

"당신은 누구죠? 그리고 왜 이런 짓을 하는 건가요?"

"하나씩 답할게요. 내 이름은 이은경이라고 해요. 부흥교의 수석 자매지요. 그리고…… 마녀 협회의 회원이기도 해요. 한국 지부장이라고나 할까요?"

마녀라는 말을 듣고 준후는 흥 하면서 고개를 끄덕였다.

"역시."

"아, 준후 형제도 우리 마녀 협회에 대해 아시나요? 설마 형제 같은 분이 일반적인 생각으로 우리를 평가하지는 않겠죠?"

그러자 준후는 차갑게 내뱉었다.

"물론, 일반적인 생각보다 훨씬 나쁘다고 생각하죠."

"오, 저런."

은경이라고 자신을 밝힌 여자는 진심으로 유감이라는 듯한 표정을 지었다.

"형제는 뭔가 남다른 면이 있을 줄 알았는데 유감이군요. 준후 형제도 여느 남자들처럼 그 흔한 소영웅주의에 빠진 건가요?"

준후는 말싸움하기 싫어서 단도직입적으로 말했다.

"잔소리 말고 세 사람 모두 내놓아요. 안 그러면…… 성치 못할 줄 알아요."

"아아, 저런. 실망! 실망이에요! 주인님은 왜 이런 형제를 원하시는 걸까?"

그러다가 은경은 준후를 똑바로 보며 담담한 표정으로 말을 이었다.

"당신은 악마를 어떻게 생각하죠? 그리고 마녀는요?"

"입씨름하기 싫어요."

"악마…… 그건 세속의 교회가 제멋대로 갖다 붙인 이름에 불과해요. 자신들과 길이 다르면 무조건 악이고 마라고 하죠. 그 덕분에 오랜 세월 동안 인간을 위한 지주가 돼 왔고 인간을 위해 애써 왔던 많은 존재가 한꺼번에 도매금으로 악의 탈을 뒤집어쓰게 됐어요. 마르두크(Marduk)[2], 바알(Baal)[3], 베누스(Venus)[4], 마몬(Mamon), 보탄(Wotan)[5]…… 수천 년 동안 인류 정신의 대들보였던 존재들이 하루아침에 지옥 구석의 괴물로 변해 버렸어요. 아, 그들이 주장하는 악마의 범주에는 아마 형제도 믿고 있는 몇몇 신들도 들어갈 거예요. 안 그런가요?"

"나를 놓고 교리를 강의하려고 세 명이나 인질로 잡았나요? 참 대단하군요."

준후가 쏘아붙이는데도 은경은 눈 하나 깜짝 않고 말했다.

---

[2] 고대 메소포타미아의 도시 바빌론 또는 바빌로니아의 수호신이다. 아시리아와 페르시아에서도 숭배를 받았다.
[3] 고대 근동, 특히 가나안 지방의 사람들이 풍요의 여신으로 숭배했던 신이다. 이집트, 가나안, 페니키아 등지에서 숭배를 받았다.
[4] 로마 신화에 등장하는 사랑의 여신으로 그리스 로마 신화의 아프로디테에 해당한다.
[5] 고대 게르만 신화의 주신(主神)이며, 외눈에 계약의 창을 들고 다리가 여섯 개 달린 말을 타고 다니는 군신(軍神)이기도 하다.

"악마니 마녀니 하는 말은 모조리 인간이 붙인 거예요. 많은 인간이 믿으면 무조건 성인이고, 믿는 사람이 적거나 다수의 이익에 배치되면 무조건 악으로 몰아붙이고 말살시키려 들죠. 아직도 그런 잣대를 지니고 그런 기준으로 모든 것을 평하다니. 준후 형제는 깬 분으로 봤는데 적잖이 실망이네요."

"자꾸 형제, 형제 하지 마세요. 난 짐승과 형제 맺은 일이 없어요. 아, 이거 짐승들에게 미안하군."

준후가 모욕을 주는데도 은경은 이번에도 눈 한번 깜빡이지 않았다.

"당신은 악마와 마녀가 파괴와 죽음과 멸망을 바라며 피에 굶주린 존재라고 믿나요?"

준후는 겉으로는 애써 태연한 척하고 있으나 속으로는 화가 부글부글 끓어올라 견딜 수가 없었다. 준후는 더 이상 참지 못하고 아예 반말로 대답했다.

"비슷하다고 믿지."

"저런, 피에 굶주린 것은 인간도 마찬가지 아닌가요? 그런데 준후 형제는 잘못 알고 있어요. 우리는 피가 필요하면 피를 내지만 피에 굶주려 있지는 않아요. 다만 피를 흘리게 하면서도 마치 어쩔 수 없이 그랬다며 자기 책임이 아닌 척하고, 피를 쏟는 자를 동정하는 척하는 위선을 부리지 않을 뿐이죠. 우리도 세상의 평화를 바라고 이대로 세상이 존속해 오래가기를 빌어요. 오히려 세상을 뒤엎은 건 당신이 말하는 신이 아니던가요? 기독교의 신은 이미 홍수로 세상을 한 번 쓸어버렸고 소돔과 고모라를 단번에 멸망시키지 않았던가요? 악마라고 말로는 그렇게 떠들지만, 악마가 과연 그런 짓을 한 걸 당신은 본 적 있나요? 들은 적은요?"

준후는 괜스레 입씨름으로 시간 낭비하기 싫어서 은경의 말에는 대답하지 않고 주변을 꼼꼼히 둘러보기 시작했다. 지하실의 각 벽에는 부정하다고 알려진 온갖 기호와 문장들이 그득히 새겨져 있었다. 아까 리매가 방에 들어가자마자 없어진 것도 무리는 아닐 정도였다.

그러나 그것 외에는 아무 기척도 느껴지지 않았다. 숨어서 지키는 많은 사람이 있는 것도 아니었고 악령이나 악귀들이 도사리고 있는 느낌도 없었다. 자매라고 스스로를 일컫는 은경이라는 여자 한 명 외에는 이 안에 아무도 없는 듯했다.

준후는 안도감을 느끼면서도 한편으로는 불안함을 느꼈다.

'내가 올 것을 익히 알고 있으면서 아무 대비도 안 한 이유는 뭘까? 이 여자가 혼자서 나를 상대할 만큼 자신이 있다는 걸까? 그러나 아무런 힘도 느껴지지 않는데……'

"나는 마녀예요. 그리고 그 사실이 자랑스러워요. 적어도 나는, 세상의 성직자들이나 가증스러운 위선자들처럼 거짓말하지는 않으니까요. 솔직한 힘. 상대보다 강하면 그 위에 서는 것이고 아니면 밑에 서는 거예요. 위선과 가증으로 뭉친 종교와 윤리의 교리들은 자연적인 것을 내던지고, 자연 본연의 단순 명료한 가치 기준을 혼란에 빠뜨렸어요. 그래서 세상은 점점 더 어지러워지고 점점 더 살아남기 힘들어지죠. 우리가 가장 가치 있게 여기는 건 생명과 영혼이죠. 희생이나 구원과 같은 어리석고도 나약한 생각은 절대 안 해요. 준후 형제, 인간은 원래가 그런 존재예요. 겉으로는 오래된 관습 때문에 위선을 떨지만 점점 인간들 마음속의 생각은 우리에게 가까워지고 있어요. 그들이 우리를 무서워하는 것은 우리가 피에 굶주리고 살육과 파괴를 즐기는 그런 추한 존재라는 속임수 때문일 뿐. 그러나 그렇지 않다는 것을 알면 이제……."

"제발 그만 좀 닥칠 수 없어?!"

준후는 싸늘한 어조로 은경을 쏘아보며 버럭 소리를 질렀다. 은경이 그래도 입을 다물려고 하지 않자 준후는 은경의 멱살을 잡아 번쩍 들어 올렸다. 은경의 내력이 어떤지 몰라 준후는 그녀를 잡은 손에 힘을 잔뜩 주었지만 그녀의 몸에서는 체중 이외에는 조금의 저항도 느낄 수 없었다.

준후는 스스로 깨달은 이후로 그동안 못 자란 것까지 무섭게 자라서 비록 비쩍 마른 체구였지만 키만은 현암을 앞지를 정도였다. 은경도 여자치고는 작은 키가 아니었으나 멱살을 잡힌 채 그대로 번쩍 허공에 들어 올려져서 대롱대롱 매달리게 됐다. 그녀의 얼굴은 약간 창백해졌지만 표정은 태연 그 자체였다. 하지만 숨이 막히는지 더 이상 입은 놀리지 못했다.

"이제 좀 낫군."

준후는 은경이 잠잠해지자 혼잣말로 중얼거리고는 그녀를 든 채 뚜벅뚜벅 제단 쪽으로 다가갔다. 그러면서도 추호도 경계를 늦추지 않았다. 그러나 준후는 제단으로 올라설 수 없었다. 무엇인가 보이지 않는 힘이 제단을 둘러싸고 있어서 들어갈 수가 없었던 것이다. 준후는 깜짝 놀라 한쪽 주먹으로 그 보이지 않는 막을 후려쳐 보았다. 하지만 아무것도 없고 보이지도 않는데도 손이 평 소리를 내며 도로 튕겨 나왔다.

준후는 놀라서 저쪽으로 은경을 집어 던지고 이번에는 양손으로 수인을 맺어서 보이지 않는 막을 부수려고 했다. 그러자 구석에 넘어진 은경이 태연하게 툭툭 털고 일어나면서 한마디 했다.

"그러면 안에 있는 형제자매들이 다 죽어요."

준후는 막 거대한 뇌전을 쏘아 대려는 참에 그 말을 듣고는 흠칫했다. 그러나 양손에 맺어진 뇌전의 기운을 지울 수가 없어서 급히 손을 위로 치켜올렸다. 순간 뇌전이 천장 쪽으로 쏘아져 나가 요란한 굉음과 함께 천장에 사람 두 명이 드나들 만한 구멍을 뚫고 다시 그 위의 천장까지도 뚫고 날아가고 말았다. 먼지와 돌 부스러기들이 우르르 떨어지는데도 은경은 여전히 전혀 놀라지 않은 얼굴로 먼지를 툭툭 털어 내며 말했다.

"굉장하군요, 준후 형제. 사람 맞나요?"

"방금 한 말이 무슨 뜻이야? 어서 말해!"

준후가 금방이라도 칠 듯이 윽박지르자 은경이 가볍게 되받았다.

"말 안 하면 날 죽이기라도 할 건가요? 형제는 사람에게 주술을 안 쓴다던데요?"

그러자 준후는 지체 없이 수인을 맺은 왼손을 은경에게 향하며 외쳤다. 손가락 끝에서 아까보다는 작았지만 그래도 푸른 불꽃을 튕기는 뇌전이 바지직거리며 맺혔다.

"사람에겐 안 써. 그러니 인간도 아닌 너에겐 쓸 수 있지. 어서 말해!"

그 말에 은경은 마치 아이를 타이르는 듯한 표정으로 고개를 설레설레 저었다.

"너무하네요. 준후 형제. 그렇다고 정말 날 죽일 수 있겠어요?"

"죽이지 않아도 방법은 많지. 코부터 없애 줄까? 아니면 입술부터 없애 줄까? 해골처럼 콧구멍하고 이빨만 가지고 웃으면 꽤 예쁘겠군."

준후는 평소에는 감히 생각해 보지도 않았던 끔찍한 소리를 해댔다. 자기가 말하면서도 등에 써늘한 것이 훑고 지나가는 듯한 느낌이었다. 그러나 은경은 담담하게 웃으며 말할 뿐이었다.

"준후 형제야말로 형제가 말하는 악마에 더 가까운 것 아닌가요?"

"사람들을 잡아 인질로 삼는 짓보다야 낫지. 한번 맞아 보겠다는 거냐?"

은경은 담담하게 웃으며 되받았다.

"과연 그럴 수 있을까요?"

"못할 것 같아?"

"음. 화내지 말아요, 준후 형제. 내 말은 형제가 못한다는 게 아니죠. 그래 봐야 과연 나를 다치게 할 수 있을까요? 종교를 믿는 자들은 말하죠? 항상 신은 그들과 함께한다고. 나의 주인님도 항상 나와 함께 있어요. 형제는 나를 때릴 수도 있고 할퀼 수도 있고 옷을 다 찢어 버릴 수도, 죽일 수도 있겠죠. 그러나 내 영혼에 상처를 줄 수는 없어요. 그건 주인님이 용납하지 않을 거거든요."

너무도 당당한 은경의 말에 준후는 눈살을 찌푸렸다.

'이건 완전 수녀잖아. 다만 악마를 섬기는 게 정반대일 뿐이다.'

그때 은경이 깔깔 웃었다.

"주인님은 저들의 생명으로 저 막을 치신 거예요. 그러니 준후 형제가 힘이 엄청나도 저걸 깨뜨리고 그들을 구하려는 생각일랑 하지 않는 게 좋아요. 저 막을 깨는 것은 형제 스스로 저들을 죽이는 거거든요. 그렇게까지 해서 구하고 싶으면 그렇게 하고요. 호호."

그 말에 준후는 깜짝 놀랐다. 그리고 막으로 다가가서 그것을 이루는 무형의 기운을 느껴 보려고 애썼다. 그러자 은은하게 아라의 느낌이, 그리고 준호의 느낌이, 마지막으로 이반 교수의 느낌이 전해져 왔다. 순간 준후의 몸이 부르르 떨렸다.

차라리 고문하거나 만신창이를 만들어 놓았다면 더 나을 터였다. 이것은 글자 그대로 준후의 손으로는 절대 그들을 구하지 못하게 해 놓은 것이나 다름없지 않은가? 이렇게까지 사악한 장난을 쳐 놓았으리라고는 생각지 못했던 준후는 화가 치밀어서 은경의 먹살을 잡고 흔들어 대면서 외쳤다.

"도대체 뭘 바라는 거야? 네 주인은 어떤 악마지? 응?"

"내가 설명할 땐 안 듣더니 이제 와서 궁금해진 것 같군요. 준후 형제는 너무 성질이 급해요. 아직 청소년기라서 그런 건가요?"

준후는 정말 이 여자를 감당하기가 어려웠다. 차라리 불꽃을 튀기면서 싸우는 맞수라면 자기보다 열 배 강한 적이라도 두렵지 않았다. 그러나 세 사람이 인질로 잡힌 다급한 상황에서 눈만 멀거니 뜨고 아무 힘도 없이 입만 나불거리는 이 여자를 상대하려니 머리가 다 깨지는 것 같았다.

은경은 준후가 멱살을 풀자 다시 입을 열기 시작했다.

"아까 말하지 않았던가요? 우리 주인님은 준후 형제와 구면이에요. 그러니 이번에 만나게 되면 재회하는 셈이라고요."

"……당신 주인은 악마?"

그 말을 듣고 준후는 기가 막혀 소리쳤다.

"미쳤군!"

"미치지 않았어요. 우리 교의 이름이 왜 종말재림부흥교인데요? 이제 인간들이 믿는 그 썩은 신의 세상은 가고 잊힌 존재들이 신이 되는 세상이 올 텐데. 그게 바로 신의 관점에서는 종말이고 잊힌 존재들로서는 재림이며 인간으로서는 부흥이 되는 거랍니다. 그래서……."

준후는 조용히 슬픈 듯한 눈으로 은경을 째려보았다. 그러자 협박에도 꿈쩍하지 않던 은경이 준후의 눈빛을 보고 움찔거렸다.

"미안해요, 형제. 내 주인님의 이름은 아스타로트."

"아아……."

그 이름을 듣자 준후는 이미 예상하던 것임에도 불구하고 신음을 토해 냈다. 지옥의 악마 아스타로트.

'어째서 이런 것들과 나는 자꾸 마주치게 되는 걸까.'

속으로 한탄하면서 준후는 은경에게 물었다.

"그러면 나에게 뭘 바라는 거지?"

"준후 형제. 형제는 나보다 많이 어려요. 그런데 말투를 그리하면 나는 괜찮지만 형제 스스로 미안함도 안 느끼나요?"

준후는 속으로 몇 가지 안 되지만 알고 있는 욕을 모조리 퍼부으며 다시 물었다.

"……그러면 당신 주인은 나에게 뭘 바라는 겁니까?"

"이야기하자면 길어요. 나에게 마녀 협회의 지령이 내려온 것도 이미 몇 주 전이었어요."

"지령?"

"나는 여기서 종말재림부흥교를 차리고 있지만, 마녀 협회의 지부장 격이랍니다. 아까 말했던 것 같은데. 아무튼 나에게 연락이 왔어요. 이반이라는 늙은 형제가 한국으로 갔으니 그를 좀 감시하라고요."

'이반 교수님이?'

준후도 이반 교수가 여기 와 있는 것이 놀랍고 궁금하던 참이었다.

"이반 형제는 마녀 협회의 회장(會場)을 박살 낸 악당이니 잘 보고 그가 왜 한국에 간 것인지 꼭 알아내라는 명령이었지요. 사실 이반 형제를 잡는 것은 그리 어렵지 않았죠. 그런데 그는 아무 말을 하지 않는 거예요. 그래서 나는 그가 무엇을 찾아다니는지 수소문해 보았죠. 그는 사람들을 찾고 있었어요. 이미 몇 년 전에 죽은 것으로 알려진 사람들을 말이죠. 그 사람들의 이름은…… 준후 형제도 당연히 알겠죠. 물론 준후 형제도 그들 중에 있었고요."

그 말을 듣고 준후는 입술을 깨물었다. 사실 전에 준호가 어떤 낯선 외국인이 준후를 찾더라는 이야기를 전한 바 있었는데, 준후는 그 사람이 또 무슨 수사관의 끄나풀인 것 같아 그냥 묵살하라고 말한 바 있었다. 그런데 알고 보니 자신을 찾던 사람은 믿어도 좋을 이반 교수였던 것 같았다.

"나도 당신들 모두가 죽은 것으로 알고 그렇게 바이올렛에게 전했어요. 그런데 그녀는 그들은 죽지 않았다고 하면서 이번 일은 매우 중요하니 그들을 꼭 찾아야 하며 그러기 위해서 주인님이 직접 가실 것이라고 했죠. 그리고 주인님이 오셨어요. 나는 당연히 영접했죠. 그랬더니 주인님의 말씀은 이랬어요. 다른 자들은 힘들겠지만 장준후는 꼭 우리 편으로 만들어야 한다고 말이죠……."

'누가 너희 편이 된대?'

준후는 속으로 비웃었으나 일단 그간의 경과가 궁금했기 때문에 굳이 입 밖으로는 내뱉지 않았다.

"나는 장준후가 누구인지도 몰랐어요. 그래서 모든 신도들…… 아, 실수. 모든 열성 신도들을 풀어서 그를 찾도록 했죠. 그리고 그를 찾았다는 이야기가 들려왔어요, 장주석 형제에게 말이죠……."

준후는 그 말을 듣고 깜짝 놀랐다. 주석이 종말교와 관계가 있는 줄은 알았지만, 준후의 정체를 종말교에 폭로한 것이 바로 주석일 줄은 꿈에도 생각지 못했다.

"그, 그런데 당신들은 주석이를 왜……. 사고로 가장해서……!"

준후는 자신도 모르게 발끈하자 은경은 고개를 갸웃해 보이더니 물었다.

"사고? 사고라뇨?"

"맞아, 사고는 아니죠. 그런데 주석이를 왜 죽였죠?"

"누가 누굴 죽여요? 주석 형제는 자살했어요."

"거짓말! 분명히 주석인 살해당한 거야! 걘 자살할 이유가 없어."

은경은 고개를 저어 보이며 엄숙한 표정으로 말했다.

"정확하게 다시 말하죠. 주석 형제는 자살했습니다. 그리고 이유도 있어요. 주석 형제는 당신을 숨어 있는 곳에서 끌어내기 위해서 자살한 겁니다."

준후는 갑자기 뒤통수를 뭔가에 얻어맞은 충격을 받았다. 눈앞이 캄캄하고 아찔해졌다. 설마…… 설마 그랬을 줄이야.

"준후 형제는 절대 모습을 드러내지 않고 힘도 드러내지 않았으며 이름까지 바꿨어요. 아마도 바꾼 이름이 현규 형제였죠? 사실 우리도 깜박 속았었어요. 우리는 저기 있는 준호 형제가 준후 형제인 줄로 알았죠. 그러나 아무리 관찰해도 준호 형제는 패기가 부족했어요. 힘을 드러내지 않은 것은 당연하다고도 볼 수 있었지만 전 세계를 돌아다니면서 온갖 존재들과 의연히 대적한 준후 형제 같지 않았답니다. 그래서 우리로서는 준호 형제가, 정말 그 떠들썩했던 퇴마사 장준후 형제가 맞는지를 확인할 필요가 있었던 거죠. 준후 형제의 기록을 조사해 본 결과, 형제는 정의감도 강하고 초자연적인 일이 일어나는 곳에는 반드시 힘을 빌려준다는 것도 알았어요. 그러니 준호 형제 앞에서도 큰일을 벌여야 했죠."

"주석이는…… 겨우 그런 일로…… 그리고……."

그렇다면 주석이 끔찍한 얼굴로 나타난 것도, 묘지에서 아라의 머리를 보이게 함으로써 자신에게 일이 있음을 알린 것도 실제로는 모두 악마의 술수에 불과했단 말인가? 준후는 너무도 착잡해서 부들부들 떨기만 할 뿐, 말을 이을 수 없었다.

"겨우라고 하지 말아요. 우리로서는 정말 큰 일이었습니다. 주석 형제는 스스로 택했고, 아주 행복하게 그 소임을 다했어요. 주석 형제의 시신은 마녀 협회의 비술에 따라 처리됐고, 남들의 눈에 띌 만한 모습으로 학교 내를 떠돌았습니다. 그리고 마침내 준호 형제가 힘을 보였는데. 호호호, 그 누가 알았겠어요? 끝없는 힘을 간직하고 있었던 준후 형제가 바로 현규 형제였다는 것을 말이죠. 저기 아라 자매가 아니었다면 아직도 몰랐을 거랍니다. 호호호."

준후는 은경을 당장에라도 쳐서 죽여 버리고 싶은 심정이었으나 세 사람의 안위를 생각해 간신히 참았다. 아니, 화가 지나친 나머지 준후는 은경이가 차라리 불쌍하게 느껴질 지경이었다. 그리고 자기 자신마저도 처량해 견딜 수가 없었다.

자기가 화근이었던 것도 모르고 해결한답시고 날뛴 그 꼴이 도대체 뭐란 말인가? 알아낸다고 설치다가 결국 진실에는 한 발짝도 가까이 가지 못하고 악마와 마녀의 손아귀에서 놀아난 것은 또 무슨 꼴이란 말인가? 그나마 한때뿐이었던 보통 사람으로서의 생활조차 이렇게 철저하게 이용됐다니, 이것을 어떻게 받아들여야 좋단 말인가.

준후는 자신도 모르게 주룩 눈물을 흘렸다. 그런 준후를 쳐다보며 은경이 말했다.

"슬퍼할 것 없어요. 주인님의 명을 수행할 수 있게 됐는데 왜 슬퍼하는 건가요? 난 여한이 없답니다. 준후 형제는 지금 이곳에 왔으니 우리 주인님의 말을 들어야만 해요. 준후 형제만 말을 들어 준다면 저기 아라 자매나 준호 형제, 이반 형제 등은 다 놓아드리지요."

준후는 억지로 눈물을 삼키며 은경을 쏘아 보였다.

"정말입니까?"

"주인님은 약속을 지켜요. 나도 약속을 지키고요."

"난 믿을 수 없어요. 그러나 일단 들어나 봅시다. 내가 무슨 짓을 하면 저들을 놓아주겠어요?"

"우리 편이 돼 줘요. 아니면……."

그때 준후가 은경의 말을 재빨리 끊었다.

"그건 못해요. 다른 선택도 있나요?"

그러자 은경은 의외의 말을 꺼냈다.

"우리 편은 안 될 줄 알았어요. 다른 선택도 있죠. 아주 간단해요. 형제는 지금 우리 주인님이 무슨 끔찍한 일을 시킬 것으로 생각하는 모양인데, 그렇지 않아요. 준후 형제가 할 일은…… 바로…… 저들을 구하면 되는 거예요."

준후는 어이가 없었다. 저들을 인질로 잡아 놓고 저들을 구해 가는 게 악마가 시키는 일이라고? 도대체 무슨 소리를 하는 것인가?

"둘 중 하나. 우리 주인님의 편이 되거나 저들을 구해 가요. 다른 선택은 없어요."

"내가 그냥 여기서 도망친다면요?"

"저들 모두가 주인님의 노리개가 되는 거죠."

은경의 말에 준후는 벌컥 성질을 냈다.

"그게 무슨 선택이란 말이야! 저들을 꺼내려면 저 막을 부숴야 하고, 그럼 저들을 죽이는 거라고 말했잖아! 그런데 그게 무슨 선택이냐고!"

은경은 킥 소리를 내며 말했다.

"준후 형제는 역시 성질이 급해요. 끝까지 들어 봐요. 저 막은 저들 주변에만 쳐 있는 게 아니에요. 이제는 이 지하실 전체에 쳐져 있지요. 그러니 도망갈 생각도 하지 말아요. 그런데 저 막을 부수지 않고도 저들을 구하는 방법이 있어요."

"그게 뭐지?"

준후가 급히 묻자 은경은 빙그레 웃으며 말했다.

"나를 죽이고 그 피를 막에 뿌리면 돼요."

선택

준후는 아까 주석이 스스로 원해서 죽은 것이라는 말을 들었을 때만큼 놀랐다. 이 여자가 지금 제정신인가 싶기까지 했다.

"당, 당신 제정신이야? 그러면 죽는 건 당신이라고!"

"나도 알아요. 하지만 당신이 바라면 할 수 없는 일이죠, 뭐."

"미, 미쳤군! 정말 미쳤어!"

그러나 은경은 조금도 놀라거나 당황한 표정을 짓지 않았다.

"우리는 몸을 아깝게 여기지 않아요. 영혼이 중요한 거죠. 주인님의 명이니 어쩔 수 없어요."

준후는 인상을 쓰며 대꾸했다.

"……죽이지 않을 정도로 조금만 뿌리겠어요."

"그 정도로 저 막이 없어질 것 같나요? 한 사람의 몸에 든 피를 모조리 짜내야 될까 말까라고요."

준후는 은경이 태연하게 내뱉자 이를 악물고 뒤로 물러설 수밖에 없었다. 다른 것은 몰라도 은경은 절대 거짓말을 하지 않는 것 같았다. 아니, 거짓말할 필요가 없다고 보아야 했다.

"그런 미친 명령을 당신은 태연하게……."

은경은 준후에게 또박또박 말했다.

"기독교라는 종교의 경전에 보면, 아브라함이라는 자가 나와요. 그들의 신은 아브라함에게 자기 아들인 이삭의 목을 따 제물로 바치라고 하죠. 그건 말이 되는 명령이었나요? 아브라함은 나이 백살이 돼서 이삭 하나를 간신히 얻었다죠. 그런 친아들을 자기 손으로 죽여 바치라고 했어요. 물론 나중에 그만두라고 했다고는 하지만, 아브라함은 실제로 그 명령을 받들려고 했었죠. 내가 보기엔 우리 주인님의 명령은 그보다도 훨씬 정상적인걸요? 종교인들은 순교를 하는데 마녀에겐 그런 것이 없는 줄 알았나요?"

준후는 이제 아스타로트의 음모가 어떤 것인지 확실히 알 수 있었다. 악마 아스타로트가 준후를 어찌하지 못하는 이유는 준후의 선한 마음과 의지 때문이었다. 허나 반대로 선한 자를 타락시키는 것이 그가 진정 바라는 것이라면 그 선한 마음은 강점도 되지만 약점도 된다. 또 유독 준호에게 눈을 돌린 것은 그나마 준후가 더 어려 의지가 굳지 않기 때문이리라. 독실한 박 신부나 의지의 화신 같은 현암은 절대 그들에게 넘어가지 않을 테니까 말이다.

악마들이 무슨 계획을 가지고 준후를 그들의 편으로 만들려고 하는지는 몰라도 이제 준후는 빠져나갈 수 없는 함정에 빠진 셈이었다. 악마들은 준후를 죽이는 것보다는 같은 편으로 만들려 하고 있었다. 만약 준후가 도망친다면 준후는 세 사람을 구하지 못했다는 자책에 시달려서 괴로워하다가 틈이 생기고 무너져 버릴 것이었다. 물론 세 사람을 죽이고 막을 깨뜨려도 마찬가지였다.

그렇다고 은경을 희생시킬 것인가? 은경은 스스로 마녀이고 악마의 하수인이라 했다. 그러나 그녀를 잡아 죽여 그 피를 뿌릴 정도로 준후는 마음이 모질지 못했다. 그녀를 죽인다 해도 준후가 마음에 받는 상처는 세 사람을 희생시켰을 때와 별반 다르지 않을 것이었다. 게다가 지금의 경우에는 어떤 술법이나 주술도 소용이 없었다. 준후가 알고 있는 수천 가지의 주술 중 그 어떤 것도 저 막을 깨뜨리지 않고 거둬들이는 방법은 없었다. 그것은 악마가 직접 펼친 주술이니까.

"우리 주인님께 항복하세요. 그게 싫으면 날 죽이던가요. 형제가 우리 편이 되면 나로서는 더더욱 좋고, 만약 아니더라도 나는 순교자가 되는 셈이니 그 또한 만족스럽답니다. 어서 결단을 내리세요. 더 시간을 끌면 우리 모두 죽어요. 형제를 죽이고 싶지는 않아요……."

"왜 시간이 없다는 거죠?"

"저 막은 생명력으로 친 거예요. 오래 버틸 수가 없죠. 어떻게든 해야 희생자를 줄이는 거죠."

은경은 남의 말을 하듯 담담하게 말하면서 조그마한 칼을 한 자루 꺼내 들었다. 그러나 뭔가에 홀린 것도 아니었고 조종받는 것도 아니었다. 정말 그 여자의 순수한 의지였다.

준후는 어떻게 할 수가 없었다. 하고 싶지 않았다. 준후는 매달려 있는 세 사람을 바라보았다. 세 사람은 제정신이 아닌 것 같았지만 그들의 헐떡거리는 신음이 보이지 않는 막을 뚫고 준후의 귀까지 들려왔다. 몹시 고통을 느끼는 모양이었다.

이반 교수는 조금 멀다 하더라도 준호는 자신을 사부로 모시며 그림자처럼 지내 왔다. 그리고 아라, 비록 겉으론 냉정하게 대했지만 불원천리(不遠千里) 자신을 찾아 여기까지 온 것을 보고 준후는 적잖이 마음이 움직인 터였다. 저들을 희생시킬 수는 없었다, 결코. 그러나 그렇다고 은경을 잡아 죽일 수도 없었다. 그러다가 준후는 문득 무슨 생각이 떠올라서 미친 듯이 은경이 내놓은 단검을 집어 들고 앞으로 달려갔다.

'차라리 내 피를 뿌리자! 그러면 된다!'

준후는 이를 악물고 단검을 높이 들어 올리면서 허공에 대고 외쳤다.

"아스타로트! 잘 봐라! 네 뜻대로는 안 돼!"

그때 은경은 마치 준후의 생각을 꿰뚫어 보기라도 한 듯, 준후의 등에 대고 조용히 외쳤다.

"당신의 피는 안 돼요."

준후는 최후의 수단으로 자결이라도 할 각오였으나 그 말을 듣고는 깜짝 놀라서 뒤를 획 돌아보며 충혈된 눈으로 소리쳤다.

"뭐라고?!"

"당신은 남자죠. 남자의 피는 안 돼요. 준후 형제. 주인님은 모든 것을 내다보고 있어요. 당신은 빠져나갈 방법이 없어요."

준후는 무릎이 휘청하고 꺾이는 것을 느꼈다. 눈물이 샘솟듯 흘렀다. 차라리 악마 놈이 모습을 나타낸다면 모두의 목숨을 걸고 죽기 살기로 한판 붙기라도 할 텐데 교활한 아스타로트는 모습조차 보이지 않았다. 이제는 더 이상 방법이 없는 것 같았다. 준후가 단검을 목에 들이대려는데 은경이 다시 또박또박 말했다.

"형제, 자살은 대죄라고 어느 종교에서는 말하죠? 지금 이 자리에서 자살하는 건 우리 주인님께 항복하는 것과 마찬가지예요. 그러려면 차라리 몸을 지닌 채 항복하세요. 왜 젊은 나이에 죽으려는 거죠? 우리는 나쁜 일을 시키려는 게 아니에요. 준후 형제를 통해 세상의 종말을 막고 미친 신의 분노를 잠재우려고 하는 거예요. 그건 준후 형제의 뜻과도 같은 것 아닌가요? 왜 선입관을 갖고 그토록 거부하는 거죠?"

준후는 단검을 떨어뜨리고 몸을 떨면서도 날카롭게 대답했다.

"인질을 잡고 죽지도 살지도 못하게 하는 족속이 되고 싶지는 않아!"

"이건 큰일이에요. 큰일이라서 할 수 없었던 겁니다."

"큰일 핑계 대는 놈들치고 옳은 놈 못 봤다고."

별안간 준후가 미친 듯이 깔깔깔 웃었다. 나무토막처럼 침착하던 은경조차도 조금 의아한 듯 뒤로 한 발짝 물러섰다. 그러자 준후는 허공을 향해 외쳤다.

"아스타로트! 네가 이겼다! 우리 모두의 목숨을 주마! 하지만 항복은 못 한다!"

그러면서 준후는 앞에 매달린 세 사람을 향해 말했다.

"정말 미안합니다. 교수님. 정말 미안해. 준호, 아라……."

준후는 단호하게 다시 단검을 집어 들었다. 바로 그때, 천만뜻밖에도 묶여 있던 아라가 몸을 꿈틀하더니 뭔가를 캭 내뱉었다. 피! 새빨간 피였다! 아라가 내뱉은 피는 허공에 둘린 보이지 않는 막에 철썩 부딪혀 흘러내렸고 막과 함께 치지직 소리를 내면서 연기와 더불어 타들어 갔다.

준후는 깜짝 놀라 아라를 보고 소리쳤으나 아라는 대답하지 않고 또다시 있는 힘껏 피를 내뱉었다. 혀를 깨문 것이 분명했다. 그러고 보니 아라 등의 숨소리가 들린 것으로 보아 묶여 있던 세 사람 모두 이쪽에서 은경과 준후가 한 대화를 들은 것이 분명했다. 그나마 정신을 어느 정도 차리고 있던 아라가 여자의 피여야 한다는 소리에 혀를 깨문 것이 틀림없었다.

그 광경을 보고 침착했던 은경이 부르르 떨면서 소리쳤다.

"자매! 미친 짓 하지 마! 그렇게 해서 막을 뚫을 수 있을 것 같아? 온몸의 피를 다 빼낼 수 있다고 생각해? 응?"

준후는 차마 그 광경을 볼 수 없어서 눈을 가렸다. 아니, 눈을 마구 쥐어뜯다시피 했다. 아라는 피가 잘 나오지 않자 안간힘을 쓰면서 두 번, 세 번 혀를 깨물어 가며 피를 뿜었다. 고통에 가득 찬 신음을 내면서 아라는 그 미친 짓을 계속했다.

"그만해! 제발 그만해!"

준후가 발악하듯 소리치면서 막을 두들겼지만 막은 꿈쩍도 하지 않았다. 아라가 안간힘을 다해 피를 뿜어서 막이 상당히 얇아지기는 했지만 아직 구멍은 나지 않는 것 같았다. 아라의 얼굴과 옷은 온통 피로 물들었고 얼굴빛은 삽시간에 해쓱해져서 도저히 눈 뜨고 볼 수 없는 몰골이 돼 가고 있었다. 그런데도 아라는 계속 고개를 버둥거리면서 용을 쓰고 있었다.

"제발, 제발 그만해. 제발……!!"

준후가 마구 흐느껴 울면서 막에 기댄 채 미끄러져 내리자 아라는 몇 번 고개를 들썩이면서 뭔가 말하려고 했지만 이미 혀를 십여 차례나 깨문 입에서는 괴이한 신음밖에는 나오지 않았다. 그 처절한 광경을 보고 목석같던 은경조차 눈에 눈물이 글썽거렸다.

은경이 준후에게 외쳤다.

"제발, 제발 그만하라고 해요! 준후 형제! 어서……! 어서 그만두라고…… 어서 항복해요! 네? 제발!"

준후는 울면서 모든 것을 포기하려 했다. 이제 그만 항복이라고 외치려는 순간, 아라가 갑자기 거칠게 고개를 저었다. 그 바람에 아라의 얼굴에서 피가 튀어서 사방에 점점이 뿌려졌다. 그 순간, 준후는 뺨에 뭔가 화끈한 것이 철썩 떨어지는 것을 느꼈다. 무심코 손을 들어 문질러 보니 그것은 한 방울의 피었다. 아라의 피가 분명했다.

"막이 뚫렸다!"

준후는 외치면서 연기를 뿜고 있는 보이지 않는 막을 더듬었다. 막은 아라가 뱉어 낸 피로 덮여 마치 허공에 피가 떠 있는 것처럼 보였는데, 그 중간 부분에서 준후는 작은 구멍을 찾아냈다.

준후는 눈물을 흘리면서 크게 외쳤다.

"아스타로트! 막이 뚫렸다! 네가 졌어!"

은경이 몸을 떨다가 외쳤다.

"주인님! 약속은 약속입니다! 이제 그만…… 이제 그만 거두어 주세요. 주인님이 지셨습니다!!"

하지만 허공에서는 아무런 대답도 들리지 않았다. 그리고 아무 반응도 나타나지 않았다. 저쪽에서는 아라가 풀썩 고개를 떨구며 땅에 주르륵 검은 피를 쏟았다. 의식을 잃었거나 더는 버텨 낼 힘이 없는 것이 분명했다. 준후는 머리털을 솟구쳐 올리면서 온 지하실이 쩌렁쩌렁 울리도록 소리를 질렀다.

"아스타로트!!!"

그런데도 준후의 귀에는 아무런 응답도 들리지 않았다. 은경도 놀란 얼굴로 허공을 보고 중얼거렸다.

"주인님! 주인님! 어디 가셨나요, 주인님? 왜 약속을 지키시지 않는 건가요? 주인님……! 주인님!"

은경의 중얼거림이 처량하게 지하실에 퍼져 나가는 것을 듣고 준후는 비록 입 밖으로 내뱉지 못했지만 속으로 중얼거렸다.

'역시 악마는 악마다. 아무리 좋은 말과 이론으로 가리려 해도 악마는 악마구나.'

그러다가 준후는 아라가 드디어 완전히 힘을 잃고 고개가 뒤로 꺾어지는 것을 보았다. 준후는 비명 같은 소리를 지르면서 막에 뚫린 구멍을 잡고 벌리려 했지만 구멍은 전혀 벌어지지 않았다. 그때, 준후의 뒤쪽에서부터 다시 붉은 액체가 촤악 소리를 내며 막에 끼얹어졌다. 깜짝 놀란 준후가 뒤를 돌아보았다. 거기에는 은경이 한쪽 팔을 걷고 팔뚝에 기다란 상처를 내어 선혈을 뿜어내고 있었다. 은경은 아픔 때문인지 얼굴이 하얗게 질린 채 준후에게 말했다.

"주인님의 약속을 대신 지키는 겁니다⋯⋯."

그리면서 은경은 다시 팔을 칼로 그어서 막에 피를 뿌렸다. 준후는 은경을 말리려는 듯 손을 내밀었으나 은경은 짧게 말했다.

"죽을 정도로는 안 뿌려요. 저 자매가 절반, 내가 절반, 그러면 되니까요."

아라가 뱉은 피가 안쪽에서 뿌려지고 은경이 뿌린 피가 밖에서 더해지자 잠시 후 연기와 함께 막에 커다란 구멍이 생겼다. 일단 사람이 드나들 만큼의 구멍이 생기자 막 전체가 돌연 사라졌다. 준후는 미친 듯이 그 안으로 들어가서 아라를 묶었던 두꺼운 끈을 수형도의 수법으로 잘라 버렸다.

"아라야! 아라야! 정신 차려! 나야! 준후!"

다행히도 아라는 으음음 하는 신음을 냈다. 아직 숨이 끊어지지는 않은 것이다. 준후는 아라를 안은 채 준호와 이반 교수를 묶은 끈을 연달아 끊었다. 그러자 잠시 의식을 잃고 있던 준호와 이반 교수도 다시 정신을 차리는 듯했다. 준호는 그간의 일을 알지 못해 피투성이가 된 아라의 모습을 보고 소스라치게 놀랐으나 이반 교수는 역시 나잇값을 했다.

그는 아라의 상태를 재빨리 확인하더니 미친 듯 주변을 살폈다. 그리고 주변의 작은 서랍에서 조그마한 상자 하나를 찾아냈다. 그 안에는 바느질 재료인 바늘과 가위, 그리고 실 같은 것이 들어 있었다. 이반 교수는 준후에게 뭐라고 설명을 했으나 외국어에 문외한인 준후는 한마디도 알아듣지 못했다.

이반 교수는 아라를 곧 안아 들더니 재빨리 바늘에 실을 꿰어서 아라의 마구 잘린 혀를 꺼내 꿰매기 시작했다. 준호는 그 모습을 보고 거의 기절하다시피 했고 끔찍한 것을 수없이 보아 온 준후도 차마 볼 수가 없었다.

이반 교수는 만신창이가 된 얼굴에 굵은 땀을 흘리면서 묵묵히 아라의 혀를 꿰매는 외과 시술을 꼼꼼하게 해냈다. 이반 교수가 침착하게 응급조치를 하자 준후는 조금 안심하고 은경 쪽을 돌아 보았다. 비록 적이었지만 그녀는 페어플레이를 한 셈이고, 덕분에 아라가 살아나게 된 셈이니 고맙다는 말이라도 하고 싶어서였다. 준후가 다가서자 아직도 팔에서 피를 흘리며 멍하니 앉아 있던 은경이 조용히 말했다.

"저 자매를…… 저 자매를 봐서 한 거예요. 꼭 과거의 날 보는 듯해서……."

"예?"

준후가 묻자 은경은 힘없이 고개를 저었다.

"아니, 아니."

"아무튼 고마워요."

"저 애에게나 잘해 줘요. 나 같은 여자 하나 더 만들지 말고……."

그 말만 남기고 은경은 벌떡 일어나 보이지 않는 막이 없어진 것을 확인한 다음 지하실의 철문을 밀었다. 철문이 삐걱거리며 열리자 은경은 문을 빠져나가 지하실 어둠 속의 어디론가 사라져 버렸다.

준후는 굳이 은경을 잡으려 하거나 뭐라 묻지 않았다. 이반 교수는 땀을 씻으면서 준후에게 아라를 가리켜 보였다. 아마 병원으로 옮기자는 말 같았다. 준후는 즉시 달려와 아라를 들쳐 안았다. 준호와 이반 교수가 도와주려 했지만 준후는 고개를 젓고 아라를 꽉 안은 채 지하실 밖으로 빠져나갔다. 나가면서 준후는 속으로 중얼거렸다.

'아라와도 결국 다시 만나게 됐고 이반 교수님과도 다시 만나게 됐구나. 마녀 협회…… 그리고 아스타로트…… 아스타로트, 난 이번 재회를 잊지 않을 테다. 절대로 잊지 않을 테다.'

아라를 안은 준후와 준호, 이반 교수가 종말교 밖으로 나갔을 때는 이미 몹시 늦은 밤이라 거리에는 인적이 거의 끊긴 듯했다. 문득 준후는 준호가 어깨를 툭 치는 것을 느끼고 뒤를 돌아보았다.

종말교 건물의 어느 창문 안쪽에서 은경이 그들을 향해 손을 흔드는 것이 보였다. 그리고 다음 순간, 은경이 손에서 라이터 같은 것을 튕겨 불을 피우자 순식간에 종말교의 건물 안에서 대폭발이 일어났다. 화염이 창문들을 깨고 일제히 솟구쳤고 깨진 유리가 사방으로 튀었으며 폭음으로 땅이 흔들렸다.

준호는 너무 놀라서 그 자리에 주저앉았다.

"왜…… 도대체 왜……?"

준후는 씁쓸하게 웃으면서 서글픈 기분에 잠겼다.

'아마 그것밖에는 길이 없었는지도 모르지. 스스로의 영혼을 구원할 길은…….'

그러나 한 가지 궁금한 점이 남아 있었다. 은경이 마지막에 아라 보고 자신과 같았다던 말은 또 무슨 뜻일까? 은경은 과거에 어떤 남자 때문에 마녀 협회 같은 곳으로 빠지게 된 것일까? 혹시 남자에게 배신이라도 당한 것일까? 그래서 악마를 주인으로 섬기기 시작한 것일까? 마지막 말을 남긴 의미와 마지막으로 자폭한 이유는 스스로의 행동을 후회해서일까, 아니면 합리화하기 위해서일까?

그에 대해서는 해답을 찾을 수 없었지만 준후는 다시 한번 마음속으로 다짐했다.

'아스타로트! 어쨌거나 이번 일은 결코 잊지 않겠다, 결코.'

사람들이 하나둘씩 웅성거리며 폭발이 난 현장으로 달려오는 사이 준후 일행은 혼잡을 뚫고 병원으로 갔다. 일단 다른 것은 둘째치고 아라의 몸에서 가늘게 뛰는 심장과 맥박 소리가 준후로서는 그렇게 소중할 수가 없었다.

준후는 눈물을 흘리고 있었으나 병원이 가까워짐에 따라 점점 밝은 표정을 지었다. 그리고 흐뭇한 표정으로 가끔 아라의 얼굴을 내려다보았다. 비록 막무가내에다 제멋대로기는 하지만, 준후는 피에 젖고 창백해진 지금의 아라 얼굴이 그 어떤 여자보다 아름다워 보였다.

정령들의
여왕

밤의 방문객

 구름이 잔뜩 끼어 달빛조차 비치지 않는 깊은 밤이었다. 그곳은 간혹가다가 윙윙하며 늦은 밤길을 질주하는 차 소리가 멀리서 들려올 뿐, 벌레 소리조차 들리지 않는 적막한 곳이었다.
 여기저기 볼품없이 자란 잡목들이 그림자를 드리우고 있었으며 저만치로는 시커먼 호수가 보였다. 주변은 모두 기분 나쁜 안개가 솟아오르는 질펀한 습지였다. 무성한 갈대들도 이렇게 빛이 없는 밤에는 한들거리지 않고 을씨년스럽게 몸을 휘청거리는 것 같았다.
 그 습지 사이로 난 오솔길을 세 명의 남자가 걷고 있었다. 주변은 빛 한 점 없이 캄캄했지만 그들은 작은 불 하나 밝히지 않고 묵묵히 걷기만 했다. 세 명 중 한 남자는 아주 체격이 커서 멀리서도 눈에 띌 정도였으며, 다른 한 남자는 작은 키에 호리호리한 몸매로 보아 아직 아이 같아 보였다. 그리고 맨 뒤에서 조용히 걷는 남자는 보통 체격을 지니고 있어 별반 눈에 띄는 것이 없었다.

한참을 걷자 저만치에서 안개를 뚫고 희미한 불빛이 보였다. 조금 더 자세히 보니 그곳에는 자그마한 건물의 그림자가 희끄무레하게 보였다.

건물이 보이자 앞장서서 걷던 덩치 큰 남자가 손가락으로 건물을 가리켜 보였다. 그러자 일행은 다리에 힘을 주어 조금 더 빨리 걸음을 옮기기 시작했다. 습지 주변의 안개는 점점 더 짙어지고 있었다. 안개를 뚫고 가까이 다가가자 남자들의 눈에 풍상을 오래 겪은 것 같은 낡은 건물의 모습이 구체적으로 보였다. 이 층으로 된 작은 건물이었으며 나지막한 담장 너머로 칠이 다 벗겨진 미끄럼틀과 그네 같은 놀이 기구들이 보였다.

그리고 닫힌 철문 옆에는 약간 비뚤어진 간판이 걸려 있었는데, 거기에는 '유진 보육원'이라는 빛바랜 글자가 쓰여 있었다. 희미한 불빛은 이 층의 한쪽 창문에서부터 흘러나오고 있었다. 다른 창문들은 모두 불이 꺼져 있었고 군데군데 깨어진 창문도 그대로 남아 있었다.

앞장선 덩치 큰 남자가 조금 망설이는 표정을 보이다가 닫힌 문을 슬며시 밀었다. 그러자 문은 별 저항 없이 열렸다. 남자는 뚜벅뚜벅 걸어서 문을 넘어선 다음 뒤를 돌아보고 따라오던 남자들에게 들어가자는 듯 한 번 고갯짓해 보였다.

세 명의 남자가 문을 막 들어선 순간, 바람 한 점 불지 않았는데 보육원의 문이 갑자기 철컹 소리를 내며 닫혀 버렸다. 남자들은 약간 흠칫하는 것 같았지만 발길을 돌리지 않고 조용히 현관문을 열었다.

그들이 현관문을 열자 느닷없이 안에서 우당탕 요란한 소리가 들려왔다. 그와 동시에 문 안쪽에서 주먹만 한 돌들이 우박처럼 와르르 날아왔다.

덩치 큰 남자는 재빨리 고개를 숙이며 몸을 뒤로 돌려 돌벼락을 등으로 버텨 냈다. 그 돌들은 남자의 등에 맞아 바닥으로 떨어져 굴렀다. 수십 개나 되는 돌들이 한바탕 날아온 뒤, 일순 그 요란하던 소리도 멎고 돌도 더 이상 날아오지 않았다. 갑자기 사방이 거짓말같이 조용해졌다.

덩치 큰 남자 뒤에 숨어 있던 키 작은 남자가 한 발짝 앞으로 나오면서 바닥에 떨어져 뒹굴던 돌 하나를 주워 들고 살펴보았다. 돌들은 새알만 한 크기였는데 이 근방에 있던 돌 같지는 않았다. 그때 수십 개나 되는 흩어진 돌들이 돌연 연기처럼 희미해지더니 사라져 버렸다.

"폴터가이스트(Polterpeist)[1]······."

키 작은 남자가 중얼거리는 순간 현관문이 요란한 소리를 내며 쾅 하고 닫혔다. 뒤에 있던 보통 키의 남자가 긴장된 목소리로 말했다.

---

[1] 종을 울리거나 조그만 돌, 열쇠 같은 것들이 어디선가 비 오듯이 날아오거나, 똑똑, 저벅저벅, 탕탕 소리를 내는 등 기묘한 물체가 왔다 갔다 하는 현상을 말하며, 다른 말로 영소(靈騷)라고도 한다.

"조심하시오."

그의 말이 떨어짐과 동시에 현관문에 불이 붙으면서 맹렬한 기세로 활활 타올랐다. 불길은 순식간에 현관문만이 아니라 복도 전체로 옮겨 붙었다. 남자들이 깜짝 놀라 뒤로 물러섰다. 어느새 불길이 천장에서도 일어나 그곳에서 불붙은 나무토막 같은 것들이 와르르 쏟아져 내려 앞으로도 나아갈 수 없는 형편이 되고 말았다.

덩치 큰 남자는 에에익 하고 고함을 지르며 막 무엇인가 용을 쓰려는 듯했으나 보통 키의 남자가 외쳤다.

"다 환상이오! 눈을 감고 무시해 버리시오!"

보통 키의 남자가 한 말이 다 가라앉기도 전에 그 남자는 천장에서 쏟아진 나무토막에 머리를 호되게 맞고 앞으로 넘어져 버렸다.

키 작은 남자가 비명을 올렸다.

"뭐가 환상이란 거야! 이게 무슨."

보통 키의 남자는 정신을 잃지는 않았으나 그사이 그의 옷에 불이 옮겨 붙었다. 탄내와 열기가 사방을 가득 메운 가운데 그 남자는 으아아악 하며 처절하게 비명을 질렀다.

덩치 큰 남자가 달려와서 그 남자의 몸을 커다란 손바닥으로 퍽퍽 쳐서 불을 끄려고 했으나 생각만큼 쉽게 꺼지지 않았다.

다음 순간, 남자들 발밑의 마루가 풀썩 꺼져 들어갔다. 마루 밑은 깊이를 알 수 없는 무저갱 같은 어두운 심연이었다. 남자들은 깜짝 놀라 몸의 균형을 잡으려 버둥거렸지만 마루는 계속 꺼져 내려가 그들의 발이 공중에 떠 버리고 말았다. 남자들은 비명을 지르면서 어두운 바닥으로 떨어졌고, 불이 활활 타오르는 복도와 천장이 무너져 그들의 몸을 덮었다.

얼마나 시간이 지났을까? 어떤 묵직한 손이 어깨를 잡아끄는 느낌에 덩치 큰 남자가 눈을 떴다.
"괜찮소?"
남자의 목소리였다. 그러나 그의 등 뒤로 환한 햇살이 비치고 있어서 그의 얼굴은 보이지 않았다. 덩치 큰 남자는 눈을 몇 번 껌벅거리면서 주위를 둘러보았다.
"여기가…… 어딥니까?"
그러자 어깨를 잡아끈 남자는 후후 하고 조그만 소리로 웃으며 말했다.
"병수 군, 이런 곳에서 뭘 하는 건가?"
덩치 큰 남자 병수는 그제야 자신을 일으킨 사람의 얼굴을 알아볼 수 있었다. 그 사람은 나이가 상당히 든 허우대 좋은 노인이었는데, 언젠가 얼굴을 한 번 보았던 것 같은 생각이 들었다.
자신의 거대한 체구보다는 작았지만 그래도 상당히 큰 키와 떡 벌어진 어깨에 검은 안경을 낀 흰머리의 노인. 조금 더 나이 든 주름살과 흰머리를 제하고 나면 어디선가 보았던 것이 분명했다.
마침내 병수는 그 사람이 누구인지 생각이 떠올랐다.
"어…… 당, 당신은…… 신부님?"
그러자 박 신부는 여전히 미소를 지우지 않고 대답했다.

"알아보겠나? 허나 신부라고 대놓고 부르지는 말게. 난 교단의 일을 그만둔 사람이니까……."

병수는 놀라서 눈을 크게 뜨고 주변을 두리번거리면서 둘러보았다. 시각은 이미 해가 훤하게 뜬 대낮이었는데 자신은 습지의 진창에 반쯤 빠져 있었다. 그리고 그의 양옆에는 같이 왔던 다른 두 명의 남자가 아직도 정신을 차리지 못하고 쓰러져 있었다.

"도, 도대체 어떻게 된 겁니까? 예?"

병수가 얼떨떨해서 묻자 박 신부는 고개를 갸웃하며 말했다.

"낸들 어찌 알겠나? 자네들이 왜 여기 있는지는 나도 모르지. 진창은 수영하는데 적당한 곳은 아닌 것 같은데."

박 신부가 시치미를 떼자 병수는 그의 옆에 쓰러져 있는 다른 한 명의 남자를 흔들어 깨웠다.

"근호, 근호, 일어나 봐."

그 남자는 바로 현현파의 도인인 근호였다. 그는 여전히 정신을 차리지 못했다. 곧이어 병수는 다시 그 옆에 쓰러져 있던 키 작은 남자를 흔들었다.

"전 박사님, 전 박사님 일어나세요."

그러자 박 신부는 병수에게 말했다.

"일단 진창에서 나오는 게 어떻겠나? 그 사람들도 좀 밖으로 끄집어내고 말일세."

병수는 진창에서 몸을 일으켜 근호와 키 작은 남자를 밖으로 꺼냈다. 병수는 워낙 몸집이 크고 힘이 좋아서 두 사람을 따로 들고 나른 것이 아니라 한 손에 한 명씩 잡고 단번에 두 사람을 바깥의 조금 마른 땅으로 옮겨 놓았다. 그러고는 진창으로 다시 들어가서 주섬주섬 뭔가를 찾기 시작했다.

박 신부는 두 사람의 호흡을 살펴본 다음 다시 웃는 얼굴로 병수에게 물었다.

"뭘 찾는 건가?"

"내 철봉요."

병수는 산만한 덩치와 험상궂은 얼굴과는 달리 아이처럼 대답하면서 계속 진창 속을 휘저었다. 그러다가 마침내 진흙 범벅이 된 길쭉한 물건을 진창에서 꺼내 들었다.

"헤헤, 찾았다."

병수는 진흙 범벅이 돼서도 실쭉 웃으며 비로소 진창에서 나왔다. 병수가 가지고 나온 것은 길쭉한 가방에 든 그의 무기인 조립식 철봉이었다. 접혀 있을 때는 그다지 크지 않지만 길게 늘여 결합하면 거대한 병수의 키를 넘어서는 길이가 된다. 더구나 그 무게도 보통이 아니게 무거운 듯, 병수가 가방을 내려놓자 늪지 주변의 물렁한 땅이 움푹 파여 들어갔다.

"그건 왜 가지고 왔나?"

병수는 가방을 열고 번득거리는 철봉의 뭉치들을 꺼내 진흙과 물을 닦아 내면서 대답했다.

"그러는 신부님은 왜 여기 오신 거요?"

"자네는 왜 온 건가?"

그러자 병수는 문득 곱지 않은 눈매로 박 신부를 쏘아보았다.

"혹시 신부님이 날 가지고 장난치신 건 아뇨?"

"내가? 무슨 말인가? 나는 지금에야 여기 온 길이네."

"흠, 그런가? 아무튼 신부님은 신경 쓰실 것 없수다."

"그런데 무슨 낭패를 보았기에 여기 이런 몰골로 있는 겐가? 자네들 정도 되는 사람들이 뭐에 홀렸을 리도 없고."

"아니로소이다, 아니로소이다. 이번은 정말 대단했수다. 제길, 엄청 심하던데."

"뭐가 말인가?"

박 신부가 말하자 병수는 미간 사이의 갈매기를 잔뜩 찌푸려 보이면서 되받았다.

"왜 신부님은 자꾸 모르는 척하쇼? 저기 낡은 보육원 말이요."

"보육원?"

"정말 모르쇼? 정말 우연히 온 거라면 내 얘기해 드리지."

그 말에 박 신부는 미소를 머금었다.

"얘기해 주게나."

그러자 병수는 어험 하고 헛기침을 한 번 하고는 줄줄 주워섬기기 시작했다.

"저기는 이미 사람이 안 산다는 빈 건물입니다. 그런데 거기서 매일 밤 시끄러운 소리가 들리고, 다가가는 사람들은 죄다 허깨비를 본다고 하더군요. 그래서 이분이 흥미를 느끼신 모양인데, 워낙 무서운 곳이니 가지 말라고 사람들이 다 말렸거든요."

"가 보니 어떻던가?"

"에구, 무슨 폴…… 뭐라더라? 전 박사는 아는 것 같았는데…… 폴트…… 폴타……."

"폴터가이스트라고 했나?"

"아, 맞다. 그렇수. 뭐, 내가 보기엔 환영이고 도깨비 지랄에 불과한데, 얼마나 유식해 보이려고 영어 이름을 갖다 붙이는 건지는 모르겠지만."

"심하던가?"

그 질문에 병수는 휘휘 고개를 저었다.

"심한 정도가 아닙니다. 꼼짝없이 죽는 줄 알았다니까요."

그러면서 병수는 지난밤, 아니 지난밤인지 며칠 전이었는지는 분간이 가지 않았지만 아무튼 그때 겪은 무시무시한 불의 환상을 박 신부에게 말해 주었다. 병수는 설명을 끝내고 쓰러져 있는 근호에게 다가가서 그의 몸을 살펴보았다. 근호의 몸은 흠뻑 젖어 있었지만 불에 탄 자국은 보이지 않았다. 그 모습에 병수는 또다시 휘휘 고개를 저었다.

"제길, 불이 난 것도 허깨비였구먼. 그런데 나도 수련을 한 몸이고 이 친구도 꽤나 오랫동안 수련한 친구인데 전혀 환상을 깰 수 없더라니까요."

박 신부는 병수의 이야기를 들으면서 고개를 갸웃해 보였다.

"허허. 그렇게 대단하던가?"

"그랬다니까요……."

박 신부는 안색을 조금 딱딱하게 굳히면서 병수에게 말했다.

"자네들…… 그곳에 다시는 가지 말게. 그 정도라면 이건 자네들의 능력을 훨씬 벗어나는 일이야. 절대 가지 말게. 알아들었나?"

"그러지 말고 우리랑 같이 가십시다. 신부님 정도 되는 분이 있다면 충분히 상대할 수 있을 거요."

"내가 왜 그리 간단 말인가?"

"어어. 신부님은 궁금하지도 않으슈? 그리고 우리가 지금 난처한 입장에 빠졌는데 좀 도와주면 안 되겠수?"

그러나 박 신부는 딱 잘라서 냉정하게 말했다.

"공연히 일을 만들고 싶지도 않고. 솔직히 난 자신이 없네."

"으음, 이제 보니……."

병수는 문득 의심스러운 눈길로 박 신부를 바라보며 말을 이었다.

"아무래도 이상하단 말씀이야. 신부님, 신부님이 우연히 왜 여길 온단 말입니까? 난 아무래도 신부님이 장난친 것 같은 느낌이 드는데요?"

"아까부터 자꾸 왜 그러나? 내가 장난을 쳤다니?"

"신부님의 능력이라면 그 정도는 될 거 아닙니까. 그리고 신부님이 여기 우연히 나타났다는 게 난 아무래도 믿어지지 않는다 말이요. 나더러 가지 말라고 말하는 것도 그렇고."

"허허. 그 정도 상황이면 내 능력을 넘어서는 걸세. 그리고 난 정말 우연히 여기로 오던 길이란 말일세."

"여기 뭐 볼 게 있어서 우연히 온단 말이요? 아무래도 신부님도

저 보육원에 관심을 가진 것이 틀림없는데?"

"보육원? 내가 거기에 왜 관심을 갖는단 말인가?"

병수는 그 말에는 대답하지 않고 조용히 박 신부를 험상궂은 눈길로 노려보았다. 그 눈길에 박 신부는 조금 당황한 듯한 표정으로 이내 덧붙였다.

"자네, 아직 제정신이 아닌 것 같군. 왜 멀쩡한 사람을 가지고 그러는가? 뭐, 그렇다면 마음대로 하게나. 나는 분명 자네를 말렸고 충분히 경고했네. 그것만은 명심해 두게."

그때 근호가 나직하게 신음을 내면서 몸을 비틀었다. 병수는 곧 박 신부의 일을 잊어버리고 근호에게 가서 그의 뺨을 툭툭 쳤다.

"이봐, 근호. 정신이 드나? 응?"

근호가 눈을 번쩍 떴다. 근호도 몸에 별다른 상처는 없었던 터라 눈을 뜨자마자 깜짝 놀라면서 몸을 벌떡 일으키더니 그 자리에 앉았다.

"이게 어찌 된 거야?"

"제길, 나도 몰라. 뭔가에 홀렸나 봐."

"우리가 왜 여기 있지?"

"아, 나도 모른대도!"

병수는 퉁명스럽게 대꾸하고는 뒤로 몸을 돌리자 조금 전까지 있던 박 신부는 어디론가 사라지고 없었다.

"어라? 어딜 갔지?"

"누구 말이야?"

"박 신부님 말이야. 못 봤어? 아까 날 깨워 줬는데."

그 말에 근호는 얼굴을 이상하게 일그러뜨리면서 물었다.

"박 신부? 그렇다면 전에 우리가 강화도에서 같이 보았던 그 박윤규 신부를 말하는 거야? 영능력이 굉장하다고 하는?"

"맞아, 맞아. 십여 년 만에 처음 보는 거긴 하지만."

그러자 근호는 놀라기도 하고 공포스러운 듯한 이상한 표정을 지어 보였다.

"박 신부는 죽은 것으로 아는데? 방금 여기 있었다고?"

그 말을 듣고 병수는 근호보다도 더 놀랐다.

"뭐, 뭐야? 박 신부님이 죽었다니?"

거듭되는 환영

근호는 흐린 얼굴로 병수에게 말했다.

"박 신부는 죽었다고 들었어, 몇 년 전에. 무슨 정부 조직과 관련된 엄청난 일에 끼어들어서 모조리 죽었다고 하던데. 주기 선생 상준이도 그때 죽었고 현암도……."

"말도 안 돼. 조금 전까지 박 신부님은 여기 있었단 말이야. 나랑 이야기를 나누고 있었다고! 일 분밖에 아직 안 지났는데."

근호는 나직하게 말했다.

"그럼 일 분밖에 안 되는 사이에 그분이 어디로 갔단 말이야?"

병수는 그 말을 듣고 다시 휘휘 주변을 둘러보았다. 그러고 보니 이상했다. 이 주변은 늪지와 진창들이 많기는 했지만 상당히 넓은 개활지여서 사방이 탁 트여 있었고 건물도, 몸을 감출 만한 장소도 없었다. 달려간다 해도 일 분 사이에 모습이 보이지 않게 될 수는 없었다.

병수는 놀란 나머지 사방을 둘러보고 혹시 진창에 빠진 것은 아닌가 싶어 늪지 쪽까지도 돌아보았지만 박 신부의 자취는 남아 있지 않았다. 병수는 크게 당혹했다.

"어. 이게 어떻게 된 거야. 분명히 이야기를 나누었는데……."

"잘못 본 거 아냐?"

"날 뭘로 보고 그런 소릴 하는 거야!"

병수는 화를 버럭 냈다. 그러자 근호는 고개를 끄덕이며 말했다.

"그만, 그만. 우리가 왜 다투어야 해? 이상한 일이라서 말해 본 거였으니 너무 화내지 말라고. 자넬 우습게 보아서 그런 것은 아니니까."

그래도 병수는 화가 난다는 듯 발을 몇 번 쿵쿵 굴렀다.

"제기랄, 이게 무슨 꼴이람. 뭔가에 씌었군, 단단히 씌었어. 환영에 씌고, 죽은 사람이 나타나서 말을 걸고. 이게 뭔 놈의 일이란 말이야."

그때 전 박사가 끄응 소리를 냈다. 비로소 깨어나는 것 같았다. 근호가 서둘러 말했다.

"전 박사님, 괜찮은가요?"

"아이고, 머리야…… 이게 뭐지?"

그러자 병수가 버럭 소리를 질렀다.

"뭐긴 뭐유? 다들 완전히 당한 거지!"

병수는 계속 투덜거리며 말을 이었다.

"전 박사님, 당신이 뭘 연구하려는 건진 모르겠소만, 요번 일은 좀 무모했던 것 같아요."

"뭐가 말인가?"

"이 근처에는 오지 말았어야 했어요. 이 늪지 주변만 조사해 보고 말았어야 하는 건데. 이상한 건물이 있다고 그리 가 본 게 잘못이었나 봐요. 그 낡은 보육원에 이런 엄청난 힘을 지닌 뭔가가 숨어 있었다니, 원."

한참이 지나자 전 박사와 근호, 병수 세 명은 모두 기력을 되찾았다. 병수가 언뜻 전 박사를 보니, 그는 조금 놀라기는 했지만 오히려 눈빛을 반짝반짝 빛내고 미소까지 띠는 것이 몹시 흥분하고 있는 것 같았다.

"박사님은 뭐가 그리 좋으슈?"

"굉장한 발견을 했으니 좋지."

"뭐가 그리 굉장한 발견인데요?"

"어젯밤인가……? 흠, 아마도 그렇겠지. 어제 우리가 본 현상은 정말 굉장한 것이라네."

"당한 게 그리도 좋수?"

병수가 투덜거리려 뭐라 쏘아붙이려 하자 근호가 얼른 눈짓해 보이고 전 박사에게 물었다.

"하지만 좀 위험했던 것 같습니다."

"그도 그렇지만…… 어쨌거나 아무 일도 없지 않은가? 우리 다시 가 보세."

그 말에 병수가 펄쩍 뛰었다.

"다시 가 본다고요?"

"왜 그러나? 당연히 가 봐야지!"

병수가 미간의 갈매기를 한층 더 찌푸리며 쏘아붙였다.

"박사님, 우리는 어제 완전히 꼼짝도 못 하고 당했다고요. 솔직히 말해 자존심 상하는 일이기는 하지만, 나나 여기 현현파 근호나 어느 정도 재주 있는 사람들인데도 전혀 힘도 써 보지 못했단 말이요. 하물며 박사님은 아무 힘도 없는 처지 아니오? 그런 판국에……."

"하지만 우리는 이렇게 멀쩡하지 않은가?"

"그러니 다행으로 알아야 하는 것 아니겠수?"

"무슨 소린가? 결국 어제 우리가 본 그것은 환영에 불과하네. 겁먹을 필요 없네. 다치진 않을 테니까 말이야."

옆에서 두 사람의 대화를 듣던 근호가 조심스럽게 말문을 떼었다.

"그런데 한 가지 이상한 점이 있습니다. 전 박사님은 어제 그 돌들이 날아온 것을 보고 폴터가이스트 현상이라 하셨죠?"

"그렇네. 당연히 폴터가이스트겠지."

"폴터가이스트 현상이라면 우리들이 환상에 속는 것도 있을 수 있는 일이겠지요. 그러나 보육원 건물은 여기서도 한참이나 떨어진 곳인데, 우리들의 몸이 어떻게 여기까지 옮겨 온 것일까요?"

"음?"

그 말을 듣고 전 박사가 어깨를 움찔했고 병수도 놀랐다. 근호는 차분히 계속 말을 이었다.

"우리들이 환상을 본 것이라면 당연히 그 자리에 쓰러져 있어야 하지 않나요? 만약 그렇지 않고 그 현상을 일으키는 힘인지 존재인지가 우리들을 옮겼다 하면 더 이상하지요. 우리들 세 사람의 몸을 이렇게 먼 곳까지 옮긴다는 것은 단순한 폴터가이스트 현상으로 볼 수가 없는걸요. 이건 분명한 물리력입니다."

"그렇게 볼 수 있겠지. 흠, 물리력이라. 우리 세 명의 몸무게를 합하면 아무리 못 잡아도 이백 킬로그램은 될 건데, 그 무게를 일 킬로미터 밖으로까지 옮긴다?"

병수 역시 뭔가 한참 속으로 계산해 보는 듯하더니 중얼거렸다.

"당신들 몸무게가 사십밖에 안 나가?"

근호는 병수의 말이 우스웠지만 그냥 넘겨 버리고 긴장된 어조로 말했다.

"맞아요. 무서운 물리력입니다. 몹시 위험해요."

"이거야말로 전에 보지 못한 강력한 물리력이로군. 더더욱 조사해 봐야겠네."

그 말에 근호는 허탈한 표정을 지었다.

"말씀을 못 알아들으시는 것 같은데요. 아니면 일부러 딴전을 피우시는 겁니까?"

"무슨 말인가?"

"어제 우리는 정신도 까마득히 잃은 상태였어요. 근데 이백 킬로그램에 달하는 물리력이 우리를 옮기는 데 쓰이지 않고 우리를 해치는 데 쓰였다 생각해 보세요. 그렇다면 그건……."

근호는 잠시 말을 멈추고 몸을 부르르 떨었다.

"우린 저승 문턱에 갔다 온 거란 말입니다."

"그러나 죽진 않았지 않은가?"

"이건 일종의 경고라고요. 우리 정도는 상대도 되지 않으니 귀찮게 굴지 말라는 일종의 경고죠. 그 귀신인지 뭔지가 한 번 봐준 거라, 이겁니다. 이 판국에 다시 거길 가요? 만약 그 존재가 말을 못 알아듣는다고 화내면 어떻게 하죠? 죽이지 않는다 해도 물리력을 써서 눈이라도 하나 멀게 만들거나 팔이라도 부러뜨리면 어쩌자는 겁니까?"

그 말에 전 박사는 당황한 표정이 됐으나 다시 애써 안색을 굳히고 말했다.

"흠…… 설마 그 알 수 없는 존재가 발휘한 물리력은 아니겠지. 이런 강력한 물리력은 듣도 보도 못했네."

"하지만 우린 분명 옮겨지지 않았습니까? 사람이 한 짓이라면 왜 우릴 진창에 빠뜨려 놓겠습니까? 그리고 사람이 우릴 진창에 빠뜨렸다면 그 즉시 우린 차갑기도 하고 놀라기도 해서 눈을 떠야죠. 그런데도 날이 밝을 때까지 깜깜한 정신으로 있었으니 이건 분명 사람이 한 짓은 아닙니다!"

"아니야, 아니야. 아마 누군가가 우리를 발견하고 여기다 옮겨 놓은 것 아니겠는가? 우리가 어제 환상에 너무 놀라서 깨어나지 못한 거고 말이야. 그렇지 않겠는가?"

병수도 고개를 끄덕였다.

"그럴 수도 있다고. 아까 신부님이 옮겨 놓았는지도 몰라."

근호는 애가 탔다. 분명 전 박사라는 심령 연구가는 자신의 지적인 호기심을 충족시키기 위해서라면 무슨 짓이라도 할 각오가 돼 있는 것 같았다. 그래서 다시 그곳에 가 보고 싶어 이렇게 위험을 무릅쓰고 억지를 부리는 것 아닌가. 근호도 궁금한 건 마찬가지였지만 어제의 환영과 물리력으로 볼 때 자신이나 병수의 힘으로 감당할 수 있는 일이 아니었다. 그러니 아무래도 다시 그곳으로 돌아간다는 것은 미친 짓 같았다. 그런데 병수는 왜 끼어들어서 전 박사 편을 든단 말인가?

"신부라니? 병수 자네는 헛것을 보고도 자꾸 그 이야기를 하면 어떻게 해?"

"어어, 헛것이 아니래도 그러네!"

"신부님은 또 누군가?"

병수는 전 박사가 묻자 간단하게 횡설수설하며 자신이 박 신부를 보았다는 이야기를 해 주었다. 그러자 전 박사도 깜짝 놀라며 말했다.

"그 기도력을 발휘한다는 박윤규 신부 말인가? 으음……. 나도 그 사람은 죽은 걸로 알고 있네만."

"어어, 그러면 정말 죽은 사람이었단 말이요? 하지만 너무도 또렷했는데……."

병수가 놀라 말을 흐리자 근호가 다시 말했다.

"그럼 이렇게 생각하면 어떨까요? 박 신부는 이미 죽었지만 영혼 상태로 우리에게 와 준 겁니다. 제발 그곳으로 돌아가지 말라고 말이죠."

"제길. 박 신부가 죽은 게 분명합니까?"

병수가 조금 얼굴빛이 질린 채 묻자 전 박사는 고개를 끄덕였다.

"그래. 정확하게 어떻게 죽었는지는 모르지만 퇴마사라고 불리던 동료들과 함께 모조리 저세상으로 갔다고 하네. 솔직히 그 사람들 정도 되는 능력자들이 있다면 아무 거리낌 없을 텐데."

그러자 병수가 자존심이 상한 듯 철봉이 든 가방으로 땅을 쾅 찧으며 외쳤다.

"제길! 이미 죽은 사람들 이야기를 끄집어내서 뭐 한단 말이요?"

"그건 그렇고 다시 한번 가 보세나. 지금은 낮이니 괜찮지 않겠는가?"

"전 반대입니다. 전 박사님은 심령 연구가이면서 낮이라고 안전하다는 말을 하실 수 있나요? 물론 낮이 밤보다 나은 것은 사실이지만, 강력한 영은 낮에도 얼마든지 힘을 부릴 수 있지 않습니까?"

"그러면 어쩌자는 겐가?"

"일단 이대로 돌아가십시다. 더 능력 있는 사람들을 모은 후에 다시 오기로 하죠. 제 스승님도 제가 잘 말씀드리면 와 주실지도 모릅니다."

근호의 말에 전 박사는 울상을 지으며 대꾸했다.

"이런 현상은 날이면 날마다 있는 것이 아닐세. 그렇게 지체하다가 그 존재가 어디론지 또 옮겨 가 버리면 어떻게 하는가? 오늘 다시 가서 정체를 밝혀내야만 하네!"

근호는 전 박사의 말을 흘려듣지 않았다.

"또……라고요? 그러면 혹시 전 박사님은……."

전 박사는 휴우 하고 한숨을 내쉬면서 말했다.

"내 솔직히 말하지. 난 이미 몇 년째 저 강력한 힘을 내는 존재를 추적해 왔다네. 그러나 소문과 남은 흔적만 보았을 뿐, 아직 한 번도 그 존재와 직접 맞닥뜨려 본 적이 없었네. 이번 기회를 놓치면 또 얼마를 찾아야 할지 모르네."

근호는 놀라서 물었다.

"이미 몇 년 동안 따라다녔다고요?"

"그래. 그러니 안심해도 된다는 걸세. 저 존재는 절대 악하지 않아. 나같이 아무 힘없는 사람에게도 해를 끼친 일이 없다네. 나도 물론 나쁜 의도에서 저 존재를 쫓아다니는 것이 아닐세. 다만 저 존재의 정체를 밝혀내고 싶은 것뿐일세."

전 박사의 말이 하도 간곡한 어조를 띠고 있어 근호는 조금 생각이 바뀌었다. 솔직히 전 박사 같은 사람이 몇 년 동안 따라다녔어도 아무 일 없었다면 한 번쯤 저런 청을 들어주어도 나쁜 것은 아니지 않을까? 그러나 어제 보았던 그 무시무시한 환영이 다시 떠오르자 온몸에 소름이 끼쳤다.

"벌써 몇 년 동안 따라다녀서 많이 화가 나 있으면 어쩌죠? 전 아무래도 자신이 없습니다. 감당해 낼 자신이 없어요. 제 스승님이라도 모셔 오지 않으면……."

그때 시무룩한 표정으로 있던 병수가 전 박사에게 물었다.

"그런데 그 존재라는 게 도대체 뭐기에 그러는 거요? 그 폴트, 폴타……."

"폴터가이스트 말인가? 그냥 부르기 쉽게 영소라고 하세."

"아, 예. 그 영소가 원래 그렇게 강한 겁니까? 난 완전히 질려 버렸소이다."

"영소 현상은 보통 이렇게까지 강하지는 않다네. 서양에서도 그 사례가 자주 보고되고 있고, 우리나라에서도 예로부터 도깨비장난이라는 것들의 상당수가 이 영소 현상이었을 것으로 믿어지고 있다네. 보통 자그마한 물건들이 저절로 움직인다거나 돌이나 모래 같은 것들이 날아오고 멀쩡했던 불이 저절로 꺼진다는 정도지. 그러나 우리가 겪은 일은 아무래도 정도가 심한 것 같긴 하네. 그러니까 내가 추적하는 것이기도 하지."

"왜 그렇게 강한 놈을 추적하는 거요?"

"내 짐작일지는 모르지만……."

전 박사는 무엇인가 말하려다가 그냥 입안에서 얼버무리고 말았다. 그러다가 이번에는 병수를 보면서 말했다.

"좋아. 의뢰비를 두 배로 주지. 위험할 것은 없다고 믿네만 그렇게들 위험하다고 하니, 위험 수당이라 생각하고 받아 두게나. 어떤가?"

근호는 고개를 저었다.

"난 반대입니다. 더 강한 분들을 모셔 와야 해요."

"나는 그래도 이게 업인 사람이오. 그러니 돈은 도로 넣으슈. 처음 계약한 것만 받아도 난 가겠소!"

병수가 뜻밖의 말을 내뱉자 근호의 눈이 휘둥그레졌다.

"아니. 병수 자네?"

"제기랄, 난 자존심 상해서라도 다시 가 봐야겠다고. 제깟 놈이 세면 얼마나 세겠어?"

보아하니 병수는 근호가 자꾸 더 강한 분을 모셔 오자고 말했던 것에 자존심이 상해서 부득불 가겠다고 고집을 부리는 것 같았다. 병수가 계속 고집을 부리자 다수결에 밀려 근호는 어쩔 수 없이 다시 보육원을 찾아가 보기로 동의할 수밖에 없었다. 근호는 가고 싶지 않았다. 그러나 그리 길지 않았어도 여태껏 같이 행동해 왔던 일행은 위험한 처지에 차마 두고 갈 수 없다는 심정 때문에 동행할 수밖에 없었다.

일행이 막 보육원으로 가려는 저만치서 누군가가 걸어오는 모습이 보였다. 덩치가 큰 남자였는데 그 옆에는 키 큰 여자 하나가 같이 동행하고 있었다.

"어랍쇼? 저게 누구야?"

병수가 돌연 눈을 크게 떴다. 그 큰 덩치의 남자는 바로 박 신부였던 것이다. 분명 조금 아까의 박 신부는 사제복을 입고 있었는데 지금은 평복 차림이었다. 박 신부는 저만치서 걸어오다가 병수를 보고 약간 놀라는 표정을 지었다.

병수는 근호를 툭 치면서 중얼거렸다.

"거봐, 박 신부님 맞잖아."

"으음. 그럴 리가 없는데……."

병수는 앞으로 성큼성큼 걸어 나가 박 신부를 향해 말했다.

"다시 오셨구먼. 그런데 어딜 갑자기 가셨었소?"

그러자 박 신부는 병수에게 의아하다는 듯한 눈길을 보냈다.

"우리…… 구면이던가요? 낯이 익기는 한데……."

"어라? 나 병수요. 모르겠소?"

"아아. 병수 군이로군요. 오랜만입니다. 몇 년 만이지요?"

박 신부가 미소를 지으며 말하자 병수는 히히 웃으면서 되받았다.

"거, 왜 그러쇼? 조금 아까 날 구해 줬잖소? 저 진창에 빠진 걸."

"무슨 말입니까? 난 방금 왔소. 내가 언제 병수 군을 구해 줬습니까?"

"어?"

병수는 눈을 크게 뜨며 박 신부를 노려보는 듯한 시선으로 보았다.

"농담 마쇼. 조금 아까 신부님이 날 구해 줬잖소?"

"도대체 무슨 말인지 모르겠군. 나는 방금 오는 길이오. 여기 동행도 있지 않소?"

병수의 얼굴이 하얗게 질렸다. 병수는 뭐라 말하려다가 할 말을 찾지 못한 듯 다시 근호를 돌아보았다. 얼굴이 질린 것은 근호도 마찬가지였다. 그러다가 갑자기 근호가 외쳤다.

"저건 가짜야!"

"뭐? 뭐?"

"박 신부는 죽었다고! 저건 환영이야! 에잇! 없어져 버려라!"

근호는 손에 든 것을 박 신부를 향해 휘둘렀다. 그러자 박 신부는 깜짝 놀라 뒤로 물러서며 소리쳤다.

"이게 무슨 짓이오!"

"제길! 정체를 드러내! 병수는 속여도 나는 못 속여!"

근호가 획획 손을 휘두르자 박 신부는 재빨리 뒤로 물러서며 근호의 주먹을 피하면서 외쳤다.

"다짜고짜 무슨 짓이오! 이건……."

그러는 순간 박 신부의 옆에 서 있던 여자가 근호의 주먹을 탁 쳐 내면서 근호의 발을 걸었다. 여자의 몸놀림은 의외로 빨랐고 근호는 박 신부에게만 온 신경을 집중했을 뿐, 그 옆의 여자에 대해서는 조금도 신경을 쓰고 있지 않아 다시 아까 빠졌던 진창에 넘어질 수밖에 없었다.

여자는 약간은 나이가 들어 보였지만 성숙미가 물씬 풍기는 상당한 미인이었다. 그런 여자가 무술 고단자만큼이나 빠르게 끼어들리라고는 생각도 못 한 근호였다.

"정신들 차려요!"

여자는 근호에게 외쳤다. 그러자 병수가 눈을 크게 뜨고 말했다.

"가만, 가만. 이게 뭐야, 제길! 당신은 또 누구요?"

"당신들이야말로 뭐죠? 왜 지나가던 사람에게 시비를 걸죠?"

여자가 쏘아붙이며 병수를 쳐다보자 병수는 갑자기 몸에 힘이 빠져나가는 것 같아 얼른 뒤로 몇 걸음을 물러섰다. 여자는 다만 병수를 똑바로 쳐다보았을 뿐인데, 여자의 눈을 정면에서 마주 보자 어지럼증 같은 것이 생겨서 그냥 있을 수가 없었다. 무어라 꼬집어 말할 수는 없었지만 꼭 연못에 빠져들어 가는 것 같은 기분이었다.

병수는 한 발짝 뒤로 물러섰다가 왈칵 화를 냈다. 안 그래도 아까 박 신부를 보고 지금 또 박 신부를 보자 혼란스럽기 그지없는데, 근호가 가짜라며 박 신부에게 덤벼들고 또 여자의 눈빛이 기이한 것을 보자 순간적으로 이것도 어제 자신이 당한 무슨 술수의 일종이라 여겨졌기 때문이다.

"난 여자라고 안 봐줘!"

병수는 흉악한 기세로 철봉을 땅에 쿵 찧었다. 거한인 병수가 인상을 쓰고 철봉을 들자 여자는 놀란 듯 인상을 쓰며 말했다.

"도대체 뭐죠? 왜 다짜고짜 시비를 거는 건가요?"

"그럼, 당신은 왜 사람을 치는 거요!"

"저 사람이 먼저 신부님에게 덤볐잖아요!"

"당신이 뭔데 끼어드는 거요! 당신은 누구야?"

정령들의 여왕

"저는 연희라고 해요. 신부님과는 오랫동안 알고 지낸 사이죠."
"어딜 가는 거요?"
"남이야 어딜 가든 무슨 상관이에요? 우린 보육원에 가는 거예요! 그러는 당신들은 도대체 뭐예요? 이런 밤중에 무슨 짓들을 하는 거냐고요?"

그 여자는 바로 연희였다. 연희는 그간 나이를 조금 먹어 한창 때 같지는 않았으나 얼굴은 여전히 화사했다. 길었던 머리를 짧게 쳤지만 오히려 예전보다 한결 차분하고 가라앉은 느낌이었다.

병수는 연희의 이야기를 듣고 코웃음을 치며 이죽거렸다.

"흥! 벌건 대낮에 사람을 쳐 놓고."

말하다가 병수는 이상한 기분이 들었다. 분명 아까 정신을 차렸을 때는 낮이었는데 왜 이 여자는 밤중이라고 할까?

"아니, 지금이 무슨 밤중이요? 지금은 낮인……."

주위를 둘러보자 어느새 사방은 캄캄해져 있었다. 병수는 너무 놀라 그 자리에 쓰러져 버리고 싶었다. 귀신에 홀린 것이 아니라면 이럴 수가 없었다. 아니, 병수도 능력자이니만큼 귀신에 홀렸다기보다는 환영에서 빠져나가지 못했다고 보는 것이 맞는 표현이겠지만.

"제기랄! 너도 환영이구나!"

병수는 철봉을 들어 연희를 칠 듯한 자세를 취했다. 연희가 제아무리 고단자라고 해도 병수 같은 거한이 철봉을 휘두르면 막을 수 없을 터였다. 연희는 깜짝 놀라 물러서며 박 신부를 불렀다.

"신부님! 이 사람 미쳤나 봐요!"

박 신부는 연희를 잡아끌면서 말했다.

"정말 그런 것 같군. 미친 사람들하고 상대하지 말고 어서 가세!"

"뭐, 미친 사람?"

병수는 화가 나서 박 신부를 노리고 다시 철봉을 휘둘렀으나 박 신부는 슬쩍 몸을 피한 다음 연희를 끌고 저만치로 달려갔다. 그때 진창에서 일어선 근호가 일갈하면서 연희의 뒤를 노리고 달려들었다.

"너희는 뭐냐? 정체를 밝혀!"

그때 사방에서 갑자기 우두둑하는 소리와 함께 메추리알만 한 돌멩이들이 날아왔다. 근호는 깜짝 놀라 팔을 휘둘러 돌을 쳐 냈지만 병수는 큰 덩치를 믿고 돌을 그대로 맞으며 연희의 뒤를 쫓았다.

다음 순간, 돌들이 와르르 병수에게 집중되자 병수도 견디지 못하고 얼굴을 가렸다. 잠시 후 다시 눈을 뜨자 병수의 눈앞에는 시커먼 암흑만 있었을 뿐, 그들의 모습은 보이지 않았다. 어느새 우박처럼 쏟아지던 돌멩이들도 자취를 감추고 말았다.

"뭐야! 어디 갔어!"

병수가 외치자 근호가 눈 주위를 문지르면서 대꾸했다.

"몰라. 도대체 귀신에 홀린 게 아니라면 이건……."

그때까지 멍하게 서 있던 전 박사가 그들에게 다가와서 말했다.

"대단하군, 대단해. 이럴 수가."

근호는 돌에 얻어맞은 것이 몹시 아픈지 화를 벌컥 냈다.

"뭐가 대단하단 거요? 얻어터지고 희롱당한 게 대단한 거요?"

병수 역시 화가 나는지 철봉을 다시 땅에 쾅 하고 찧은 다음 어두운 하늘을 보며 말했다.

"제기랄! 지금 대체 낮이야? 아니면 밤이야!"

"화내지 말게. 우리는 아직 아까 환영의 영향 속에 있는 것 같아. 화내기보다는 일단 여기서 어떻게든 벗어나야 하네."

그러자 근호가 앞으로 나서면서 눈을 감고 무어라 중얼거렸다. 그러고 나서 눈을 뜨고 주변을 돌아본 다음 말했다.

"아무래도 지금은 밤인 것 같소. 아까 우리가 본 것은 환영이고, 지금이 진짜인 것 같아요. 아까 우리가 환영에 저항했으니 지금은 환영 속에 있지 않은 게 분명해요."

"그러면 벌써 만 하루가 지났다는 건가?"

"아닐 겁니다. 아까 본 것이 환영이니만큼 우리가 처음 보육원에 들어갔을 때부터 따져도 아직 얼마 지나지 않은 것이 분명해요."

"믿을 수 있는 거야?"

근호는 병수의 말에 기분 나쁘다는 표정을 지었지만 이내 전 박사를 돌아보고 말을 건넸다.

"아까 그 여자가 보육원으로 간다고 하지 않았나요?"

"그래. 이 근처에 보육원이라고는 유진 보육원 하나뿐일세. 그렇다면."

"제길, 나도 생각이 바뀌었소. 이렇게 사람을 희롱하다니. 뭔진 몰라도 그냥 둘 수 없소!"

"알았네."

결국 세 사람은 분기탱천해 다시 걸음을 옮겼다. 일껏 헤매며 애를 썼지만 뭔지 알 수 없는 존재에게 희롱당했다는 사실에 화가 나서였다. 그러나 그들은 그들의 뒤를 먼발치에서 남몰래 뒤따르는 그림자가 있다는 사실을 알지 못했다.

걸음을 옮기던 그들은 다른 난관에 봉착했다. 이번에는 사방이 안개로 가득 차서 도무지 아무것도 보이지 않게 된 것이다. 걸음을 옮긴 지 몇 분 되지도 않았는데 삽시간에 이렇게 안개가 끼는 것은 있을 수 없으니, 이 또한 분명 무언가의 장난이라 보아야 할 것 같았다.

근호가 속으로 단단히 결심하는 것처럼 입술을 깨물더니만 뭔가를 꺼냈다. 언뜻 보기에는 태극패와 비슷한 팔각형의 납작한 판이었는데 태극패보다는 컸고 중앙의 동경은 태극패보다는 훨씬 컸다. 근호가 동경을 꺼내어 앞을 향하게 하자 주변이 안개로 캄캄한데도 불구하고 한 줄기의 흰빛이 동경에 반사돼 앞길을 비추었다. 신기하게도 거울에서 나오는 빛이 비친 곳에는 안개의 흔적이 보이지 않았다.

"허어! 신기하군. 그게 뭔가?"

전 박사가 노골적으로 호기심을 표시하자 근호는 그럴 줄 알았다는 듯이 불쾌한 얼굴로 답했다.

"이건 신경 쓰지 마십쇼."

"아니, 뭔가 신기한 물건이니 이름이나 알자는 건데."

그러면서 전 박사가 동경에 손을 대려 하자 근호는 그것을 휙 뒤로 돌렸다.

"이건 현현파의 보물이니 욕심내지 말라고요!"

옆에 있던 병수가 입속으로 뭐라고 중얼거렸다.

"그건 음양경(陰陽鏡) 아닌가? 별것도 아닌 걸 가지고 폼은."

그래도 전 박사는 음양경을 만지려 했다. 근호는 참지 못하겠다는 듯 동경을 뒤로 돌리고 전 박사에게 쏘아붙였다.

"당신이 희귀한 것을 보면 무슨 수를 써서라도 손에 넣으려 한다는 것 잘 압니다. 허나 분명 우리 계약은 당신을 그 영소 현상이 일어나는 곳으로 데려다주고 보호하는 것까지지, 우리 파의 보물을 건들게 하겠다는 건 아닙니다. 그 점을 확실히 해 둡시다. 안 그러면 난 그냥 가 버리겠소."

"내가 무슨 욕심을 냈다고 그러나? 난 그저……."

"좌우간 분명히 해 둡시다. 그럴 거요? 안 그럴 거요?"

"알았네. 안 그럼세. 원 참, 사람이 의심을 많이 가지고."

근호는 그제야 다시 음양경으로 안개를 뚫고 빛을 비췄다. 여전히 호기심을 참지 못한 전 박사가 다시 물었다.

"그 빛은 어떻게 나는 건가?"

"이 안개는 환영일 뿐입니다. 음양경은 환영을 깨는 힘이 있지요. 그래서 그런 겁니다."

"그래서 어떻게 그러는데?"

"안개가 허상이니 이렇듯 캄캄해 보여도 실제론 달빛이 우릴 비추고 있다는 겁니다. 음양경은 그 달빛을 반사해 우리 눈에 다시 보이게 만들어 주는 것뿐이죠."

"오호라, 그렇군그래."

전 박사가 눈을 굴리자 철봉을 들고 가던 병수가 외쳤다.

"쓸데없는 데 신경 쓰지 마슈! 우리가 다가가면 또 뭔 일이 생길 것 같으니까."

아니나 다를까, 그 말이 끝나자마자 툭툭 하고 주변에 뭔가가 떨어지기 시작했다. 또다시 돌벼락이 쏟아지기 시작한다는 것을 알고 병수는 으라차 기합을 넣으며 거대한 철봉을 머리 위로 치켜들고 붕붕 돌리기 시작했다. 무거운 철봉이 프로펠러처럼 무서운 속도로 병수의 머리 위를 회전하자 근호는 전 박사를 얼른 끌어 병수의 옆으로 잡아당겼다.

돌벼락은 점점 심해졌지만 그들에게 쏟아지는 돌들은 병수의 봉에 맞아 모조리 튕겨 나가 그들에게는 하나도 적중되지 않았다. 그 모습에 병수는 껄껄 웃으며 봉을 돌리면서 계속 성큼성큼 걸음을 옮겼다.

"허허! 아까는 방심해서 당했다만 이제는 어림도 없다!"

근호는 병수의 봉을 우산 삼아 밑으로 숨어서 계속 음양경으로 앞길을 비춰 나갔다. 둘의 합작으로 돌벼락과 안개는 거의 힘을 쓰지 못하는 듯했다. 그렇게 사오 분 정도 길을 가자 어지간한 병수도 팔이 뻐근해짐을 느꼈다.

그때 돌연 눈앞에서 안개가 걷히고 돌벼락이 뜸해지더니 이윽고 사라져 버렸다. 주위를 둘러보니 맑은 밤공기 위에 달빛이 찬란하게 비치고 있었고 눈앞에서 아까 들어가려 했던 보육원의 그림자가 달빛에 아른거려 보였다.

보육원 건물을 보자 세 사람은 모두 안도의 한숨을 내쉬었고 병수는 조금 뒤처져서 봉을 수습했다.

"이제 된 것 같군요."

근호의 말에 전 박사가 맞장구를 쳤다.

"영소 현상이 아무리 강해도 이 정도면 그칠 때가 됐지. 원래 그리 장시간 끌어가는 현상은 아니니까."

뒤에 떨어져 있던 병수 역시 호탕하게 외치면서 보육원 쪽을 향해 발을 디뎠다.

"어서 들어갑시다!"

다음 순간, 병수의 모습이 사라져 보이지 않았다! 바로 코앞에서 같이 왔던 사람이 사라져 없어지자 근호와 전 박사 둘 다 소스라치게 놀랐다. 근호는 화급하게 음양경을 들고 여기저기를 비추어 보았으나 병수의 모습은 보이지 않았다.

"이, 이게 도대체 어떻게……!"

전 박사가 떨리는 음성으로 말끝을 얼버무리자 근호는 이를 악물고 외쳤다.

"좀 조용히 해요!"

근호는 사방을 음양경으로 비춰도 병수가 보이지 않자 뒤를 한참 살펴보더니 대뜸 소리쳤다.

"저걸 봐요!"

"뭔가?"

근호가 심각한 얼굴로 음양경에서 나오는 빛으로 비춘 것은 그들의 발자국이었다. 이곳은 비포장도로이고 땅이 질척해서 그들이 지나온 곳에는 발자국이 남아 있었던 것이다. 물론 다른 발자국들도 많았지만 방금 그들이 밟아 온 발자국들은 한눈에 구별할 수 있을 만큼 선명했다. 그리고 그들이 있는 곳에서 뒤쪽으로 시선이 미치는 곳에는 두 줄의 발자국만이 보였다.

"이건……."

"병수는 여기 도착했을 때 이미 없어진 겁니다."

"아니, 그러면? 방금 이 앞으로 앞장서서 나간 건……."

"그건 환영인 게 분명합니다. 아까 두 번이나 나타난 박 신부와 연희란 여자도 환영인 게 분명하고요."

"아니, 어떻게……."

"잊으셨나요? 당신이 좇는 그 존재는 환영을 마음대로 만들어 내는 놈입니다. 벌써 지긋지긋하게 당하지 않았습니까?"

"아니야. 내 말은 그게 아냐. 환영이었다면 그렇겠지. 그러나 만약 병수 군이 환영이었다면 말이야, 아까 돌벼락을 막아 준 건 또 누구란 말인가? 응?"

그 말을 듣자 근호도 등골이 써늘해졌다. 그렇다면 어디까지가 환영이고 어디까지가 실재란 말인가? 도깨비에게 홀린다는 말이 있기는 했고, 그런 이상한 일을 여태껏 숱하게 겪은 근호로서도 이렇게까지 갈피를 못 잡을 정도의 일은 처음이었다.

곧이어 사라졌던 안개가 사방에 차오르기 시작했다.

"그, 그럼 병수 군은 지금 어디 있지?"

전 박사가 어쩔 줄 몰라 하며 반문하자 근호는 한숨을 푹 쉬었다. 근호의 몸도 가늘게 떨리고 있었다.

"모르죠······."

두 사람은 보육원 문 앞에 서서도 감히 그 안으로 들어갈 엄두조차 내지 못한 채 머뭇거리고 있었다. 그러는 사이 안개가 순식간에 사방을 메워 음양경의 빛을 비추지 않고는 코앞도 분간할 수 없는 지경이 돼 버리고 말았다.

한참 망설이다가 근호가 단검에 가는 끈이 연결된 삼재검을 꺼내 오른손에 쥐고 왼손에는 음양경을 들고 나서 입을 열었다.

"일단 철수합시다. 병수를 찾죠. 도저히 안 되겠습니다. 일단 사람이 급한 것 아닙니까?"

근호가 앞장서서 발을 옮기려 하자 전 박사는 허둥거리며 막아섰다.

"이봐, 이봐······ 그러다가 자네마저 없어져 버리면 난 어쩌란 말인가? 응?"

"제 옷깃을 잡으세요. 그리고 일단은 돌아가서 병수를 찾아봅시다."

둘이 막 뒤로 돌아서려는 순간 보육원의 안쪽에서 뭔가 시커먼 형체가 소리를 지르면서 뛰쳐나왔다. 전 박사와 근호는 기절할 듯이 놀랐고, 그때 전 박사가 근호의 옷깃을 잡아끄는 통에 근호는 그만 음양경을 떨어뜨렸다.

음양경의 빛이 사라지자 그 즉시 사방은 다시 안개로 휩싸여 지척을 분간할 수 없게 돼 버렸다. 하지만 근호는 놀라면서도 그 뛰어나오는 형체를 향해서 삼재검을 던졌다. 삼재검은 뭔가에 맞고 쨍 소리를 내면서 튕겨 나왔다.

그와 동시에 검은 형체는 뭔가를 무시무시한 힘으로 근호를 향해 내리쳤다. 바람 소리가 웅 하는 것이, 맞았으면 그대로 저세상으로 갈 정도의 힘이었다. 근호가 아슬아슬하게 그것을 피하면서 다시 삼재검을 당겨 손에 쥐는 사이 그 검은 형체는 다시 뭔가를 내리쳤다.

근호가 언뜻 보니 그 내리치는 것이 바로 병수의 철봉 같았다. 그러나 안개 속이라 병수의 모습이 잘 보이지는 않았다.

"병수! 나야, 나!"

근호는 다급하게 소리쳤다. 그러자 검은 형체도 외쳤다.

"이 환영 자식! 안 속는다!"

그러면서도 병수는 일단 공격을 멈추었다.

"난 환영이 아냐!"

근호가 다시 외치자 병수는 의심스러운 듯 물었다.

"정말이냐?"

"정말이야!"

병수가 손을 뻗어 근호를 만져 보더니 휴 하는 한숨을 쉬고 땀을 닦았다.

"제길, 이번엔 진짜군. 정말 식은땀 났네."

근호도 흘러내린 땀을 닦으며 병수에게 물었다.

"어떻게 된 거야?"

"나도 모르겠어. 보육원 문 앞까지 왔는데…… 갑자기 두 사람이 없어지지 뭐야?"

"자네도?"

"그럼 자네도 그랬단 말이야?"

근호와 병수는 둘 다 놀랐고, 이내 심각한 표정이 됐다.

"이거 심각하군. 우리 모습까지도 환영으로 만들다니……."

근호가 중얼거리다가 문득 놀란 듯 물었다.

"가만가만! 그런데 자네도 보육원 문으로 왔다고 했지?"

"엉? 어, 그래."

"하지만 자넨 보육원 안에서 뛰쳐나왔잖아?"

"어? 아닌데? 난 보육원 문가에 있다가…… 자네가 날 공격하는 걸 보고 환영이다 싶어서 쫓아간 것뿐이야. 분명 보육원 뒤쪽으로 갔었다고."

"제기랄! 이게 도대체 뭐야? 어떻게 된 거야!"

그러다가 병수가 주위를 한 번 둘러보더니 근호에게 물었다.

"이봐, 그런데 전 박사는 어디 갔어?"

"뭐?"

근호는 놀라서 주위를 둘러보았다. 그러고 보니 어느새 사라졌는지 전 박사가 보이지 않았다. 근호는 너무나 놀라고 당황한 나머지 그 자리에 주저앉고 말았다.

"또, 또 없어지다니! 이게 어떻게 된 거야! 분명히 내 옷깃을 잡고 있었는데……."

이제는 내로라하던 병수마저도 얼굴이 하얗게 질려 버렸다.

"여, 염병할…… 도저히 안 되겠어. 이건 제기랄! 우릴 가지고 완전히 놀고 있잖아! 난 도망갈래!"

그러자 근호가 울상이 돼서 말했다.

"그렇지만…… 전 박사는 어쩌고?"

"내 몸도 건사 못하는데 그 늙은이를 어떻게 챙겨?"

병수가 신경질적으로 외치는 순간 저쪽에서 나직한 목소리가 들려왔다.

"그래서야 되나."

병수와 근호는 흠칫 놀랐다.

"저 목소리는……."

근호와 병수는 서로 얼굴을 마주 보고 동시에 외쳤다.

"박 신부!"

곧이어 안개 저쪽에서 다시 나직한 목소리가 들려왔다.

"그래, 날세. 무슨 소란인가?"

박 신부가 안개를 뚫고 천천히 걸어왔다. 박 신부는 정신을 잃은 전 박사를 한쪽 어깨에 부축하고 있었고 그 뒤를 놀란 얼굴의 연희가 따르고 있었다.

"아이고! 또 나왔다!"

병수가 울상을 지으면서 다시 철봉을 고쳐 잡았으나 이제 넋이 나갈 정도가 된 터라 힘이 들어가지 않아 철봉 끝이 가늘게 떨렸다. 근호도 입술을 깨물면서 공격할 태세를 갖추었다. 그러자 박 신부는 고개를 한 번 갸웃하더니 그들에게 말했다.

"자네들 혹시…… 전에 본 적 있지 않나? 음, 그렇군. 병수 군하고 근호…… 맞나?"

"뭔 시치미여!"

병수가 마치 박 신부를 밀어 내기라도 하듯 철봉을 내밀면서 약간은 떨리는 음성으로 고함을 질렀다. 그러자 박 신부는 다시 미소를 띠며 대꾸했다.

"시치미라니? 그나저나 여기서 자네들은 여기서 뭐 하는 건가? 혹시 내 가짜를 보았나?"

"그러면…… 당신은 진짜 박 신부님인가요?"

"나는 진짜일세. 이야기는 여기 연희 양에게서 들었지. 연희 양도 가짜 나를 보았다던데……."

"아깐 죄송해요. 저도 몰랐었어요."

연희가 말하자 근호가 퉁명스럽게 물었다.

"하지만 조금 아까 당신도 박 신부님의 허상을 보고 같이 걸어오지 않았소? 당신도 혹시 환영 아니오?"

"아니에요. 아까는 나도 몰랐어요. 원래 나는 역 근처에서 박 신부님을 만나기로 해서 그리 가는 길이었죠. 그런데 박 신부님이

오시기에 나도 그렇게 믿었던 거예요. 그런데 당신들하고 헤어지자마자 박 신부의 모습이 사라져 버리더군요. 난 놀라서 역으로 다시 갔고, 방금 역 부근에 차를 대고 내리시는 박 신부님을 뵌 거예요. 그래서 이상하기도 하고 좀 무섭기도 해서 박 신부님하고 당신들을 만났던 곳으로 다시 와 본 거랍니다."

연희는 박 신부가 다른 퇴마사들과 함께 죽은 것으로 알고 있었다. 이후 백호에게 그들이 살아 있다는 말은 들었지만, 박 신부의 전화를 받았을 때 연희는 꿈인지, 생시인지 정말 믿기지 않았다. 그들이 죽었다는 소식에 몹시 상심해하며 마치 가슴 한구석이 휑하니 뚫린 것만 같았는데.

박 신부에게서 간단하게 그간의 사정을 들으며 연희는 반가움에 주체할 수 없이 눈물을 흘렸다. 하고 싶은 이야기가 많고도 많았지만, 첫 번째 만난 환영의 박 신부는 전화와는 달리 의외로 말이 없어 속으로 의아해하던 참이었다.

그런데 그 박 신부가 갑자기 사라져 버리고 두 번째로 박 신부를 보게 되자 다른 할 말보다도 불안함과 무서움에 연희는 당장 이 이상한 일에 대해서만 이야기를 했다. 그 말을 듣고 박 신부는 서둘러 함께 가 보자고 해 이리로 곧장 차를 몰고 달려온 것이다.

"우릴 만났던 곳? 그러면 여긴 보육원 앞이 아니란 말인가?"

그러자 연희가 고개를 갸웃하면서 주위를 가리켜 보였다.

"여긴 보육원과 한참 떨어진 곳이에요. 아까 당신들 만난 곳에서 얼마 떨어지지 않은 곳인걸요?"

정령들의 여왕 177

근호와 병수는 크게 놀라면서 다시 주위를 둘러보았다. 주위의 안개는 어느 사이엔가 걷혀 있었고 그곳은 보육원은커녕 사람이 만든 것 같은 건물은 하나도 없는 허허벌판 한가운데였다.

둘은 또 한 번 놀라면서 머리를 맞대며 수군거렸다.

"우리가 또 홀렸군……."

"젠장, 난 이제 지쳤어. 난 갈래. 제기랄. 근데…… 이번에는 진짜 맞아?"

근호와 병수는 박 신부에게 다가가 박 신부의 옷깃을 만져 보고서야 박 신부가 진짜임을 믿게 됐다. 근호는 그제야 안도의 숨을 내쉬면서 말했다.

"신부님이 돌아가셨다는 소문은 들었습니다만."

"그랬겠지. 그러나 난 살아 있네. 단 부탁이 있네만, 나를 여기서 보았다는 소문은 내지 말아 주기를 바라네. 그래 줄 수 있겠는가?"

근호와 병수는 그냥 고개를 끄덕이는데, 언제 정신을 차렸는지 모르겠지만 전 박사가 불쑥 끼어들었다.

"저런, 저런. 글쎄요, 그럴 수 있을는지."

"뭐요?"

근호와 병수가 동시에 전 박사에게 소리쳤다. 그러자 전 박사는 히죽 웃어 보이며 말했다.

"박 신부님, 처음 뵙겠습니다. 나는 전규희라고 합니다. 아주 대단한 분이라는 말은 익히 들었습니다만……."

박 신부는 여전히 온화한 미소를 지우지 않고 전 박사에게 고개를 끄덕여 보였다.

"난 아무 힘없는 가짜 사제일 뿐입니다. 아무튼 만나 뵙게 돼서 반갑습니다만……."

"으음. 단도직입적으로 말하자면 신부님, 저 좀 도와주십시오. 저를 도와주신다면 이번 일에 대해서는 아무런 소문도 내지 않고 비밀을 지키겠습니다. 협박이 아니라 간청입니다. 제발 부탁드립니다."

"어떻게 도와 달라는 말씀이신지요?"

그러자 전 박사는 자신이 오랫동안 추적해 온 영소 현상을 일으키는 존재가 바로 이 근처에 있다는 것, 그러나 그 존재는 환영을 일으키는 능력이 대단해 근호와 병수의 힘만으로는 도무지 뚫을 수가 없다는 점, 이대로 가다가는 목숨마저 위험할지 모른다는 것 등을 말했다.

전 박사의 말에 근호와 병수는 자존심이 상했지만 박 신부의 능력이 자신들보다 훨씬 위라는 것을 인정하고 있었기에 아무 말도 하지 않고 참았다.

그때 전 박사를 물끄러미 보고 있던 연희가 나섰다.

"저는 서연희라고 합니다. 그런데 도대체 그런 존재를 왜 찾는 거죠? 위험한 지경에 빠져서까지 그것을 찾아서 뭘 하시려고요?"

연희의 물음에 전 박사는 한숨을 쉬며 대답했다.

"내 평생의 소원이오. 난 심령 연구가요. 이번만큼 커다란 힘을 가진 존재에 대한 이야기는 내 들어 본 적이 없었소. 이것을 알아내는 것이야말로 내 궁극의 소원이란 말이오."

"이번만큼 커다란 힘을 가진 존재는 처음이라고요?"

연희는 만약 전 박사가 과거 블랙 서클의 주술사들이나 마스터, 블랙 엔젤 같은 존재를 보았다면 어떻게 할까 하는 생각으로 피식 웃었다. 그러나 곧 웃는 얼굴을 지우고 다시 말을 이었다.

"그런데 도대체 그런 대단한 존재를 찾는다면서 여기는 무엇하러 오신 거죠? 여긴 아무것도 없는 허허벌판인데."

"나는 유진 보육원이라는 조그마한 보육원을 찾는 거요. 거기서 영소 현상이 자주 일어난다는 소문을 들었소."

그러자 연희는 고개를 저었다.

"전 박사님. 저는 유진 보육원에 자주 가는 사람이에요. 그러나 거기서 영소 현상이 일어났다는 말은 들어 본 적도 없어요. 그리고 보육원은 여기서 한참 떨어진 곳에 있고요."

"에이! 설마!"

"그럴 리가요!"

병수와 근호가 동시에 고개를 저으며 소리쳤다. 연희는 눈을 크게 뜨고 두 사람을 번갈아 쳐다보았다.

"제가 거짓말한다고 믿으세요? 흠, 저는 일주일에 이틀은 그 보육원에 자원봉사를 나간답니다. 몇 년째 거른 적이 없어요. 하지만 거기서 이상한 일이 벌어졌다는 소문은 한 번도 들은 적이 없어요. 겪은 적도 없고요. 여기서 내가 직접 가짜 신부님을 보지 않았다면 당신들의 말조차 믿지 않았을 거예요. 그리고."

그때 박 신부가 온화한 미소를 띠며 연희의 어깨를 살짝 건드렸다.

"가만가만. 곤란한 처지에 놓이신 것 같은데 도울 수 있으면 도와드려야지. 그런데 왜 유진 보육원을 찾으시는지 이야기 좀 들을 수 있을까요?"

박 신부의 표정은 온화함 그 자체였는데도 전 박사는 쩔쩔매면서 박 신부의 얼굴을 똑바로 쳐다보지 못하고 말했다.

"아까 말했지 않습니까?"

"다른 이유가 또 있지 않습니까? 들어 보니 그런 위험을 겪었는데도 그냥 구경하고 싶다는 이유로 이렇게 열심이실 것 같지는 않은데요."

박 신부의 목소리는 여전히 평온했지만 전 박사는 나쁜 짓을 하다가 들킨 것처럼 얼굴까지 붉어져서 쩔쩔매었다.

"그건…… 그건……."

"도와드리려면 일단 전후 사정을 다 알아야 합니다. 도대체 무슨 일인지요?"

잠시 전 박사는 안절부절못하다가 결국은 결심한 듯 고개를 푹 숙였다. 그리고 길게 한숨을 쉰 다음 고개를 들고 박 신부에게 말했다.

"나는…… 정령의 왕을 찾고 있습니다."

"정령의 왕?"

"그게 뭐요?"

근호와 병수는 서로 얼굴을 마주 본 후에 전 박사에게 물었다. 그러자 전 박사는 아까보다도 한결 차분한 어조로 말을 이었다.

"세상 사람들은 믿지 않지만 저는 이 세상에 많은 초자연적 존재가 있다고 믿습니다. 그중 하나가 정령인데, 가령 귀신이나 유령 같은 것은 사람의 영혼이 변해서 된 걸 겁니다. 그러나 사람의 영혼을 거치지 않고 존재하는 초자연적인 존재가 있는데, 그것을 저는 편의상 정령이라고 부르는 겁니다. 우리나라에 전해지는 도깨비나 서양의 트롤(Troll)[2], 페어리(Fairy)[3], 엘프(Elf)[4], 브라우니(Brownie)[5] 같은 것들이 모두 정령들이죠. 실프(Sylph)[6], 샐러맨더, 운디네, 코볼트(Kobold)[7], 루살카(Rusalka)[8] 같은 자연적인 정령들도 그 안에 포함될 겁니다."

---

[2] 스칸디나비아 초기 민담에 나오는 거인으로 괴물같이 생겼으며 때때로 마술을 부린다. 성에서 살며 인간에게 적의를 느끼기 때문에 어두워진 뒤 주변 지역에 나타난다. 이후 민담에서는 인간과 같은 크기이거나 난쟁이 또는 꼬마 요정처럼 인간보다 더 작은 존재로 묘사된다. 산속에서 때때로 처녀들을 납치하고 둔갑과 예언을 하는 모습으로 비추어진다.

[3] 요정의 일종으로 날개가 달린 아주 작은 나비나 벌처럼 생긴 정령을 말한다. 일반적으로 선하고 약한 존재로 묘사된다. 『피터 팬』에 나오는 팅커벨이 대표적인 페어리이다.

[4] 독일 민담에서 인간의 모습을 한 난쟁이로 묘사되는 정령으로 짓궂고 쾌활하다.

[5] 잉글랜드와 스코틀랜드의 민담에 등장하는, 집이나 헛간에 사는 작고 부지런한 요정이나 꼬마 도깨비이다.

[6] 중세 서양에서 믿는 공기의 정령으로 무형체 또는 잠자리 같은 날개를 지닌 반투명한 인간의 모습으로 묘사된다.

"아랍의 진도 그런 맥락에서 해석할 수 있겠고요."

박 신부가 덧붙여 말하자 전 박사는 황급히 고개를 끄덕여 보였다.

"그, 그렇습니다. 그런데 폴터가이스트, 그러니까 영소 현상의 많은 부분은 그러한 정령들과 관련이 있다고 믿어져 왔습니다. 그런데…… 근래 우리나라에서 일종의 조짐이 보이기 시작한 겁니다."

"무슨 조짐 말이오?"

"정령들의 행동은 원래 예측할 수 없습니다. 그런데 그 움직임이 통일적인 양상을 띠기 시작했고, 한곳을 향해 집중되고 있는 것 같은 느낌을 받았습니다. 그런 것은 납득하기 어려운 일입니다. 정령들은 제멋대로이며 누구의 구속도 받지 않고 인간들에게도 존재를 알리기 싫어하는 존재들입니다. 그런 정령들이 조직적인 움직임을 보인다는 것은 뭔가 큰일이 있는 것입니다."

"그리고요?"

"여기 오면서 우리는 정말로 심각하기 이를 데 없는 저항을 받았습니다. 완전히 홀린 셈이지요. 정령들은 원래 그리 강한 존재들은 아닙니다. 아주 미미한 힘을 지니고 있을 뿐이지요. 우리가

---

7 독일 민담에 나오는 장난꾸러기 요정으로 평소에는 집안일을 도와주는 등 고마운 짓을 하지만 이따금 변덕이 심하고 먹을 것을 제대로 주지 않으면 성을 낸다.
8 슬라브족의 신화에서 세례를 받지 못하고 죽어 호수를 떠도는 아이나, 고의로든 실수로든 물에 빠져 죽은 처녀의 혼을 말한다.

겪은 것 같은 어마어마하고 조직적인 환상을 보이기 위해서는 상상할 수 없을 정도의 강한 힘이 필요합니다. 그러려면 정말 수없이 많은 정령들의 에너지가 합해지지 않으면 안 된다고 저는 생각합니다. 제멋대로인 정령들이 이렇게 힘을 합하고 일사불란한 행동을 보이는 것은 그러니까…… 그러니까…….”

"정령의 왕이 나타났고, 그의 뜻대로 정령들이 움직인다는 말입니까?"

박 신부의 말이 다소 비약이 아닐까 연희는 생각했지만 전 박사는 황급히 고개를 끄덕이며 말했다.

"맞습니다, 맞아요. 정령들의 우두머리, 정령들의 왕이 나타난 겁니다. 안 그러면 아무리 영소 현상이라도 이렇게까지 큰일이 일어날 수는 없어요. 이런 일은 아마도 처음 있는 일일 겁니다. 더구나 정령들이 이렇듯 대규모적인 힘을 발휘해 우리를 방해하는 것을 보면 더욱더 확실합니다. 즉 그들은 정령들의 왕을 우리 같은 사람들과 만나게 하고 싶지 않은 거죠."

"그렇게 만나기 싫어한다면 굳이 만나려고 할 필요가 없지 않겠습니까?"

박 신부가 말하자 전 박사는 울상이 돼 되받았다.

"정말로 저는 악의를 가지고 그러는 것이 아닙니다! 저는 오히려 정령이라는 존재들과 가까워지고 싶은 겁니다. 그러기 위해서는 정령들의 왕을 만나는 방법이 가장 좋고, 지금 정령들의 왕이 나타난 이상 이 기회를 놓칠 수가 없어요. 전 말입니다, 그 존재를 만나고 싶은 겁니다. 그 존재를 만나 보고, 직접 그 존재와 대화해 보고, 하다못해 안 되면 보기만이라도 해 보고 싶어요."

"그런데 왜 하필 그 보육원을 찾으시는 겁니까?"

"그 보육원이 그 큰 영소의 중심지라고 저는 믿고 있습니다. 또 증거가 많잖습니까? 우리를 그토록 보육원에 들어가지 못하게 하려고 정령들이 난리를 치고 우릴 홀린 셈이니 보육원이 중심지가 아니면 어디겠습니까?"

박 신부는 잠시 뭔가 생각하는 듯하더니 전 박사에게 말했다.

"좋소. 나도 좀 겁나기는 합니다만, 같이 한번 알아봅시다."

그러자 전 박사와 병수, 근호는 모두 눈을 크게 떴다.

"정말입니까?"

"예. 그 존재가 내 모습으로 변해 몇 번이나 나타났다니, 내가 이대로 물러서면 아마 내가 관련 있는 게 아닐까 의심할지도 모르잖습니까? 허허."

박 신부는 온화하게 웃으면서 몇 번 고개를 끄덕였다. 연희는 박 신부가 왜 자신과 상관도 없는 이런 일에 스스로 휘말리는 것인지 이해할 수가 없었지만 박 신부가 하는 일이라 잠자코 있었다. 그러자 병수는 전 박사에게 작은 소리로 소곤거렸다.

"박 신부님이 도와줘도 우리 몫이 변하면 안 되우. 알았소?"

"알았소, 알았소! 염려 마시오! 그런데 박 신부님께는 수고비를 어느 정도 드려야 할까?"

전 박사가 아주 작은 소리로 말하자 병수는 고개를 갸웃했다.

"글쎄…… 그런 거 받으실 분이 아닌데……."

박 신부는 그 말을 어느새 들었는지 웃으며 전 박사를 쳐다보았다.

"아, 그런 염려는 마십시오. 다만 그럴 성의가 있으시다면 그걸 유진 보육원에 기부해 주시면 감사하겠습니다. 물론 전 박사님 이름으로 말이죠."

박 신부가 유쾌하게 윙크해 보이자 전 박사와 병수는 꿀 먹은 벙어리처럼 입을 다물었다. 그러다가 병수는 에잇 하면서 말했다.

"좋수! 나도 사나이 대장부인데! 어차피 내 힘으로 된 것도 아니니, 나도 이번 수고비는 기부하겠수!"

그러더니 이내 작은 소리로 입속에서 중얼거렸다.

"오랜만에 목돈 좀 만져 보나 했더니만."

연희는 병수의 목소리를 듣고는 잠시 눈을 빛냈다. 그러나 박 신부는 영원히 변하지 않을 듯한 온화한 얼굴로 세 사람에게 말했다.

"많이들 헤매신 모양인데, 유진 보육원은 저쪽에 있습니다. 제가 도움이 될지는 모르겠지만, 같이 가 보도록 하죠."

그러자 근호가 조금 걱정된다는 듯 입을 열었다.

"정말 방향을 정확히 잡으실 수 있겠습니까? 신부님을 못 믿어서가 아니라 여태껏 너무 헤맸기 때문에……."

박 신부는 근호를 쳐다보면서 미소를 띠며 고개를 끄덕였다.

"알겠네. 정령들이 만든 환영, 만만치 않지. 고생들 하셨네."

박 신부의 말에 병수가 눈을 크게 뜨며 물었다.

"그러면 신부님은 정령의 환영에 대해 잘 아슈?"

"조금은 안다네. 자주 일어나는 현상 아닌가? 하긴…… 자네들이 겪은 것 같은 심각한 양상은 처음 보는 것이네만."

"그러면 우리가 어떻게 홀리게 된 건지 좀 말해 주슈. 그리고 말이요, 환영이라고 하는데 어떻게 우리 몸을 먼 곳까지 옮겼는지 모르겠단 말이유. 그대로라면 정말 무시무시해지는데……."

그 말을 듣고 박 신부는 일단 연희에게 길을 안내해 달라고 말하고는 걸음을 옮기기 시작했다. 연희가 약간 마지못한 듯 앞장서서 걷기 시작하자 전 박사 등 세 사람도 그 뒤를 따랐다. 걸으면서 박 신부는 무엇인가를 골똘히 생각해 보더니 이윽고 미소를 지으며 입을 열었다.

"내가 보니 정령들은 결코 악하지는 않은 것 같네. 그리고 정령들이 그토록 강한 물리력을 행사하지는 못할 거라고 생각하네."

"하지만 우린 분명히 정신을 잃은 사이에 몸이 아주 멀리 옮겨졌단 말이유."

"정말 그럴까?"

박 신부는 병수를 바라보며 말을 이었다.

"정령들의 특기는 환영일세. 감각을 자극해서 있지 않은 것을 보이게 하고 느끼게 하는 거지. 자네는 약간 보육원에 들어갔다가 어마어마한 환영을 보고 기절했다고 하지 않았나?"

"그렇소이다."

"그러면 그 보육원 자체가 환영이었다고 보면 되지 않을까? 실제로 자네들은 보육원에 들어간 것이 아니라, 자네들이 깨어났던 그 장소에서 환영을 보며 헤매고 있었을 걸세. 그러다가 정신을 차리고, 자신들이 먼 곳까지 옮겨졌다고 착각했겠지. 하지만 그렇지는 않았을 것이라 믿네."

"아하."

근호는 박 신부의 말을 듣고 고개를 끄덕이는데 병수가 나서서 다시 물었다.

"그러면 돌벼락은 어떻게 된 거요."

박 신부는 싫증 내는 기색도 없이 차근차근 병수에게 다시 설명해 주었다.

"자네들은 불구덩이에 떨어졌다고 했지만, 실제로는 타지 않았네. 그런 것처럼 자네들에게 쏟아진 돌벼락도 실제는 아닌 걸세. 물론 정령들이라도 힘이 모이면 약간의 물리력은 사용할 수 있을 테니 몇 개의 돌은 정말 던진 것일 수도 있네만, 그렇게 많은 돌이 실제로 쏟아지지는 않았을 거란 뜻일세."

박 신부의 말을 듣고 이번에는 전 박사가 걱정스러운 듯 말했다.

"그렇더라도 환영과 실제를 어떻게 구분해야 할지 모르겠군요. 뭐 신부님 말씀대로라면 실제로 죽거나 다치지는 않을 테니 안심은 됩니다만……."

박 신부는 전 박사를 보며 빙긋 웃었다.

"그렇다고 너무 방심은 하지 마십시오. 아무리 환영일지라도 그것을 정말 믿게 되면 실제로 위험해질 수도 있습니다. 사람의 몸은 정신에 의해 상당 부분 좌우되는 존재이니까요. 아무튼 차분한 마음으로 현실을 직시하십시오."

"환영에 불과한데도 위험해집니까? 심장 마비 같은 것을 말씀하시는 겁니까?"

"그것도 문제입니다만, 환영이 정말로 강해지면 실제와 마찬가지의 효과를 낼 수도 있는 겁니다. 이런 이야기가 있지요. 어느 선원이 실수로 냉동 창고에 갇혔답니다. 그 선원은 너무도 춥고 고통스러워서 자신이 겪은 추위를 벽에 세밀히 기록해 놓다가 얼어 죽었죠. 그런데 나중에 보니 그 냉동창고는 비어 있어 실제로 온도는 바깥 기온과 같았던 겁니다. 그 선원은 냉동창고가 차가울 것이라 굳게 믿었고, 그러한 마음이 감각과 육체에 영향을 주어서 온화한 기온임에도 불구하고 얼어 죽게 된 것이죠. 또 과거에 어떤 비인간적인 실험 기록을 보면 이런 것도 있습니다. 죄수를 잡아 놓고 동맥을 그어 처형한다고 겁을 주죠. 그리고 죄수의 눈을 가린 후 팔목을 다치지 않게 살짝 긁습니다. 곧이어 그 위로 더운 물을 조금씩 흘리면 죄수는 정말 자신의 피가 빠져나가는 것으로 착각해 얼굴이 창백해지고 현기증을 느끼는 등, 심각한 빈혈 증세를 일으키며 죽는다는 겁니다. 실제로 빠져나간 피는 한 방울도 없는데 말입니다. 그러니 환영도 그 강한 정도에 따라 얼마든지 사람을 해칠 수 있는 겁니다."

이야기를 들으면서 전 박사의 얼굴이 점점 창백해졌다. 모든 게 환영이라는 박 신부의 설명을 듣고 안심했다가 다시 겁이 나는 모양이었다. 박 신부가 이내 덧붙였다.

"저는 잠시 이야기를 들었을 뿐입니다만, 아직 정령들은 여러분을 해치려고까지 한 것 같지는 않습니다. 그렇게 강력한 환영을 보일 정도면 여러분을 자극해 해칠 수도 있다고 보이지만, 적어도 현재까지는 그렇게 하지 않은 것 같군요. 그러니 각오를 단단히 하셔야 합니다. 정말 전 박사님의 말대로 정령들의 왕이 있고, 정령들이 자신들의 왕을 보호하려는 거라면 가까이 다가갈수록 점점 더 강한 환영을 보일 수도 있으니 말입니다."

박 신부의 말은 온화했지만 전 박사와 근호, 병수는 모두 등골이 오싹해지는 것을 느꼈다. 특히 전 박사는 더더욱 공포스러워지는 것 같았다.

"그, 그 환영을 보지 않는 방법은 없습니까?"

"스스로 이겨 내는 것밖에는 도리가 없습니다. 어떤 양상으로 나타날지는 아무도 예측할 수 없으니까요. 더군다나 아까 저로 변신까지 하고 대화까지 했다고 하니, 환영을 만들어 내는 정령들은 결코 지능이 낮은 존재가 아닙니다. 최소한 사람 이상으로 지능이 높은 존재일 겁니다. 그런 정령들의 속을 알 수는 없죠, 아무도."

전 박사의 얼굴이 점점 창백해지자 박 신부는 전 박사를 위로라도 하려는 듯 온화하게 말했다.

"전 박사님이 정말 사심이 없다면 정령들도 그 뜻을 받아들여 줄 겁니다. 사람식으로 말하면 그들의 우두머리를 만나 보고 싶다는 것뿐인데, 그리 심하게 해코지야 하겠습니까?"

"만약 사심이 있다면 어떻게 되는 거유?"

병수가 불쑥 묻자 박 신부는 좀 의외라는 표정을 지으며 대답했다.

"설마…… 하지만 그렇다면 몹시 위험해질 수도 있다네. 내가 보기에 정령들은 사람의 마음도 읽을 수 있는 것 같으니까."

"사람의 마음을 읽는다고?"

"안 그렇다면 어떻게 나로 둔갑해 자네들과 이야기를 나누겠는가? 정령들이 나에 대한 조사를 한 것도 아닐 테고."

박 신부의 말이 끝나자 근호가 불쑥 물었다.

"정말로 신부님과 이 현상은 아무 관련이 없는 거요? 죄송스럽지만 저는 정말로 석연치가 않아서 그러오. 정령들이 하필이면 신부님으로 둔갑해 나타난 것도 그렇고. 우리가 찾는 보육원이 하필 신부님이 아는 곳이고 방문하시려 했던 곳이라는 것도 우연이라고 보기에는 너무……"

박 신부는 근호의 말에 고개를 끄덕이면서 대답했다.

"나도 의외일세. 당황스러울 뿐이야. 그러나 맹세하건대, 난 이 일에 대해 아는 바가 하나도 없다네. 그래서 나도 사실을 알고 싶은 거야."

"정말이십니까?"

"나는 이래 봬도 사제였던 사람이네. 거짓말을 하지 않는다네."

"흠……"

근호와 병수, 전 박사는 그 말을 들은 뒤부터는 묵묵히 박 신부의 뒤를 따르기만 했다. 주변의 안개는 살아 있는 듯 다시 뭉클거리면서 자욱해졌다. 그러나 연희는 조금도 발걸음을 늦추지 않고 걸음을 옮겼다. 안개는 자욱해지기는 했지만 전 박사 등 세 사람이 연희와 박 신부의 모습을 잃을 정도로까지 자욱해지지는 않았다.

그들은 약간의 의혹과 미심쩍음, 그리고 약간의 기대에 찬 눈빛으로 박 신부와 연희의 뒤를 따르고 있었다. 그들이 조용해지자 연희는 앞서가던 걸음을 조금 늦추면서 박 신부의 옆으로 다가가 속삭였다.

"저 전 박사라는 사람. 말처럼 그렇게 의도가 순수해 보이지는 않는데요. 정말 저 사람을 도와주실 건가요?"

"연희 양은 어떻게 그런 생각을 했지?"

"보수 말이에요. 병수 씨는 처음 보는 사람이지만, 저 사람도 목숨을 걸고 이 일에 끼어든 것을 보면 보상금이 결코 적은 돈이라 여겨지지는 않아요. 그런데 전 박사가 재벌이라도 되지 않는 이상, 자신의 그런 취미를 만족시키려고 거금을 쓰기는 어려울 것 같거든요. 게다가 신부님을 처음 뵌 자리에서 보상금 운운하는 것을 보면 뭔가 좀 이상하지 않은가요? 정말 저축을 해서 자신의 평생 취미 때문에 저 사람들을 고용한 거라면, 당장 그 자리에서 신부님께 보상을 치를 만한 여유를 갖기는 어려울 건데 말이에요."

박 신부는 여전히 미소를 띤 채 연희에게 말했다.

"계속해 보게."

"더구나 저 사람은 겁이 많은 것 같아요. 신부님의 말만 듣고도 얼굴빛이 창백해졌어요. 정말 초자연 현상을 필생의 취미로 여기고 연구한 사람이라면 그 정도 일에 두려워하는 건 좀 이상하지 않나요? 그런데 더 이상한 것은 그렇게 겁을 먹으면서도 저 사람은 기를 쓰고 그 정령의 왕인가 뭔가를 찾아야 한다고 하잖아요. 여긴 분명 뭔가 있어요. 저 사람은 뭔가 숨기는 게 있다고요."

박 신부도 조용히 연희에게 속삭였다.

"연희 양도 대단하군그래. 훌륭해. 하지만 알아도 일단은 내색하지 말고 조금 두고 보기로 하세."

"왜요?"

"연희 양의 추리에는 나도 동감일세. 전 박사는 분명 누군가의 사주를 받은 것 같네. 아마도 거액이 걸려 있겠지."

"도대체 누가…… 무엇 때문에 그런 걸까요?"

연희가 불만스러운 듯 투덜거리다가 다시 물었다.

"그런데 정령들의 왕이란 게 정말 있나요? 저는 잘 몰라서."

"나도 잘 알지는 못하네. 하지만 세상은 우리 인간의 눈에 보이는 것만으로 이루어지는 것이 아니라 믿네. 비록 전 박사가 뭔가를 속이고는 있지만 정령들의 왕이란 말은 정말일 수도 있다고 믿네. 그들이 본 환영은 정말일 테니까 말일세. 지금도 다시 안개가 끼고 있고 말이야. 그러나 여긴 아무도 악령의 기운 같은 것도 느껴지지 않아. 그렇다면 이 환영을 만드는 건 정령들이라는 말에도 타당성 있고, 나아가서는 정령들의 왕이란 존재도 정말 있을지 모르지."

"그런데 왜 하필 유진 보육원에서 일이 벌어지는 거죠? 거긴 아주 작고 초라한 곳인데…… 저는 그런 일이 벌어졌다는 걸 믿을 수가 없어요. 한 번도 이상한 일은 보지 못했는데……."

순간 박 신부가 아주 작고 신중한 목소리로 연희에게 속삭였다.

"연희 양, 지금 우리 뒤를 몇 사람이 따라오고 있다네."

"예?"

연희는 놀라서 하마터면 뒤를 돌아볼 뻔했지만 다행히 순간적으로 억제해 몸을 움직이지는 않았다. 박 신부는 조용히 쉿 소리를 낸 다음 연희에게 말했다.

"누군지는 몰라도 대단한 자들이야. 거리를 두고 우리가 눈치 채지 못하게 따라오고 있는 듯하네. 상당한 영력이 느껴지기도 하고. 아마 전 박사의 배후 인물이 저자들이 아닌가 싶군."

그 말을 듣고 보니 연희는 더더욱 이해가 되지 않았다. 만약 전 박사를 사주한 자들이 박 신부의 느낌대로 대단한 영력의 소유자라면 왜 보육원을 직접 찾지 않는 것일까? 왜 전 박사처럼 하잘것없는 인물에게 그런 일을 시킨 것일까? 왜 아무 특이한 점이 없는 유진 보육원 근처에서 이런 일들이 갑자기 벌어지고 있는 것일까?

연희가 골똘히 생각에 잠긴 표정을 짓자 박 신부가 말했다.

"나도 궁금하긴 마찬가지네. 도대체 내 주변에서는 이런 일들이 끊이질 않는구먼. 그러나 연희 양, 눈을 크게 뜨고 잘 지켜본다면 알게 될 테니 너무 심각한 표정 짓지 말게. 세상에 아무 이유 없이 생기는 일은 없는 법일세. 뭔가 우리가 알지 못하는 것이 있겠지.

혹시 그것이……."

박 신부는 갑자기 약간 안색을 흐리면서 입을 꾹 다물었다. 박 신부의 얼굴빛이 심각해지자 연희도 덩달아 심각한 표정이 됐다.

"혹시 뭔가……."

그때 병수가 외치는 소리에 놀라 연희는 입을 다물었다.

"아이고! 여기구나! 여긴 설마 진짜겠지?"

그러고 보니 어느덧 연희는 유진 보육원 앞에 다다라 있었다. 연희가 보기에 보육원은 그야말로 예전 그대로 조금도 달라진 곳이 없었다. 약간 빛바랜 간판, 낡고 초라한 놀이 시설들, 그리고 칠이 군데군데 벗겨진 나지막한 건물.

근호와 병수는 서로 계속 속삭이면서 이번만은 틀림없다고 말을 하고 있었다. 전에 보았던 환영 속의 건물도 지금 건물의 모습과 하나도 다르지 않았다. 하지만 환영의 건물은 을씨년스럽고 사람의 발자취가 끊어진 것 같은 느낌이었는데 지금 보이는 보육원은 안에 사람이 살고 있다는 느낌이 완연했다.

연희는 일단 마음을 가다듬고 뒤로 돌아서서 전 박사에게 말했다.

"자, 도착했어요. 정령이니 뭐니, 찾으시려면 어서 찾으세요. 단, 늦은 시간이니 아이들이 깨지 않게 조용히 해 주세요."

그때 근호가 앞으로 한 발짝 나서면서 말했다.

"아무래도 이상하군요."

"뭐가 이상하단 말이죠?"

"실례를 무릅쓰고 말한다면, 저는 의심을 지울 수 없어요. 아까는 그토록 지독하게 환영이 나타나서 우리를 여기 못 오게 하려고 방해했는데, 왜 지금은 그러지 않는 거죠? 정말로 여기를 둘러싼 환영과 신부님과는 인연이 없는 겁니까?"

연희는 기가 막힌다는 듯 근호를 쳐다보았으나 근호는 아랑곳하지 않고 계속 말했다.

"지금 우린 거짓말을 하는 게 아닙니다. 분명 허상의 박 신부님을⋯⋯ 저기, 연희 씨 맞지요? 연희 씨도 보셨으니까 그 환영이 얼마나 기가 막힌 것인지는 아실 겁니다. 그런데 신부님과 같이 오니 그런 환영이 하나도 나타나지 않았어요. 신부님과 환영 사이에 모종의 관계가 없다고 했지만 과연 그럴까요? 신부님 정도의 능력이라면 그런 환영을 만들 수도 있다고 저는 감히 생각합니다만⋯⋯."

"아닐세."

박 신부는 고개를 저으며 나섰다.

"나는 그런 능력이 없네. 그리고 만약 내가 자네들을 여기 못 오게 할 목적이었다면 왜 내가 직접 자네들을 안내했겠는가? 내가 자네들을 거부할 심산이었고 환영을 만들 능력이 있다면 왜 이번에야말로 더 크고 혼란스러운 환영을 만들지 않았겠는가?"

"그러면 신부님은⋯⋯."

그때 박 신부가 근호의 말을 끊으며 말했다.

"나는 자네들이 위험하다고 여겨서 동행한 것뿐일세."

"위험⋯⋯요? 그 환영 말입니까?"

박 신부는 미소를 거두고 단호한 어조로 말했다.

"환영은 위험한 것이 아닐세. 전 박사에게 이 일을 사주한 사람, 그리고 지금 우리들을 뒤쫓아 온 사람들이야말로 위험한 자들이라 여기기 때문일세!"

전 박사의 얼굴이 하얗게 질리는 순간 박 신부가 쏜살같이 앞으로 달려 나오면서 양팔을 활짝 폈다. 박 신부의 오라 막이 주변을 연녹색으로 물들이면서 퍼져 나가자 무엇인가 보이지 않는 서너 개의 존재가 그 오라 막에 부딪혀 깨갱 하며 괴성을 지르면서 허공으로 사라져 갔다.

"뭐, 뭡니까?"

근호와 병수가 놀라서 주춤하는 사이 박 신부는 다시 오라 막을 넓게 벌려서 연희와 전 박사까지 네 사람을 감쌌다. 그 순간 다시 서너 개의 보이지 않는 존재들이 팅팅 소리를 내면서 오라 막에 부딪쳐서 튕겨 나갔다.

"이게 뭐죠?"

전 박사가 놀라 기겁하며 외쳤다. 그 순간, 또다시 팅팅 소리를 내면서 오라 막이 거칠게 밀렸고 박 신부가 어깨를 움찔하면서 한 발짝 뒤로 물러섰다. 병수가 그것을 보고 철봉을 휘두르며 뛰쳐나가려고 하는데 박 신부가 버럭 소리를 쳤다.

"이 안에서 절대 나가면 안 되네! 이건……."

문득, 이제까지와는 비교도 되지 않을 정도로 강한 힘이 폭풍처럼 박 신부의 오라 막을 덮쳐 왔다. 마치 눈 깜짝할 사이에 폭풍이 생겨난 것처럼.

보육원 마당의 그네와 같은 놀이 시설들이 바람에 어지럽게 흔들리며 휘어졌고 나무들도 금방이라도 부러질 것처럼 크게 휘어졌다. 유리창들이 깨어지면서 보육원 안에서 잠을 깬 듯한 아이들의 울음소리가 잠시 들리는 듯했으나 그마저도 바람 소리에 휩쓸려 버렸다. 연희는 그 소리를 듣고 눈이 뒤집히는 것 같았다.

"신부님! 아이들이!"

박 신부도 그 소리를 듣고 분노를 감추지 못하는 듯 크게 고함을 쳤다. 박 신부의 오라 막에서 수없이 많은 오라 구체들이 우박같이 앞쪽으로 쏟아져 나갔다. 폭탄이 작렬할 때 파편이 튀는 것처럼 엄청난 기세였다.

오라 구체들은 나무나 돌 등의 물체와 부딪쳐도 형체가 없는 것처럼 아무런 피해도 주지 않고 그것들을 통과해 날아갔는데 그중 몇 개가 갑자기 허공에서 작렬하며 번쩍이면서 폭발하듯 사그라졌다. 그것을 보고 박 신부는 노한 음성으로 외쳤다.

"거기냐!"

박 신부의 말이 떨어지는 순간 다시 한번 오라 구체가 솟구쳐 올랐다. 그러나 방금 전과 다르게 그 구체들은 사슬처럼 연결된 채 한군데로 모여서 채찍이나 창처럼 날카롭게 한 지점을 향해 찔러 가는 것이었다. 순간 아무것도 없던 허공에서 굉음과 함께 폭발이 일어나면서 다시 미친 듯한 광풍이 휘몰아쳤다.

박 신부는 굳건하게 땅에 버티고 섰지만 박 신부의 발은 땅을 한 치 이상 파고 들어가면서 뒤로 두 발짝쯤이나 깊은 홈을 내면서 밀려 났다. 그와 동시에 보육원 앞뜰의 그네와 미끄럼틀이 와장창 소리를 내면서 부러지더니 미끄러져 나가 담장에 처박혔고, 마당의 쓰레기며 낙엽 같은 자잘한 물건들이 소용돌이를 치면서 하늘로 보이지 않을 정도로 높이 솟구쳐 올랐다.

보육원의 창문 중 바람이 몰아친 방향으로 나 있는 유리는 모두 깨졌고 급기야는 문짝마저도 삐걱거리며 반으로 뜯겨서 날아가 버렸다.

연희는 불쌍한 아이들이 다칠까 봐 더 참지 못하고 소리를 질렀다.

"그만! 제발 그만!"

연희가 비명을 지른 순간, 바람이 갑자기 뚝 그쳤다. 근호와 병수는 아까 본 환영보다도 믿지 못할 그 광경에 혀를 내두르면서 불안한 심정으로 박 신부에게 물었다.

"어떻게 된 겁니까?"

박 신부는 순식간에 땀으로 흥건하게 젖은 이마를 재빨리 닦으며 여전히 앞을 향해 눈을 부릅뜬 채 말했다.

"하나…… 해치운 듯하네."

"도대체 뭡니까, 저건? 귀신이나 악마라도 됩니까?"

"아냐. 이해할 수가 없네. 그런 존재가 아냐. 어쩌면 전 박사가 말한 정령 같은 존재일지도 모르지."

"어쨌거나…… 끝난 겁니까?"

"아냐! 더 있을지도 몰라! 그리고 그것을 불러낸 하수인은 아직 멀쩡하네!"

그때 연희가 바람이 잠잠해진 것을 알고 박 신부에게는 묻지도 않은 채 보육원 문을 향해 달려가기 시작했다. 안에서 아이들이 울면서 놀라 부르짖는 소리가 들리자 더 이상 참을 수가 없었던 것이다.

박 신부는 연희를 만류하려고 입을 벌렸지만 이미 연희는 오라 막 밖으로 뛰쳐나간 다음이었다. 그 순간 박 신부는 보이지는 않지만 무엇인가가 연희를 향해 달려든다는 느낌을 받고 양팔을 뻗었다. 그러자 오라 막이 박 신부가 팔을 뻗은 방향을 따라 길게 늘어나면서 달려가는 연희의 뒤를 감쌌다. 그러나 아까와 같은 폭발은 일어나지 않았다. 마치 허공을 헛짚은 듯한 느낌이었다.

"아차!"

박 신부는 급히 연희 쪽으로 보냈던 힘을 회수해 주변을 보호하려고 했으나 그보다 조금 빨리 무시무시한 바람이 휘몰아쳤다. 박 신부는 안간힘을 다해 바람의 힘을 오라 막의 방어력으로 밀어 내려 했지만 여의치 않았다. 오라 막의 힘이 약해지자 근호와 병수, 전 박사가 바람에 떠밀리기 시작했고, 급기야 근호는 오라 막 밖으로 서서히 몸이 밀려 나가기 시작했다.

"잡아!"

박 신부의 외침에 병수와 전 박사는 재빨리 손을 뻗어 근호의 옷깃을 간신히 잡았으나 옷이 찌익 찢어지면서 근호의 몸이 오라 막 밖으로 밀려 나고 말았다. 순간 근호의 몸이 줄 끊어진 연처럼 허공을 날아갔다.

"아아악!"

근호는 비명을 질렀지만 그 소리는 바람 소리에 파묻혀서 거의 들리지 않았다. 근호는 이삼십 미터나 허공을 날아가서 근처 큰 나무의 가지에 허리가 걸렸다. 와지끈 소리를 내며 가지가 부러지고 돌연 바람이 뚝 끊어졌다. 근호의 몸은 축 늘어진 채 땅에 철퍼덕 떨어져서 데굴데굴 굴렀다.

"근호!"

병수가 소리를 질렀고 전 박사는 차마 보지 못하겠다는 듯 눈을 질끈 감아 버렸다. 그러나 박 신부는 이를 악물고 머리카락마저 솟구친 험상궂은 표정으로 외쳤다.

"또 온다!"

다시 거대한 바람이 휘몰아쳐서 남은 세 사람을 덮쳤다. 힘에 겨웠는지 피로에 지쳤는지 박 신부의 몸이 뒤로 조금 휘청거리자 병수가 재빨리 박 신부의 등을 어깨로 받쳤다.

하지만 역부족이었다. 박 신부의 몸이 또다시 땅에 길게 홈을 파면서 뒤로 일 미터가량 밀려 나갔다. 그리고 나자 바람이 또다시 잠잠해졌다. 그러자 병수가 눈까지 붉어진 얼굴로 악을 썼다.

"이건 환영이 아니잖아!"

"그래. 이건 환영이 아니네. 이건…… 이것은…….'"

박 신부는 여전히 눈을 부릅뜬 채 중얼거리다가 전 박사에게 벼락같이 소리쳤다.

"전 박사! 사실을 말하시오! 당신에게 여길 찾아 달라고 한 게 누구였소!"

그러자 전 박사는 몸을 덜덜 떨면서 부르짖었다.

"난…… 나도 잘 몰라요! 난 그냥…… 그냥 욕심이 나서……."

"뭐? 누가 당신한테 시킨 거였소?"

"오억 원. 아니 오십만 달러를 준다고 했소! 정령의 왕이 한국 어딘가에 나타난다고…… 정령의 왕이 나타나는 장소가 어딘지 찾으라고 말이오!"

전 박사가 덜덜 떨며 외치자 박 신부가 준엄한 목소리로 말했다.

"전 박사, 난 지금 그 일을 누가 시켰는지를 묻고 있는 겁니다."

"외, 외국인이오. 영어를 썼지만 서툴렀고…… 아랍 사람 같아 보였는데……."

그 말을 듣는 순간 박 신부가 외쳤다.

"아랍인! 역시! 그렇다면 이 힘은 바람의 진?!"

"아랍인이 어쨌단 거요? 그리고 진이 또 뭐요?"

병수가 소리를 지르는데 다시 무서운 바람이 밀려왔다. 박 신부는 또다시 머리칼을 솟구치며 혼신의 힘으로 그 바람을 막아 냈다. 그러나 이제는 박 신부도 많이 지친 듯 몸이 가늘게 떨렸다. 병수도 박 신부의 몸을 받치고 전 박사까지도 박 신부의 몸을 받쳤지만 몰아치는 바람은 감당할 수 없을 정도였다.

그때 박 신부가 외쳤다.

"문! 보육원 문 쪽으로 나를 옮겨 주게! 어서!"

"뭐라고요?"

"어서!"

병수는 거의 기계적으로 박 신부의 몸을 덥석 안아 들었다. 박 신부의 덩치도 무척 큰 편이었지만, 타고난 거인인 병수가 안아 드니 박 신부의 덩치가 작아 보였다.

박 신부는 피가 배어 나올 정도로 입술을 깨물면서 오라 막으로 바람의 힘을 최대한 막아 내는 데에만 전념하고 있었다. 그와 동시에 병수는 으아아 하고 소리를 지르면서 땅을 쿵쿵 울리며 냅다 달리기 시작했다.

엄청난 위력을 가진 바람의 압력을 받고 있었지만 병수는 차력사에다가 선천적인 역사(力士)였다. 병수는 단단한 땅에 발이 푹푹 들어갈 만큼 바람에 짓눌리면서도 용케 쓰러지지 않고 보육원 문 앞까지 달려갔다.

문 앞에 다다르자 짓눌려 버릴 정도로 휘몰아치던 바람이 또 뚝 그치고 말았다.

"그쳤소!"

병수는 외치면서 박 신부를 내려놓았다. 그러더니 그만 비틀하면서 털썩 주저앉아 곧바로 뻗고 말았다. 잠깐 사이에 너무나도 기운을 썼던 탓이었다.

박 신부는 그런 병수는 잠시 내버려두고 전 박사에게 외쳤다.

"그들이 무엇을 찾으라 했소? 이 보육원의 위치는 그들이 말한 거요?"

"아, 아니요. 그들은 다만, 다만……."

"어서 말하시오!"

박 신부가 노한 얼굴로 호통을 치자 전 박사는 으흑 하고 흐느끼면서 말했다.

"아니오, 아냐…… 그들은 다만 영소 현상에 대해 설명해 주면서 그런 징조가 일어나는 중심점을 찾으라고 했소. 그래서 조사하다 보니 유진 보육원이 나왔던 거요……."

"그런데 왜 병수 군과 근호 군을 데리고 온 거요?"

"난…… 나 혼자 여기 와 보려고 했소. 그러나 전에 본 것 같은 환영이 덮쳐서…… 도대체 접근할 수가 없었소. 그래서 유명한 영능력자를 수소문해서 데리고 온 거요."

박 신부는 이제 수많은 의문이 거의 해결되는 듯한 느낌을 받았다. 그러나 아직은 결정적인 증거가 부족했다. 한 가지, 한 가지만 더 있다면!

"정령들의 왕…… 그래, 정령들의 왕이 무어라고 했소? 사람이오? 나무? 돌? 아니면 그 역시 정령이오? 그 존재의 정체가 뭔지 당신은 모르오?"

"그, 그건 사람. 사람이오……. 사람이라고 했소."

"그랬군!"

박 신부는 크게 소리쳤다. 너무나 큰 소리라서 누워 있던 병수가 눈을 번쩍 떴고 전 박사가 엉덩방아를 찧을 정도였다.

"사람……! 틀림없이 아이일 거요! 당신, 솔직히 말하시오! 그 아이를 어쩌려고 했소!"

그러자 전 박사는 땅에 엎드려서 미친 듯이 소리를 쳤다.

"내가 나쁜 놈이오! 내가 죽일 놈이오! 그 아이를 넘겨 달라고 했소! 그들은 그 아이를…… 정령들의 왕이 된 그 아이를 데려다 달라고 한 거요……."

"뭐? 그럼 아이를 유괴하려고 한 거라고?!"

병수가 벌떡 일어나며 금방이라도 전 박사를 후려갈길 듯 소리를 쳤다. 그러자 전 박사는 살려 달라는 듯 손을 휘저으며 먹따는 소리를 질렀다.

"아이에게 해가 되는 일은 아닐 거라 생각했소! 보육원의 아이면 고아고…… 해외 입양을 보내는 것이 좋은 일이라 생각했소! 정말이오! 나도 자식이 있는 사람이란 말이오!"

그러나 병수는 지지 않고 고함을 쳤다.

"제기랄! 인제 존칭 생략하것다! 넌 존대받을 가치가 없어! 난 말이야, 둔하고 욕심이 많은 놈이지만 그래도 지킬 것하고 아닐 건 구분할 줄 아는 사람이라고! 너는 인마, 박사라는 작자가 그런 것도 몰라? 뭐, 인마? 말이 좋다! 생판 모를 외국 놈들한테 아이를 넘기려고 혀!"

씩씩거리며 병수가 전 박사를 한 대 치기라도 하듯 덤벼들려는 순간, 또 바람이 휘몰아쳤다. 박 신부와 병수 등은 놀라서 다시 바람에 맞서려고 했으나 바람은 그들의 코앞에서 놀랍게 방향을 바꾸어 양옆으로 갈라져 나갔다.

"이건 또 뭔 도깨비놀음인가!"

그때 박 신부가 고함을 쳤다. 거의 현암의 사자후를 연상하게 할 만큼 커다란 목소리였다.

"연희 양!"

그러자 또 바람이 몰아쳐 왔다. 이번에는 비껴가는 바람이 아니라 바로 박 신부를 노리고 몰려드는 바람이었다. 바람은 마치 칼날처럼, 아까만큼 강하지는 않았지만 한 점으로 집중해 몰아쳤다.

박 신부는 소리를 지르던 참이라 오라 막을 강하게 굳히지 못하고 그만 뒤로 밀려서 벽에 호되게 짓눌려 버렸다. 박 신부의 입에서 피가 가늘게 흐르기 시작했다. 병수가 놀라서 박 신부를 부축해 다시 일으켜 세우자 박 신부는 다시 힘을 주어 오라 막을 펼치면서 외쳤다.

"연희 양! 들리나! 나는…… 나는…… 더 버티기 힘드네!"

이 층의 유리가 완전히 달아난 창문가로 머리가 마구 흐트러진 연희가 고개를 내밀며 외쳤다.

"신부님!"

"연희 양! 시간이 없네! 어서……! 어서 수아를 데리고 나오게! 어서!"

연희는 그 와중에도 몹시 놀란 목소리로 외쳤다.

"신부님! 수아……? 수아라고요? 갠 아직 어린……."

그러나 박 신부는 단호하게 소리를 쳤다.

"어서!"

도무지 영문을 몰라 어리둥절하던 병수는 앞을 보고 그만 까무러칠 뻔했다. 그들 앞으로 거대한 회오리가 다가오고 있었다. 원래 바람은 눈에 보이지 않는 것이지만 이 회오리는 시커멓고 거대하게, 마치 살아 있는 생물처럼 꿈틀거리고 있었다. 땅에 있는 모든 것들이 회오리에 휘말려 부서지고 한데 엉겨 형체를 이룬 것이다.

믿어지지 않게도 회오리는 커다란 빌딩만 한 크기였다. 아무리 박 신부에게 초인적인 힘이 있어도 저것과는 감히 비교할 수 있는 것이 아니었다. 저 회오리에 휩쓸리면 박 신부나 병수가 아니라 보육원 건물 자체가 순식간에 가루가 돼 버릴 것 같았다. 회오리는 미친 듯 땅을 휩쓸며 몇 번을 꿈틀대다가 그들 앞으로 맹렬하게 달려들었다.

그 엄청난 모습을 본 순간 전 박사는 정신을 잃고 까무러처 땅에 쓰러져 버렸고 병수는 얼굴을 가리며 비명을 질렀다. 그러나 박 신부는 이를 악물고 할 수 있는 한 최대로 힘을 끌어모아 오라막을 치면서 무섭게 외쳤다.

"연희 양! 어서!!"

그 순간 연희가 소리를 지르면서 문을 박차고 나왔다. 그녀의 품에는 아직 예닐곱 살도 채 안 돼 보이는 조그마한 아이가 안겨 있었다. 아이는 울고 있지 않았다. 몹시 큰 눈에는 겁을 먹었다기보다는 뭐가 뭔지 모르겠다는 표정을 짓고 있을 뿐이었다.

연희는 문을 빠져나오면서 거대한 회오리를 보고는 순간적으로 아이를 감싸안으면서 눈을 질끈 감았다. 틀림없이 다음 순간 몸이 회오리에 휩쓸릴 테고, 모든 것은 끝이었다. 그러나…….

"하부지! 오랜만!"

아이의 티 없이 맑고 카랑카랑한 목소리가 울리는 순간, 박 신부와 병수와 연희와 보육원과 그 외 모든 것을 삼켜 버릴 듯하던 회오리가 순식간에 사라지고 말았다.

병수는 눈을 가리고 있다가 주위가 잠잠해지고 아무런 충격도 오지 않자 슬며시 눈을 떴다. 그의 눈에 들어온 것은 매무새가 온통 헝클어지고 입가에 피까지 흘리고 있던 박 신부가 이내 그 특유의 온화한 미소를 지으면서 아까 연희가 데리고 나왔던 조그마한 아이를 안아 올리는 광경이었다.

머리를 두 갈래로 땋아 말아 올렸고 빨간 치마를 입은 여자아이였다. 그 아이는 주변에 무슨 일이 벌어졌는지 아무것도 모르는 듯, 다만 박 신부를 만난 것이 몹시 반가운지 박 신부의 흰 머리카락을 잡아당기며 장난치면서 깔깔거릴 뿐이었다.

"하부지! 하부지! 왜 이렇게 안 왔었어! 헤헤헤."

전 박사도 서서히 눈을 뜨고 주변을 살펴보다가 그 광경을 믿을 수 없다는 듯 바라보았다. 연희도 당황스러움과 놀라움, 그리고 안쓰러움이 한데 얽힌 눈으로 박 신부를 뚫어지게 바라볼 뿐이었다. 그때 병수가 얼빠진 듯한 목소리로 중얼거렸다.

"뭐요? 뭐가…… 어떻게 된 거야? 그럼…… 그러면 저 애가…… 정령들의 왕?"

박 신부가 대답했다.

"정령들의 여왕일세. 수아는 여자아이니까 말일세."

"제길! 도대체 뭐가 어떻게 된 거야, 이게!"

병수가 도대체 뭐가 뭔지 모르겠다는 표정을 짓고 있는데 박 신부가 수아를 어깨에 달랑 올려놓더니 수아에게 속삭였다.

"수아, 할아버지 좋아하니?"

아이는 귀엽게 웃으며 대답했다.

"응."

"수아는 할아버지 편이지? 할아버지 말 잘 들을 거지?"

"응! 난 하부지 말 잘 듣는 착한 아이 될 거야!"

"그럼 잠깐만 언니에게 가 있어라."

"응? 으응."

수아는 의외로 선선히 다시 연희에게 쪼르르 달려갔다. 그러자 박 신부가 맞은편의 어둠 속을 보며 영어로 외쳤다.

"이제 포기하시오. 당신들의 힘은 이제 통하지 않소."

캄캄한 어둠 저편에서 갑자기 흥 하는 코웃음 소리가 들려왔다. 동시에 소리가 난 반대쪽에서 뭔가가 휙 하고 박 신부를 향해 날아왔다.

연희나 전 박사는 무엇이 날아든다는 사실조차 느끼지 못했다. 그러나 날아든 물체는 박 신부를 맞추지 못하고 허공에서 쨍 소리를 내면서 튕겨 나왔다.

미동도 하지 않고 있던 박 신부는 담담하게 웃으며 말했다.

"소용없소."

그제야 연희는 뭔가가 날아왔다는 것을 알고 놀라며 그 물체를 살펴보았다. 그것은 끝이 둥글게 휘어진 괴상한 모양의 단검 같았는데, 단검이라기보다는 표창에 더 가까운 생김새였다.

또다시 어둠 속에서 몇 개의 단검이 날아왔지만 기이하게도 오라 막이 없는데도 불구하고 그 단검들은 박 신부를 하나도 맞추지 못하고 튕겨서 땅에 떨어졌다. 박 신부를 오래 보아 왔던 연희도 이런 광경은 처음 보는 것이었다.

"신부님…… 이건……."

"걱정할 것 없네. 아무 염려도 없으니까. 그렇지, 수아야?"

"응?"

수아는 오히려 잘 모르겠다는 듯 큰 눈을 부리부리 굴리면서 박 신부를 바라보았다. 박 신부는 다시 어둠 속으로 눈을 돌리면서 수아에게 말했다.

"저 안에 숨은 사람이 있네. 숨바꼭질하려는 모양인데, 수아가 잡아 볼까?"

그러자 수아는 까르르 웃었다. 병수와 연희, 전 박사는 모두 박 신부가 무슨 소리를 하는지 몰라서 서로 얼굴만 멀뚱거리며 쳐다보고 있을 따름이었다.

"헤헤! 재미있겠다! 그래그래!"

"그러면 수아가, 나오세요, 해 보렴."

"정말?"

"그럼!"

수아가 앵무새처럼 박 신부의 말투를 흉내 내며 말했다.

"나오세요!"

그 순간 믿어지지 않는 일이 벌어졌다. 캄캄한 숲과 덤불 속에서 세 사람의 형체가 허공으로 솟아오르는 것이 아닌가. 그들은 스스로 뛰어오른 것이 아니었다. 마치 공중으로 집어 던져진 것 같았다. 그리고 그 세 사람은 박 신부의 앞으로 나가떨어져 한동안 신음성을 울리면서 뒹굴었다.

"잘했다. 수아야. 잘했어."

박 신부는 껄껄 웃으며 연희에게 손짓해서 수아를 데리고 들어가게 했다. 도무지 이것이 무슨 도깨비장난인지 알 수가 없는 판이었다. 연희는 너무도 기이하고 궁금해 덜덜 떨고 있는 유치원 보모에게 수아를 맡기고는 밖으로 나왔다.

그사이 박 신부는 병수 등을 시켜서 세 사람이 가진 무기를 모조리 뒤져 내고는 꽁꽁 묶어 두고 있었다.

"신부님…… 이게 도대체……?"

"나중에 내 설명해 줌세. 그러나 먼저 근호 군을 데려와야 하지 않겠는가?"

그러자 전 박사가 나섰다.

"내가 데려오겠소. 내 책임이 크니까."

전 박사가 중얼중얼하면서 근호가 떨어진 숲 쪽으로 가자 박 신부는 연희에게 말했다.

"이 사람들 통역을 좀 해 줄 수 있겠나. 연희 양? 아마도 아랍 사람들인 모양인데."

"잠깐만, 잠깐만요, 신부님. 도대체 어떻게 된 것인지 우선 알고 싶어요, 예? 전 뭐가 뭔지 하나도 모르겠어요."

연희가 발을 동동 구르자 박 신부는 고개를 끄덕이며 말했다.

"하긴 알아 두는 것이 더 좋겠지. 내가 아까 말했지? 누가 따라오는 것 같다고. 그리고 전 박사를 누군가가 사주한 것이 분명하고, 그 목적은 전 박사 말대로 정령들의 왕. 실제로는 정령들의 여왕이었네만, 아무튼 그것에 있는 것 같다고 말이야."

"그건 알아요. 그런데 도대체 그 엄청난 바람은 뭐며, 왜 그 바람이 수아가 나타나니까 잠잠해진 거죠?"

"사실 나도 그 바람은 감당할 수가 없었다네. 현암 군이었다면 모르겠네만, 그건 악신의 힘이나 주술적인 힘이 아니었기 때문이야. 그건 바로 정령의 힘, 그러니까 진의 힘이었다고 나는 보았다네."

"진이요?"

"진이 뭐야? 청바지인가?"

병수는 투덜거렸지만 박 신부는 미소를 머금으며 말했다.

"진은 아랍에서 오래전부터 믿어 온 정령이라네. 보통 램프의 지니로도 알려졌지. 유명한 것 아닌가? 그 지니도 바로 일종의 진이라네. 실제로는 우리나라의 도깨비 정도 되는 존재라 보면 되겠지. 솔직히 나도 자세한 지식은 가지고 있지 못하네. 얄팍한 지식이지."

"그래요? 하지만…… 그럼, 신부님은 그런 얄팍한 지식을 믿고 목숨을 거신 건가요?"

연희가 농담을 하자 박 신부는 우물쭈물했다. 사실 연희는 박 신부가 세계 각지의 믿음과 신앙, 전실 등에 대해 무척이나 폭넓은 지식을 쌓고 있다는 것을 알고 있었지만.

"허허, 원 참."

"아무튼 그런데요? 그래서요?"

이제는 연희뿐만이 아니라 병수도 박 신부의 말에 귀를 기울이고 있었다.

"사실 나도 확신할 순 없었지만, 전 박사가 자신에게 시주한 사람들이 아랍인들이라 말했을 때 그 생각을 했다네. 보게나. 정령의 힘을 빌려 쓰는 사람이 아니라면 굳이 정령들의 왕을 찾으러 여기까지 오지 않았을 거네. 그런데 아랍 사람으로 정령의 힘을 빌려 쓴다면 바로 진의 힘을 쓰는 것과 무엇이 다르겠는가? 얄팍한 지식이라도 그 정도 있었던 게 천만다행이지. 나에게 닥친 그 바람은 바로 바람의 진에 의한 것일 텐데, 그 힘은 악령이나 그런 종류의 힘이 아니라서 솔직히 나로서는 상대하기 힘들었네. 그런데 아까 병수, 자네도 보았겠지만 그 바람이 우리에겐 그야말로 인정사정없이 몰아치면서도 보육원 안에까지는 피해를 별로 주지 않았네. 만약 그 정도의 바람이 보육원에 몰아쳤으면 건물이 남아나질 않았을 걸세. 더구나 그 바람은 몇 번이나 간격을 두고 쉬엄쉬엄 방법을 바꾸면서 불어왔네. 마치 정확히 조준을 해서 이 보육원에는 피해가 가지 않기를 바라는 것처럼 말일세."

연희가 비로소 고개를 끄덕이며 말했다.

"아까 그 바람은 정령인 진의 힘이었는데, 그들의 왕이 보육원 안에 있기 때문에 거기에는 피해를 주지 않을 거라고 생각하신 건가요? 맞나요?"

"그랬지. 실제로도 그럴 거라고 나는 믿네. 그것을 보고 보육원 안에 정령들의 왕이 있다는 생각을 확신하게 됐지. 솔직히 나도 여기 오기 전까지는 정령들의 왕이 사람인지 동물인지, 아니면 무슨 물건이나 같은 정령인지, 짐작조차 할 수 없었지만 말일세."

"으음. 그래서 수아를 불러내고 나니 바람이 그친 거군요."

"그렇지. 더구나 나는 수아를 불러낸 다음 수아에게 말을 시켜서 내가 수아 편이라는 것을 정령들에게 똑똑히 보여 주었네. 그러면 당연히 정령들, 즉 지금 묶여 있는 저자들이 불러낸 진은 수아의 말을 더 따를 거라 믿었던 걸세."

"어떻게 확신할 수 있었죠? 저자들도 강한 무슨 주술로 진의 힘을 빌려 쓰는 것 아니겠어요?"

"글쎄. 만약 수아의 힘이 그들의 주술을 누를 정도로 강한 것이 아니라면 그자들이 굳이 수아를 데리러 여기까지 오지도 않았겠지? 안 그런가?"

"그런데 말입니다······."

병수가 원래의 퉁명스러운 말투를 버리고 조금 나긋나긋해진 말투로 박 신부에게 공손하게 물었다. 경탄한 나머지 이제 박 신부를 다시 보게 된 것이다.

"정령들의 환영은 물리력이 없다고 하셨잖습니까? 근데 아까 바람은 뭐고 왜 이자들이 나가떨어진 겁니까?"

"그건 말일세……. 정령들의 특징에 좌우된다고 나는 생각하네. 우리가 겪은 환영은 아마 수아와 원래부터 알고 있고 수아를 받들던 우리나라의 정령들일 걸세. 원래 도깨비 이야기가 그렇듯 우리나라의 정령들은 사람들과 친숙하고, 또 그다지 파괴적인 존재들이 아닐세. 물론 아랍의 진이 난폭하다는 것은 아니지만, 지금 우리가 맞닥뜨린 진들은 이자들의 주술로 부림을 당하고 있던 존재들이네. 그래서 물리력을 행사할 수 있었던 거겠지."

"그러면……."

"정령은 인간과는 다르지만, 분명 대단히 영리한 존재들일세. 모두가 그런 것은 아니나, 정령들의 세계가 있다고 가정한다면 그들 중 몇몇은 어쩌면 사람 이상일지도 몰라. 정령들은 모든 것을 알고 있었네. 전 박사가 그다지 좋지 않은 목적으로 오고 있다는 것도 말일세. 그래서 정령들은 필사적으로 자신들의 힘을 발휘해서 자네들에게 환영을 부리고 홀려서 못 오게 하려고 한 걸세. 나로 변장해 환영을 보이게 하고 대화까지 했지 않은가? 그리고 이자들에게 속박돼 바람을 일으킨 정령들도 아마 내심으로는 이자들을 탐탁하게 생각지 않았을 것이라 믿네. 그래서 왕의 명령이 떨어지자마자 보기 좋게 이들을 배신한 거겠지. 이자들이 던진 단검을 막고 이자들을 잡아 팽개친 것도 바로 이자들이 데려온 진들의 힘이라는 걸세. 우리가 알고 있는 『아라비안나이트』나 그쪽의 전설을 생각해 보게. 거기 나오는 램프의 지니나 정령들은 결코 바보 같은 존재가 아닐세. 마법 램프를 지닌 알라딘도 그릇된 명령을 내리면 진이 오히려 명령을 거부한 적이 있는 걸로 기억하는데? 그리고 아랍 신화에서는 진이 일종의 양날의 검 같은 존재로 등장하네. 즉 선량한 목적으로 사용하면 더없이 막강한 힘을 발휘하지만, 사리사욕만을 채우거나 악한 목적으로 사용하면 오히려 자신에게 징벌을 가하는 존재란 말일세."

"같은 정령인데 어쩜 그렇게 다를까요?"

연희가 약간은 감상적으로 돼 말하자 박 신부가 고개를 갸웃하면서 말했다.

"사실 어쩌면 정령들도 인간의 믿음에 따라 그 힘을 다르게 보여 주는지도 모르네. 우리나라의 도깨비를 정령으로 본다면, 우리나라 사람들의 다소 순박한 마음을 받아들여서 물리적인 힘을 잘 쓰지 않게 됐고 아랍의 진들은 그들을 전지전능한 반신적인 존재로 믿기 때문에 강력한 물리력을 지니게 됐는지도 모른다고 여기네만. 허허. 뭐, 어느 쪽이 더 좋고 나쁘다는 이야기는 아닐세. 이건 자화자찬도 아니고. 내 개인적인 견해일 뿐이네."

연희는 감탄스러울 따름이었다. 그러나 마지막으로 연희에게 풀리지 않는 의문이 한 가지 남아 있었다.

"흐음. 다 이해가 되는데요. 박 신부님, 가장 중요한 것이 아직 남아 있어요. 보육원에는 수많은 아이들이 있는데, 신부님은 어떻게 들어가 보지도 않고 수아가 정령들의 여왕이라는 사실을 알아내신 거죠? 아니, 신부님이야말로 처음부터 그런 사실을 알고 계신 것 아니었나요?"

박 신부는 고개를 저었다.

"아닐세. 나도 여기 오기 전까지는 전혀 그런 생각을 하지 못했어. 연희 양, 오히려 나는 그간 거의 실종 상태로 있었으니 연희 양이야말로 수아를 나보다 훨씬 더 오래 지켜보았을 걸세. 그런데 수아가 보통 아이들과 다른 점이 있다거나 모종의 힘을 발휘하는 것을 한 번이라도 본 적이 있나?"

그 말에 연희는 단호히 고개를 저었다.

"없어요. 절대로요."

"그렇지. 나도 마찬가지일세. 나도 수아를 보통 아이들과 같다고 그동안 생각해 왔어. 그런데 막상 이번 일을 돌이켜 보니 중요한 단서 두 가지가 있었던 걸세."

"그게 뭐죠?"

"첫째, 전 박사 일행을 따돌리려고 나타난 정령들이 나를 흉내 냈다는 걸세. 그리고 두 번째는 수아의 출생 때문일세. 수아는 사실 내가 이 보육원에 맡긴 아이일세. 그래서 다른 아이들보다도 나를 잘 기억하고 잘 따랐지. 그러니 수아 근처의 정령들도 그런 사실을 보았을지도 모르네. 그리고 정령들의 눈은 속일 수 없으니 내가 어떤 사람인지 정령들도 알고 그러했을 걸세."

"그런데 왜 수아나 저나 신부님이나 우리 주변 사람들은 그런 사실을 몰랐죠?"

"정령들이 현명하기 때문인지. 그들은 수아를 받들 뿐, 수아가 특별한 힘을 지니지는 않았다고 나는 믿네. 하지만 분명 수아는 정령들의 여왕일세. 그러면 정령들이 인간인 수아를 가장 행복하게 해 줄 수 있는 것이 무엇이겠나? 그것은 바로 정령들 스스로가 가급적 어떤 영향도 끼치지 않고 조용히 살게 두는 것이었네. 적어도 정령들은 그렇게 생각한 거겠지. 그래서 정령들은 수아나 연희 양이나 기타 수아의 주변에는 가급적 전혀 영향을 주지 않으려 노력한 것이 분명하네. 나도 잘은 모르지만, 정령은 자연적인 존재 같네. 대자연 속에 녹아 있는 존재라는 걸세. 그렇다면 그들의 지혜는 대자연의 지혜 같은 것이겠지."

박 신부는 긴 이야기를 마치고 몇 번 심호흡을 한 다음 연희에게 말했다.

"그나저나 이 사람들에게 물어볼 것이 있으니 통역을 좀 부탁함세."

연희는 묶인 채 쓰러진 자들에게 두어 가지 말로 말을 걸어 보았다. 그들은 대답하지 않으려 했으나 그중 한 명이 한 가지 말을 알아듣고 반응을 보이는 것을 연희는 놓치지 않았다. 박 신부도 그걸 눈치채고 그 사람만을 따로 끌고 가고 다른 자들은 저만치에서 병수가 감시하게 한 다음 연희에게 말했다.

"연희 양, 그 사람 얼굴을 똑바로 보고 이야기해 보게."

"예?"

"어서……"

연희는 조금 고개를 갸웃하면서도 그 사람의 눈을 똑바로 쳐다보며 박 신부의 질문을 번역해 묻기 시작했다.

"당신들은 어디에 속한 사람들이오?"

"우리는…… 우리는 진……을 숭배하는…… 검은 지하드…….'

"검은 지하드? 들어 보신 적 있나요?"

연희가 박 신부의 얼굴을 바라보자 박 신부가 말했다.

"지하드는 아랍인들이 성전(聖戰)을 일컫는 말이지. 그러나 검은 지하드라니, 나도 처음 듣는 말일세. 해간 계속하세."

"예."

연희는 다시 그 남자의 얼굴을 바라보며 계속 물었다. 의외로 남자는 순순히 자신의 비밀을 털어놓았다.

"당신들의 목적은?"

"세상의 정화…… 그러나 어둠 속에서…… 보이지 않도록 세상을 정화하는 것…… 그것이 바로 검은 지하드의 목적이고 우리의 사는 목표……."

"어떻게 정화한다는 것인지?"

"보이지 않는 힘을…… 한데 끌어내서 잘못된 문명을 바로잡는 일…… 그것이…… 그것이……."

남자는 말을 하면서도 몹시 고통스러운 것 같았다. 식은땀을 흘리고 얼굴이 창백해져서 떠듬떠듬 말하면서도, 기이하게 남자는 거짓말하지 못하고 술술 아는 바를 털어놓았다.

박 신부의 질문은 조금의 여유도 주지 않고 계속 쏟아지고 있었다. 그리고 이야기가 진행되면 될수록 연희는 놀라움을 감출 수 없었다.

"검은 지하드 혼자의 힘만으로 그런 일이 가능하다고 보나?"

"우리는…… 우리는 큰 세력과 손을 잡고 있다. 아주 크고 아주 거대하고…… 아주 뿌리 깊은…… 우리는 세상을 정화한다. 세상을 바꾸고야 만다……."

"어떤 세력인가? 성당 기사단과도 관련이 있는가?"

"성당 기사단…… 그건 작은 일부분……."

연희는 아무래도 남자가 술술 입을 여는 것이 믿어지지 않았다. 이 남자가 거짓말하는 것은 아닐까 싶었지만 순간 과거에 있었던 일이 생각났다.

홍수 사건 때 백호와 이야기하면서 백호는 연희가 쳐다보는 앞에서는 속마음을 감출 수 없었노라 말했다. 그렇다면 그것이 바로 자신의 알려지지 않은 기이한 힘이었단 말인가? 그 때문에 이 남자도 비밀을 술술 털어놓고 있는 것인가?

연희가 그 생각을 하는 순간, 돌연 남자의 얼굴빛이 정상으로 돌아오더니 단호한 표정이 돼 버렸다.

"마녀! 너는 마녀야!"

남자가 갑자기 거칠게 소리치자 연희는 깜짝 놀라 다시 남자의 얼굴을 들여다보았으나 남자는 그만 눈을 질끈 감아 버리는 것이었다.

"어?"

그때 박 신부가 혀를 차면서 연희에게 말했다.

"됐네. 아깝군."

"도대체 왜……? 이 사람이 갑자기 왜 이러는 거죠?"

"연희 양, 언제부터인지는 모르지만 연희 양에게는 신비한 힘이 생겼다네. 진실을 밝히는 힘이라고 할까? 나는 어렴풋이 눈치채고 있었지. 그러나 그런 사실을 연희 양이 인식하게 되면 그 힘은 사라져 버리네. 알겠나?"

"어머나, 그러면 어떻게 하죠? 저 때문에 중요한 것을 알아내지 못하게 된 건 아닌가요?"

연희가 당황스럽고 부끄럽기도 해 몸 둘 바를 모르자 박 신부는 미소를 지으며 고개를 저었다.

"아니, 할 수 없는 일인걸. 그나마 여기까지 알아낸 것이 어딘가?"

"이 사람들을 어디 가두고 또 물어보면 더 많은 것을 알 수 있을지도 몰라요. 그러면……."

그러나 박 신부는 연희의 말에 고개를 저었다.

"그럴 수야 있겠나? 우린 경찰도 아니고 군대도 아닌데 이들을 포로로 잡아 둘 수야 없지."

"하지만 그냥 풀어 주면 또 수아에게 올지도 모르잖아요?"

"글쎄. 난 그렇지 않을 거라 생각하네."

"어째서요?"

"이 사람들이 왜 전 박사를 시켜서 수아에게 접근하려 했겠는가? 이 사람들이 전 박사에게 영소 현상의 근원지를 가르쳐 주었다고는 하지만, 그런 지식을 다 갖고 있었다면 이 사람들이 자신들의 능력을 발휘해 직접 찾는 편이 훨씬 빨랐을 것 아닌가? 그런데 굳이 전 박사에게 거금을 주면서 일을 시킨 것은 이유가 있겠지."

"어떤 이유죠?"

"이 사람들 능력의 근원은 정령의 힘일세. 그리고 정령들의 여왕인 수아, 정확히는 수아를 받드는 정령들이 그들을 거부하고 있었네. 추측이기는 하지만, 이자들은 이미 몇 번이나 시도를 해 보고 안 되니까 전 박사를 사주해 수아를 데리고 나오려 했는지도 모르지. 전 박사는 평범한 사람이니, 정령들이 거부하지 않을지도 모른다고 생각했겠지."

박 신부는 거기까지 이야기하고 잠시 주위를 둘러보았다.

"그런데 이상하군. 전 박사와 근호 군은 왜 안 오는 걸까?"

그때 저쪽에서 기이한 느낌이 박 신부에게로 전해져 왔다. 그 느낌은 마음속으로 울리는 대화법으로 박 신부에게 직접 말하는 것이었다. 그런데 말을 듣기에 앞서서 박 신부는 갑자기 몸을 부르르 떨었다. 그 느낌은 그렇게까지 낯선 것이 아니었다. 과거에 많이 느꼈던 느낌. 그랬다. 그 느낌은 과거 퇴마사들의 가장 강력한 적수였던 마스터의 느낌과 아주 흡사했다.

"너는 누구냐!"

박 신부가 버럭 고함을 질렀으나 대답이 없었다. 연희가 놀라서 박 신부를 쳐다보며 물었다.

"뭐죠? 누가 또 있나요?"

연희의 말에 박 신부는 이를 악물고 짧게 대답했다.

"아직 더 있었나 보네. 그러나 이자의 느낌은…… 마치……."

박 신부는 하려던 말을 급히 멈추고 연희에게 말했다.

"연희 양, 수아를 보살피게. 어서!"

연희가 급히 달려 보육원 안으로 들어서자 두 사람의 아랍인을 일으키고 있던 병수도 박 신부의 옆으로 달려왔다.

"뭡니까? 네?"

그때 숲 저편에서 한 사람의 남자가 뚜벅뚜벅 걸어 나왔다. 그 남자는 키가 제법 컸으나 비쩍 마른 몸이었는데 한 손에는 정신을 잃은 근호를 들고 있었고 다른 한 손에는 전 박사를 들고 있었다. 그자는 두 사람을 마치 헝겊 인형이라도 되는 것처럼 아주 가볍게 들고 성큼성큼 걸어오고 있었고, 모습이 퍽이나 황당하게 느껴졌다.

남자는 다소 검은 얼굴에 턱수염과 구레나룻을 길렀으며 눈이 컸다. 나이는 젊어 삼십 대 중후반 정도로밖에 보이지 않았다. 남자는 박 신부를 보고는 싱긋 악의 없는 미소를 지어 보이면서 근호와 전 박사를 조심스럽게 땅에 내려놓았다. 그리고 나서 박 신부를 향해 강한 억양으로 무어라고 말했지만, 박 신부는 무슨 말을 하는지 한마디도 알아들을 수가 없었다.

"뭐라고 말하는 겁니까?"

병수가 묻자 박 신부도 고개를 저었다.

"나도 잘 모르겠네."

박 신부도 의아해 영어로도 말해 보고 기타 자신이 알고 있는 몇 가지 말을 해 보았으나 그 남자와는 의사소통이 되지 않았다.

"옷차림이나 생김새를 보아서는 인도인 같은데. 영어를 할 줄 모르다니."

"싸우자는 것 같지는 않은데요."

남자는 얼굴에 환한 미소를 보이면서 땅에 쓰러진 근호와 전 박사를 가리켜 보이며 손을 저어 보였다.

"데리고 가라는 것 같군."

박 신부가 말하자 병수가 냉큼 걸어 나갔다. 병수가 근호 앞에 서서 그 사람의 표정을 보아도 그 사람은 여전히 싱글거리기만 하고 있었다. 병수가 살펴보니 근호는 아까 나무에 걸렸기 때문인지 조금 상처가 심했지만 호흡은 정상이었고, 전 박사는 그리 상처를 입은 것 같지는 않았다.

병수는 박 신부에게 둘 다 괜찮다고 손짓해 보인 후 근호와 전 박사를 어깨에 짊어지고 돌아가려고 했다. 그런데 어느 틈에 왔는지 그 남자가 병수 앞을 가로막고 서서 싱글싱글 웃어 보였다.

"뭐여?"

남자는 다시 박 신부 쪽을 가리키며 뭐라 뭐라 말했다. 하지만 병수는 한마디도 알아들을 수 없었다. 병수는 그냥 눈을 부라리며 옆으로 몇 걸음 비켜서서 돌아가려 했으나 그 남자는 다시 병수 앞을 막았다. 그러면서 계속 뭐라고 중얼거렸다. 답답해진 병수는 그냥 남자를 밀어 내고 걸어가려 했다.

"안 비키면 다쳐. 알아서 해."

병수가 말하면서 남자의 몸을 밀어 내려고 했으나 그 남자는 땅에 뿌리를 박고 내린 것처럼 똑바로 서서 꼼짝도 하지 않았다. 마치 담벼락이나 아름드리나무를 밀어 내는 느낌 같았다.

놀란 병수는 다시 더 힘을 주어 남자를 밀어 내려 했으나 남자는 여전히 중얼중얼하면서 꼼짝도 하지 않았다. 병수는 건디다 못해 꾀를 내어 남자를 밀어 내는 척하면서 옆으로 슬쩍 돌아 빠져나오려고 했다. 그러나 남자는 마치 미리 준비하고 있었던 것처럼 옆으로 한 걸음씩 옮겼고 그때마다 병수는 앞이 가로막혀서 도저히 갈 수가 없었다.

"나 좀 도와줘!"

병수는 울상이 됐다. 박 신부도 그 광경을 보지 않았더라도 남자가 보통이 아니라는 것을 눈치챘던 까닭에 긴장하고 있었다. 다만 남자의 태도가 그렇게 적대적인 것은 아니었기 때문에 싸우고 싶지는 않았다.

더구나 박 신부는 아까 상처를 입었기 때문에 제대로 힘을 내기도 어려울 것 같았고. 남자가 또 뭐라고 이야기하려는 듯 중얼거리자 결국 박 신부는 연희를 부를 수밖에 없었다.

이윽고 연희가 나오자 박 신부는 연희에게 통역을 부탁했다. 그러나 연희는 남자의 말을 몇 마디 들어 보고 얼굴빛을 흐렸다.

"잘할 수 있을지 모르겠군요."

"이상한 말을 쓰나?"

"인도 말이긴 한데…… 사투리가 너무 심하군요. 인도도 워낙 넓은 나라라서 방언이 심하거든요. 대강 알아듣기는 하겠지만, 정확하지 않을 수도 있어요. 양해 바랍니다."

"조금이라도 알아듣는 게 어딘가. 그러니 염려 말고 통역해 주게."

연희는 남자의 말에 주의 깊게 귀를 기울이고 또 몇 가지 반문을 하기도 하는 것이 평소와는 달리 상당히 어려운 모양이었다. 이윽고 연희는 박 신부에게 말했다.

"이 사람의 이름은 카르나, 인도에서 왔대요."

"바라는 게 뭐라고 하는가?"

"저 세 사람을 자신에게 넘겨 달라는 것 같아요."

"그러면 저 사람도 한패인가?"

박 신부가 인상을 쓰자 다시 연희가 카르나와 몇 마디를 나눈 다음 말했다.

"그런 것 같지는 않고 자신이 처리하는 편이 모두를 위해 좋지 않겠냐고 하네요."

"그러면 우리를 돕겠다는 건가?"

"글쎄요."

연희는 한참 더 카르나와 이야기를 나누다가 말했다.

"각자의 길은 다른 거래요. 신부님, 이제 좀 알아들을 것 같으니 그대로 직역을 해 드리죠. 직접 물어보세요."

연희는 전문 통역사답게 가급적 중간에 자신이 끼지 않고 두 사람이 직접 이야기하는 것 같은 분위기를 만들고자 애쓰고 있었다.

박 신부는 내심 궁금했던 점을 연희를 통해 카르나에게 물었다.

"당신은 여기 왜 온 거요?"

"정령의 왕을 지키기 위해 왔어요. 정령의 힘이 악용되지 않도록."

"이 아랍 사람들 말고 당신도 그에 대해 알고 있었단 말이오?"

"알고 있던 것은 아닙니다. 나는 이자들을 추적하고 있었어요. 이자들이 꾸미는 일이 영 마음에 들지 않아서요."

"그건 당신 개인적인 일이오? 아니면 당신이 속한 단체나 교파가 있소?"

"교파의 일이에요."

"어느 교파입니까?"

"그건 말할 수 없어요."

"이자들이 바라는 것은 뭐요?"

"이자들은 검은 지하드라는 단체에 속한 자들이에요. 세상을 뒤집어엎으려는 자들이죠. 한마디로 미친 자들입니다."

"그러면 당신, 아니 당신의 교파가 바라는 일은?"

"세상을 운명대로 흐르게 하는 것."

연희는 이쯤 하자 카르나가 그다지 나쁜 사람 같지는 않다고 생각하게 됐다. 그러나 박 신부는 그 말을 듣고 오히려 눈을 빛내면서 더욱 강한 어조로 물었다.

"당신의 교파는 힌두교 일파요?"

"그렇습니다만. 그런데 그런 것은 자꾸 묻지 마세요.. 나는 비밀리에 행동하는 중이니까. 이자들을 내게 넘겨줄 건가요?"

"넘겨주면 어떻게 할 거요?"

"두 번 다시 귀찮게 굴지 않도록 해 드릴게요. 당신들도 그걸 바라겠죠. 공연히 크게 소문이 나는 것은 원치 않겠죠? 저 아이를 위해서나, 당신들 자신을 위해서나요."

"그럼…… 설마 해친다는 말은 아니겠지요?"

"왜 산 사람의 목숨을 해치나요? 절대 목숨을 빼앗지 않을 것이니 염려 마세요……."

그 말을 듣고 보니 연희 생각에도 그것이 오히려 낫지 않나 싶었다. 지금 이 사람들을 처리하려면 또 한 번 백호의 힘을 빌려야 할 텐데, 자꾸 일이 생긴다면 퇴마사들의 생존이 외부에 알려질 우려가 있었다. 난데없이 나타난 사람이 귀찮은 짐을 떠맡아 주겠다고 하니 다행이지 않은가?

그러나 박 신부는 고개를 저으며 말했다.

"나는 당신의 정체를 모르고, 당신은 이름만 밝혔을 뿐 교파도 밝히지 않았소. 더구나 당신이 저들을 데려다가 무엇을 할 것인지도 나는 모르오. 아무래도 안 되겠소."

"이해가 안 되네요. 귀찮은 짐을 대신 치워 준다는데 왜 안 된다는 거죠?"

그 말에 박 신부는 냉랭하게 되받았다.

"저 사람들이 원하지 않기 때문이오."

그러고 보니 묶여 있는 세 사람의 얼굴은 납처럼 하얗게 질려 있었다. 그자들은 조금 아까 박 신부에게 잡혔어도 눈 하나 깜짝

하지 않았었는데 저 인도 남자가 출현하자 비록 말은 하지 않았지만 삽시간에 얼굴빛이 질린 것이다.

연희와 병수가 그것을 보고 놀라는 순간, 카르나는 씨익 미소를 지으면서 오른손을 살짝 뻗었다. 그러나 박 신부가 재빨리 몸을 날려 그의 손 앞을 막아섰다. 연희와 병수의 눈에는 아무것도 보이지 않았다. 박 신부가 왜 그러는지 알 수가 없었다.

카르나와 박 신부는 둘 다 그 자세 그대로 꼼짝도 하지 않았다.

"왜 그러세……."

"물러서게!"

연희가 말을 걸려 하자 박 신부는 고통스러운 표정으로 버럭 내뱉었다. 그제야 연희는 박 신부와 카르나가 보이지 않는 모종의 힘으로 이미 겨루기 시작한 것을 알 수 있었다. 하지만 아무런 소리도 들리지 않았고 어떤 힘의 징조도 보이지 않았으며 두 사람의 몸이 조금이라도 맞닿은 것도 아니었다. 연희는 이해가 되지 않아 멍하니 그 자리에 서서 박 신부의 얼굴을 걱정스러운 듯 살폈다.

박 신부는 몹시 긴장했다. 카르나는 자신의 힘을 쓰는 것이 아니었다. 카르나의 소매 속에 들어 있는 무엇인가가 튀쳐나오려고 하고 있었다. 그것이 무엇인지는 박 신부도 볼 수 없었지만 아주 음산하고 위험한 것 같았다. 악령과도 같았고 정령과도 흡사한 기운, 일단 보이지 않는 그것이 나와서 날뛰는 날이면 박 신부도 막아 낼 자신이 없었다.

그래서 박 신부는 자신의 기도력을 있는 대로 끌어모아 카르나의 소매 속에서 그것이 빠져나오지 못하도록 하고 있는 것이었다. 박 신부의 이마에 순식간에 땀이 솟아 안경테를 타고 뚝뚝 흘러내리기 시작했다. 카르나도 놀랐는지 안색에 긴장된 빛을 띠고 있었다. 그리고 두 사람에게 영향을 받아 연희와 병수도 덩달아 바짝 긴장했다.

둘의 힘이 접촉한 순간 박 신부는 카르나에게 직접 마음속으로 대화할 수 있다는 것을 알았다. 먼저 마음을 전해 온 것은 카르나였고 박 신부는 즉각 카르나에게 대답했다. 가급적 힘을 쓰지 않고 일이 해결되기를 박 신부는 바랐기 때문이다.

놀랍군요. 동방의 끝에 당신 같은 사람이 있을 줄이야…….

당신, 왜 이러는 거요?

당신이야말로 왜 이러죠? 당신도 검은 지하드와 마찬가지인가요?

무슨 소리요?

당신도 저 아이에게 바라는 것이 있는 것 아닌가요? 저 아이의 힘을 탐내나요?

박 신부는 너무도 기가 막혀 웃었다.

나도 저 아이가 정령들의 여왕이라는 건 오늘 처음 알았소.

그러면 왜 날 막는 거죠? 당신은 저 아이 편이 맞나요?

그렇소.

정말인가요?

정말이오.

이봐요, 난 당신이나 여자나 아이들을 해칠 생각이 없어요. 그런데 왜 이렇게 기를 쓰는 거죠? 난 단지 당신들의 적을 제거해 주려 할 뿐인데…… 당신은 적을 살려 주려고 이리도 애를 쓰는 것이 이해되지 않는군요. 싸구려 휴머니즘인가요?

당신이 원하는 건 저들을 모두 죽이는 것 말고도 또 있지 않소?

박 신부가 재빨리 반박하자 카르나는 잠시 말문이 막힌 듯했다.

…….

당신이 불러내려는 것이 뭔지는 잘 모르오만, 수아에게 해를 끼칠 생각이라면 포기하는 것이 좋을 거요.

그러자 카르나는 금방 대들 듯 마음속으로 외쳤다.

난 해를 끼치려는 것이 아니에요. 다만 그 아이를 그 아이의 운명에서 구해 주려는 것일 뿐…….

그 아이를 어떻게 구한다는 거요?

검은 지하드가 주목할 때부터 나는 그 아이를 살펴보았어요. 저 아이는 정령들이 받드는 존재죠. 그러나 그 이유는 나도 모르겠어요. 다만 저 아이는 그 자체로는 아무 능력도 없는 평범한 아이라는 것을 확인했죠.

그래서?

지금 저 아이는 보통의 아이로 살아가는 것이 가장 행복할 거예요. 그러려면 우선 저 세 악당의 입을 다물게 해야 하고, 두 번째로는 저 아이를 그런 기이한 운명에서 벗어나게 해 줘야 한다고 생각했어요.

어떻게 그런다는 거요?

내가 불러내려는 것은 나가(Naga)입니다. 나가는 정령과 극성(極性)이죠. 나가가 그 아이의 주변을 보호하면서 정령들을 가까이 오지 못하게 할 겁니다. 정말이에요. 저 세 악당을 벌주려는 것은 맞지만 아이를 해칠 생각은 절대 없어요.

저 셋을 어떻게 벌주려는 거요? 죽이겠다는 거요?

악당이어도 인간의 목숨을 함부로 할 생각은 없어요. 저들은 다만 충격을 받고 한동안 제정신을 못 차릴 겁니다. 나가가 몸속으로 들어가면 능력도 부릴 수 없게 될 테고.

저들을 저지하려고 했다면 왜 진작 하지 않았소.

저들은 보통이 아니에요! 지금 당신은 부상까지 입고도 나를 꼼짝 못 하게 하고 있는데, 그런 당신조차도 아까 아이의 도움을 안 받았으면 위험했을 것 아닌가요? 저들을 잡는 데는 정령의 힘을 잃은 지금밖에는 기회가 없단 말이에요!

카르나는 잠시 조용히 있다가 다시 생각을 전해 왔다.

우리 이럴 필요가 있나요? 이야기나 해 보는 것이 어떨까요?

좋소.

박 신부는 즉각 카르나에게 가하고 있던 힘을 반의반 정도로 줄였다. 그러자 카르나도 힘을 그 정도로 줄이는 것 같았다. 그렇게 서너 번을 하고 나자 박 신부와 카르나는 다만 둘이 대화하기 위해 힘을 팽창시키고 있을 뿐 긴장감은 없었다.

당신은 누구지요? 가톨릭계의 힘인 것 같은데…… 어느 파에 속하는 사람인가요?

나는 그런 것 없소. 파문당한 신세요.

흠, 능력자들에겐 흔히 있는 일이지요.

그러는 당신은 누구요? 혹시 칼키파의 사람이 아니오?

그 말을 듣자 카르나의 웃는 얼굴이 갑자기 긴장으로 딱딱하게 굳었다. 그리고 그는 타는 듯한 눈빛으로 박 신부를 노려보더니 오싹할 정도로 싸늘한 기운을 전해 왔다.

내 앞에서…… 그분의 이름을…… 함부로 부르지 마시오. 이교도이니 한 번은 봐주겠지만, 한 번 더 부르면 벌을 내리겠어요.

원한다면. 자, 그렇다면 당신들은 그분을 뭐라 부르오?

'임하실 분'이라 칭해요.

당신네들이 바라는 게 도대체 뭐요? 임하실 분을 받들어 세상을 끝장내겠다는 거요? 나는 검은 지하드보다 당신네야말로 정말 위험하다고 여기는데.

아아…… 생각이 달라도 이렇게 다를 수가…… 조금 있으면 세상은 끝나요. 그걸 모르지는 않겠지요? 우리가 바라는 것은 바로 그런 운명을 순순히 받아들이자는 것뿐이에요. 살아 있고 존재하는 모든 것은 언젠가는 죽거나 존재가 없어지고 말지요. 인간 세상도 예외가 아니에요. 지금이 왜 말세겠어요? 인간 세상의 수명이 다한 겁니다. 그리고 임하실 분은 그렇게 인간 세상에 죽음을 내리러 오시는 분이에요. 결코 단순한 공포나 파괴의 존재가 아니라는 겁니다. 그것은 한 생명의 삶과 죽음과 마찬가지 면모가 있는 거예요. 알고 계시지요? 생명은 스스로 죽음을 만들었어요. 원생동물일 때는 그대로 복제가 되니 영원히 자기 모습으로 살아갈 수 있었죠. 그러나 생물은 다른 것으로 변하기 위해, 보다 진보하기 위해 성(性)을 나눴고 개체의 죽음을 받아들였어요. 그건 스스로 택한 거라고도 할 수 있는 겁니다. 지금의 세상을 보세요. 세상은 인간만이 주인이 아니지요. 그러나 인간은 자신들만이 세상의 유일한 존재인 것처럼 설치고 그릇된 길을 걸어왔어요. 인간이 우주 전체를 이루고 있는 것은 아니에요. 그 때문에 인간 세상에는 종말이 필연적인 겁니다. 즉 인간이라는 존재 전체가 죽음을 맞든지 해서 다른 존재로 바뀌어야 하는, 그런 시대가 도래했다는 말이죠.

그러면 인간들의 멸망을 바란다는 거요? 벌을 내리라는 뜻이오?

들어 보세요. 우리는 세상을 파괴하려고 하지 않아요. 그렇다고 세상을 굳이 지키려는 것도 아닙니다. 그리고 임하실 분이 그렇게 인간들에게 비참한 공포와 대파괴로 세상을 멸하시리라고는 우리도 믿지 않아요. 모든 게 순리대로 될 겁니다. 오히려 파괴와 혼란이 일어난다면 그로 인해 인간들이 일으키는 헛수고와 안간힘과 공포와 히스테리가 훨씬 더 큰 원인일 겁니다. 우린 그걸 막으려는 겁니다. 검은 지하드 같은 자들은 알려지지 않은 인간의 힘을 끌어모아서 세상을 뒤엎으려는 자들이에요. 즉 평온하게 죽을 사람의 집에 들어가 기운 잃은 그 사람을 때려눕히고 집을 터는 자들이나 마찬가지라는 겁니다…….

그러면 당신들은?

아까 누누이 말했듯 운명대로, 있는 그대로 흘러가게 하는 것이 우리의 목적입니다. 우리가 인간이라 해서 인간의 편만 들어선 곤란해요. 이건 대자연, 대우주, 운명 전체에 대한 공평성의 문제입니다…….

우린 인간이고, 인간의 편을 들어야 하오.

그러나…….

내 이야기를 들어 보시오.

한참을 듣고 있던 박 신부는 물 흐르듯 자신의 주장을 펼치기 시작했다.

당신의 이야기는 논리적으로 볼 때는 그럴듯해 보이지만, 너무나도 달관자적인 입장을 취하고 있소. 우리는 인간이며, 인간인 이상 다른 존재보다 같은 인간을 위하게 되는 것이 정상이고 자연스러운 일이오. 공평성이니 하는 생각 또한 인간의 논리와 사변에서 나온 것 아니겠소? 또 하나 당신에게 묻겠소. 인간 세상에 그릇된 점이 많고 인간들의 잘못이 점점 커지고 있다는 점은 나도 인정하오. 그러나 죽기 직전인 자라 해도 죽기 싫어하고 살고 싶어 하는 것이 자연스러운 심정인 것처럼, 종말을 맞이하는 인간 세상을 본인 의사와 상관없이 안락사시키듯 하는 것만이 자연스러운 일이란 거요? 당신은 죽음이 생명체 스스로가 받아들인 것이라 말했지요? 하지만 그 죽음은 후손이 이어짐을 전제로 한 거요. 그러나 인간 세상의 멸망이라 함은 인간의 대가 끊어지는 것을 의미하지 않소? 이것이 어찌 비교가 될 수 있다고 보는 거요?

나는 교단에서 그렇게 높은 위치에 있지도 않아 당신과의 말싸움에서 이길 수 없군요. 그러나 당신은 자신의 논리를 그럴듯하게 합리화를 시키려 하고 있을 뿐이에요. 우리를 믿으세요.

그러나 이제 박 신부는 상당히 여유로운 말투로 변했다. 알아낼 것은 다 알아냈다는 듯이…….

그리고 내가 당신의 이야기를, 아니 당신의 교단을 믿지 못하는 이유가 또 있소. 당신, 타르미 마을을 아시오?

박 신부의 말에 카르나는 갑자기 잠잠해졌다.

타르미 마을에 대해 물었소. 정체불명의 대화재로 마을 사람이 몰살당하고 조사대, 구조대마저도 전멸한 산간 마을. 화산 폭발이었다고 전해지지만 실제는 그게 아니었지. 당신도 알고 있었소?

박 신부가 다그치자 카르나는 한참 후에야 대답했다.

……그건 사고였습니다. 당신은 어떻게 알았지요?

어떤 사고기에 그런 일이 일어날 수 있는 거요? 왜 산 자들이 죽고 죽은 자들이 걷기 시작한 거요?

그건…… 당신은 대체 그걸 어떻게 알았죠?

박 신부의 말에 카르나는 할 말을 잃은 듯 중얼거리다가 입을 다물어 버렸다. 그러자 박 신부는 말했다.

혹시나 했더니 역시 그렇군. 로파무드의 편지가 없었다면 나도 모를 뻔했지만.

로파무드? 그게 누구죠?

당신들의 음모를 알아차린 여자요. 인도의 타르미 마을에서 일어난 대화재. 그리고 거기서 나타난 부타(Bhūta)[9]들! 당신이 나쁜 사람은 아니라 여기지만, 당신도 알고 있었던 것 같군그래.

박 신부가 말하자 카르나의 안색이 점점 변해 갔다.

로파무드는 거기서 당신들과 맞서 싸웠던 여자요. 그리고 그녀는 나의 편이오, 카르나. 나는 당신들에 대해 이미 잘 알고 있소. 당신은 알고 있는지 아닌지 모르지만, 당신 교단의 숨은 속셈을 나는 짐작할 수 있소. 그러나 당신

---

9 죽은 영혼을 상징하며, 부타나 칸카라는 힌두교에서 모두 가나(시바의 추종자로 죽음과 연관이 있는 존재)이며 부타는 하급 좀비와도 흡사한 존재임을 말한다.

스스로 말해 보시오. 당신은 알고 있었소?

그만하시오!

내가 대신 말해 줄까? 임하실 분은 말세에 나타난다는 비슈누의 열 번째 아바타라인 칼키요! 온 세상을 파괴해 암흑의 혼돈으로 되돌아가게 한다는 존재. 그런데 당신들은 그를 받들고 세상의 종말이 오는 것을 방조하오. 무엇을 바라고? 비약일지도 모르지만, 타르미 마을의 사건을 듣고 나는 짐작했소. 당신들의 교단은 종말 이후의 세상에 대비하려는 거요. 죽지 않는 존재가 되려는 것. 영원한 존재가 돼 텅 빈 세상을 마음대로 지배하는 것. 그것이 당신들의 진정한 속뜻이오. 그렇지 않소?

닥치시오! 근거도 없이 중상모략을……!

중상모략이라고? 그렇지 않으면 타르미 마을의 사건은 뭐요? 아니, 그와 비슷비슷한 사건들이 인도 전역에서 빈번하게 일어났소. 수많은 사람들이 마을에서 죽었고 단 한 명도 살아서 나오지 못했으며 누구도 그들에 대한 이야기조차 듣지 못했소. 그들은 모두 예외 없이 불이나 대파괴에 의해 죽임을 당했고 기이하게도 당신들의 교파를 숭배하던 마을이 대부분을 차지했소. 그래서 당신들은 의심받지 않을 수 있었겠지만……. 그것은 분명 당신들이 의도한 거요.

당신이 어떻게 알아!

나는 모르지만 로파무드는 알고 있소! 말을 돌리지 마시오! 그들은 단지 실험 재료가 아니오? 죽음 이후에 소생하려는 음모를 지닌 단체에 의한 실험동물! 그러기에 당신들은 그 종말을 자연스럽게 받아들이는 척할 수 있었소. 그러나 실상은 당신들이 비난하는 검은 지하드보다도 훨씬 더 흉악한 짓을 하는 그런……!

닥치시오! 그들은 모두 스스로 원해서, 제발 자신을 그렇게 해 달라고 간청했소!

영생을 얻기 위해서 그랬을 테지. 그러나 그들이 영생을 얻었소? 당신들은 죽음을 이기는 법을 완벽하게 익혔소? 영생을 희망했던 그들은 지금 뭐가 됐소? 부타? 망령? 꿈틀거리는 죽은 시체?

카르나는 힘을 거두고 손을 떼려 했으나 박 신부는 놓아주지 않았다. 그리고 마지막으로 한마디를 더 했다.

내가 당신들을 막을 거요. 검은 지하드처럼 표면적으로 설치는 자들과 당신들같이 겉으로는 미소를 짓지만 속으로는 검은 꿍꿍이를 가진 자들을. 당신들이 우습게 여기고 뒤엎으려는 보통 인간들의 힘으로 당신들을 막을 것이오. 그리고, 그리고…… 종말은 오지 않을 거요. 오지 않게 만들 거요! 당신 교단의 윗사람들에게 내 말을 그대로 전하시오!

당신이? 당신 혼자서?

나는 혼자가 아니오……. 나도 당신이 말한 죽어 가는 세상의 작은 일부란 말이오. 세상의 일부로서 이야기하는 거요.

당신, 잘못 생각하고 있는 거예요. 이 세상은 그릇됐어요. 지킬 가치가 없어요. 생명이란 것도 인생이란 것도…… 모두 헛것에 불과한 거예요.

당신이야말로 헛것에 불과해!

박 신부는 속으로 외치면서 카르나를 뿌리쳐 떼어 버렸다. 분노로 인해 박 신부의 힘이 자연스럽게 발출됐고 카르나의 소매 속에 있던 나가가 박 신부의 순간적인 힘을 이기지 못하고 카르나의 소매 속에서 폭발해 버렸다.

 순간 옷소매가 갈가리 찢겨 천 조각이 휘날렸고 카르나는 팔에 큰 부상을 입었으나 전혀 아랑곳하지 않고 뭐라고 크게 외쳤다. 박 신부는 그런 그를 이글이글 타는 듯한 눈으로 꼼짝도 하지 않고 노려보았다. 다음 순간, 카르나는 숲속으로 몸을 날려 어디론가 바람같이 사라져 버렸다.

 "뭐, 뭐죠? 신부님? 연희 씨?"

 병수의 더듬거리는 말에 박 신부가 뒤를 돌아보니 연희가 놀란 표정으로 박 신부의 옷자락을 잡고 서 있었다. 연희의 손에서는 과거 준후가 심어 준 부적이 빛을 발하고 있었다.

 연희는 박 신부가 카르나와 보이지 않는 힘으로 대결하는 줄로만 알고 있었다. 그러다가 박 신부가 땀을 흘리는 것을 보자 걱정이 됐고, 문득 준후가 심어 준 부적의 힘이 생각나서 무심코 그것을 박 신부의 옷자락에 댄 것이다. 박 신부는 카르나와 강렬한 영력으로 대화를 전하고 있었기 때문에 연희는 박 신부의 옷자락을 잡은 것만으로도 둘의 대화를 들을 수 있었다.

 박 신부는 씁쓸한 웃음을 지으며 연희에게 물었다.

 "전부 들었나, 연희 양?"

 "예……."

 "그래…… 됐네."

 그러고는 병수를 보며 말을 이었다.

 "이제 됐네. 어서 병원으로 옮기지 않고 뭘 하는 겐가?"

"아…… 그러면 저는 이만…… 가 보겠습니다."

"다음에 보세."

병수는 약간 호기심이 이는 낌새였지만 박 신부의 눈치를 보니 앞으로의 대화는 도저히 자신이 낄 만한 것이 아님을 아는 듯했다. 그는 근호와 전 박사를 둘러메고 조용히 사라졌다.

병수가 사라지자 박 신부는 뒤돌아서서 묶여 있던 세 명의 아랍인의 줄을 풀어 주었다. 그러자 연희가 놀라서 외쳤다.

"신부님! 그자들을 풀어 주면……."

연희의 외침에 박 신부는 지친 듯 빙긋 웃어 보였다.

"풀어 주지 않으면 어떻게 할 건가? 해칠 건가?"

"그렇지만……."

연희가 말끝을 흐리자 박 신부는 쓸쓸히 고개를 저었다.

"또 오면 또 막고 지켜 내야지. 그러나 이 사람들을 어떻게 하겠는가? 연희 양, 가라고 하게. 다만 이제부터 수아 옆에는 항상 내가 있을 것이니 가급적 포기하라고 전해 주게. 알겠나?"

연희는 무어라 말하려다가 박 신부의 쓸쓸한 표정을 보고 고개를 끄덕였다. 연희가 아랍인들에게 박 신부의 이야기를 전하자 그들도 상당히 마음이 움직이는 듯한 표정이었다. 그러더니 그중 하나가 일어나 박 신부에게 고개를 숙여 인사를 하더니 영어로 말했다. 그전까지는 시치미를 떼고 있었지만 스스로 말을 거는 것을 보니 박 신부에 대한 감정이 많이 좋아진 것 같았다.

"우리를 정말 보내 주는 거요? 당신을 죽이려고까지 했는데."

"또 온다면 그땐 더 혼내겠네. 다행히 아무도 죽지 않고, 아무도 크게 다치지 않았으니 이걸로 끝난다면 나로서도 바라는 바일세."

"정말이오?"

박 신부가 고개를 끄덕이자 그 남자는 입술을 깨물고 고개를 끄덕이며 말했다.

"당신은 카르나에게 우리를 넘기지 않았소. 그것도 아무 대가도 바라지 않고…… 우리는 당신에게 목숨을 빚졌소. 우리는 『코란』의 가르침을 따르는 자요. 당신과 우리는 길이 다르지만, 우리는 원수를 분명히 갚지만 은혜 역시도 반드시 갚소. 알겠소. 그러면 우리는 이만 가겠소. 내 이름은 알. 자, 그럼 알라의 뜻이 있어 다시 만나기를……."

"다시 와도 수아는 못 만날 걸세. 그건 알겠지, 알?"

"알았소."

고개를 끄덕이던 알이 잠시 멈칫하더니 박 신부에게 말했다.

"저 여자를 좀 비키게 해 주겠소? 당신에게 해 줄 말이 있소."

박 신부는 조금 꺼림칙했지만 알의 눈빛이 진실한 것 같아 잠시 수아를 데리고 나오라고 해 연희를 보육원으로 들여보냈다.

연희가 사라지자 알이 입술을 떼었다.

"저 여자는 쿠트브요. 그렇지 않소?"

"쿠트브?"

"라미드 우프닉스 말이오. 우리들 아랍어로는 그리 부르지요."

"아!"

박 신부는 자신도 모르게 탄성을 질렀다가 급히 입을 다물었다. 전에 성당 기사단의 키건도 그런 말을 했다고 승희에게 전해 들었는데 이제는 아랍인들에게서도 같은 말이 나오다니.

"어떻게 알았나?"

"아까 동료 한 명이 진실을 말할 때 조금은 눈치챘지만…… 방금 알게 됐소."

"어떻게?"

"조심하시오. 아까 카르나는 그것을 알았소. 그리고 마지막으로 소리쳤소."

"뭐라고 소리를 쳤나?"

"'너는 쿠트브다!'라고 외쳤소. 틀림없이 카르나는 저 여자를 해치려고 한 거요. 저 여자가 자신이 쿠트브라는 것을 알게 되면 그 자리에서 생을 마감할 테니 말이오……."

알의 이야기를 듣자 박 신부는 등에서 소름이 쫙 끼치는 것을 느꼈다. 카르나는 박 신부와 이야기할 적에는 그리 악한 것 같지는 않았지만 자신이 궁지에 몰리게 되자 정말로 집요하고 교활한 면을 보인 것이다.

힘으로 하려 해도 박 신부를 당해 내지 못할 것 같자 카르나는 박 신부의 곁에 있던 연희가 세상을 지켜 주는 보루 역할을 하는 라미드 우프닉스, 혹은 쿠트브라는 것을 알고 소리를 지른 것이 분명했다. 박 신부를 곁에서 지켜 주고 있는 기둥을 무너뜨리고 그들이 바라는 세상을 조금 빨리 오게 하려고 말이다. 카르나의 교활함을 알자 박 신부는 손이 부르르 떨렸지만 겉으로는 내색하지 않았다.

그때 알은 야릇한 미소를 지으며 말했다.

"염려 마시오, 나도 말하지 않을 테니. 그러니 이번에 나를 구해 준 것으로 비긴 걸로 해 둡시다. 물론 동료 두 명의 목숨값은 장차 갚겠소만······."

그러면서 알은 은근한 시선으로 박 신부를 보며 덧붙였다.

"우리는 여자아이에게 절대 악의가 있는 것이 아니오. 카르냐말로 오히려 악한 의도를 품고 온 것이 분명하오. 어떻소? 여기서 우리 한 번 손을 잡는 것이? 적의 적은 동지가 될 수 있는 것 아니오?"

그 말에 박 신부는 안색을 굳히며 단호하게 말했다.

"적의 적은 동지가 될 수 있지만, 더 큰 적도 될 수 있소. 당신들은 아직 포기하지 않겠다는 거요? 어서 가지 않으면 다시 묶어 버리겠소."

"당신은 어떤 교파나 단체의 소속이오?"

"그런 것 없소. 내 옳다고 믿는 바대로 행동할 뿐."

그러자 알이 피식 웃었다.

"대단하신 것은 알겠지만. 혼자? 아니면 동료 몇 명이서 무얼 하겠다는 거요? 칼키파를 적으로 돌리고 검은 지하드도 적으로 돌리겠다는 거요? 그렇게 해서 과연 버텨 낼 수 있을 거라 생각하시오?"

알의 말을 박 신부는 짧게 말을 끊었다.

"썩 꺼지게."

"기다리겠소. 당신이 마음만 바꾸면 우리의 지도자 중 하나가 돼도 좋으니까. 다음에 봅시다, 샬롬."

곧이어 알은 두 명의 동료들을 데리고 카르나가 사라진 것처럼 바람같이 어둠 속으로 사라졌다. 연희가 수아를 안고 다시 나왔을 때 그곳에는 아무도 남아 있지 않았다. 수아는 어느새 잠시 들어서 연희가 안고 나오는 것도 모르는 채 쌔근쌔근 가늘게 숨소리만 내고 있었다.

"모두…… 갔나요?"

"모두 갔네. 각자 갈 길로…… 이젠 나도 가야지."

박 신부는 연희 품에서 잠든 수아를 들쳐 안고 등을 가볍게 토닥거려 주었다. 그러고는 몸을 일으켜 절뚝이며 걷기 시작했다.

"어. 신부님, 수아…… 데리고 가실 건가요?"

"그럴 수밖에 없게 됐네. 이놈 저놈 전부 이 아이를 노리는 판이니. 내가 데리고 가서 항상 옆에 있어야지 어쩌겠는가."

연희도 지금 수아가 처한 상황을 알고 있었다. 표적이 된 마당에 수아가 갈 만한 곳이라고는 아무 데도 없었다. 일반 사회단체도 곤란할 것이고, 입양도 매우 위험하다고 보아야 했다.

따라서 박 신부가 수아를 맡아 주는 것이 가장 믿음직하기는 했다. 그러나 이제는 늙고 결혼한 적도 없는 박 신부가 키운다고 생각하니 안쓰러웠다.

"하지만 신부님이 어떻게 아이를 키우시려고요."

"괜찮다네. 수아도 다 컸는걸, 뭐. 준후도 내가 키운 것이나 마찬가지인데 지금이라고 못 하겠는가. 준후도 다 컸고 현암 군이나 승희도 있으니 염려 말게."

박 신부는 보육원의 뒷일을 연희에게 부탁하고 걸음을 옮기기 시작했다. 그러나 연희는 박 신부와 수아를 그냥 보내기가 안쓰러 웠는지 박 신부의 곁을 계속 따라 걸었다. 그렇게 한참을 걷다가 연희는 박 신부에게 물었다.

"그런데 신부님, 쿠트브가 뭐죠?"

악마나 악신이 눈앞에 나타나도 놀라지 않던 박 신부는 연희가 무심코 던진 질문 한마디에 마음이 다 얼어붙는 것 같았다. 하지만 박 신부는 구태여 거짓말을 하고 싶지 않았다.

"신경 쓸 것 없네. 아니, 신경 써서는 안 되는 일이지. 연희 양, 나를 믿나?"

"그럼요!"

"그런 건 연희 양이 알 필요가 없는 일이라네. 결코 연희 양에게 비밀을 만들거나 따돌리는 게 아니고, 단지 그것을 알아보았자 연희 양에게는 조금의 득도 없어서 하는 말일세. 나를 믿는다면 그에 대한 호기심은 가지지 말게나. 알았나?"

박 신부가 진중하게 말하자 연희도 고개를 끄덕였다. 박 신부는 내심 연희의 호기심을 자극한 것은 아닐까 말해 놓고 나서 후회했지만, 조금 어색한 분위기가 지나자 연희는 분위기를 바꾸려는 듯 말했다.

"그런데…… 로파무드가 편지를 보냈다니, 전 정말 놀랐어요."

"로파무드가 백호 씨에게 편지를 보내왔다네. 인도에서 무서운 일이 일어나고 있다고 말이지. 운 좋게 그 편지가 나에게 전해진 것이 바로 어제 일일세."

"참 공교롭기도 하네요."

"글쎄…… 일이 이토록 공교롭게 되는 것도 무슨 보이지 않는 커다란 힘에 의한 안배가 아닌가 싶기도 하고. 나도 놀랐네. 실제로 편지를 쓴 것은 시타 교수라는 무슨 과학자더군. 로파무드는 몸은 비록 승희와 같은 또래이지만, 그녀가 영혼을 가지게 된 지는 몇 년 되지 않아 세상 물정에 아주 어둡다네. 시타 교수와는 어떻게 알게 됐는지 모르지만, 그 사람이 꼼꼼히 추적해서 백호 씨에게 연락을 취하지 않았더라면 나도 칼키파의 진상에 대해서는 알지 못했을 거네."

박 신부도 조금 어색해 할 말이 궁했는지 다른 때 같지 않게 묻지도 않은 것까지 중얼중얼 늘어놓고는 또다시 그것이 어색해서 입을 다물었다. 얼굴은 평온했지만 박 신부의 등에는 아까 싸울 때보다도 더 많은 식은땀이 흘러내리고 있었다. 연희도 조금 쑥스러운 듯, 무엇인가 생각에 잠긴 듯한 표정을 짓다가 박 신부에게 물었다.

"그런데…… 신부님. 한 가지만 여쭤볼게요."

박 신부는 행여 연희가 쿠트브, 즉 라미드 우프닉스에 대해 묻는 것이 아닐까 싶어 다시 한번 마음이 덜컥 내려앉았다. 그렇다고 대놓고 내색하면 연희가 더 궁금해질 테니 그럴 수도 없는 판이어서 답답하기 이를 데 없었다.

연희는 다행히도 다른 이야기를 했다.

"아까 수아에 대해 하던 이야기 말인데요."

박 신부가 다행이다 싶어서 얼른 대답했다. 침착하려 했지만 그보다 말이 먼저 나와 버렸다.

"음, 그래."

"다른 것은 다 이해가 가요. 그런데 아무 힘도 없고 특별한 것도 없는 수아가 어째서 정령들의 여왕이 된 걸까요? 왜 정령들이 받드는 존재가 된 거죠? 전 그 점을 정말 모르겠어요. 더구나 아까 정령들이 신부님의 모습을 만들어 냈다고 해서 수아를 짐작했다고 하셨는데, 신부님을 아는 아이는 수아 말고도 많아요. 저는 신부님 소개로 여기 나가게 됐으니 잘 알죠. 그 점만으로 유독 수아인 것을 추측하셨을 리가 없어요. 뭔가 다른 이유가 있지 않은가요? 어쨌거나 수아는 특별한 아이잖아요. 정령들의 여왕인데, 하나도 특출 난 면이 없는 보통 아이란 것도 이상하고요. 아까 수아의 출생에 대해 언급하셨는데…… 혹시 수아가 남다른 면모라도 있었던 것 아닌가요?"

그러자 박 신부는 잠시 말없이 하늘을 바라보다가 천천히 입술을 떼었다.

"나도 확실한 것은 아니네. 그러나 수아는 남다른 면이 없네. 아무런 영력도, 주술적 소질도 없는 아이일세. 조금이라도 그런 면모가 있었다면 내가 몰랐을 리 없지. 그러나 수아는 특별한 면이 있기는 하네. 그건 바로…… 수아의 출생, 아니 수아가 뱃속에 있을 때의 일일세."

"그게 뭐죠, 신부님?"

박 신부는 슬쩍 연희에게 윙크해 보이고 고개를 숙여 수아를 눈짓으로 가리킨 뒤 짧게 말했다.

"연희 양이 우리를 알기 전에 벌어진 일이네만…… 혹시 현암 군이나 준후에게 들은 적이 없나? 악신 브리트라를 물리친 아기에 대해서 말일세."

그때 연희의 눈빛이 퍼뜩 빛나는 것 같았다. 연희도 그 이야기에 대해서 들은 적이 있었다. 벌써 오래전의 일이었다. 브리트라를 숭배하는 사교(蛇敎) 사건 때, 퇴마사들을 최후까지 안간힘을 썼지만 여사제의 몸을 통해 환생하려는 악신 브리트라를 막을 수가 없었다. 그러나 그때 그 여자의 뱃속에 있던 어리고 작은 태아가, 살려는 의지만으로 악신 브리트라를 물리쳤다는 이야기였다.

그렇다면…… 그때의 그 아이가 바로…….

"그게 바로 수아!!!"

연희는 너무도 놀라운 사실에 그만 큰 소리로 외쳤다. 박 신부는 연희를 향해 천천히 고개를 끄덕이며 말했다.

"그래. 그게 수아일세. 수아의 어머니는 그 이후 의식불명 상태가 됐다가 수아를 조산하고 죽었다네. 물론 마지막에는 그녀도 반성하고 아기의 이름을 수아라고 지어 주었지. 그리고 그 아기를 맡은 것이 나고, 아기를 여기 맡긴 것도 나일세. 흠…… 벌써 세월이 그리 지났군. 사실 말이네, 수아는 태어나서 몇 년 동안 전혀 자라지 못했다네. 브리트라 때문에 너무나 지쳤기 때문인지도 모르겠네만, 수아는 실제 나이보다 훨씬 어리게 보이네. 한 삼사 년 동안은 갓 태어난 아기 상태 그대로 인큐베이터에서 살다시피 했으니까 말일세. 아무튼 이건 다 여담이고, 나는 이렇게 생각하네. 물론 브리트라가 악신인 것은 알지만 그게 환생했을 경우 어떤 일이 벌어졌을지 알 길이 없었네. 그러나 지금 생각해 보면 브리트라의 환생은 정령들에게 큰 이변을 주는 위험한 사건이었을지도 몰라. 이건 오로지 내 추측일 뿐이네만. 수아는 틀림없이 보통 아이일세. 수아가 브리트라를 물리친 것은 오로지 인간 본연의 생명력 덕분이었지. 그러나 정령들의 입장에서는 악신인 브리트라를 물리친 인간을 왕으로 떠받들기로 한 것이 아닐까? 물론 내 말은 추측에 추측을 거듭한 것이고, 비약에 비약을 거듭한 것이기는 하네만, 그렇게 생각하면 모든 것이 제대로 설명되니 일단은 그렇게 믿을 수밖에 없지 않은가?"

박 신부의 이야기를 연희가 들으며 계속 고개를 끄덕이는 동안, 어느덧 박 신부는 차를 세워 둔 곳까지 도착했다. 박 신부의 차는 연희를 처음 만났을 때 사용하던 것과 같은 형태의 아주 낡은 차였다. 박 신부는 차 문을 열고 수아를 뒷좌석에 기대 눕히면서 일부러 익살스럽게 말했다.

"차가 워낙 덜컹거리고 고물이라 수아가 깨지 않을지 모르겠군.

수아야, 미안하다. 잘해 주려고 노력은 하겠다만 너도 앞으로는 고생이 많겠구나."

"신부님?"

"음?"

"수아도. 앞으로 신부님이나 현암 씨······ 준후와 같은 길을 걷게 되는 건가요? 그건, 그건······."

너무 가혹한 것이 아니냐고 말하려다가 연희는 입을 다물었다. 박 신부도 당사자인데 그를 앞에 두고 그렇게 말하는 것은 좀 실례 같아서였다. 그러나 박 신부는 미소를 머금으며 대답했다.

"그건 나도 모르지. 이 아이의 운명대로 될 뿐일세. 그걸 누가 알겠는가?"

"신부님."

"음?"

"다치신 데는 괜찮은가요?"

"이 정도는 아무것도 아닐세. 염려 말게나."

그리고 박 신부는 운전석에 앉아 차의 시동을 걸었다. 차의 엔진 소리는 고물차답게 시끄럽고 요란했다. 그러나 연희는 차 곁을 떠나지 않고 계속 슬픈 듯한 시선으로 박 신부를 쳐다보았다.

박 신부는 겉으로는 태연했지만 내심으로는 생애를 살아오면서 가장 긴장된 시간을 보내는 셈이었다. 더군다나 연희는 심연의 눈을 가지고 있어 일단 그 힘이 발동되면 그 눈앞에서는 거짓을 말할 수도 없었으니 말이다.

연희가 박 신부에게 말했다.

"또…… 힘든 일을 하러 가시는군요."

연희가 말하는 것을 듣고 박 신부는 곰곰이 생각해 보다가 말했다.

"같이 가겠나?"

그 말에 연희는 비로소 활짝 미소를 지으며 고개를 끄덕였다.

"예!"

"연희 양도 이미 지긋지긋할 정도로 고생하지 않았나? 앞으로 더 힘든 고생이 될지도 모르는데……."

박 신부는 말을 중단하고 역시 활짝 웃어 보이면서 안에서 차문을 열어 주었다. 걱정되는 면이 많았지만 하는 수 없다고 박 신부는 생각했다. 준후의 예언에 나오는 열 명의 조력자들. 박 신부는 그중 셋을 한꺼번에 만나게 된 셈이었다. 지금으로서는 연희도, 수아도, 로파무드도 모두 다 꼭 필요한 인물들이 분명하다는 느낌이 강하게 파고들었다. 그러면서도 박 신부는 남몰래 한숨을 쉬었다.

'이미 모든 것이 그리되도록 안배돼 있다면 차라리 기분 좋게 받아들여야 하지 않겠는가? 내일 일은 내일 생각하자.'

박 신부가 무슨 생각을 하는지 간에 연희는 환하게 웃으며 박 신부의 옆자리에 앉았다. 그리고 요란한 고물 엔진 소리를 남기면서 박 신부의 차는 어디론가 달리기 시작했다. 칙칙한 안개 낀 어둠 속을 뚫고서…….

때는
임박하도다

검은 편지

 퇴마사 일행이 현재 숨어 지내고 있는 비밀 아지트는 항구에 있는 낡은 선박이었다. 누구도 항구 가의 뭍에 끌어 올려진 녹슨 폐선 안에 사람이 살고 있다고 생각하지는 않을 것이므로 남의 눈에 띄지 않게 거주하는 데는 그야말로 안성맞춤이었다. 물론 퇴마사들도 집이 있었고 준후는 부근에 있는 학교에 다니기 때문에 주로 집을 지키고 있었지만, 현암이 실제로 생활하는 곳은 이곳이었다. 퇴마사들의 집은, 말하자면 그들을 찾는 사람들의 눈을 속이는 장소였다.
 배 안에 작은 발전기도 설치했고 가스통도 들여놓은 덕에 생활에는 그다지 불편한 점이 없었다. 그러나 단 한 가지 아직 불편함이 남아 있는 것은 물이었다. 근처는 바닷가라 민물을 끌어들일 방법이 없었고, 수도를 연결할 수도 없었다.
 그 때문에 현암은 매일 새벽이면 커다란 물통을 짊어지고 조금 떨어진 부둣가 연안에서 물을 길어 와야만 했다. 현암이 가지고 다니는 물통은 보통 사람이라면 질려 버릴 만큼의 큰 크기였지만 새벽 네 시경에는 다니는 사람이 거의 없어 눈에 띌 염려도 없을 뿐더러, 누가 그렇게 큰 물통을 어떻게 지고 가느냐고 물으면 물은 얼마 담겨 있지 않다고 대답하면 그만이었다.

귀찮기는 하지만 수련에도 도움이 됐고 매일매일 스스로의 힘을 가늠해 볼 수도 있어서 현암은 기꺼이 그 일을 맡았다. 만약 현암이 그렇게 물을 져 나르지 않았다면 승희는 씻지 못하는 것이 답답해 예전에 벌써 도망쳤을 터였다. 사실 그렇게 퍼 나른 물의 반 이상은 승희가 씻는 데 사용했으니까.

물통의 무게는 대략 삼백 킬로그램 이상 됐지만 이제 공력을 거의 자유롭게 운행할 수 있는 현암에게는 그다지 무겁게 여겨지지 않았다. 더구나 지금 현암의 공력은 ─ 현암 자신은 아직도 칠십 년이라고 믿고 있었지만 ─ 백 년 수위에 달했기 때문에 그 정도 일을 한다고 크게 소모되지도 않았다.

매일 무거운 물통을 지고 가르니 몸에 공력을 운행하는 방법에도 점점 익숙해지는 것 같았다. 아마도 몸에 일종의 호신강기(護身剛氣) 같은 것도 생기지 않았을까 싶을 정도였다. 여느 때와 마찬가지로 그날 새벽도 현암은 그 커다란 물통을 어깨에 지고 걸음을 옮기고 있었다. 배에는 지금 아무도 없어서 물을 퍼 나를 필요까지는 없었다.

박 신부는 무언가 개인적인 볼일이 있다고 한 이틀 있다가 돌아

온다고 했고, 승희는 박 신부가 없는 틈을 타 더워서 못 살겠다며 잠시 바닷가로 도망쳐 버린 것 같았다. 그리고 준후는 학교에 다니기 때문에 지금은 현암 혼자서 이곳을 지키고 있었다.

그래도 현암은 매일 습관처럼 해 오던 그 '운동'을 그만두고 싶지는 않아 오늘도 이렇게 물통을 날랐다. 요즘은 그렇게 무거운 물통을 지고 가면서도 신경을 집중하면 발소리를 죽이고 걸을 수 있다는 것을 알고 그에 대해 연습해 볼 요량이었다. 수련하지 않는 것은 물론 아니었지만, 생활의 모든 요소가 수련이 될 수 있다는 것을 요즘 들어 깨달은 덕분이기도 했다.

발소리가 나지 않게 조용하고도 힘차게 걸어가던 현암은 문득 누군가가 자신을 바라보고 있는 듯한 느낌을 받았다. 정확하게 알 수는 없었지만 누군가의 시선이 줄곧 자신을 향하는 것 같았다.

현암은 뭘까 싶어 잠시 주위를 둘러보았으나 그 '누군가'는 현암의 눈에 띄지 않았다. 주변은 조용했고 항구의 등불과 배에서 흘러나오는 불빛들만이 밤하늘의 별처럼 점점이 빛날 뿐이었다.

현암은 아무래도 수상쩍다는 기분이 들어서 일단 커다란 물통을 내려놓았다. 그리고 십 분 정도 꼼짝도 하지 않고 그 자리에 서서 주변을 살폈다. 시선의 느낌은 계속 그대로였다. 물론 현암에게 아직 정확한 투시나 감지 능력이 있는 것은 아니었다. 그러나 오랫동안 많은 난관을 겪어 온 현암 특유의 예감이 그렇게 말하고 있었다. 십 분이 지나도 그 느낌은 사라지지 않았고 움직이는 것 같지도 않았다.

결국 현암은 그다지 크지 않은, 나직한 목소리로 말을 건넸다.

"누구요? 용건이 있으면 나오시오."

현암이 말하자 저쪽 구석에서 부스럭거리는 소리가 나면서 누군가가 나왔다. 체구가 제법 큰 남자였는데 항구에 있는 가로등을 등지고 있어서 누구인지 정확하게 알아볼 수가 없었다.

현암은 누구냐고 물어보려다가 그 사람이 다가오면서 손을 쳐드는 것을 보자 반가운 마음에 소리쳤다.

"백호 씨!"

그 사람은 백호였다. 백호는 미소 띤 얼굴로 현암에게 걸어오며 말했다.

"새벽부터 뭐 하고 있나요?"

그러자 현암은 구김살 없이 웃으며 대답했다.

"그러는 백호 씨는 왜 이런 새벽부터 찾아왔습니까?"

"소식이 있어서 온 겁니다."

백호는 여전히 미소를 머금으며 현암 옆으로 다가와 현암의 어깨를 친근하게 툭 쳤다. 백호는 조금 더 나이가 들어 보이기는 했지만 여전히 머리를 뒤로 묶은 터프하고도 털털한 모습 그대로였다.

백호는 현암이 방금 내려놓은 물통에 팔을 기대고 서서 담배를 꺼내 불을 붙였다. 지난번 홍수 사건 때 얼어붙어 있는 퇴마사들을 구해 병원으로 옮기면서 백호는 그때 처음으로 물고만 있던 담배에 불을 붙였다. 그리고 난 뒤 이제는 완전히 골초가 돼 담배를 피우지 않는 시간이 거의 없을 정도가 돼 버린 것이다.

현암은 그런 백호를 보고 웃으며 물었다.

"무슨 소식입니까? 좋은 소식? 아니면 나쁜 소식?"

백호는 아주 기분 좋은 듯 담배 연기를 내뿜으며 대답했다.

"좋은 소식과 나쁜 소식이 있지요. 두 가지 다."

"그러면 일단 들어가서서 이야기합시다."

현암은 백호를 조금 비키게 한 후 물통을 가볍게 들어 어깨에 얹었다. 그 모습을 보는 순간 백호는 눈이 휘둥그레졌다. 그 물통은 방금 자기가 기대서 있어 무게가 얼마나 무거운지 대강은 짐작할 수 있었다. 그런데 그런 것을 장난감처럼 단숨에 어깨에 올리다니?

"무겁지 않나요?"

"그럭저럭 들 만합니다. 가시죠."

백호와 현암은 나란히 걸었다. 그러나 백호는 현암의 어깨에 얹힌 그 무지무지한 물통이 약간은 무서운 듯, 슬쩍 반대편으로 돌아 걷기 시작했다. 그것을 보고 현암은 미소를 지었으나 별말은 하지 않았다. 백호가 조금 쑥스러운 듯 걸음을 옮기다가 먼저 말을 꺼냈다.

"다들 잘 계신가요? 이게 얼마 만인지…… 이 년 만인가요?"

"그렇지요. 다들 잘 있습니다. 준후는 정말 많이 컸고, 신부님은 조금 늙으셨지만 여전히 정정하시지요."

"승희 씨도 잘 계신가요?"

그 말에 현암은 웃으며 말했다.

"잘 있어요."

"지금 다들 저기 계신가요?"

"아뇨. 저밖에는 없는걸요."

그러자 백호는 고개를 끄덕거렸다.

"아, 예. 상관없습니다. 그다지 중요한 용건이 있는 것은 아니니까요. 그럼 지금 말씀드릴까요? 좋은 소식부터?"

"그러세요."

현암이 미소 띤 얼굴로 대답하자 백호는 품에서 조금 두툼한 봉투 하나를 꺼내며 말했다.

"좋은 소식이 두 가지나 된답니다. 일단 하나는 이 봉투죠."

백호는 봉투를 현암의 웃옷 주머니에 쑤셔 넣어 주었다. 현암이 물통을 지고 있어 손이 부자연스러웠기 때문이다.

"이게 뭐죠?"

"그동안 너무 오래 걸렸지요? 승희 씨 것은 전에 드렸지만, 이건 나머지 여러분들의 새 신분증과 여권입니다. 만드느라 정말 고생 많이 했지요."

백호는 일부러 우스운 듯 이야기를 했지만 현암은 진심으로 고개를 끄덕여 보였다. 사실 백호 혼자만이 퇴마사들의 생존 사실을 알고 있었으며, 아직껏 연희에게조차 이야기하지 않았다. 더군다나 우리나라처럼 대민 통제가 확실한 나라에서 혼자만의 노력으로 위조 신분과 여권까지 만들었다는 것은 보통의 노력으로 되는 일이 아니었다.

백호가 준 신분증과 여권은 단순히 위조가 아니라 정말 모든 기관에 제대로 등록된 신분증이었다. 그러니 앞으로 더 이상 퇴마사들이 여느 사람들이나 경찰 등의 눈을 피하려고 애쓸 필요가 없었다. 물론 그들을 알고 있던 사람이나 주술사들에 이 사실이 닿게 된다면 문제가 달라지지만.

현암이 고맙다는 말을 하기도 전에 백호는 두 번째 이야기를 했다.

"그리고 두 번째 좋은 소식은 제가 백수건달이 됐습니다."

"예?"

"제가 비로소 편안한 몸이 됐다는 겁니다. 허허, 어제 사표를 쓰고 나오는 길이랍니다."

"예? 아니, 그건 왜……."

"아, 그건 개인적인 일입니다. 더구나 아주 기쁜 일이기도 해요. 더 이상 속 썩이고 고생하고 싶진 않습니다."

"그렇다면 앞으로……."

"괜찮습니다. 그냥 무슨 회사라도 들어가든지, 아니면 조그마한 변호사 사무실이라도 차려서 먹고 살 생각입니다. 너무 힘들어서 못 해 먹겠거든요."

말은 그렇게 했지만 실제로 백호는 지난번 홍수 사건 이후로 관료 조직에 많은 회의를 느끼고 있었다. 그러나 도중에 그만두지 않은 것은 퇴마사들의 신분을 확실히 정리해 주고 싶어서였다. 정부의 공식적인 입장이 아니고서는 사적으로 신분증을 만들기란 여간 어려운 일이 아니었다.

즉 퇴마사들과 비슷한 행방불명자나 사망자가 나와야 비로소 신분 위조를 할 여지가 있었으며, 그들에게 남은 가족 친지 등이 없어야만 했다. 그 때문에 백호는 몇 년이나 되는 시간을 기다려야만 했던 것이다. 현암은 그 말을 듣고 더 이상 뭐라고 말하고 싶지 않아서 주제를 돌리려 했다.

"그러면 나쁜 소식은 뭡니까?"

그 말에 백호는 피식 웃었다.

"나쁜 소식은 제가 낸 사표가 잘 수리되지 않는다는 겁니다. 이거 아무래도 사고를 한 번 치든지 해야 잘릴 수 있을 것 같아요. 허허."

현암은 어이가 없어서 백호를 마주 보고 허허 웃고 말았다. 그 통에 현암의 어깨가 조금 흔들리자 백호가 웃으며 몸을 피했다.

"조심조심! 저 같은 놈은 거기 깔리면 단박에 오징어가 됩니다. 조심하세요."

현암은 백호를 보고 껄껄 웃으며 대꾸했다.

"아까 내가 지고 갈 때는 그렇게 무거운 건 줄 모르셨습니까?"

그러자 백호는 조금 의아한 표정으로 되받았다.

"예? 아까요? 전 그게 땅에 놓여 있을 때밖에 보지 못했는데요?"

그 말을 듣고 현암은 조금 얼굴을 굳혔다. 그러면서 여전히 미소 띤 얼굴로 백호를 보더니 아주 나지막한 목소리로 물었다.

"여기 도착하신 지 몇 분이나 됩니까?"

현암의 질문에 백호도 뭔가 느낌을 받은 듯 아주 크게 미소를 짓더니 역시 아주 작은 목소리로 말했다.

"현암 씨가 말했을 때 막 도착……."

현암은 아차 싶어서 다시 정신을 가다듬었다. 그렇다면 아까 자신을 지켜보던 그 눈초리의 주인공은 백호가 아니었단 말인가? 정신을 가다듬자 뭔가 섬뜩한 기분이 등 뒤에서부터 느껴졌다. 갑자기 급해졌다. 현암은 본능적으로 물통을 뒤로 획 내던지듯 하며 백호의 몸을 잡아끌었다. 그 순간, 거대한 물통에서 퍽퍽 소리가 나는 것이 들렸다.

"엎드리세요!"

현암은 다급해 백호의 몸을 그대로 땅에 찍어 누르면서 그 무엇인가가 날아온 쪽으로 몸을 돌렸다. 살기! 현암이 막 몸을 날리려는데 땅에 엎어진 백호가 소리치며 현암의 발을 잡았다.

"조심해요! 무턱대고 뛰어들면……."

바로 그때, 무엇인가 화끈한 것이 현암의 얼굴과 어깨를 획 스치고 지나갔다. 백호는 무의식중에 품에 손을 넣었지만 지금은 일 때문에 온 것이 아니라서 총을 가지고 오지 않았다.

백호는 현암에게 재빨리 말했다.

"놈은 어둠 속에 있으니 조심……!"

그러나 말을 이을 틈조차 주지 않고 다시 어둠 속에서 무엇인가가 획획 날아들었다. 아주 가늘고 가벼운 느낌의 것들이었으며 소리도 거의 나지 않아 날아오는 방향조차도 가늠할 수가 없었다.

현암이 언뜻 아까 스친 뺨을 만져 보니 조금이기는 해도 피가 묻어 나오는 것으로 보아 예리한 데다가 무서운 속도로 날아드는 물건 같았다. 거기다가 조준도 매우 정확해서 현암은 다시 물통 뒤로 숨어서 공격을 피할 수밖에 없었다.

"저게 뭐죠?"

현암이 백호에게 묻자 백호도 가쁜 숨을 몰아쉬며 고개를 저었다.

"처음 보는 겁니다! 물통에 구멍이 나지 않았으니 총은 아닌 것 같은데……."

말하면서도 현암은 계속 물통 뒤에서 뛰쳐나가려 했으나 그때마다 그 이상한 물건이 자꾸 날아들었다. 현암도 열심히 몸을 피해서 직통으로 맞지는 않았지만 그럴 때마다 얼굴이며 옷자락이 점점 찢겨 나갔다.

"자꾸 나가려 하지 말아요!"

백호가 외쳤지만 현암은 여전히 미련스럽게도 계속 몸을 밖으로 드러냈다. 그러다가 세 번째 몸을 내밀 때, 그것이 날아오는 방향을 알아낼 수 있었다. 현암은 방향을 알아내기 위해 계속 위험을 무릅쓰고 몸을 노출한 것이다.

"이야아앗!"

현암은 용을 쓰면서 커다란 물통을 번쩍 들고는 달리기 시작했다. 예상대로 다시 그 이상한 것이 휙휙 날아왔지만 물통에 막혀 조그맣게 팅팅 소리만 내면서 튕겨 나가는 것 같았다. 무서운 기세로 현암이 조금 달려가자 의외로 막다른 창고 벽이 나왔는데,

다행히 그곳에는 아무도 없었다.

현암은 조금 의외의 일이라 놀라면서 주변을 둘러보았지만 거기에는 가느다란 나무 기둥 몇 개가 서 있을 뿐, 창문도 없었고 사람의 그림자도 전혀 보이지 않았다. 이상해 현암이 물통을 돌리는 순간, 다른 방향에서 그것이 날아들었지만 이번에는 미처 피하지 못했다. 옆구리에 뜨끔한 충격이 오자 현암은 무언가가 박히는 느낌으로 방향을 알아챌 수 있었다.

"에에잇!"

현암은 크게 외치면서 물통을 팽개치고 그 방향으로 몸을 날렸으나 역시 그 장소에는 아무도 보이지 않았다. 현암은 기가 막혔다. 도대체 이 작자는 은신술이라도 쓰고 있단 말인가? 그때 돌연 옆구리가 저릿하면서 마비되는 듯한 느낌이 들었다.

'독인가?'

갑자기 머리까지 핑 돌기 시작하자 현암은 다급해졌다. 몇 초 만에 이 정도로 몸을 마비시킨다면 이만저만 강력한 독이 아니었다. 현암이 다리를 풀썩 꺾는 순간, 저만치에서 조그마한 그림자 같은 것 하나가 휙 하고 지나갔다. 그러나 그 그림자는 너무도 작아 도저히 사람 같아 보이지는 않았다.

그때 현암의 왼쪽 손목에서 월향검이 귀곡성을 울리면서 무서운 기세로 빠져나갔다. 현암이 내쏜 것이 아니라 월향검이 스스로의 의지로 날아간 것이다. 그에 이어서 은빛이 한 번 번쩍하면서 저만치 어둠 속에서 조그마한 비명 같은 것이 꺄아아악 하고 났다.

백호는 월향검의 울음소리를 듣자 급히 현암에게로 달려와 현암을 부축했다. 불과 십 초도 안 되는 짧은 사이에 현암의 얼굴빛은 창백하게 질려 있었다.

"이, 이건!"

백호는 급히 현암의 옆구리를 살폈다. 놀랍게도 현암의 옆구리에는 상처만이 있을 뿐, 날아와서 박힌 것이 없었다. 현암은 이를 악물고 간신히 한마디만을 했다.

"독! 독침……입니다!"

"어? 어떻게……!"

백호는 놀라서 다시 주변을 둘러보았다. 그러나 물통 주위에는 아무것도 눈에 띄지 않았다. 분명 날아온 것은 조그마한 암기일 터였다. 그것을 현암이 물통으로 몇 번이나 막았으니 물통 주변에 그 암기가 흩어져 있어야 했는데 어떻게 된 까닭인지 하나도 보이지 않았다. 그때 저만치에서 월향검이 다시 꺄아아악 하는 귀곡성을 내면서 현암의 왼손으로 돌아와 꽂혔다.

현암은 이를 악물고 몸을 일으키며 백호에게 말했다.

"저쪽으로…… 가 봅시다."

백호는 현암이 걱정됐지만 그 역시도 궁금하기도 해서 현암을 부축해 그쪽으로 가 보았다. 그곳에서 백호는 전혀 의외의 것을 발견했다. 거기에는 아무 몸집이 조그마한 금빛 원숭이 한 마리가 허리가 반으로 잘려 죽어 있었다. 원숭이의 손에는 금빛 대롱이 쥐어져 있었고 한쪽 팔도 허리와 함께 잘려져 있었으며, 허리에 작은 바구니 하나가 걸려 있었다.

'블로건(blow-gun)인가? 사람도 아닌 원숭이가 이것을 불어 쏘았다는 건가?'

백호는 자신의 눈을 의심할 지경이었다. 현암은 한숨을 한 번 쉬더니 손을 뻗어 원숭이의 허리에 달린 바구니를 떼어 냈다. 바구니는 몹시 차가웠다. 그 안을 들여다보고 현암은 흐음 하며 신음성을 냈다. 바구니 안에는 아주 작은 바늘 모양의 얼음덩어리들이 들어 있었다. 그것도 흰색이 아니라 보라색 기운이 감도는 얼음덩어리들이었다.

'그렇다면 독액을 얼음으로 얼려 붙어서 내쏜 것이란 말인가? 정말 기가 막힌 방법이구나!'

얼음은 사람 몸에 박히거나 외기에 노출되자마자 녹아 버릴 터였다. 그렇다면 독액 자체가 탄환이 된 셈이니 그것을 맞은 사람을 검사해도 증거가 남지 않는다. 더구나 그것을 내쏜 것이 사람이 아니라 저렇듯 조그마한 원숭이라면 현암이 아니라 누구라도 단시간 내에 그 사실을 발견하기란 어려울 것이었다. 결국 현암도 사람을 발견하리라 여겼기 때문에 이 조그마한 그림자를 보지 않은 실수를 범한 것이나 다름없었다. 월향검이 원숭이를 죽이지 않았다면 아마도 현암은 몇 방울 더 맞고 아주 위험하게 됐을지도 몰랐다.

백호는 저만치에 날아간 원숭이의 한쪽 손을 발로 툭 건드려 보았다. 그 손에는 얼음 탄환을 잴 때 얼음이 녹지 않게 하려는 듯,

금빛 장갑을 끼워져 있었다. 그나저나 현암이 걱정되는 듯 백호가 말했다.

"어떻게 하죠? 독이 퍼진다면……."

"십 분만…… 주변을 살펴 주세요. 이놈의 주인이 오면 곤란해지니까……."

그러면서 현암은 후욱 하고 심호흡하면서 가부좌를 틀고 앉았다. 그러고 나서 눈을 꼭 감고 기운을 집중해 용을 쓰자 갑자기 현암의 옆구리에서 검은 피가 팍 튀어나왔다.

백호는 깜짝 놀라서 현암의 얼굴을 보았다. 현암의 얼굴이 굳기는 했으나 그렇게까지 고통스러워 보이지는 않았다. 처음에는 검은 피가 폭발하듯 터져 나왔지만 조금 시간이 지나자 점점 기세가 약해지면서 검은 기운 역시 점차 사라져 가는 것 같았다. 그것을 보고 백호는 조금 안심해 일단 징글맞기는 했지만 담뱃갑의 비닐을 풀어서 원숭이의 잘린 손에 끼워진 장갑과 블로건, 바구니를 집어넣었다. 원숭이의 사체도 가지고 가야 하나 말아야 하나를 고민하면서 시체를 발로 툭 건드리자 그 뒤에 뭔가가 있는 것 같았다. 백호는 조금 놀라면서 그것을 집으려다가 독 생각이 나서 담뱃갑 종이를 찢어 조심스레 손을 싼 다음 집어 들었다. 그것은 한 장의 검은 종이였는데 편지봉투 같은 것에 들어 있는 듯했다.

그것을 보는 순간 백호의 얼굴이 하얗게 질려 버렸다.

"검은 편지? 그렇다면……!"

백호가 무심결에 중얼거릴 때 갑자기 저만치에서 우우 하고 울음소리 같은 것이 들려왔다. 백호는 깜짝 놀라 편지를 대강 주머니에 구겨 넣고 그 방향으로 달려가려다가 문득 현암이 걱정이 돼 멈춰 섰다.

현암을 돌아보니 현암은 무아지경에 빠져서 아무것도 보이지도, 들리지도 않는 듯했다. 현암의 얼굴은 무서울 정도로 창백하게 변해 있었고 옆구리는 흠뻑 젖어 있었는데 핏빛은 이제 제법 선홍색으로 돌아온 것 같았다.

그러나 현암의 도움이 없다고 생각하자 백호는 삽시간에 등이 축축하게 젖었다. 총도 없이 자신의 힘만으로는 저 기이한 작자를 상대할 자신이 없었다. 그러나 백호는 물러서지 않고 급히 물통에 몸을 부딪쳐 물통을 넘어뜨렸다. 물통이 엎어지자 물이 사방으로 흘러 나갔다. 백호는 낑낑거리며 빈 물통을 들어 현암에게 씌우고 그 주변을 돌면서 사방을 살폈다.

'이렇게 지독하다니…… 그런데 검은 편지 결사[1]'가 왜 현암 씨를 노린 걸까?'

순간 다시 우우 하는 울음소리가 훨씬 더 가까이 들려왔다. 백

---

[1] 중세 그리스도교의 암살 집단이자 광신적 조직을 가진 비밀 종파이다. 신의 국가를 실현하는 것을 목적으로 많은 사람들을 암살했으며, 구성원에게 검은 편지가 도착하면 거기에 적힌 사람을 암살하는 방식을 취했다. 16세기 중반에 결사해 비밀리에 급속도로 뻗어 나갔으나, 18세기에 교황 클레멘스 14세에 의해 말살됐다. 검은 편지 결사대의 마지막 수령은 수도사 피에르 크레이만으로, 클레멘스 14세에게 검은 편지 결사를 인정하지 않으면 프랑스 전국을 페스트(흑사병)로 초토화하겠다는 협박 편지를 보냈으나 결국 처형됐다.

호는 섬뜩하기도 하고 긴장되기도 했다. 하지만 그에게는 주먹 말고는 아무런 무기가 없었다. 근거리 격투에는 어느 정도의 자신이 있는 백호였지만 상대가 또다시 블로건 같은 것을 쏘아 댄다면 당하는 수밖에 없었다.

순간 느닷없이 백호는 왼편 가슴이 뜨끔해지는 느낌을 받았다. 아무런 소리도, 기척도 없었는데 말이다. 놀라 가슴께를 들여다보니 옷에 조그마한 구멍이 뚫려 있었다. 바로 심장 부위였다.

'당했구나!'

백호는 놀란 표정을 지으면서 그 구멍을 들여다보다가 스르르 무너지듯 앞으로 고꾸라져 버렸다. 쓰러진 백호는 몇 번 몸을 꿈틀거리다가 완전히 오그라든 자세로 동작을 멈추었다.

백호가 쓰러지고 약간의 시간이 지나자 어둠을 뚫고 지붕에서 조그마한 몸집의 한 남자가 모습을 드러냈다. 그는 흑인은 아니었지만 검은 얼굴 탓에 어둠 속에서 눈만이 반짝거리며 빛나는 것 같았다. 백호가 쓰러진 주변에 오자 그는 흰 이를 드러내고 악마처럼 웃었다. 그리고 허리춤에서 둥글게 휘어진 반월도(半月島)[2] 형상의 단검을 뽑아 들었다. 현암을 없애 버리려는 것 같았다.

그가 다시 한 걸음 내딛는 순간, 쓰러져 있던 백호의 고개가 번

---

2 둥글게 휘어진 칼로 시미타(Scimitar)라고 한다. 주로 아랍에서 사용되며 흔히 다마스쿠스 강철로 만들어져 매우 예리하고 견고하다.

쩍 들리면서 뭔가가 번뜩거리며 쏘아져 나갔다. 그자는 놀라서 몸을 피하려 했으나 그보다 먼저 뺨에 조그마한 구멍이 나 버리고 말았다.

 백호는 원숭이의 블로건을 뱉고 벼락같이 몸을 일으켜 그자에게 덤벼들었다. 그자는 단검을 들고 있었지만 이마에 독침을 맞았기 때문에 놀라서 저항도 제대로 해 보지 못하고 백호의 돌려 차기 한 방에 쓰러지고 말았다.

 "흥!"

 백호는 코웃음을 치며 씁쓸하게 웃었다. 그러고는 퉤퉤 몇 번이나 침을 뱉었다. 사실 막다른 지경에 몰리지 않았다면 원숭이가 입에 물었던 것을 자기 입에 물고 쏘지는 않았을 터였다.

 백호는 녀석의 단검을 빼앗아 조심스럽게 가슴께의 옷자락을 잘라 냈다. 독이 묻어 있을까 봐 불안했던 것이다. 그러자 안주머니에 들어 있던 일회용 가스라이터가 바닥에 함께 떨어졌다. 독침은 정확하게 백호의 심장 부위에 맞았으나 라이터에 막혀 백호는 운 좋게 살아남을 수 있었다.

 '이제 다시는 담배 끊는단 생각 안 한다!'

 백호는 다시 한번 식은땀을 닦아 내며 고개를 설레설레 흔들었다. 이건 분명 크나큰 행운이었다. 백호는 다시금 쓰러진 자의 얼굴을 들여다보았다. 그자는 얼굴이 몹시 검게 그을린 인도인이나 아랍인 같아 보였다. 백호는 너무도 의아해 고개를 갸웃거렸다.

 '왜 이런 자가 검은 편지 결사에 있지? 그리고 왜 현암 씨를……'

백호는 아까 얼결에 주머니에 구겨 넣은 검은 편지를 펴 보려고 주머니에 손을 넣었다. 바로 그때 뒤에서 뭔가 기척 같은 것이 느껴졌다. 놀라서 얼결에 고개를 숙이는 순간 뒤통수에 둔한 통증이 퍽 하고 왔다. 눈앞이 핑 돌면서 별이 쏟아지는 것 같았다. 만약 무심코 고개를 숙이지 않았다면 머리가 깨졌을지도 몰랐다.

백호는 아찔해지는 정신에 반사적으로 몸을 데굴데굴 굴렸다. 몸을 굴리는데도 제2, 제3의 타격이 계속 무자비하게 백호의 몸으로 쏟아졌다. 구르면서 백호는 언뜻 거대한 체구에 검은 얼굴의 시커먼 자가 짧은 막대기 같은 것으로 자신을 인정사정없이 내리치고 있는 모습을 보았다. 힘 또한 어마어마해서 맞을 때마다 온몸의 뼈가 부서지는 것 같았다. 아까 같은 행운은 다시 찾아올 것 같지 않았고…… 백호는 질끈 눈을 감았다.

'끝장인가……!'

그 순간 쾅 하는 폭음 같은 것이 들려와 백호는 다시 눈을 떴다. 그러자 자신을 내리치려던 그 거대한 체구가 비틀거리는 것이 보였다. 거대한 몸집의 남자가 뒤로 쿵 소리를 내면서 쓰러져 버렸다. 놀라서 고개를 돌린 백호의 눈에는 반쯤 날아가 버린 거대한 물통의 잔해가 보였다. 그 안에는 현암이 여전히 눈을 감은 채 오른손을 튕길 듯한 자세로 앉아 있었다. 오른손에는 밝은 빛의 구체가 두 개 남아 있다가 스르르 흡수되듯 사라져 버렸다.

"현암 씨! 어떻게 알고……."

그러자 현암은 눈을 뜨지 않고 작은 소리로 대답했다.

"물통 때문에 보이지는 않아도 귀는 뚫려 있습니다."

"몸을 움직이지도 못할 텐데 어떻게……."

"급하면 할 수 없죠."

그러다가 현암은 힘겨운 듯이 입을 다물었다. 현암은 물통 속에서 독을 뽑아내다가 백호가 얻어맞는 소리를 듣고 그 소리를 대강 가늠해서 '탄' 자 결을 내쏜 것이다. 공력을 집중하고 있는 참이라 몸을 일으킬 수도 없었기 때문에 그 수밖에는 없었다.

다행히 '탄' 자 결의 구체는 물통 벽에 맞아 그것을 날려 버리느라 위력이 많이 약해져 거한이 박살 나지 않았던 것이다. 대신 현암도 간접적으로 그 폭압에 휘말렸다. 하지만 '탄' 자 결의 폭발력은 원래 현암의 공력이었기 때문에 현암의 몸에 닿은 힘은 태반이 도로 몸으로 흡수돼서 그 충격은 그리 크지 않았다.

백호는 비로소 안도의 숨을 내쉬면서 비틀거리고 일어나 거한의 무기를 빼앗았다. 덩치 큰 아랍인의 무기는 가지가 달린 경찰봉처럼 생긴 막대기였다. 백호가 무기를 빼앗는 순간, 별안간 아랍인이 눈을 번쩍 떴다. 백호는 깜짝 놀라 단검을 놈에게 들이대자 놈이 음산한 목소리의 서툰 영어로 말했다.

"아사신[3]은, 아사신은 결코 포기하지 않는다……. 너희는……

---

[3] 적을 살해하는 것을 종교적 의무로 여긴 11~13세기 회교도의 종교적·정치적 분파인 니자리 이스마일파의 신봉자이다. 이후 소수 이단으로 침체했고 지금은 시리아, 페르시아, 중앙아시아 등지에서 추종자들이 있으며, 인도와 파키스탄에서 커다란 집단을 이루어 살고 있다.

모두 죽은 목숨이다……."

 그 말을 남기고 놈은 갑자기 눈을 까뒤집더니 입에서 선혈을 뿜으면서 죽어 버리고 말았다. 아마도 독약 같은 것을 물고 있다가 삼킨 듯했다. 백호는 당황해 놈의 입을 벌리려 했지만 이미 놈의 숨을 끊어진 상태였다. 몰골이 오싹해진 백호가 다시 앞서 쓰러졌던 자를 살피려 했지만 그자도 어느 사이에 입에서 선혈을 뿜으며 죽어 있었다.

"잘할 줄을 몰라서…… 괜찮습니까?"

 낡은 배의 화물칸을 약간 치운 것에 불과한 거실 겸 응접실 겸 수련실에서 백호는 착잡한 얼굴로 현암의 상처를 동여매어 주다가 물었다. 그러자 현암은 고개를 갸웃하며 대꾸했다.

"글쎄요……. 아, 너무 꽉 매지 마세요!"

 백호가 지나치게 긴장했는지 붕대가 너무 조여 끊어질 지경이었다. 백호는 얼른 손에서 힘을 빼내었다.

"미안합니다."

 백호가 어쩔 줄 몰라 하자 현암이 조용히 물었다.

"아까 그 친구들 정체가 뭐였기에 그렇게 긴장하시죠?"

 현암의 태평스러운 말을 듣고 백호는 어이없다는 표정을 지어 보였다.

"우린 죽을 뻔했습니다. 아슬아슬했다고요. 그러니 긴장이 안 되겠습니까?"

"그건 아까 일이고 지금은 다 끝났으니 긴장할 필요는 없잖아요."

현암의 목석같은 신경에 백호는 속으로 경의를 표하며 대꾸했다.

"무슨 독인지는 검사해 봐야 알겠지만, 괜찮은가요?"

"독은 모두 빼냈으니 염려 마십시오. 그런데 놈들의 정체에 대해 뭔가 알고 계신 것 같던데요?"

"혹시…… 검은 편지 결사라는 말을 들어 보셨나요?"

"글쎄요. 우리를 습격한 자들 말인가요?"

백호는 침울한 얼굴로 고개를 끄덕였다.

"최근 다시 고개를 든 암살 조직입니다."

"최근 다시라고요? 그러면 전에도 이들이 무슨 일을 저지른 적이 있습니까?"

그러자 백호는 잠시 뭔가를 생각하는 듯하다가 말했다.

"그 조직은 아주 오래전에 결성됐습니다. 약 16세기 중반 정도에 생겼다고 합니다만. 그들은 중세 그리스도교의 이단 종파로서 암살 집단이었습니다. 수많은 사람을 암살했던 공포의 존재였죠. 그들의 조직은 절대 비밀에 부쳐져 외부에 노출되는 법이 없었습니다. 만약 일이 생기면 어느 날 갑자기 구성원에게 검은 편지가 보내집니다. 그 안에 살해해야 할 상대자의 이름이 들어 있지요. 그러면 그 구성원은 무슨 수를 써서라도 그 사람을 살해하고 말지요. 그런 방식으로 수많은 암살이 벌어졌습니다. 그 때문에 그들의 이름이 '검은 편지 결사'라고 붙은 것이죠. 18세기에 완전히 말살된 것으로 알려져 있습니다만. 요즘 다시 나타나 각국의 요인들을 암살하고 있습니다. 해간 무섭기 이를 데 없는 자들이랍니다."

백호의 설명을 듣고 현암은 고개를 천천히 끄덕여 보였다.

"원숭이 같은 상상할 수 없는 방법까지 이용하는 걸 보니 대단하긴 하더군요. 그런데 그런 암살 조직이 여긴 왜 온 걸까요?"

"저도 그걸 알 수 없습니다. 더구나 아까 두 명은 인도인 아니면 아랍인인 것이 확실한데. 검은 편지 결사에 어떻게 그런 사람들이 있는 것인지……."

"인도인이나 아랍인이 있어서 안 될 것은 없잖습니까?"

"아닙니다. 안 될 이유가 있어요. 검은 편지 결사는 그리스도교의 광신적인 자들이 모인 조직입니다. 그런데 아랍인은 그들과는 완전히 적대적 관계에 있는 회교도일 것입니다. 그리고 인도인이면 힌두교도일 테고요. 그런 사람들이 그리스도교 단체와 일을 한다고는 믿기 어렵군요."

"그러나 아랍인이나 인도인이라도 그리스도교 신앙을 가질 수도 있지 않습니까?"

"아닙니다. 그 덩치 큰 아랍인은 자살하기 직전에 자신이 아사신이라고 밝혔어요."

현암이 약간 고개를 갸웃했다.

"아사신? 암살자라는 뜻 아닙니까?"

"요즈음은 암살자라는 단어로 통칭하고 있지만, 원래 아사신은 암살 조직입니다. 산중노인이라고도 불리는 하산이라는 자가 만든 단체로, 그 역시 무시무시한 악명을 떨쳤지요. 결국은 당시 유립 쪽으로 진군하던 몽골군에 의해 전멸됐지만 지금도 존속하고 있다고 합니다. 그들은 광신적인 회교 숭배자들입니다."

"청부를 맡았을 수도 있지 않습니까?"

백호는 고개를 저었다.

"적대적인 단체에서 청부를 맡을 리 없습니다. 설혹 청부를 맡았다고 해도, 자신들의 존속이 걸린 문제가 아니라면 그렇게 자살함으로써 입을 다물려고 하지는 않았을 겁니다. 이건 분명 그들 자체 내의 문제겠지요. 그런데 놈들이 우리나라에까지 건너와서 현암 씨를 해치려 하다니…… 그건 정말 뜻밖입니다."

그 말을 듣는 순간 현암은 다른 방향으로 석연치 않다는 생각이 들었다. 백호의 설명은 그럴듯했다. 그런데 백호가 언제 저렇게 고대, 중세사에 능통해졌을까? 그러다가 현암은 백호의 주머니에 비죽하게 나와 있는 검은 편지를 보고는 궁금한 생각이 들었다.

"그것을 좀 봐도 되겠습니까?"

"예? 그러세요. 혹시 지문이 묻어 있다면 지워질지도 모르니 그것만 조심하시고."

백호는 손수건으로 검은 편지를 싸서 꺼낸 다음 현암에게 건네주었다. 편지는 한 번 뜯어본 듯 봉해져 있지는 않았다. 그 안에 든 종이를 꺼내어 펼쳐 본 현암의 얼굴이 약간 변했다.

"혹시…… 백호 씨, 검은 편지나 아사신에 대해 조사하고 계셨습니까?"

그 말을 듣자 백호는 깊은 한숨을 내쉬었다.

"근래 좀 사건들이 잦아서 약간 개인적인 선에서 조사하고 있던 참입니다. 어, 그런데 그건 왜……?"

"아사신이나 검은 편지 결사는……."

현암은 보고 있던 종이를 백호 쪽으로 돌려 보였다. 거기에는 몇 줄의 아랍어인 듯한 알아볼 수 없는 글씨가 적혀 있었고, 그 밑에 복사된 흑백 사진은 바로 백호의 얼굴이었다.

"제가 아니라 백호 씨를 노린 것 같군요……."

백호는 놀라서 얼굴이 창백해졌다. 지금껏 백호는 암살자들이 현암을 노리고 있다고 믿었지, 자신을 노리고 있다고는 생각조차 하지 못했다. 그러나 백호는 곧 침착을 되찾고 말했다.

"이럴 수가…… 흠, 하지만 이해가 되지 않는군요. 왜 그들이 저 같은 사람을 노리는 걸까요?"

현암도 조금 인상을 쓰면서 물었다.

"백호 씨. 검은 편지 결사나 아사신들은 어떤 자들입니까? 그러니까…… 그들의 목적이 무엇입니까? 단순한 청부 암살 집단인가요?"

"그렇지 않습니다. 그들은 광신적인 종교 집단의 성격이 더 짙습니다. 그러나 저도 그들의 궁극적인 목적에 대해서는 알지 못합니다. 다만 약간 조사를 했을 뿐입니다."

"조사요? 그들에 대해 왜 조사하셨습니까?"

백호는 힘없이 웃으며 대답했다.

"근래 전 좀 일을 태만하게 해 왔죠. 그래서 이런 한가한 일이 떨어지더군요."

"한가한 일?"

"근래 기승을 부린다는 검은 편지 결사와 아사신에 대해 조사하는 일이었습니다. 그러나 아직 우리나라에서는 그런 자들이 나타난 적도 없고 하니, 정보기관의 데이터베이스를 위한 작업이었을 뿐이죠. 거의 시간 때우기 비슷한 작업이었을 뿐이었는데 이렇게 골치 아픈 일과 맞닥뜨리다니, 허허."

"뭔가 그들의 실체에 대해 알아낸 것이 아닙니까?"

현암의 질문에 백호는 고개를 설레설레 저었다.

"누구나 할 수 있는, 비유하자면 백과사전을 찾는 정도의 작업을 했을 뿐입니다. 그 정도의 작업 때문에 암살된다면 살아남을 사람이 하나도 없겠지요."

"정말 그런 부분은 없었습니까?"

"정말 그럴 만한 내용은 없습니다. 사실 조사는 거의 안 했고 대부분은 제가 소설 쓰듯이 직직 갈겨쓴 것에 불과합니다. 자투리 시간을 많이 이용했기 때문에 졸려서 비몽사몽간에 쓴 부분도 많았죠. 그런 황당한 것에 그들이 신경을 쓰다니. 아니에요, 그럴 리가 없습니다."

백호가 그렇게 말하자 현암도 그럴 법하다고 생각하며 말머리를 돌렸다.

"그 작업 말고는 검은 편지 결사나 아사신과 연관을 맺거나 등의 한 일은 없었습니까?"

"분명 없습니다. 아시다시피 저는 지난번 홍수 사건 때 이후로 이 직업에 환멸을 느껴서 말이죠. 그때부터는 일을 맡지 않고 빙빙 돌기만 했습니다. 하물며 그들과 연관 맺을 일 같은 건 없었죠."

"흠…… 그러면 혹시 우리와 관련이 된 일이 아닐까요?"

백호는 고개를 저었다.

"그건 아닐 겁니다. 여러분들이 생존해 있다는 사실은 아무도 모르니까요."

"글쎄요. 일반적인 사람들이야 모르겠지만, 특수한 능력을 지닌 사람들이라면 이야기가 다를 수도 있지요."

"특수한 능력이요?"

"먼 데까지 갈 것도 없습니다. 승희를 생각해 보세요. 만약 승희의 반의반 정도라도 되는 능력이 있는 자라면 우리의 생존을 알 수 있죠. 물론 우리에게 관심을 두고 있어야 알 수 있겠지만."

"아무튼 현암 씨나 여러분들과 관계있는 일은 아닐 겁니다. 여러분들에 대해 안다면 왜 나를 노렸겠습니까?"

"하긴 그것도 그렇군요. 그러나 그렇다면 왜 그들이 백호 씨를 노린 걸까요?"

"나도 모르겠습니다. 전혀 짐작 가는 데가 없어요."

현암은 잠시 뭔가 생각하는 듯하다가 말했다.

"아무튼 놈들이 이번에 실패했으니 다른 자들을 다시 보내겠죠?"

그 말에 백호는 씁쓸하게 웃었다.

"그러지 않으면 좋겠습니다만…… 아무래도 그럴 것 같군요."

"그러면 한번 알아봅시다. 저와 승희가 주변에서 지켜 드리죠. 승희의 능력을 이용하면 놈들의 속셈이 무엇인지도 알 수 있을 겁니다."

백호는 그 말에 고개를 저었다.

"아닙니다. 현암 씨나 여러분들이 노출될 우려가 있어요. 그건 안 됩니다. 이건 제 일이에요."

백호는 잠시 말꼬리를 끌다가 힘없이 웃었다.

"……라고 말하고 싶지만 도와주신다니 고맙군요."

현암은 밝은 목소리로 하하 웃었다. 그러자 백호는 겸연쩍은 듯이 말을 이었다.

"사실 이 정도 되는 자들이라면 혼자선 감당할 수 없을 것 같군요. 솔직히 무섭습니다. 현암 씨와 승희 씨가 도와주신다면 걱정 없죠."

현암은 고개를 끄덕이며 한마디 덧붙였다.

"그래도 경계는 철저히 해야 합니다. 무슨 짓을 할지 모르는 녀석들이니까요. 아마 조금 기다리시면 승희가 올 겁니다. 제가 승희와 함께 백호 씨 뒤를 따라다니겠습니다."

정체불명의 암살자들

도망치듯 나갔던 승희가 몇 시간 뒤에 아침나절이 되자 돌아왔다. 현암에게 된통 면박을 당해 승희는 삐친 듯했지만 백호 앞이라 많이 참는 것 같았다.

백호는 거리를 유지해 절대 남의 눈에 띄지 말라는 걱정 어린 다짐을 한 번 더 받아 낸 다음 일터로 떠났다. 현암과 승희는 그때부터 백호의 뒤를 졸졸 따라다니기 시작했다. 그러나 만 이틀이 지났는데도 백호의 주변에 수상쩍은 자가 다시 나타나는 것 같지는 않았다.

백호는 낮에 검찰청에서 일을 보기 때문에 그 시간에는 승희가 휴식을 취하고 현암이 경계를 했다. 그리고 백호가 퇴근한 이후, 즉 보다 위험한 상황에서는 승희가 투시력을 쓰고 현암이 쉬는 방식을 취했다. 박 신부와 준후는 생각 외로 일이 오래 걸리는지 연락이 없었다.

이틀이나 지나도 별다른 조짐이 나타나지 않자 밤에 심심해진 승희는 현암에게 이런 말을 했다. 그들은 백호 아파트 앞에 차를 세워 놓고 그 안에서 대기하고 있었다.

"근데 말이야, 현암 군."

"음?"

"연희 언니 말이야. 어떻게 하면 좋지?"

"뭘 어떻게 해?"

"연희 언니가 라미드 우프닉스인 게 틀림없잖아. 그렇다면 조만간 우리가 언니를 만나서 도움을 얻어야 할 게 아니냐는 말이지."

퇴마사들은 몇 년 동안이나 연희와 접촉하지 않고 있었기에 연희도 처음에는 그들이 모두 죽은 줄 알고 몹시 낙담했었다. 퇴마사들이 그런 행보를 보인 것은 공연히 연희에게 연락을 취했다가는 꼬리를 밟힐 것 같은 걱정 때문이기도 했고, 나아가서는 연희가 공연히 그들의 험악한 일에 말려들지도 모른다는 것을 염려했기 때문이었다. 그러나 이후 연희는 백호를 통해 연락을 받아 그들의 생존 사실을 알게 된 것이다.

당시 연희는 그들이 죽은 것으로 알고 몹시 슬퍼했고, 사회봉사 활동을 하는 데에 대부분의 시간을 보냈다고 했다. 현암과 승희는 아직 이번에 박 신부가 나간 것이 연희를 만나기 위해서였다는 것을 알지 못하고 있었다.

박 신부는 깊은 고심 끝에 혼자 연희를 만나러 간 것이다. 연희는 과거 퇴마사들에 대해 잘 알고 있는 사람이었다. 따라서 그녀를 만나는 것은 다시 모습을 드러내는 일이니 여간 조심스러운 일이 아니었다. 그럴 가능성은 거의 없다고 보았지만 만에 하나 연희가 동조해 주지 않는다면, 그리고 평소 퇴마사들과 가까웠던 연희의 주변에 아직 수사망이 있다면 다시 쫓기는 신세가 될 가능성도 있었다.

그 때문에 박 신부는 현암이나 준후, 승희 등에게 말하지 않고 혼자 간 것이다. 원래 박 신부는 아무 일이 없으면 금방 현암에게 연락을 취했을 터였다. 그러나 별생각 없이 갔던 곳에서 수아가 정령의 여왕이라는 사실을 알게 될 줄은 박 신부로서도 전혀 예기치 못한 일이었다. 지금 박 신부는 일단 연희의 집에 묵으면서 연희와 함께 그간의 일에 대해 이야기를 나누는 중이었다. 게다가 약간의 상처도 입었고 아직 수사망, 혹은 검은 지하드나 칼키파 등의 눈이 주변에 있을까 염려스러워 현암 등에게는 연락을 취하지 않았던 것이다.

그런 일을 전혀 알지 못하는 현암은 무뚝뚝하게 대꾸했다.

"그건 『해동감결』이 해석된 뒤에 하기로 했잖아? 성당 기사단장인가 하는 자의 말만 듣고 연희 씨와 접촉하는 건 그리 현명한 행동은 아니야. 우리가 행동을 취할 준비가 됐을 때, 그때 연락해도 늦지 않아."

"그건 이론적으로 그런 거고."

"그러면?"

"감정적으로는 그렇지 않잖아."

"뭐가 안 그래?"

"야, 이 목석아. 넌 보고 싶지도 않냐? 한 가족이나 마찬가진데."

"조금 기다리면 만나게 될 건데, 뭘."

"그리고 세크메트의 눈도 연희 언니가 하나 가지고 있어서 지금은 무용지물이잖아. 그것도 받아야 하는데."

퇴마사들이 지니고 있던 세크메트의 눈은 지난번 홍수 사건 때 하나를 연희가 지니고 있었다. 그 이후로 퇴마사들이 동굴에 들어가 죽은 것으로 돼 있기 때문에 세크메트의 눈은 지금까지 무용지물이 됐다. 혹시라도 그것을 만졌다가는 연희와 생각이 통할지도 몰라 박 신부는 일단 그것을 아무도 만지지 못하게끔 금고에 보관

하고 있었던 것이다.

"당장은 급한 일이 없잖아."

현암은 그 말만 남기고 차 시트에 몸을 묻었다. 그러나 승희는 궁금하다는 듯 종알거렸다.

"연희 언니도 벌써 삼십 대가 됐네. 늙었을까? 어떨 거 같아?"

"내가 아냐?"

"흠, 아냐. 워낙 미인이니 늙지는 않았을 거야. 성숙미를 물씬 풍기는 멋있는 여인이 되지 않았을까? 어때?"

"궁금하면 투시라도 해 보던가."

"투시? 그걸로 겉모습을 어떻게 아냐? 마음은 읽을지언정……."

"……."

"야, 심심한데 대답 좀 해 봐라. 안 그러면……."

그때 뭔가 심상찮은 느낌이 휙 승희의 뇌리를 스쳐 지나갔다. 백호의 아파트 아래쪽, 누군가가 다가오고 있었다.

"어, 이상해. 현암 군!"

그 소리에 현암은 벌떡 몸을 일으켰다.

"뭐가?"

"이상한 능력을 지닌 녀석이 오고 있는 것 같아."

"음? 암살자야?"

"몰라. 마음이 안 읽혀."

그러자 현암은 눈을 빛냈다.

"어디야?"

"314동 현관 부근."

현암은 재빨리 운전석에 앉아 조용히 차를 몰고 314동 쪽으로 가기 시작했다.

"저 남자냐?"

"응."

314동 앞에는 조그마한 체구의 한 남자가 두리번거리며 주변을 둘러보고 있었다. 밤인 데다가 먼발치라 자세히 보이지는 않았지만, 분명 우리나라 사람이 아니었다. 그자는 아파트로 들어가려는 것 같진 않았지만, 주변을 조용히 둘러보는 태도로 보아 뭔가 분명 수상쩍어 보였다.

"안 잡을 거야?"

"조금 기다려 봐. 서두를 것 없어."

"왜?"

"아직 저자가 무슨 짓을 한 것도 아니고 다른 한패가 있을지도 모르잖아."

시간이 지나자 저만치에서 이번에는 여자 하나가 서서히 걸어왔다. 역시 먼발치라 얼굴이 자세히 보이지 않았지만 금발 머리가 힐끗 보이는 것이 서양 여자 같았다.

"저 여자는 어때?"

"저 여자도 안 읽혀. 상당한 자들인가 봐. 나가서 잡자."

"아직, 아직!"

그 여자는 남자를 못 본 것처럼 쓱 지나쳐 갔다. 그러다가 여자가 아무도 없는 아파트 앞의 놀이터로 걸음을 옮기고 나자 남자도 서서히 그 뒤를 따라갔다.

"백호 씨에게 조심하라고 전화라도 할까?"

"조금 있다가. 너 왜 그렇게 안달이냐?"

"빨리 잡고 집에 가고 싶어서."

"참 나."

현암은 승희와 입씨름하기를 포기하고 놀이터 쪽으로 천천히 차를 몰았다. 그러다가 놀이터에서 오십 미터 정도 떨어진 곳에서 현암이 차를 세웠다.

"뭔가 더 안 읽혀?"

승희는 잠시 눈을 감고 정신을 집중하다가 이윽고 눈을 뜨고 고개를 저었다.

"안 돼. 만만한 자들이 아닌걸?"

현암은 고개를 끄덕인 뒤 승희에게 말했다.

"내리자."

"왜?"

"일단 부근으로 가 보자고."

승희를 끌고 현암은 놀이터로 가서 주변에 심어진 나지막한 관목 더미 뒤로 몸을 숨긴 채 서서히 그들이 향한 방향 쪽으로 접근하기 시작했다. 그리고 관목을 조금 헤치고 놀이터 안쪽을 들여다보던 현암은 흠칫하며 눈을 크게 떴다.

그곳에는 남자와 여자 두 사람만 있었던 것이 아니었다. 한 사람이 더 있었다. 그 사람은 두 사람보다 체격이 크고 키도 백팔십 센티미터가 훨씬 넘어 보이는 검은 머리의 외국인이었다.

놀이터의 가로등 때문에 그 사람 말고도 다른 두 사람의 얼굴도 희미하게 보였다. 앞서 아파트 앞을 살피던 남자는 창백하지만 곱살한 얼굴에 코가 높은 서양인이었고, 금발 여자는 통통한 얼굴에 섬뜩할 정도로 붉은 립스틱을 발랐다.

현암과 승희는 그들의 말을 들으려고 해 보았지만, 그들은 무척 작은 소리로 이야기하고 있어 좀체 들리지 않았다. 일단 얼굴을 확인한 현암과 승희는 놀이터에서 약간 물러섰다.

"이상한데?"

"뭐가?"

"저들은 외국인이긴 하지만, 모두가 미국인 아니면 유럽인 같지 않아?"

"응."

"백호 씨를 습격한 건 아사신이야. 아랍인들로 이루어진 자들이라고. 약간 미심쩍은데……."

"글쎄."

"그런데 저 놀이터에 있던 키 큰 남자는 어떻게 된 거야? 왜 네가 몰랐지?"

"음? 낸들 알아? 없는 줄 알았는데."

"그렇지만 있잖아, 분명히. 어떻게 된 거야?"

"모르겠다니까."

그때 놀이터 쪽에서 인기척이 들리자 현암과 승희는 고개를 돌렸다. 코 큰 남자와 금발 여자가 나와 아파트 쪽으로 걸어가는 것이 보였다. 키 큰 남자는 그들과 함께 가지 않았다. 현암은 재빨리 그들의 방향을 확인한 다음 승희에게 말했다.

"백호 씨에게 전화해."

그러고 나서 현암은 키 큰 남자의 위치를 확인하기 위해 놀이터 관목을 다시 들추었다. 그러나 그 남자는 사라지고 없었다. 놀이터의 출입구가 두 곳이기는 했지만 현암과 승희가 보고 있었으므로 그 남자가 사라져 버린 것은 놀라운 일이라 하지 않을 수 없었다.

"어떻게 된 거야?"

승희도 남자가 없어진 것을 알고 놀라서 물었다. 그런데 이번에는 저만치에서 노인 하나가 비틀거리면서 걸어오는 것이 보였다. 그 사람도 서양인이었는데, 곧바로 백호의 아파트를 향해 가고 있었다.

"왜 이리 외국인이 많지?"

승희가 중얼거리면서 앞서 놀이터를 빠져나간 두 사람 쪽으로 가려는 순간, 현암이 승희를 만류했다.

"잠깐 좀 더 살펴보고."

그 노인은 아파트로 곧장 들어가려 했다. 그런데 아파트 문 앞에서 코 큰 남자와 금발 여자를 발견하고는 그들 쪽으로 걸음을 돌렸다. 그러고는 그들과 잠시 대화하는 것 같더니, 그 세 사람은 방향을 아파트 밖으로 나가는 것이었다.

"뭐가 어떻게 돌아가는 거야? 키 큰 남자는 어디로 간 거고, 저 노인은 또 뭐야? 응?"

승희가 중얼거리는데 현암은 이상한 예감에 노인의 뒷모습을 뚫어지게 보다가 어떤 느낌이 들었다. 아까 노인의 걸음걸이는 비틀거리는 것 같았는데 지금은 긴장한 듯 팽팽했다. 그리고 몸에도 야릇한 기운이 풍기는 것 같았다. 그 기운은 아주 희미하기는 했지만 현암에게도 낯설지 않은, 무엇인지 정확하게는 알 수 없었지만 친숙한 듯한 그런 느낌이었다.

그들이 아파트를 나서자 현암이 승희에게 말했다.

"너, 백호 씨에게 연락하고 이 근처를 살펴봐. 난 저 사람들을 좀 살펴야겠어."

그러자 승희는 눈을 크게 떴다.

"나 혼자 있으라고?"

"무섭냐?"

"그건 아니지만…… 아까 없어진 남자가 아무래도 찜찜해. 그게 어떻게 된 일인지도 모르겠고 말이야. 아무튼."

"여차하면 날 불러."

"뭘로? 이럴 때 세크메트의 눈이 있으면 좋을 텐데……."

"휴대 전화를 걸어서 한 번 울리자마자 바로 끊어. 그러면 내가 달려올 테니까."

"휴대 전화는 하나뿐이잖아."

"넌 그럼 백호 씨 집에 가 있어. 거기서 연락해."

"아니, 이 야심한 밤에 여자 홀로 남자 혼자 사는 집에 가 있으라고? 도대체가……."

"백호 씨가 남이냐? 쓸데없는 소리하지 마."

그 말만 남기고 현암은 휴대 전화를 재빨리 뒷주머니에 꽂고 세 사람의 뒤를 따라갔다.

승희는 뭐라고 혼자 투덜거리다가 주변을 다시 한번 살펴보았다. 아무도 없었고 아무런 느낌도 없었다. 그렇다면 아까 놀이터에 있던 키 큰 남자는 도대체 누구였을까? 어떻게 쥐도 새도 모르게 사라져 버린 것일까?

'제길…… 오싹하네.'

승희는 중얼거리면서 아파트 입구 쪽으로 깡충거리면서 뛰어갔다.

세 사람의 뒤를 따라가면서 현암은 점점 긴장이 느껴졌다. 한국의 평범한 어느 아파트에 외국인이 셋씩이나. 그것도 승희가 투시할 수도 없는 능력을 지닌 사람들만 세 명이나 모인 것은 결코 우연이라 볼 수 없었다.

그런데 그 세 명 중 곰살한 얼굴의 남자와 금발 머리의 여자는 분명 한패인 것 같았지만, 노인은 아무래도 아닌 듯했다. 노인은 처음에는 힘을 감추고 있었으나 차차 인적이 뜸한 곳으로 걸음을 옮겨 감에 따라 달라졌다. 현암은 그의 몸에서 점점 묘한 기분을 느끼기 시작했다. 그 점으로 볼 때 노인은 분명 나머지 두 명과 친한 관계에 있는 사람 같지는 않았다. 그리고 이상하게도 노인에게서 풍기는 느낌은 현암에게도 낯설지 않은 것이었다.

그들은 아파트를 벗어나 한참을 걸어 주변의 어느 어둡고 후미진 공사장 같은 곳으로 들어갔다. 사람의 눈에 띄지 않는 장소를 찾는 것을 보니, 노인과 두 명의 남녀는 아마도 남의 눈을 피해 한판 벌일 모양이었다.

그러나 현암은 이해가 되지 않는 부분이 있었다. 그들 중 어느 한편은 분명 백호와 관련이 있을 것으로 현암은 생각했다. 그렇게 본다면 다른 편은 백호를 도와주러 온 것이며, 그 때문에 백호를 해치러 온 자를 맡으려는 것으로 해석할 수도 있었다.

하지만 백호가 위험에 빠져 있다는 것을 누가 알고 있단 말인가? 백호가 다른 자에게 도움을 청하지 않은 것은 분명한 사실이었으니까.

'그렇다면 저들은 백호를 해치러 온 자들이 아니란 말인가?'

그런 생각이 들자 남겨 두고 온 승희와 백호가 은근히 걱정되기도 했다. 하지만 현암은 다시 궁리해 보고 고개를 저었다. 저들이 백호와 아무런 관련이 없을 리는 없었다. 그렇다면 그것은 우연치고 너무 기이하고도 말이 되지 않는 우연이니까.

분명 그들 중 어느 한편은 어떻게든 백호와 연관이 있는 것이 틀림없다고 현암은 단정 지었다. 승희는 혼자 두어도 능력이 막강하니만큼 자신이 돌아갈 때까지는 별일 없을 것 같기도 했고……

현암은 그런 생각으로 그들과 약 백 미터 정도의 거리를 두고 몸을 숨기며 그들을 뒤따르고 있었다. 더 가까이 가 보고 싶었지만 그들도 능력자인 것이 틀림없으니 너무 접근하면 발각될 우려가 있었다. 간신히 놓치지 않을 정도로 최대의 거리를 두는 편이 안전했다.

 세 사람은 어두운 공사장의 벽만 있는 건물 안으로 들어섰다. 현암은 그들이 안으로 들어서는 것을 보고는 바싹 거리를 좁혀서 건물 벽에 귀를 댔다. 건물 안에서는 뭐라고 대화하는 소리가 들려왔지만, 안타깝게도 현암은 한마디도 알아들을 수가 없었다. 그러더니 곧이어 벽이 저르릉 울렸다. 호되게 울린 탓에 엿듣던 귀가 다 멍해졌다. 현암은 놀라서 얼른 벽에서 귀를 떼었다.

 '이게 뭐야?'

 벽에서 전해진 진동의 충격은 상당했다. 그런데 그 진동은 어딘가 이상했다. 현암 역시 진동을 이용한 사자후를 쓸 줄 알았으며 과거 블랙 서클의 히루바바의 음파 주술에도 대항한 적이 있었다. 그런데 이 진동은 그와는 달랐다. 벽이 그토록 거칠게 울렸는데도 큰 소리가 나지 않는 것이, 음파라기보다는 지진파 같은 것을 내는 것 같았다.

 좀 더 신경을 집중하다 현암이 서 있는 땅과 그 주변이 미미하게나마 흔들리는 듯했다. 그와 더불어서 찰랑거리는 맑은소리 같은 것이 연속해서 들려왔는데 무슨 소리인지 알 수 없었다.

 '어떻게 하지? 들어가야 하나?'

현암은 다소 고민이 됐다. 공연히 남들 싸우는데 이유도 모르고 끼어들 것은 없었으니까.

'우연히 지나친 것처럼 하고 들어가 볼까?'

현암은 원래 영능력자가 아니니 힘을 숨기고만 있으면 들키지는 않을 것 같았다. 현암은 얼빠진 사람 흉내를 내기로 마음먹었다. 무엇보다도 호기심이 들어서 견딜 수 없었다. 더구나 노인의 몸에서 풍기던 기운은 정확하게 꼬집어 말할 수는 없었지만 정말 친숙하게 느껴져서 그 호기심을 더욱더 부채질했다.

현암은 깊이 두어 번 호흡한 뒤에 공력을 안으로 착실히 갈무리하고 일부러 비틀거리는 걸음으로 건물 안으로 들어섰다. 문턱으로 들어서는 순간, 현암은 자신의 눈을 의심했다. 밖에서는 별다른 소리가 들리지 않았지만 그 안에서 벌어지는 싸움은 무척이나 치열했던 것이다.

찰랑거리는 소리를 내는 것은 금발 머리의 여자였다. 그녀는 투명하고 아주 맑은 수정 막대기 같은 것을 여러 개 이은, 밧줄 같기도 하고 체인 같기도 한 무기를 휘두르고 있었는데 그때마다 찰랑거리는 소리가 들려왔다.

언뜻 보기에 그 수법은 구절편(九節鞭)[4]을 휘두르는 무술과도 흡사했고 채찍을 휘두르는 수법과도 흡사했다. 그러나 그 수정 체

---

4 동양, 특히 중국에서 자주 사용하는 기형(奇形) 병기이다. 막대기를 곤(棍)이라고 하는데, 두 개의 곤을 이은 것을 쌍절곤, 세 개의 곤을 이은 것을 삼절곤이라고 한다.

인은 가닥이 훨씬 많아서 구절편보다도 훨씬 더 현란하게 움직이고 있었다.

그리고 곱살한 얼굴의 남자는 여자가 체인을 휘두르는 사이사이에 간간이 손을 내뻗고 발로 바닥을 구르고 있었다. 그때마다 남자의 손이 가리킨 벽이나 바닥이 흔들리거나 부서져 나가는 것으로 보아 아마도 진동파 같은 것으로 공격하는 것 같았다.

하지만 현암이 자신의 눈을 의심한 것은 그들의 그런 기이한 공격 때문이 아니었다. 그에 맞서 노인은 그리 심하게 움직이지도 않고 주로 방어만 하고 있었는데, 그의 몸에 선명하게 떠올라 있는 것은 바로 박 신부의 몸에서 나오던 것과 같은 연녹색의 오라였던 것이다. 다만 박 신부처럼 거대한 오라 막이 몸 전체를 보호하지는 않았다.

세숫대야만 한 크기의 오라 구체가 그의 몸에 깃들어 여기저기 움직이면서 여자의 수정 체인과 남자의 진동파를 계속 튕겨 내고 있었다. 비록 박 신부만큼의 강력한 힘은 없지만 그 사용에 있어서만은 훨씬 능숙하다고 할 수 있었다.

커다랗게 빛나는 오라 구체가 몸 주위를 돌면서, 반짝거리며 빛을 영롱하게 반사하는 수정 체인을 막아 민첩하게 움직이는 모습

그러나 아홉 개의 끈을 이은 깃은 너무나 잘 휘어지기 때문에 끈이 아닌 채찍 편(鞭)자를 붙여 구절편이라고 부른다. 채찍과 흡사하며 부드러움과 강함을 둘 다 지니고 있어 사용하기 어려운 무기 중의 하나다.

은 무섭다기보다는 신기하고 아름다워 보이기까지 했다. 현암은 그 오라를 보는 순간, 마음을 정했다. 악한 의도를 가진 사람이 박신부와 거의 흡사한 오라를 발출할 수는 없다고 여겼기 때문이다.

"어이쿠!"

의도적으로 크게 지른 고함에 어지럽게 맞붙어 싸우던 세 사람이 멈칫하며 동작을 멈추었다. 찰랑 소리와 함께 여자의 수정 체인은 어디로 들어갔는지 금세 자취를 감췄고, 곱살한 얼굴의 남자는 아무 일 없다는 듯이 조용히 팔짱을 끼었으며, 노인 몸의 오라도 금방 사라져 버렸다.

"이런 밤중에 여기서 뭣들 하는 거요? 엉?"

현암은 일부러 술에 취한 것처럼 발걸음을 흐트러뜨리며 안으로 뚜벅뚜벅 걸어 들어갔다. 그러자 남자가 미간을 흠칫하더니 팔짱을 낀 자세 그대로 현암 앞으로 조용히 걸어왔다.

"여기서 썩 꺼져(Get out of here)!"

남자는 상당히 딱딱한 악센트로 현암에게 말했다. 보통 사람 같으면 그 싸늘한 말투 하나만으로도 뒤를 돌아보지 않고 도망쳤을 터였다. 그러나 현암은 코맹맹이 소리로 말했다.

"뭐시기? 뭐시기? 난 무식해서 몰라. 뭐라 그러는 거야?"

그러면서 현암이 남자에게 엉겨 붙듯이 몸을 기대려 하자 남자는 그야말로 눈 깜짝할 사이에 일 미터 정도 옆으로 비켜섰다.

'움직이면서도 머리와 상체는 꼼짝 하지 않으니 대단하기는 하군. 그러나 그 정도는 주기 선생의 힐기보법에 비하면 반에도 못

미치는 재주다.'

현암은 속으로 상대의 능력을 대강 가늠하면서 일부러 균형을 잃고 휘청거리다가 다시 외쳤다.

"뭐야, 이거?"

그러자 남자는 다시 입술을 열어 아주 서툰 한국어 억양으로 싸늘하게 말했다.

"꺼져!"

남자가 한 번 손짓하자 현암의 아랫배에 상당한 타격이 와닿았다. 물론 남자는 쓸데없이 사람을 죽이지 않으려고 힘을 많이 쓴 것은 아닌 듯했지만, 현암이 맞아 보니 보통 사람이 맞으면 그대로 기절할 정도의 타격이었다. 천정개혈대법을 이루어서 배 부분에 공력을 소통시키지 못했다면 현암도 심한 아픔을 느꼈을 것이다.

현암은 일부러 뒤로 우르르 물러서면서 넘어지는 척하려 했는데 누군가가 현암의 등 뒤를 살짝 받쳐 주었다. 짐짓 놀란 표정을 지으며 돌아보니 그 사람은 바로 아까의 노인이었다.

"돌아……가세요. 위…… 음…… 위엄합네다."

노인은 미소를 띠며 서툰 한국어로 말했다. 그 모습을 보자 현암은 어찌 됐든 노인을 꼭 도와주어야겠다는 생각이 들었다. 그래서 현암은 일부러 노인을 밀쳐 내고 아픈 듯 캑캑거리다가 소리를 질렀다.

"당신! 뭔데 다짜고짜 사람을 쳐? 엉? 정말 나하고 한번 해보겠다는 거야, 엉?"

현암은 휘청거리면서 팔을 들어 남자를 칠 듯이 달려들었다. 그런 현암을 보고 남자는 기가 막힌다는 듯 비웃는 표정을 짓더니 뒤로 오십 센티미터 정도 또 번개같이 물러섰다. 보통의 경우 같았으면 그 거리로도 충분히 주먹을 피했을 터였지만 상대는 현암이었다.

현암은 그 점을 미리 가늠해 주먹을 휘두르면서 번개같이 한 발 더 내디뎌 남자의 아래턱을 정확하게 후려갈겼다. 그것도 암암리에 사성(四成)의 공력을 실은 상태로 말이다.

남자는 머리가 핑 돌아가면서 벽까지 날아가서 부딪치고는 다시 튀어서 바닥에 넘어졌다. 그 모습을 보자 여자와 노인의 안색이 다 같이 해쓱하게 질려 버렸다.

현암이 과장되게 큰 소리로 하하 웃으면서 중얼거렸다.

"하하! 맛이 어떠냐? 이래 봬도 복싱을 한 지 오 년이 넘은 몸이라 이거야!"

현암의 사성 공력을 담은 주먹은 보통 사람이 맞으면 죽지는 않는다 해도 단번에 병원으로 실려 갈 정도의 위력이었다. 그런 주먹을 방심한 상태에서 맞았으니 아무리 재주가 좋아도 단방에 쓰러질 수밖에 없었다.

다음 순간, 여자가 긴장하면서 손을 획 내뻗었다. 그러자 여자의 손목에서 차르릉 하는 맑은소리와 함께 수정 체인이 뱀처럼 길게 쏟아져 나와 현암에게 날아들었다. 그것도 정확하게 현암의 양미간을 노리면서.

현암은 어이쿠 소리를 지르며 넘어지는 척 체인을 피했지만, 여자가 손목을 떨치자 체인은 허공에서 방향을 바꾸어 계속 현암의 미간을 노리고 날아들었다. 다급해진 현암은 더 이상 여유를 부리지 못하고 재빨리 오른팔을 들어 체인을 막았다.

현암의 오른팔에 체인이 맞자마자 여자가 다시 손목을 휘두르는 순간 체인이 뱀처럼 현암의 손목을 감았다. 연달아 여자가 체인을 확 잡아당기자 체인이 다시 촤르륵 풀려서 여자의 손목으로 감겨 들어갔다.

현암은 미동도 하지 않고 입술을 깨물면서 여자를 노려보고 있었다. 현암의 오른팔 부분의 옷이 가위로 잘라 낸 것처럼 여러 조각이 돼 바닥에 너풀거리며 떨어졌다. 체인을 이루고 있는 수정 토막들은 하나하나 모두가 예리하기 이를 데 없는 날을 지니고 있었던 것이다. 현암이 만약 공력을 돌려 팔을 보호하지 않았다면 팔에 필시 구멍이 뚫렸을 뿐만 아니라 팔목이 가위로 자른 것처럼 토막토막 나 버렸을 터였다.

현암의 옷만 잘렸을 뿐, 팔에 생채기 하나 없는 것을 보자 여자는 몹시 놀라면서 외쳤다.

"무쇠 팔이야(Iron arm)?!"

여자는 교활하게 다시 양손을 휘둘렀다. 그러자 이번에는 두 가닥의 수정 체인이 현암을 노리고 날아들었다. 한 가닥은 얼굴을 향했고 한 가닥은 심장을 똑바로 겨냥하고 있었다. 현암은 여자의 수법이 몹시도 잔혹한 것에 화가 치밀어 양손을 펴서 두 가닥의 체인 끝을 손바닥으로 막고 체인을 꽉 잡았다.

여자는 현암이 맨손으로 체인을 잡자 너무도 놀라 양손으로 체인을 마구 흔들어 댔다. 보통의 경우 같았으면 손바닥에 체인 날이 박혀 들어갔을 테지만 현암의 손은 그야말로 끄떡도 없었다. 천정개혈대법을 하기 이전부터 현암의 오른팔은 공력으로 보호하면 거의 무쇠와 같았는데 지금은 말할 나위가 없었다.

물론 팔이 정말 무쇠로 변한 것이 아니어서 둔기로 치면 그래도 아픔을 느끼지만, 이렇게 날이 있는 것으로 베는 것에 대해서는 완벽하게 저항할 수 있었다. 다만 아직 천정개혈대법의 육 단계 이상은 나아가지 못하고 있어서 몸 전체를 그렇게 보호할 수 있는 것은 아니었다.

하지만 적어도 두 팔, 특히 양 손바닥에 대해서만은 현암은 각고의 노력으로 공력의 집중도를 높여 왔다. 유사시에 가장 민첩하게 움직여 공격을 방어할 수 있는 부분은 역시 손이기 때문이다. 아무튼 그 덕분에 약간의 아픔은 느껴졌지만 무시무시한 수정 체인을 현암은 맨손으로 쥘 수 있었다.

현암은 수정 체인을 쥔 손에 힘을 주어 휙 잡아당기려 했지만 여자는 어깨를 휘청하면서도 그것을 놓치지 않으려고 결사적으로 체인에 달라붙었다. 체인을 통해 '투' 자 결로 공력을 가해서 반죽음으로 만들어 놓을 수도 있었지만 현암은 그렇게 하지 않고 흥 하고 비웃으며 여자를 보다가 노인에게 물었다.

"어르신, 제 말 알아들을 수 있나요?"

노인은 놀란 듯 멍하니 현암을 보고 있다가 급히 대답했다.

"아…… 예. 약간…… 약간은……."

"이 여자, 뭐 하는 여잡니까?"

"오…… 그건…… 그것은……."

노인은 말을 이으려다가 갑자기 놀라면서 획 하고 오라를 뿜었다. 그러자 현암의 등 뒤에서 뭔가가 낑 소리를 내며 튕겨 나가는 것 같았다. 기척도 전혀 없었는데 무슨 일일까 하고 현암이 돌아보자 아까 현암에게 맞아 넘어졌던 남자가 일어나 있었다.

남자의 아랫입술은 터졌고 뺨이 퉁퉁 부어올라서 곱살하던 얼굴은 형편없이 찌그러져 있었다. 그러나 방심한 상태에서 그만한 주먹을 맞고도 몇 초 지나지 않아 몸을 일으켰다는 것은 대단한 일이었다.

현암은 체인을 잡은 채 그 남자에게 말했다.

"당신, 한국말 할 줄 알아?"

그 순간, 남자가 손을 마주 모으면서 무어라고 중얼거리자 사방에 차가운 느낌이 감돌았다. 보이지는 않았지만 뭔가 섬뜩하고 음산한 기분. 현암이 뭘까 하는 찰나 뭔가가 다시 획 날아들면서 현암의 어깨를 치고 지나갔다. 아무것도 보이지 않았는데도 아릿한 아픔이 오면서 현암의 어깨 부분의 옷이 지익 찢겨 나갔다.

"섀도 비스트(shadow beast)!"

노인은 크게 외치면서 오라 구체를 손끝으로 옮겨서 다시 현암의 앞을 막아섰다. 현암은 아무것도 보이지도 않고 느낄 수도 없었지만 본능적으로 공력을 팔에 집중해 십자 막기 자세로 앞을 막자 뭔가가 현암의 팔을 치고 팅팅 튕겨 나갔다.

'제길! 저놈도 무슨 주술사였나? 정령 같은 걸 불러낸 모양이군!'

섀도 비스트라고 부르는 그 존재는 숨 쉴 틈도 없이 현암을 사방에서 덮쳐 왔다. 보이지 않는 현암으로서는 온몸에 공력을 있는 대로 돌리면서 대비하고, 공력이 통하지 않는 머리를 양팔로 보호하는 것밖에는 다른 방법이 없었다.

월향검을 날리면 그따위 정령쯤이야 처치하겠지만 월향검을 이 자들에게 보여 주고 싶지는 않았다. 노인도 열심히 오라 구체를 움직여서 달려드는 섀도 비스트들을 저지하고 있었다.

그 찰나 여자가 틈을 놓치지 않고 체인을 획 잡아당겼다. 현암은 섀도 비스트를 막느라 체인을 놓칠 수밖에 없었다. 그때 노인이 다시 코앞에서 섀도 비스트 하나를 쳐 내자 현암은 그에게 외쳤다.

"당신은 이놈들이 보입니까?"

그때 여자가 앙칼진 소리를 크게 내지르면서 두 가닥의 체인을 휘둘렀는데 그 체인은 현암이 아니라 노인의 드러난 몸을 향하고 있었다. 현암은 얼른 팔을 뻗어 체인을 막으려 했지만 남자가 급히 진동파를 한 방 내쏘았다.

진동파가 옆구리에 맞자 온몸이 저르르 울리는 것 같았다. 그 바람에 현암은 체인을 한 가닥밖에 쳐 내지 못했고, 노인은 체인을 정통으로 가슴에 맞았다. 그러자 노인은 왼쪽 어깨 부분부터 오른쪽 허리 부분까지의 옷이 주욱 잘리면서 무엇인가가 땅에 털씩 떨어졌다. 붉은 천으로 겹겹이 싼 손바닥 하나 정도 크기의 평평한 물건이었다. 그것이 떨어지자 노인은 안색이 변하면서 몸으로 그것을 덮쳐 안았다.

여자가 체인을 당겼다가 노인을 향해 휘둘러 대는데도 노인은 자신의 몸보다도 그 물건을 더 귀중하게 여기는 듯했다. 그 모습을 보고 현암은 크게 소리를 지르면서 오른팔을 뻗어 체인 한 가닥을 튕겨 내고 한 가닥을 손으로 잡았다. 그사이 섀도 비스트들이 현암의 몸을 타다닥 치고 지나가는 통에 현암은 균형을 잃고 체인을 다시 놓쳤다.

"귀찮은 놈들!"

현암은 화가 나서 공력이 충만한 오른손을 허공에 휙 휘둘렀는데 요행히도 섀도 비스트 한 마리가 그 손에 맞은 모양이었다. 펑 하는 소리와 함께 뭔가가 터져 나가는 듯도 하고 울부짖는 것도 같은, 끙 하는 괴이한 소리가 들리면서 자그마한 폭발이 일어났다.

현암은 한 놈을 해치우자 자신감이 생겨서 손을 어지럽게 허공에 휘두르며 기세 좋게 고함을 쳤다. 그러자 남자도 얼굴색이 변하며 다시 뭐라고 중얼거리면서 손바닥을 맞붙였다.

'제길! 녀석이 또 재주를 부리면 정말 곤란해진다!'

아까 섀도 비스트 한 마리를 잡은 것은 우연에 불과했기 때문에 아무리 현암이 손을 휘둘러도 섀도 비스트를 다시 잡을 수는 없었다. 더구나 남자가 뭔가 다른 술수를 부리려는 듯하자 현암은 조금 마음이 급해져서 손에 잡고 있는 체인에 '투' 자 결의 공력을 불어 넣었다.

"아악!"

육성(六成)의 공력이 체인에 가해지자 그것을 잡고 있던 여자는 감전이라도 된 것처럼 비명을 지르면서 온몸을 부르르 떨다가 체인을 놓치고 뒤로 넘어졌다. 현암은 체인을 크게 한 번 휘두르며 방향을 바꿔서 다시 공력을 가한 후 체인을 남자에게 집어 던졌다.

그러나 체인은 날아가다가 허공에서 뭔가에 부딪혀 폭발해 버렸다. 아마도 남자가 정령을 조종해 체인을 막자 체인과 섀도 비스트 한 놈이 같이 폭발한 것 같았다. 폭발에 수정 조각이 사방으로 눈부시게 튀어 올랐다. 아름답기는 했지만 그 파편에 맞는 것은 대단히 위험했다.

현암은 얼른 노인의 몸을 들어 올리면서 저만치로 껑충 뛰어서 파편을 피했다. 그때 남자가 주문을 다 외운 듯 손뼉을 치자 아까보다도 훨씬 더 음산한 기운이 주변에 감돌기 시작했다. 보이지는 않았지만 뭔가 섬뜩한 기운이 느껴지는 것이 아까의 섀도 비스트와는 비교도 되지 않는 놈을 불러낸 듯했다.

'저놈의 특기는 소환술인가?'

현암은 혹시라도 안명부가 없나 하고 주머니에 손을 넣어 보았지만 준후의 부적은 하나도 없었다. 더구나 주변의 공기가 심상치 않은 것이 이대로는 위험할 것 같았다.

'날 원망 말아라.'

현암은 속으로 외치면서 '탄' 자 결의 구체를 손끝에 맺었다. 세 개의 구체가 맺히자 현암은 손을 남자 쪽으로 돌리며 구체 한 개를 내쏘았다. 그러나 구체는 날아가다가 중간에서 뭔가에 부딪힌 듯 굉음과 함께 폭발했다. 현암은 다시 두 개의 구체를 약간의 시간 간격을 두고 연속으로 내쏘았다. 다시 한 개의 구체가 허공에서 폭발했지만 나머지 한 개의 구체는 남자도 채 막지 못했다.

커다란 폭발음과 함께 뒤로 날아간 남자의 몸이 벽에 호되게 부딪혔다가 맥없이 앞으로 털썩 쓰러지자 주변에 감돌던 을씨년스러운 기운도 서서히 걷혔다.

현암은 이마에 흐르는 땀을 닦고 일단 쓰러진 남자가 혹시 죽지는 않았나 살펴보았다. 남자는 '탄' 자 결을 정통으로 맞아 그야말로 만신창이가 돼 있었지만 생명에 지장은 없어 보였다. 호리호리한 외모와는 달리 굉장히 강인한 녀석인 것 같았다.

현암의 공력을 맞고 쓰러진 여자는 아직도 몸을 부들부들 떨고 있어서 다시 일어서려면 한 시간 이상은 지나야 할 것 같았다. 그제야 안심한 현암은 쓰러져 있던 노인을 일으켜 세웠다.

"괜찮습니까?"

현암이 부축하자 노인이 비틀거리며 일어섰다. 그러다가 노인은 땅에 아직도 천으로 싼 물건이 떨어져 있는 것을 보고 신음을 내며 급히 몸을 숙여 그것을 주우려 했다.

현암은 가볍게 웃으며 그것을 집어서 노인에게 건넸다.

"그게 뭡니까?"

노인은 현암이 그 물건을 자신에게 건네자 안심한 듯 그것을 품에 넣더니 한 번 성호를 그어 보였다. 그러고 나서 현암에게 말했다.

"고맙습네다. 절망…… 절망. 당신은…… 우수한…… 아니, 대단한…… 사람입네다……. 절망 놀랐습네다."

현암은 악의 없이 씨익 웃어 보였다.

"절망이 아니라 정말입니다. 그런데 저 사람들은 누굽니까? 그리고 당신은 또 누구죠?"

"아아…… 나는, 나는 아우구스티노요. 당신은? 그러는 당신은?"

"혹시 사제십니까?"

"……?"

노인이 말을 알아듣는 것 같지 않자 현암은 좀 서툰 영어로 다시 물었다.

"당신은 신부님입니까(Are you a priest)?"

노인 역시 서툰 영어로 대답했다. 말투에는 이탈리아어 비슷한 억양이 많이 섞여 있었다.

"오, 아닙네다. 나는 수사입네다."

아우구스티노는 퍽 나이가 많았으며 능력도 상당했는데 아직 신부가 되지 않고 수사(修士)에 머물러 있다는 것이 좀 신기했다. 하지만 현암은 그런 내색은 하지 않고 다시 물었다.

"그러면 저들은 누구입니까? 아우구스티노 수사님."

그러자 아우구스티노 수사는 한숨을 쉬면서 대답했다.

"정확히는 저도 모릅네다."

아우구스티노 수사는 쓰러진 두 사람을 가만히 바라보다가 현암에게 말했다.

"저 여자는 마녀 협회의 사람인 것 같고. 저 남자는 누군지 정확히는 모릅네다. 다만 모종의 암살 조직에 있는 자가 아닐지……."

현암은 조금 인상을 쓰며 물었다.

"혹시 검은 편지 결사가 아닙니까?"

현암이 대뜸 그런 질문을 하자 아우구스티노 수사는 놀란 표정을 지었다.

"검은 편지 결사에 대해 어떻게 아십네까?"

"친구 한 사람이 그들에게 위협을 받고 있어서요. 그런데 수사님은 여기 어떻게 오시게 된 겁니까?"

"나는…… 나는…… 미스터 백을 만나러 왔습네다."

"백호 씨 말이군요."

"아십네까?"

"잘 압니다. 그러면 저자들은 백호 씨를 해치러 왔나 보군요."

아우구스티노 수사는 고개를 저었다.

"저들은 이것을 노리고 온 것입네다. 내가 여기에 온다는 것을 어떻게 알았는지는 모르지만."

그러면서 아우구스티노 수사는 자신의 품에 넣은 물건 위를 쓰다듬어 보였다.

"대단히 귀중한 물건인가 보군요?"

"그렇습네다. 모르는 사람에게는 쓸모없는 것이지만. 그런데 당신은 누굽네까?"

현암은 그저 담담히 웃어 보였다.

"백호 씨와 연관이 많은 사람일 뿐입니다. 해간 수사님이 오신 것은 검은 편지 결사와 연관이 있는 용무겠지요?"

아우구스티노 수사는 고개를 끄덕여 보이다가 현암에게 물었다.

"그런데 혹시…… 검은 편지가 노리고 있다는 친구분이 혹시 미스터 백 아닙네까?"

"맞습니다. 그런데 왜 검은 편지 결사가 백호 씨를 노리는지 저는 이해할 수가 없군요. 그리고 수사님은 무슨 일로 백호 씨를 찾아오신 겁니까?"

그 질문에 아우구스티노 수사는 고개를 저었다. 아무리 현암이 자신을 구해 주었더라도 그 이상은 대답해 줄 수 없다는 듯한 표정이었다.

"미스터 백을 만나기 전에는 더 이야기할 수 없습네다. 죄송합네다."

현암은 있을 법한 일이라 여기고 고개를 끄덕였다.

"좋습니다. 그럼 일단 가시죠. 백호 씨를 만나러요."

"이 사람들은 어떻게……?"

"그렇군요. 흠, 그냥 내버려두면 또 무슨 짓을 할지도 모르니…… 일단 끌고 가죠. 끌고만 가면 백호 씨가 감옥에 넣든지 추방하든지 알아서 처리해 줄 겁니다."

현암은 두 사람을 한 손에 한 명씩 가볍게 들어 올린 다음 앞장서서 걷기 시작했다. 현암이 두어 걸음을 옮겼을까 말까 했을 때,

현암의 허리춤에서 찌리링 하는 요란한 소리가 한 번 울렸다. 승희가 전화한 것이 틀림없었다.

'이런!'

현암은 깜짝 놀라서 두 사람을 그 자리에 던져 놓고 달리기 시작했다. 아우구스티노 수사는 영문을 몰라 "헤이! 헤이!" 하면서 현암을 소리쳐 부르며 뒤따라왔지만 현암은 돌아볼 겨를도 없이 내처 달리기만 했다.

아우구스티노 수사는 땅에 엎어진 두 사람을 어떻게 해야 할지 잠시 망설이다가 결국은 그들을 놓아둔 채 있는 힘을 다해 벌써 저만치로 멀어지고 있는 현암의 그림자를 따라 달렸다.

현암이 백호의 아파트 앞으로 돌아왔을 때, 아파트 주변에는 아무도 없었다. 아파트로 올라가다가 언뜻 보니 아파트 경비실 앞에 경비원이 쓰러져 있는 것이 보였다. 한 대 얻어맞은 것 같았으나 숨은 쉬고 있는 듯했다.

현암은 엘리베이터를 누르려다가 엘리베이터가 십오 층, 즉 백호가 살고 있는 층에 멈추어 있는 것을 보고는 냅다 계단으로 달려 올라갔다. 엘리베이터보다는 공력으로 몸을 솟구치는 현암의 다리가 더 빨랐다. 십오 층에 도달하자 백호의 아파트 문이 보였다.

현암은 문의 손잡이를 돌려 보았지만 손잡이는 잠겨 있었다. 안에서는 승희인 것 같은 여자의 비명이 희미하게 들려오는 듯했다. 현암은 더 이상 망설이지 않고 월향검을 꺼내 검기를 주입한 다음

문손잡이 주변에 박아 넣고 빙그르르 돌렸다. 그러자 쇠로 된 문의 손잡이 주변이 둥글게 오려 내졌다.

지체할 겨를도 없이 현암은 문을 박차고 안으로 뛰어들었다. 집 안은 격투가 한바탕 벌어진 듯, 엉망진창이 돼 있었다. 문득 저만치 쓰러져 있는 승희의 모습이 보였다. 백호는 헐떡거리면서 벽에 등을 기대고 있었는데, 놀랍게도 그 앞에는 아까 놀이터에서 유령처럼 사라졌던 검은 머리의 키 큰 남자가 서 있었다.

그는 현암이 들어오자 놀라지도 않고 쓱 현암을 바라보더니 다시 백호 쪽으로 고개를 돌렸다. 백호는 헐떡거리다가 현암을 바라보더니 몹시 반가운 듯 소리를 쳤다.

"현암 씨!"

현암은 한 번 고개를 끄덕여 보이고 천천히, 그러나 긴장된 걸음걸이로 백호 앞으로 다가가 그의 앞을 막고 섰다. 그리고 그 남자에 대한 경계를 늦추지 않은 채 쓰러져 있는 승희의 상태를 확인했다. 승희는 기절한 것 같았지만 역시 호흡은 정상인 듯했다.

그제야 현암은 키 큰 남자를 올려다보며 물었다.

"넌 누구지?"

그때까지 꼼짝도 하지 않고 서 있던 남자는 고개를 한 번 까딱하며 씩 웃었다. 도대체 무슨 의미인지 알 수가 없었다. 현암은 괜스레 시간 끌 것 없다는 생각으로 주먹에 공력을 가해서 남자의 머리 부분을 향해 휘둘렀다.

그러나 남자는 유령처럼 스르르 현암의 주먹을 피했다. 현암도 남자가 이 정도의 주먹은 간단히 피하리라 짐작하고 있었다. 그다음 순간 현암은 남자의 머리가 피하는 방향으로 다시 반대쪽 손으로 주먹을 휘둘렀다. 남자는 또다시 스르르 현암의 주먹을 피했다.

현암은 먼저 뻗었던 팔을 굽혀 그 팔꿈치로 남자를 노렸지만 남자는 그것마저도 피했다. 최후로 현암은 몸을 빙글 돌리면서 넓게 돌려 차기를 했으나 남자는 어느새 한 걸음 뒤로 물러나서 현암의 네 번째 공격마저도 피해 버렸다. 이 모든 것은 일 초도 걸리지 않은 순간에 벌어진 일이었다.

현암은 흥 하고 코웃음을 치면서 말했다.

"한가락 하는군."

남자는 다시 고개만 까딱하면서 현암에게 목례하는 것 같았다. 현암은 다시 한번 호흡을 깊이 한 다음 전광석화처럼 남자에게 달려들어 소나기같이 주먹을 퍼부었다. 삽시간에 십여 차례나 주먹을 퍼부어 대는데도 남자는 기이한 동작으로 몸을 비틀고 구름처럼 움직이며 현암의 날카로운 공격을 모조리 피했다.

십여 차례나 주먹을 피하고 나자 남자의 몸이 약간 균형을 잃은 듯 비스듬한 자세가 되자, 이를 놓치지 않고 현암은 번개같이 몸을 숙이면서 다리를 길게 펴서 남자의 다리를 휩쓸어 갔다. 그러나 남자는 몸이 허공으로 기울어져 있는데도 불구하고 두 다리를 위로 들어 올려서 현암의 다리를 피해 버렸다.

현암은 약이 올라 다리를 휩쓸던 자세 그대로 위로 몸을 용트림하듯 아래에서 위로 올려 찼다. 남자는 풍선처럼 몸을 두둥실 허공으로 솟구쳐 올리면서 그 공격마저도 피했다.

'한가락 하는 정도가 아니라 보통내기가 아니구나.'

현암은 입술을 깨물고 공력을 크게 운행했다. 미꾸라지같이 빠져나가는 상대는 일단 가까이 붙잡아야 한다고 생각한 것이다. 현암은 양손에 '흡' 자 결의 공력을 팔성(八成)까지 끌어올렸다. 그리고 남자의 몸이 아래로 내려오려는 순간 '흡' 자 결의 공력을 발해 남자의 몸을 끌어당기려 했다.

놀랍게도 남자의 몸은 현암의 '흡' 자 결에도 끌려오지 않았다. 오히려 현암의 손이 향한 방향에 걸려 있던 벽걸이 장식물이 벽에서 떨어져 나와 현암의 손에 날아왔고 주변의 종이와 가벼운 물건들이 현암의 손으로 어지럽게 날아들었을 뿐이었다.

남자의 몸이 끌려오지 않자 현암은 화가 치밀어 올라 순간적으로 공력의 운행을 바꾸어서 '발' 자 결의 공력을 가했다. 그러자 현암의 손으로 끌려 들어오던 물건들에 반대 방향의 힘이 가해졌다. 약한 물건들이 허공에서 깨어지거나 찢어지면서 방향을 바꾸어 남자를 향해 우박처럼 쏟아져 나갔다. 그 조각 하나하나에는 현암의 공력이 약간씩 담겨 있어서 종잇조각 같은 가벼운 물건일지라도 무시 못 할 파괴력을 지니고 있었다.

남자도 그때는 긴장했는지 허공에서 휙휙 몸을 세 번이나 돌려서 우박처럼 쏟아지는 잡동사니들의 공세를 피했다. 현암은 남자의 몸놀림을 보고 어이가 없었다. 그자는 거의 체중이 없는 것처럼 허공에서 자유로이 몸을 틀고 있었던 것이다.

현암은 남자의 몸이 옆으로 날아가는 순간 다시 몸을 박차고 달려 나가서 남자의 몸을 향해 '추' 자 결의 육성(六成) 공력을 발했다. 남자의 몸을 벽에 밀어붙일 생각이었다. 그러나 남자의 몸은 무게가 없는 듯 현암의 힘을 타고 그대로 뒤로 물러났다. 마치 연기 뭉치를 주먹으로 치는 것이나 다름없었다.

'허상?'

현암은 잠시 놀라면서 주춤했다. 그 틈을 타 이번에는 남자의 다리가 현암을 향해 날아들었다. 남자의 다리를 한 팔을 들어서 막았으나 그자의 다리는 마치 뱀처럼 현암의 팔을 스르르 미끄러져 올라오더니 현암의 뺨 쪽으로 날아들었다.

현암은 재빨리 고개를 비틀면서 뒤로 몸이 넘어지듯 해 간신히 남자의 다리를 피했으나 균형을 조금 잃고 뒤로 세 발짝이나 물러섰다. 순간 현암은 긴장해 몸에 공력을 돌려 몸을 보호했다.

갑자기 전혀 생각하지도 않았던 등 뒤에서 와장창 무엇인가가 깨지는 소리가 났다. 그와 동시에 퍽 하는 소리와 함께 무엇인가가 현암의 등을 강타했다. 현암의 등 뒤로 큰 창문이었는데 창문을 깨고 무엇인가가 날아든 것이다. 현암이 놀라 뒤를 돌아보려는 순간, 이번에는 금빛이 번쩍이자마자 현암의 등에서 호되게 퍽 소리가 났다. 현암은 그만 앞으로 풀썩 쓰러져 버렸다. 그러자 창밖에서 누군가가 훌쩍 몸을 날려 날아들었다.

현암이 쓰러지는 것을 보자 백호는 몹시 놀라면서 현암 쪽으로 달려오려 했으나 또다시 금빛이 번쩍이며 백호의 근처에서 빛났고, 백호는 정통으로 맞은 것 같지 않은데도 입에서 피를 뿜어내면서 한쪽 구석으로 처박혔다. 창으로 들어온 자가 금빛 나는 커다란 무기를 휘두른 것이다.

쓰러진 현암의 목덜미를 누군가가 콱 밟고 섰다. 그 남자였다. 현암과 겨루던 남자는 지금까지 저쪽 벽에 팔짱을 끼고 서서 미소를 짓고 있었는데 별안간 등 뒤에서 다시 나타난 것이다.

남자의 손에는 금빛이 번쩍거리는 커다란 망치가 들려 있었다. 그것으로 남자는 현암과 백호를 쓰러뜨린 것이다. 남자는 흐흐하고 웃으면서 허리춤에서 짤막한 칼을 꺼내 들며 망치를 내려놓았다. 금으로 만들어졌는지 망치가 떨어지자마자 쾅 하는 소리와 함께 바닥이 조금 파였다. 곧이어 남자는 현암의 뒷덜미를 칼로 찌르려고 손을 높이 들어 올렸다.

교황청의 밀사

"어엇?"

남자는 순간 놀란 소리를 질렀다. 분명 자신의 망치에 맞고 정신을 잃은 줄 알았는데 현암이 칼에 찔리려는 순간에 몸을 빙글 돌리면서 남자의 손목을 꽉 움켜잡았던 것이다.

"거기 숨어 있었군그래?"

현암은 빙긋이 웃으며 중얼거렸다. 타격을 받기는 했지만 쓰러질 정도로 상처를 입은 것은 아니었다. 현암은 자신과 겨루던 남자가 허상인 것을 알고 진짜를 끌어내기 위해 연극을 한 것이다.

그와 동시에 현암은 남자의 몸을 장난감처럼 벽에 내던졌다. 남자는 쾅 하는 소리와 함께 걸레짝처럼 벽에 처박혔지만 현암은 남자의 손을 놓지 않았다. 그리고 다시 남자의 몸을 끌어당겨 이번에는 바닥에 메어꽂았다.

"아악!"

현암은 몸을 일으키면서도 두세 번이나 남자의 몸을 빙빙 돌리면서 사방에 메어꽂았고, 남자는 더 견디지 못하고 그만 입과 코에서 피를 흘리면서 기절해 버렸다. 코피가 터진 것은 물론이고 이빨도 몇 대나 부러진 것이 분명했다.

남자가 축 늘어지자 현암은 일어나면서 주변을 둘러보았다. 저쪽 벽에는 쓰러진 남자와 똑같이 생긴 남자가 아직도 멍하니 서 있었다. 그러다가 그는 쓰러진 남자가 정신을 잃자 어느덧 스르르 사라졌다. 현암이 백호 쪽을 보니 백호는 몹시 아픈 표정을 지었지만 그래도 괜찮다는 듯 손을 저어 보이며 혼자 일어났다.

그 모습을 보고 현암은 일단 안심을 하며 남자가 휘두르던 금색 망치를 집어 들어 보았다. 크기도 컸지만 무게도 대단한 것으로 보아 정말 금으로 만들어진 것 같았다. 아무리 공력으로 몸을 보호했다지만 현암도 등판이 얼얼할 정도였으니 대단한 위력을 지닌 물건인 듯했다.

"보통 사람이 이걸 맞으면 무사하지 못하겠군."

현암은 쓰러진 남자가 자신에게 했듯이 이번에는 반대로 남자의 가슴께를 밟고 서서 말했다.

"이봐, 정신 차려."

그러나 남자는 눈을 꼭 감고 숨만 희미하게 쉬고 있을 뿐이었다.

"의식을 잃은 것 같은데요?"

백호가 퉁퉁 부은 얼굴로 간신히 말하자 현암은 미소를 지으면서 금 망치를 들어 남자의 얼굴을 향해 쾅 내리치려 했다. 그러자 남자는 누운 채로 황급히 고개를 돌려 망치를 피했다. 그 모습을 보며 현암이 웃으면서 백호에게 말했다.

"의식을 잃었다면 심장이 이렇게 벌떡벌떡 뛰지 않겠죠."

그러고는 다시 남자를 향해 말을 건넸다.

"너 참 머리가 나쁘구나. 내 앞에서 쇼를 하다니. 돌머리 같은데, 이 망치하고 네 머리하고 어느 게 단단한가 어디 한번 볼까?"

그 말에 남자는 겁먹은 얼굴을 할 뿐, 뭐라고 대답하지 않았다. 현암은 쓴웃음을 지으면서 고개를 저어 보였다.

"말이 안 통하는 것 같은데요?"

백호가 나서서 영어로 남자에게 말을 걸어 보아도 남자의 얼굴은 변하지 않았다. 때마침 아우구스티노 수사가 백호의 아파트로 들어섰다. 그는 난장판이 된 집안의 모습과 쓰러진 남자, 그리고 현암과 백호를 번갈아 보더니만 말했다.

"오…… 저런, 괜찮습네까?"

현암은 아우구스티노 수사에게 고개를 끄덕여 보였다. 아우구스티노 수사는 쓰러진 남자를 보더니 현암에게 말했다.

"이자를, 이자를 잡았군요! 오오! 드디어!"

"아는 사람입니까?"

"이자는 압둘입니다. 압둘 다 야 아지즈. 오랫동안 나를 노리고 있던 자입네다."

현암은 의아한 표정을 지으며 물었다.

"예? 이놈이 수사님을 노리고 있었다고요? 백호 씨가 아니고요?"

"그럴 겁네다. 미안합네다."

현암은 다소 얼빠진 기분이 됐다. 그렇다면 아우구스티노 수사는 그야말로 골칫덩이를 안고 온 사람이 아닌가? 그러자 백호가 조금 눈치를 보다가 영어로 물었다.

"그런데 그쪽은 누구십니까?"

"나는 아우구스티노 수사라고 합니다. 그쪽이 미스터 백 맞습니까?"

"맞습니다. 내가 백호요. 그런데 어디서 오신 분입니까?"

"저는 교황청의 명을 받고 당신을 만나러 왔습니다. 미리 연락도 없이 불쑥 찾아온 것, 죄송하게 생각하며 사과드립니다. 하지만 중요한 일이라 그럴 수밖에 없었습니다."

"중요한 일? 대체 교황청에서 나에게 무슨 중요한 용건이 있다는 겁니까?"

"그건……."

아우구스티노 수사가 조금 말끝을 흐리자 보고 있던 현암이 물었다.

"이 사람의 이름이 압둘이라고 하셨는데, 아랍계 사람 아닌가요?"

"맞습네다."

"그렇다면 이자도 아사신에 속하는 자 아닌가요?"

"아사신? 아사신에 대해 아십네까?"

"조금은 압니다. 맞는지 아닌지만 대답해 주십시오."

현암의 다그침에 아우구스티노 수사는 고개를 저었다.

"아닙네다. 이자는 아랍인이지만 크리스찬입네다."

현암이 연이어 물었다.

"그렇다면 검은 편지 결사인가요?"

그러자 수사는 조금 생각해 보다가 단호히 고개를 저었다.

"아닙네다."

"그럼 도대체 이자는 어디에 속한 자입니까?"

"이자는…… 나이트 템플러의 하수인입네다……."

"나이트 템플러? 그렇다면 성당 기사단!"

현암의 안색이 굳어지자 아우구스티노 수사는 이 동양인이 그런 비밀 조직들에 대해 어떻게 그렇게 많이 알고 있는지 의심스럽다는 듯한 눈길로 현암을 바라보았다. 그때 백호가 승희를 부축해 소파에 눕히고 수사에게 말했다.

"일단 일이 너무 복잡하게 된 것 같은데, 차근차근하게 이야기해 봅시다."

현암이 압둘을 보면서 말했다.

"먼저 이자부터 처리해야 하지 않을까요?"

"우선 묶어서 옆 서재에 둡시다. 엿듣지 못하도록 하고요."

압둘을 묶고 귀를 막아 서재로 쓰고 있는 옆방에 넣고 난 다음에도 승희는 깨어나지 않았다. 현암은 승희가 깨어나지 않자 은근히 걱정됐다. 백호에게 승희가 다친 것이 아니냐고 물었지만 백호는 승희가 다만 압둘의 분신술에 놀라서 기절한 것뿐이라고 말했다.

셋은 한참 동안 그간의 일들을 이야기하며 짜맞추었다. 이야기가 좀 심각해지자 아우구스티노 수사는 영어로 이야기했고 언어 실력이 약간 달리는 현암은 간간이 백호의 보충 설명을 들으면서 대화를 이어 갔다. 결국 앞뒤를 맞추어 보니 이렇게 정리가 됐다.

맨 처음 백호를 암살하려 한 것은 검은 편지 결사였고 그것을 실행에 옮긴 것은 아랍의 조직인 아사신이었다. 그리고 교황청에서는 아우구스티노 수사가 밀명을 받고 백호를 만나러 온 것인데, 그를 기습하려고 마녀 협회와 성당 기사단이 대기하다가 재수 없게도 현암과 마주쳐서 일을 그르친 것 같았다.

"결국."

잠시 침묵이 흐른 다음 백호가 심각한 얼굴로 말했다.

"일은 두 가지로 나누어 생각해야겠군요. 저를 노린 검은 편지 결사와 아사신, 그리고 수사님을 노린 마녀 협회와 성당 기사단. 그러나 지금으로서는 그들의 목적이 무엇인지 저는 전혀 모르겠습니다. 검은 편지 결사가 왜 저를 노리고, 마녀 협회 등이 왜 수사님을 노리는지 말입니다. 그것에 답을 해 주실 수 있는 분은 수사님뿐인 듯하군요."

그러면서 백호는 아우구스티노 수사를 쳐다보았다. 아우구스티노 수사는 비록 현암이 자신을 구해 주었지만 그의 앞에서 이야기하는 것이 좀 껄끄러운 표정을 지었다. 그러나 백호는 현암은 자기 동료이니 이야기하라고 주장해 마침내 아우구스티노 수사의 입을 열게 만들었다. 물론 백호는 세심하게 현암의 이름을 아우구스티노 수사에게 알려 주지는 않았고 그냥 자기 동료라고만 했다.

"일단 제 이야기부터 하겠습니다. 마녀 협회와 성당 기사단이 저를 노리는 것은 바로 제가 가지고 있는 이 점토판 때문입니다. 여기 이분……은 이미 보셨겠지요? 그런데 당신의 이름은 무엇입니까?"

현암은 아우구스티노 수사가 이름을 묻자 알려 주기 싫어서 둘러댔다.

"그보다는 먼저 하던 이야기부터 계속 들읍시다."

그러자 아우구스티노 수사는 한숨을 한 번 쉬고 말했다.

"이 점토판은 아주 중요한 내용을 담고 있습니다. 저는 교황청 산하 이단 심판소에 있는데, 거기서는 이 점토판을 찾는 데 심혈을 기울이고 있지요. 이것은 고대 메소포타미아에서 나온 것으로 일곱 조각으로 나뉘어져 있는데 제가 찾아낸 것이 네 번째 것이지요."

"그런데 그것이 무엇이기에 마녀 협회나 성당 기사단이 그토록 눈독을 들이는 것입니까? 중요한 예언이라도 들어 있나요?"

"맞습니다. 거기에는 말세에 대한 예언이 들어 있지요. 더는 묻지 마십시오."

'또 예언인가?'

현암은 한숨을 쉬었다. 왜 이렇게 말세에 대한 고대의 예언이 자꾸 나오는 것일까?『해동감결』, 그리고 승희가 들었다던 이집트 토트의 예언, 거기다가 메소포타미아의 점토판까지. 너무 공교로운 일이 아닌가? 정말로 때가 돼서 이런 것들이 나오는 것일까? 그렇지 않으면……

현암이 이런저런 생각에 잠긴 사이 백호가 다시 아우구스티노 수사에게 물었다.

"그런데 수사님은 저를 왜 만나러 오신 겁니까? 혹시……"

"혹시 뭐지요?"

"그냥 짐작입니다. 수사님이 저를 만나러 오신 이유와 검은 편지 결사가 저를 노리는 이유에 뭔가 공통점이 있지는 않을까 하는 추측 때문에 말씀드린 겁니다."

백호가 눈을 빛내면서 이야기하자 아우구스티노 수사는 흠 하며 한숨을 내쉬고는 천천히 고개를 끄덕였다.

"맞습니다. 예리하시군요. 검은 편지 결사가 미스터 백을 노리고 있다는 이야기는 여기 와서야 들었지만. 분명 그런 것 같습니다."

"그렇다면 수사님은 왜 저를 만나러 오신 겁니까? 저같이 아무런 힘도 없고 종교에도 문외한인 사람을요. 그리고 왜 연락조차 없이 불쑥 찾아오신 것입니까?"

"거기에는 두 가지 이유가 있습니다……"

"두 가지 이유라고요?"

아우구스티노 수사는 잠시 쏘는 듯한 눈빛으로 현암을 쳐다보더니 천천히 말했다.

"제가 미스터 백을 찾게 된 첫 번째 이유는 보고서 때문입니다."

"보고서라뇨? 무슨······."

"미스터 백이 제출했던 조사 보고서 말입니다."

백호는 '어?' 하면서 의아한 표정을 지었다. 아우구스티노 수사가 고개를 갸웃거리며 물었다.

"왜 그러십니까?"

현암도 백호에게 물었다.

"무슨 보고섭니까?"

"전에 말씀드렸던 대로 아사신과 검은 편지 결사에 의한 암살 사건이 최근에 늘고 있어 그에 대한 보고서를 제출하라는 지시가 있었습니다. 그러나 저는 별로 아는 것이 없어서 그냥 대강 조사해 작성한 것뿐인데."

그러면서 백호는 아우구스티노 수사에게 당황한 듯 물었다.

"그런 보고서가 도대체 무슨 중요성이 있기에······ 나는 그들의 역사적 유래를 조금 조사했을 뿐이지, 그들에 대해서는 하나도 알지 못합니다. 그런데."

그 말에 아우구스티노 수사는 한숨을 내쉬었다.

"흠······ 정말입니까?"

"그럼요."

"그렇다면…… 기막힌 우연의 일치로군요. 미스터 백, 미스터 백은 그 보고서에 아주 큰 것을 언급하고 있습니다. 우리가 당신의 보고서에 관심을 기울이게 된 것도 바로 그 때문이며, 아사신 등의 집단이 당신을 노리게 된 것도 그 때문일 겁니다."

백호는 당황해 할 말을 잊은 것처럼 보였다. 현암도 도대체 무엇 때문에 이런 난리가 벌어진 것인지 궁금해서 아우구스티노 수사의 입만 바라보았다. 그러자 아우구스티노 수사가 느릿느릿 말을 건넸다.

"미스터 백, 당신은 보고서에서 검은 편지 결사를 시오니즘과 동일시하고 있었어요. 그것이 바로 문제가 된 것입니다."

우연의 일치

"시오니즘?!"

현암은 놀란 나머지 자신도 모르게 크게 외쳤다. 시오니즘에 대한 이야기는 워낙 유명한 역사적 사실이어서 현암도 대강은 그 내용을 알고 있었다.

"그…… 시온 의정서 사건에 언급된 그 시오니즘 말입니까?"

"맞습니다."

백호가 약간 더듬거리는 목소리로 물었다.

"시오니즘…… 내 보고서에는 시오니즘에 대해 언급한 것 같지 않은데요?"

"아뇨, 언급하셨습니다."

"그런데 그게, 어떻게 세계적으로 퍼진 겁니까?"

아우구스티노 수사는 한숨을 푹 내쉬었다.

"그 보고서가 인터폴에 제출됐습니다. 한국에서는 아직 검은 편지 결사와 관련된 사건이 일어나지 않았습니다만, 인터폴에서는 그 일 때문에 골치를 썩이고 있지요. 그래서 각국에 조사를 요청하는 협조 공문을 보낸 겁니다. 그런데 한국에서 보낸 보고서는 미스터 백의 보고서를 거의 인용한 것이었어요. 우리 이단 심판소가 그렇듯, 아마 검은 편지 결사 같은 자들도 각국의 정세를 간단히 알려면 인터폴 같은 곳에 끄나풀을 심는 것이 가장 간단한 방법일 겁니다. 그러니 그들에게도, 우리에게도 모두 알려진 거죠."

"제길! 난 그냥 국내에서 이용되는 보고서인 줄 알았는데!"

현암은 그런 것이 필화(筆禍)라고 말하려다가 백호의 기분을 생각하고 입을 다물었다. 화가 난 듯 백호는 급히 몸을 일으켜 압둘을 가두어 둔 서재로 들어갔다. 그리고 잠시 후 자신이 쓴 보고서를 가지고 나왔다.

현암은 백호와 함께 그 부분을 찾아보았다. 그 보고서에는 다음과 같은 부분이 있었다.

> 검은 편지 결사는 신의 뜻에 어그러진 세상을 정화하려는 목적을 가진 광신적 종교 집단으로, 시오니즘과 유사한 정신적 배

경을 가지고 있음. 물론 검은 편지 결사 사건이 있었던 것은 시온 의정서 사건보다 훨씬 전이지만 시온 의정서 사건 또한 고대부터 면면히 이어진, '세계 개혁' 논리의 일환이라는 점으로 판단하면 이해하기 쉬울 것임. 검은 편지 결사가 다시 부활한 것, 또는 어느 집단이 그 이름을 다시 사용하게 된 것은 시오니즘적인 사고관을 가진 자들이 세기말, 세기 초로 이어지는 변혁기에 다수 나왔음을 의미하는 것임.

그리고 시오니즘과 시온 의정서의 주석 부분에는 다음과 같이 쓰여 있었다.

주) 시오니즘, 시온 의정서 : 유대 민족은 로마의 지배 아래 있을 때부터 세상의 근본적인 혁파를 원해 왔다고 전해진다. 예수가 새로운 메시아로 떠올랐을 때 그를 앞장세워 세상 -- 당시의 세계관으로는 로마와 유대 땅만을 의미하는 것이었지만 -- 을 혁파하려던 열성 당원들의 사고관도 그러했다. 예수의 열두 제자 가운데 시몬과 유다는 확실히 그러한 열성 당원이었으며, 유다가 예수를 밀고한 것도 열성당의 사주를 받은 것이 아닐까 하고 추측되고 있다.

그러나 이후 기독교가 전 세계에 퍼짐에 따라 유대인은 오히려 예수를 죽인 민족으로 인식돼 천대받게 됐으며, 그들만의 독자적인 선민관과 세계관에 그러한 심층적인 이유가 더해져 유럽 각지에서 탄압을 받게 됐다. 급기야는 유럽에서 드러나지 않게 재계를 휘어잡고 있던 유대인을 탄압하기 위해 시온 의정서 사건이 조작됐다. 시온 의정서는 '유대인이 비밀리에 세상을 전복해 자신들만을 선택받은 민족으로 자리 잡고자 한다'는 것을 골자로 하는 것으로, 그 진위가 의심스러움에도 불구하고 대대적인 호응을 받았다. 이로 인해 유대인들은 각지에서 엄청난 탄압을 받았다. 나치에 의해 자행된 유대인의 대학살에도 그러한 의식이 반영된 것으로 추정된다.

"이 내용이 뭐가 문제가 된다는 것입니까?"

백호는 어이가 없다는 듯 아우구스티노 수사에게 말했고 현암은 좀 더 차분한 어조로 수사에게 물었다.

"혹시…… 검은 편지 결사의 근본적 모태가 시오니즘 아닙니까?"

"우리도 그러한 것으로 추정하고 있습니다."

아우구스티노 수사가 말하자 백호는 억울하다는 듯이 말했다.

"그렇지만 이 정도의 추측만으로 왜 사람을 암살하려 합니까? 세상에 이런 생각을 가진 학자나 조사원들은 얼마든지 있을 텐데요!"

"문제는 하나 더 있습니다. 미스터 백은 평범한 분이 아니에요."

"무슨 소리입니까?"

"미스터 백 자신은 이런 종류의 종교적 힘이나 초능력을 가진 분은 아닙니다. 그러나 그런 사람들과 가장 가까운 분이 아닙니까? 과거 미스터 백은 많은 기인한 사건들을 대단한 능력자들을 시켜서 해결했던 일이 있지 않습니까? 한국에서도 여러 번 그러했고, 세계 각국에서도 그랬고 말입니다."

"제길!"

백호는 거칠게 내뱉었다. 과거에는 잘하려고 한 일이었지만, 무슨 일이건 지나치게 튄 자취는 평생이 지나도 없어지지 않는 법이다. 더구나 지난번의 홍수 사건까지 이르면 백호는 여전히 요주의 인물로 주목받아 있을 터였다.

"그런 전적을 가진 상태이니만큼 검은 편지 결사가 미스터 백의 그렇듯 작은 발언에 대해서도 직접적인 반응을 보이는 거겠지요. 검은 편지 결사는 전 세계를 상대로 하는 자들입니다. 그런 자들이니만치 정상적인 방법으로 활동해서는 그들에게 승산이 없습니다. 따라서 그들이 추종하게 될 것은 인간의 힘으로는 상상할 수 없는 초자연적인 힘 쪽으로 기울어지게 마련입니다. 그러니만큼 그러한 능력을 지닌 사람들에 대한 경계심을 지니고 있겠지요. 그들도 과거 미스터 백의 전력에 대해서는 알고 있을 것입니다. 그러니……."

"그만하십시오. 됐습니다."

백호가 피곤한 듯, 화난 듯 말했지만 아우구스티노 수사는 말을 멈추지 않았다.

"제가 미스터 백을 찾은 두 번째 이유도 거기 있습니다. 우리는 지난번 한국의 한 여인이 나이트 템플러의 블랙 나이트인 키건을 물리쳤다는 말을 들었습니다. 키건만이 아니라 삼사십 명이나 되는 완전 무장을 한 차이나 마피아들도 함께 말입니다. 우리 세븐 가디언들을 비롯해 우리가 아는 그 누구도 그런 정도의 능력은 상상조차 하지 못한 것입니다. 더구나 그 여인은 동료가 있다고 말했다는데."

그러면서 아우구스티노 수사는 잠시 현암을 바라보았으나 현암은 모르는 척 그 날카로운 눈길을 태연하게 받아넘겼다.

"……좌우간 그 여인과 그 여인의 동료들과 미스터 백 사이에는 아무래도 연관이 있을 것 같아서…… 도움을 요청하기 위해 제가 온 것입니다. 이것은 교황청의 요청이기도 합니다."

그 말을 하면서 아우구스티노 수사는 날카로운 눈으로 현암을 바라보았다. 현암은 말없이 가라앉은 눈빛으로 시무룩하게 백호를 보고 있을 뿐이었지만.

"좀 더 자세히 말씀드리면, 저는 이단 심판소의 세븐 가디언 중 한 사람입니다. 악마의 일이나 그런 이해할 수 없는 일들을 조용히 처리하는, 특이한 능력을 지닌 사람 중 하나지요. 그런데 저는 여기 이분의 능력이 저의 능력을 훨씬 뛰어넘는다는 것을 직접 제 눈으로 보았습니다. 이분은 미스터 백 밑에 있는 분이라 하셨고요. 정말 놀랐습니다."

현암은 속으로 투덜거렸다. 물에 빠진 사람 건져 주니 보따리 내놓으라는 격이 아닌가? 물론 그렇다고 구해 주지 말아야 했을 걸 하는 생각까지는 하지 않았지만, 좀 더 조용히 일을 처리해야 할 것을 그랬나 보다 하는 생각은 들었다.

"이것은 정말 기대 밖의 일입니다. 검은 편지 결사나 아사신 같은 사악한 무리를 상대하자면 당신과 당신이 알고 있는 사람들의 도움이 꼭 필요합니다. 힘을 모아야 하는 것입니다."

백호는 굳은 얼굴로 물었다.

"무엇을 위해서 말입니까?"

"무엇을 위해서라뇨? 그들의 어두운 음모를 분쇄하고 희생자를 줄이려는 것입니다. 그리고 나아가서는……."

"나아가서는요?"

백호가 되묻자 아우구스티노 수사는 입을 다물었다. 백호가 여전히 굳은 얼굴을 한 채 대신 말했다.

"말세를 대비하자는 것이겠지요?"

"아멘. 도움을 주시기를 바랍니다. 위험한 일이기는 합니다만…… 이미 위험은 시작됐습니다. 미스터 백만 보아도 벌써 위험한 지경에 빠졌다고 하지 않습니까? 차라리 모두 힘을 합쳐서 근본적인 위험을 없애는 편이 더 나은 것 아닐까요?"

백호는 고민하는 것 같았다. 그런데 느닷없이 현암이 끼어들면서 말을 가로막고 나섰다.

"안 됩니다."

현암의 말이 너무도 단호해 아우구스티노 수사뿐만 아니라 백호조차도 흠칫 놀랐다.

"오오. 이런. 무슨 이유입니까?"

"간단합니다. 당신들은 당신들이 믿는 방식으로 행동할 것입니다. 그러나 나나…… 내 동료들은 그 방법에 동의하지 않을 수도 있다는 것입니다."

"그건 무슨 말인가요? 위험할까 봐 그러는 것입니까?"

"벌써 위험하죠. 수사님이 알려 준 대로라면요. 하지만……."

현암은 잠시 말을 끊고 백호의 얼굴을 바라보다가 천천히 말을 이어 나갔다.

"아마도 우리가 생각하는 방향과 수사님의 방향과는 일치하지 않을 것 같습니다."

"어떻게 단정 지어 말씀하실 수 있습니까? 그리고 이건 저 혼자만의 뜻이 아닙니다. 이것은……."

아우구스티노 수사가 놀란 빛을 보이자 현암은 백호를 툭 치면서 조금 빠른 말투로 이야기했다. 그러자 백호는 현암의 말을 중간에서 통역해 주었다.

"그러면 제가 그쪽의 뜻을 대신 이야기해 볼까요? 교황청에서 근간으로 삼는 것은 아마도 『성경』이겠지요? 그것도 아마 묵시록일 가능성이 큽니다. 그렇다면 당연히 적그리스도를 찾아내어 적그리스도가 힘을 발휘하기 전에 모종의 조치를 취한다는 것이 당신들의 계획 아니겠습니까?"

"꼭 같지는 않습니다만 비슷하다고 해 두지요. 그런데요?"

"그것은 절대 교황청 전체의 뜻이 아닐 겁니다. 그것 또한 일부 소수의 의견에 불과한 것이겠죠. 아니, 좀 심하다고 생각하실지는 모르지만 화내지 마시길. 우리는 당신들을 믿을 수가 없습니다."

"어떻게 그런 말씀을!!"

아우구스티노 수사는 정말로 화가 난 듯 자리에서 벌떡 일어섰다. 그러자 현암은 미소를 띠며 말했다.

"당신은 교황청에서 나온 분이 아니기 때문입니다. 당신이야말로 성당 기사단의 일원이 아닙니까?"

혼란

아우구스티노 수사만이 아니라 백호의 얼굴도 하얗게 변했다. 아우구스티노 수사는 얼굴을 잔뜩 찌푸린 채 고개를 설레설레 젓다가 말문을 열었다.

"이해할 수가 없군요! 오오, 어떻게 그런 오해를!"

"오해가 아닙니다. 설명해 볼까요? 우연히 겹쳐도 너무나 겹칩니다. 이럴 수는 없는 일이죠. 왜 하필 그때 아사신이 백호 씨를 노린 직후, 우리가 감시하는 중에 수사님이 백호 씨의 아파트에 예고도 없이 찾아오게 됐을까요? 그것도 그렇게 소중하다는 점토판을 지닌 채로 말이지요. 그렇게 귀중한 물건이라면 응당 안전한 곳에 보관해 두고 다른 일을 보는 것이 정상입니다. 그리고 왜 하필 마녀 협회와 성당 기사단의 일원들이 아파트 앞에서 기다리고 있었을까요?"

"하지만 그건 우연히……."

백호는 눈을 크게 뜨고 현암을 쳐다보았다. 그러자 현암은 빙긋 웃어 보인 다음 계속 말을 이어 나갔다.

"결정적인 이유가 있습니다. 수사님은 백호 씨에게 연락조차 하지 않고 불쑥 찾아왔다고 말씀하셨지요. 그렇다면 마녀 협회나 성당 기사단 사람들이 어떻게 그 사실을 알아냈을까요? 만약 그들이 수사님이 백호라는 사람을 만나려 한다는 것을 알았다고 합시다. 그렇다면 왜 두 패로 나뉘어 이유도 없이 백호 씨를 공격했을까요? 말이 안 되는 것 같지 않나요?"

"아……."

"모든 일은 순리대로 풀려야 하는 겁니다. 이렇게 생각해 보죠. 아우구스티노 수사님은 가짜이며, 수사님과 싸웠던 둘과 여기 압둘까지 네 사람은 모두 한패라는 겁니다. 그리고 그들은 백호 씨를 암살하려는 검은 편지 결사와도 무관하지 않다는 거죠. 그렇다면 미리 백호 씨 주변을 맴돌았을 테니 우리가 백호 씨를 지키고 있다는 것도 알고 있었겠죠? 그래서 수사님과 두 사람이 싸우는 척해 우리의 시선을 돌린 것이 분명합니다."

"그렇다면 왜 우리를 끌어들이려 했을까요?"

"우리의 신뢰를 얻는 것이 당연히 필요했기 때문이죠, 백호 씨. 수사님의 정말 정체가 성당 기사단이라면 말입니다."

"무슨 근거로?"

"성당 기사단은 승희에게 『우사경』을 빼앗긴 바 있어요. 아마 여기서 승희의 모습을 발견하고 놀랐겠죠. 그렇다면 우리를 없애는 것보다는 우리를 잡거나, 혹은 회유해서 『우사경』의 행방을 밝히게 하는 편이 좋겠죠? 일이 잘 되면 백호 씨도 없애고, 그렇지 않더라도 신뢰를 얻어 감쪽같이 끼어들기라도 할 테니까요."

그러나 백호는 아직도 이해되지 않는다는 듯 고개를 저었다.

"하지만 만약 현암 씨가 따라가지 않았으면 일이 잘못되지 않았을까요?"

"내가 따라가지 않았어도 간단합니다. 그러면 그대로 돌아와서 셋이 함께 백호 씨에게 덤벼들었을 겁니다. 수사님은 그다음에 나타나면 그만입니다. 만약 셋이 패해도 수사님은 무슨 핑계를 대어 풀어 주게 할 수 있을 거고, 이긴다 해도 백호 씨를 없앤 다음 우릴 구해 주는 척하고 접근하면 되니까요. 앞뒤를 다 맞춰 둔 완벽한 계획이었지요."

"놀랍군요. 그걸 어떻게 알았죠?"

백호가 묻자 현암은 미소를 띠며 대답했다.

"그러나 한 가지 짐작 못 한 것이 있지요. 바로 승희가 투시력을 지니고 있다는 사실 말입니다."

그러면서 현암은 옆을 가리켜 보였다. 그곳에는 어느새 정신을 차렸는지 승희가 소파에 몸을 일으켜 앉아 있었다.

"승희는 조금 전부터 정신을 차리고 있었답니다. 수사님의 말이 거짓이라고 알려 주었죠."

아우구스티노 수사는 고개를 연신 좌우로 흔들면서 놀란 눈으로 현암을 바라보다가 말했다.

"이럴 수가. 하지만 아니에요. 난 아닙니다."

그러자 현암은 여유만만하게 웃으면서 되받았다.

"나도 정말 아닌 줄 알았어요. 처음에는 일이 너무 우연해 의심했지만, 당신이 쓰는 것 같은 오라의 힘은 신앙심 없이는 발휘되지 않았으니까요. 그러나 당신이 성당 기사단이라고 한다면 그럴 수도 있죠. 성당 기사단은 변형된 기독교 신앙을 지니고 있지만 그 근간은 어쨌든 기독교적이니까요. 승희가 손짓해 주지 않았다면 확신하지 못했을 겁니다."

"오오…… 당신은 참 두뇌 회전이 빠르군요. 하지만 틀렸습니다. 나는 성당 기사단의 사람이 결코 아닙니다. 나는 교황청 이단 심판소에서 왔습니다……."

아우구스티노 수사가 완강히 부인하자 현암은 백호를 쳐다보며 말했다.

"아무래도 앞서 내가 공사장에 놓고 온 두 사람이 오기를 기다리는 것 같은데……."

현암은 아우구스티노 수사에게로 고개를 돌려 말을 이었다.

"그들은 올 수가 없어요. 내가 공력을 가해 기절시켜 놓았으니까. 기다려도 헛수고입니다. 자, 당신이 누구고 정확히 뭘 원하는지 어서 말하시오."

"아아. 이럴 수가. 어떻게 이렇게……."

아우구스티노 수사는 다시 머리를 감싸 쥐고 고개를 설레설레 젓다가 현암에게 더듬거리며 서툰 우리말로 말했다.

"그렇다면……."

"순순히 밝히지 않으면 힘을 쓰겠소."

"당신은 그럼…… 그렇군. 당신은 나와 적이 되겠다는 거요?"

"원래 적이었잖소?"

현암이 냉정하게 되받아치자 아우구스티노 수사는 입술을 질끈 깨물며 물었다.

"당신은 저 여자의 말을 어떻게 믿소?"

"어떻게 믿느냐고 했소? 저 여자는 내 친구요. 절대 떨어질 수 없는……."

그러자 아우구스티노 수사는 어두운 표정으로 말했다.

"정말이오?"

현암은 허 하고 기막히다는 듯 웃으며 태연히 앉아 있는 승희를 바라보았다. 그 순간 현암은 퍼뜩 이상한 기분에 휩싸였다.

'왜 승희가 아무 말이 없지? 분명 몇 마디 해야 정상인데.'

현암은 그렇게 생각하자 갑자기 등골이 오싹해졌다. 조금 더 자세히 승희를 바라보자 뭔가 이상하다는 의혹이 점점 커졌다. 분명 옷차림도 얼굴도 머리도 체구도 승희임에 틀림없었다. 그러나 표정이 달라 보였다. 너무나 도도하고 꼿꼿했다.

승희는 저렇게 도도함이 넘치는 표정을 지은 적이 없었다. 하물며 자신의 제보로 현암이 이런 추리를 해냈다면 분명 몇 마디 공치사라도 했을 것이었다. 그것이 승희답고 자연스러웠다. 그러나 지금은 아니었다. 뭔지 모를 어색한 분위기가 감돌았다.

순간 현암의 등 뒤에 작은 식은땀이 흘렀다. 압돌에게 생각이 미쳤다. 조금 전에 겨루어 보았듯 그는 분신을 만들어 사용할 줄 아는 자였다. 혹시 승희도 그자가 만들어 낸 어떤 허상이 아닐까? 아니다. 승희는 허상 같지는 않았다. 분명 승희는 소파에 앉아 있고, 자신도 승희의 안위를 살피느라 건드려 보았다.

승희는 허상이 아니었다. 그러나 지금 승희의 저 분위기는…… 도대체 무엇이 어떻게 돼 가는 것일까? 어느 것이 옳을까? 승희의 말을 믿는다면 아우구스티노 수사는 가짜고 성당 기사단 소속임이 분명했다. 그러나 승희가 만약 가짜라면……?

"승희야?"

현암은 나직한 목소리로 승희를 불렀다. 그 순간 승희의 눈이 번쩍이며 현암 쪽을 향했다. 그 눈빛이 너무도 차가워 현암은 깜짝 놀라면서 한 발 뒤로 물러섰다. 놀랍게도 다음 순간 아우구스티노 수사가 오라를 발산하며 현암에게 달려들었다.

현암은 박 신부에게서 오라를 자주 보았지만 그 오라와 맞서서 공력을 발해 보는 것은 처음이었다. 하지만 자신에게 적의를 품고 발휘될 때 그 오라가 얼마나 대단한지는 박 신부의 경우를 보아 대강 알고 있었다. 현암은 방심하지 않고 칠성의 공력을 가해서 오른팔로 아우구스티노 수사의 오라를 막았다.

그러나 아무 소용이 없었다. 오라는 현암의 공력에 아무런 영향을 받지 않는 것처럼 현암의 팔 속으로 뚫고 들어와서 감전된 것 같은 충격을 주었다. 공력은 오라 막을 가격하지 못하고 헛되

이 돌았으며 아무런 보호를 받지 못한 것처럼 팔에 극심한 고통이 파고들었다. 현암은 크게 놀라면서 재빨리 뒤로 물러서면서 오른팔을 오라 속에서 빼냈다. 공력이 가해지는 상태에서 오른팔에 이 정도의 충격을 받는 것은 현암에게 처음 있는 일이었다.

'이런!'

다음 순간, 아우구스티노 수사는 나이답지도 않게 재빠른 동작으로 현암에게 몸을 날렸다. 그런데 갑자기 아우구스티노 수사가 컥 하는 비명과 함께 땅에 처박혀 버렸다. 현암이 놀라서 보니 백호가 압둘의 황금 망치를 들고 아우구스티노 수사를 내리친 것이다.

"백호 씨! 그건 너무 심하……."

현암이 채 백호의 행동을 저지하기도 전에 백호는 다시 황금 망치를 휘둘러 승희를 내리치고 있었다.

월향검이 날카롭게 울면서 현암의 팔에서 빠져나왔다. 그리고 월향검은 무서운 속도로 백호를 향해 쏘아져 나갔다. 그러나 정말 믿을 수 없게도 월향검은 백호의 몸을 정통으로 맞추지 못하고 반질반질한 금속 표면에 부딪친 것처럼 튕겨서 미끄러져 나갔다. 월향검이 날아들었는데도 백호는 눈도 돌리지 않고 승희를 향해 망치를 내리쳤다.

"안 돼!"

현암은 외치면서 몸을 날렸지만 이미 때는 늦었다. 그런데 그 순간 현암은 믿기 어려운 광경을 보았다. 백호가 휘두른 망치에 맞은 승희의 모습이 그대로 허상처럼 사라져 버렸다. 곧이어 옆방에서 고통에 가득 찬 비명이 길게 끌면서 이어지더니 서서히 사그라져 갔다.

백호가 슬쩍 몸을 돌리자 현암은 몸을 추스르지 못하고 마루 구석에 처박혀 버렸다. 아프다고 생각할 겨를도 없이 현암은 고개를 번쩍 들었다. 이게 대관절 어떻게 된 일이란 말인가?

"이, 이게 도대체……."

백호가 황금 망치를 내려놓고 현암을 보고 슬며시 웃어 보였다. 그런데 그 표정이 이상했다. 항상 남자다운 백호의 용모에 어딘가 요염한 여자의 모습 같은 것이 느껴졌다. 그리고 다음 순간, 백호의 눈이 번쩍하고 빛나더니 두 눈이 모두 붉은색으로 빛나기 시작했다.

"어머, 오랜만이네?"

현암의 등골이 써늘해졌다. 그 목소리는 어두운 여자의 음성, 이미 몇 번 퇴마사들과 마주쳤던 악마 블랙 엔젤의 목소리였기 때문이다.

악마의 조력

현암은 블랙 엔젤의 목소리를 확인하자 극도로 긴장된 눈빛을 하며 땅에 떨어진 월향검 쪽으로 손을 뻗었다. 그러면서도 눈을 똑바로 들어 이글이글 불타오르는 듯한 백호, 아니 블랙 엔젤의 붉은 눈을 지지 않겠다는 듯 쳐다보았다.

그러나 블랙 엔젤은 현암의 손이 월향검 쪽으로 뻗어 가는 것을 보면서도 눈 하나 까딱하지 않고 빙긋이 웃었다.

"그걸 집는다고 무슨 수가 생길 것 같아? 흐응, 나에게는 통하지 않을 텐데."

그때 현암의 손이 월향검에 닿았다. 현암이 월향검을 손에 쥐고 공력을 가하는 순간, 빛나는 검기가 서서히 솟아올랐다. 그러면서 그는 긴장됐을 때만 나오는 특유의 낮은 목소리로 말했다.

"길고 짧은 건 대봐야지."

블랙 엔젤은 재미있다는 듯, 날카롭지만 그다지 크지는 소리로 깔깔 웃으면서 말했다.

"그러면 둘 다 다치잖아."

현암은 조금도 기죽지 않고 대답했다.

"영광이군. 나 같은 보통 사람이 대악마인 너를 다치게라도 할 수 있으면 나는 그것으로 만족이다."

블랙 엔젤이 현암을 향해 살짝 눈을 흘기며 말했다.

"둘이 다친다는 건 다른 의미야. 나 말고, 여기 백호라는 친구가 다치는 건데?"

"한번 해볼까? 네가 정말 멀쩡할지? 내가 죽더라도 넌 반드시……."

"어머머? 오해하고 있네? 너는 절대 죽지 않아. 왜냐하면 나는 너를 죽이고 싶은 마음이 없으니까."

"동정하는 건가?"

"천만에, 바라는 게 있거든."

"네가 바라는 게 뭔지 몰라도 너와 타협할 생각은 없다."

블랙 엔젤은 조금 전과 같이 깔깔 웃었다. 그 웃음소리는 악마의 목소리라고 생각할 수 없을 정도로 맑은 울림을 가지고 있었다.

"퇴마사 이, 현, 암. 상당히 똑똑한 줄 알았는데 아니었어? 자기가 낸 꾀에 자기가 넘어간다는 말 알지? 그 똑똑함이 오히려 화근이 될 수 있다는 건 왜 모르지? 그냥 잠자코 있는 게 나을 수도 있다는 걸 정말 모르겠어?"

현암은 아무 말 않고 공력을 집중하는 데만 열중하고 있었다. 그의 오른손에 들린 월향검은 길게 검기를 뿜어 대고, 왼손에서는 태극기공 '탄' 자 결의 구체가 번쩍거리는 빛을 내며 맺혀 갔다.

그러나 블랙 엔젤은 조금도 긴장하지 않고 압둘의 것이었던 황금 망치를 살짝 들어 올리더니 쓰러져 있는 아우구스티노 수사의 머리 쪽을 겨냥했다.

"내 말을 안 듣고 정말 해 볼 생각이면 해 봐. 이게 떨어지면 이 늙은이의 머리는 어떻게 될까?"

하는 수 없이 현암은 입술을 깨물고 공력을 가하는 것을 중단했다. 그러나 '탄' 자 결의 구체와 월향검에 이미 가해졌던 검기는 그대로 유지했다.

블랙 엔젤은 재미있다는 듯 현암에게 말했다.

"자, 잘 들어 봐. 너는 지금 승희라는 여자가 어디 갔는지 궁금하지? 걱정할 거 없어. 무사하니까. 그 여자는 압둘의 분신술에 대처할 수가 없었어. 그래서 일단 밖으로 뛰쳐나갔지. 널 찾으려고."

"그럼 어디 갔지?"

"어디 가긴. 밖에서 헤매고 있을 테니 염려 마."

"그럼 여기 있던 승희는?"

"그건 허상이지. 압둘이 만든 허상."

"말도 안 돼. 거짓말!"

순간 현암의 눈이 빛났으나 블랙 엔젤은 태연히 지껄였다.

"거짓말이 아니야. 내가 설명해 주지."

블랙 엔젤이 팔을 한 번 젓자 신기하게도 현암의 눈앞에 아까 일어났던 광경이 생생하게 되풀이돼 나타나기 시작했다.

승희는 백호의 집에 들어서서 잠시 백호와 이야기를 나누고 있다가 투시력으로 베란다에 압둘이 있다는 것을 눈치챘다. 그래서 재빨리 현암에게 전화를 걸었다. 그 순간 압둘은 거실 창문을 통과해 집 안으로 들어왔다. 물론 허상이기 때문에 가능한 일이었지만 승희는 그 사실을 몰랐기에 혼비백산했다. 곧이어 승희는 염동력을 압둘의 허상에게 집중했지만 허상은 실제가 아니니 염동력은 먹혀들지 않았다.

하지만 승희는 대단히 용감하게 그 허상에 맞서 한참 동안을 싸웠다. 그 틈을 타 베란다에 있던 압둘이 살며시 거실 창문을 통해 황금 망치를 던져 백호를 쓰러뜨렸다.

승희는 백호가 맞는 광경은 보지 못했지만 어느 틈엔가 백호가 쓰러진 것을 본 후에 안 되겠다고 판단했는지 염동력으로 거실의 자잘한 물건들을 허공으로 솟구쳐 올리고, 재빨리 소파며 테이블을 뒤엎어 압둘이 따라오지 못하도록 한 뒤 밖으로 빠져나갔다.

허상을 거두고 거실로 들어선 압둘은 승희를 따라갈까 생각하는 듯했지만 결국은 포기하는 것 같았다. 그리고 일단 백호를 처리하려는 듯 압둘은 문을 잠그고 백호에게 다가갔다.

그때 현암이 월향검으로 현관문 손잡이를 도려내기 시작했다. 잠시 망설이던 압둘이 급히 베란다 쪽으로 몸을 날리자마자 거실 소파에 승희의 모습이 서서히 생겨나고 있었다.

그 부분에서 블랙 엔젤이 설명을 덧붙였다.

"꽤 똑똑한 친구야. 전화하는 것과 이름을 소리쳐 부르는 걸 듣고 승희가 다른 사람을 찾아 나간다는 걸 안 거야. 그러다가 네가 오니까 너를 함정에 빠뜨리려고 허상을 만든 거지. 알아듣겠어? 원래대로라면 너는 결정적인 순간에 승희 모습을 한 허상에게 한 방 맞아 당했어야 했어. 어때? 나한테 고맙다고 하라고."

"하지만……."

현암이 말끝을 흐리다가 이내 말을 이었다.

"허상이라면 손으로 만져지지 않을 텐데, 아까 승희를 부축하면서 나는 허상이 아니라는 것을 분명히 확인했어. 그 이유는 뭐지?"

블랙 엔젤이 깔깔 웃으며 말했다.

"그때는 당연히 그랬지. 내가 힘을 약간 썼거든."

"그렇다면 내가 왜 고마워해야 한다는 거지? 네가 손을 안 썼으면 내가 허상이란 걸 금방 확인했을 테고, 나는 충분히 압둘을 물리칠 수 있었을 거야."

현암의 말에 블랙 엔젤은 의외의 말을 했다.

"설령 허상이란 걸 알았다 해도, 내가 승희에게 주먹질이나 칼질을 할 수 있겠어? 또 해 봐야 무슨 소용이 있겠어? 그건 허상인데."

"도대체 무슨 소리를 지껄이는 거지?"

"이 바보야, 만약 압둘이 승희를 인질로 잡았으면 어떻게 할 거야? 아무리 허상인 것 같다고는 해도, 승희가 잡혀 있으면 네가 항복 안 하고 배겼을 거 같아?"

그러고 보니 그럴 가능성도 있었다. 아무리 허상인 것 같아 보여도 압둘의 분신술이 워낙 대단하니, 승희가 고통을 호소하며 눈앞에서 애원했다면 현암의 마음이 약해지지 않았으리라는 보장은 없을 테니까. 그래도 현암은 물러서지 않고 물었다.

"하지만 그냥 뒀으면 내가 압둘을 잡아 묶었을 때 승희의 허상은 없어졌을 텐데?"

"압둘이 허상을 마음대로 부릴 수 있었다면 너와 싸울 때 왜 이용하지 않았겠어? 이 바보야, 내가 허상에 무게를 주었기 때문에 압둘이 조종하지 못한 거라고."

문득 현암은 할 말이 없어졌다.

"흠…… 좌우간 난 믿을 수 없다. 게다가 네 도움 같은 건 받고 싶지도 않고."

"압둘은 위험한 놈이야. 묶어 둔다고 안심할 수 있는 놈이 아니지. 분신술을 쓰는 놈을 묶어 둔다고 할 짓을 못 하겠어? 그래서 내가 없애 버린 거야."

"없애? 언제!"

"놈의 허상은 일반적인 방법으로는 없앨 수 없지만 나는 달라. 그리고 놈의 허상을 칠 수 있으면 그건 압둘이란 놈을 치는 것과 마찬가지거든. 방금 내가 망치를 쳐서 부숴 놓은 것은 허상이지만 실제로는 그 압둘이란 놈을 부숴 버린 것이기도 해. 의심나면 옆방에 가 보라고. 놈이 박살 나 있을 테니까."

현암은 몸을 부르르 떨었다. 승희의 허상이 부서질 때 옆방에서 처절한 비명이 들렸고, 그 방에는 결박된 압둘이 있었으니 블랙 엔젤의 말은 사실 같았다. 그런데 도대체 왜 그랬을까?

"사람을 그토록 함부로 죽여도 된다고 생각하나?"

"어머? 난 사람을 함부로 죽이는 악마 아니었나? 내가 잘못 알고 있었던 거야?"

그 말에 현암은 입을 다물고 말았다. 아무리 압둘이 적이었을지언정 블랙 엔젤의 태연한 말에 화가 치밀어 올랐다.

"그만해. 됐다."

허나 현암의 생각이 어떻든 간에 블랙 엔젤은 계속 지껄여 댔다.

"됐다고? 하! 너는 스스로 똑똑하다고 믿어? 내가 왜 이렇게 번거로운 일을 꾸몄는지 알기나 해?"

현암은 또 말문이 막혔다. 사실 블랙 엔젤이 현암을 도우려면, 그리고 어차피 압둘을 해치울 것이었다면 이렇듯 복잡하게 일을 만들지 않아도 그만일 것이다. 그런데 왜……?

블랙 엔젤은 마치 학생을 타이르는 선생님처럼, 혹은 철없는 여자아이들처럼 복잡한 감정이 섞인 투로 현암에게 말했다. 현암은 짜증이 다 날 지경이었다.

"넌 그럴듯하게 추리를 한다고 하겠지만 잘못된 점이 많아. 아까 네 추리도 멋지긴 했어. 내가 한마디 한 걸로 그렇게 길고 긴 이야기를 맞춰 나가다니, 이참에 소설가라도 돼 보는 게 어때? 호호호."

현암이 무표정할 뿐 아무 대답도 하지 않자 블랙 엔젤은 말했다.

"너는 너희 편이라면 거의 너 자신보다 더 믿는 나쁜 버릇이 있지. 언젠가는 그것 때문에 크게 당할 거야. 그래서 나는 네 그 잘못된 버릇을 조금 고쳐 주려고 해 본 것뿐이야. 알아들어?"

그 순간 현암은 벼락같이 손을 뻗어 블랙 엔젤이 아우구스티노 수사의 머리를 겨누고 있던 황금 망치를 쳐 냈다. 그러나 블랙 엔젤은 당황하지도 않고 웃고만 있었다.

현암은 아우구스티노 수사의 앞을 막아서며 다시 '탄' 자 결의 구체와 월향검에 공력을 가하기 시작했다.

"좌우간 지겨운 시간이었다. 이젠 죽을 준비나 해라."

그러자 블랙 엔젤은 짐짓 깜짝 놀란 표정을 지어 보이며 물었다.

"승희는 어쩌고?"

"난 속지 않는다. 승희는 네가 건드릴 수 없는 존재야."

비록 지금은 아니지만 승희는 아바타라였기 때문에 보통의 악마들이 침투할 수 없는 존재라는 것을 현암은 알고 있었다.

현암의 말에 블랙 엔젤은 다소 교태로운 태도로 눈을 크게 뜨고 현암을 바라보았다. 백호의 몸을 빌리고 있었기 때문에 백호의 얼굴이었지만, 지금 그 얼굴은 어떤 기운의 영향을 받았는지 정말 여자처럼 보였다.

"정말로 네가 쏜다고 해 놓고 나를 맞히지 못하면 어떻게 할 거지? 나는 빠져나가면 그만이고 맞는다 해도 큰 탈 없어. 하지만 백호는 꽤 곤란한 상태가 될 텐데. 이봐, 방금 네 적을 해친 걸 가지고도 나를 나무란 주제에 네 친구를 태연히 없애? 그럴 수 있는 거야? 그게 네가 말한 정의라는 거고, 네가 걸어온 생명을 존중한다는 길이었어?"

그 말에 현암은 잠시 더 생각해 보고는 이윽고 한숨을 쉬면서 월향검과 '탄' 자 결 구체에 공력을 가하던 것을 중지했다. 하지만 여전히 하나의 커다란 '탄' 자 결 구체와 월향검에 들어 있던 검기는 남겨 둔 상태였다. 블랙 엔젤이 다시 웃어 보이며 말했다.

"안심하라고. 너무 긴장할 것 없어."

"하지만."

현암은 입술을 깨물며 말을 이었다.

"허튼짓은 하지 마! 더 이상 누구에게라도 피해를 준다면 어떻게 됐건 가리지 않겠다. 솔직히 내가 전력을 다한다면 너도 무사하다고 볼 수는 없을 거다. 이건 자만이 아니야."

블랙 엔젤은 현암의 말을 듣더니 입을 열었다.

"좋아, 좋아. 어쨌든 내 얘길 좀 들어 보라고. 너한테도 나쁜 것은 아닐 테니까. 너는 아마 악마인 내가 왜 너희를 도우려 하는지 궁금하겠지. 안 그래?"

현암은 대답하지 않으려 했으나 금세 생각을 바꾸고 살짝 고개를 끄덕여 보였다.

"나는 실제로 처음부터 너희를 도왔어. 물론 너희를 위한다거나 너희가 좋아서 그런다는 거짓말은 하지 않겠어. 악마들은 원래 솔직한 존재거든. 하지만 나는 미친 신의 분노에서 이 세상을 지키고 싶어. 이 세상은 참 좋은 곳이잖아? 이렇듯 많은 생명들이 살고 있고, 재미있는 일이 많이 벌어지는 이곳이 왜 사라져야 하고, 왜 없어져야 하는 건지, 나는 그게 안타깝거든. 그런 면에서 너희와 의견을 같이하는 것이고, 그래서 너희를 돕기로 했어."

"네 도움 같은 건 필요 없다!"

"네가 필요 없다고 할지 몰라도 난 도울 거야. 내 마음이거든. 넌 내가 누군지 자꾸 잊어버리니? 난 뭐든 멋대로 하는 악마잖아."

현암은 하도 기가 막혀 자신도 모르게 허! 하면서 헛웃음을 지었다. 그러자 블랙 엔젤은 기분 좋다는 듯이 웃으며 말했다.

"어때, 네 선입견과는 이미지가 좀 달라지지 않아?"

현암은 얼른 표정을 고쳐 다시 정색하며 되물었다.

"네 속셈은 뭐지? 무슨 꿍꿍이로 그러는 건가? 응?"

블랙 엔젤 역시 얼굴에서 웃음기를 지우고 약간 심각한 표정으로 말했다.

"너희가 무슨 일을 하려는지 나는 잘 알고 있어. 그리고 난 너희의 그런 행동에 진정으로 동조하고 싶어. 너희 말세가 오는 것을 알고 있지? 종말의 시간이 멀지 않다는 것도. 너희는 그 종말이 다가오지 않도록, 아니 그것을 연기하기 위해서 목숨 걸고 이렇게 고생하는 거 아니겠어?"

"그렇다면 너는?"

"간단해. 나도 인간의 종말을 원치 않고, 인간의 종말이 이루어지는 것을 두 눈 뜨고 보고만 있을 마음은 없어. 그런 면에서 너희와 나는 길이 같은 거야."

현암은 즉시 고개를 세차게 저었다.

"절대로 같은 길은 아니다!"

"일단 네 속마음이 어떤지는 잘 알아. 아주 잘 알고 있지. 악마따위의 도움은 필요 없다고 하고 싶겠지? 하지만 쉽진 않잖아? 이번만 해도 너는 벌써 위험할 뻔했어. 그리고 너희 상대는 우리 같은 정직한 악마들만이 아니라 교활하기 짝이 없는 인간들이라는 것을 명심해. 그 미친 신을 무조건적으로 믿고 섬기는, 바보 같지만 교활한 그런 인간들 말이야. 바보 같은 아집은 의외로 강한 힘을 낼 수 있거든. 더군다나 너희는 인간들을 함부로 대하지 못하잖아? 같은 인간이니까. 그러니 아마 이번에는 너희 힘만으로는 어려울걸. 그렇지 않아?"

현암이 무어라고 금방 대꾸하지 못하자 백호의 몸을 빌린 블랙 엔젤은 황금 망치와 넘어져 기절해 있는 아우구스티노 수사의 몸 쪽으로 손을 뻗었다.

순간 현암이 눈을 부라리자 블랙 엔젤은 가볍게 한숨을 한 번 쉬고 말했다.

"이봐, 내가 이 작자를 정말 해치려면 왜 이렇게 구질구질한 수단을 쓰겠어? 벌써 가루를 냈을 거야."

현암은 잠시 블랙 엔젤의 말을 생각해 보았다. 어차피 블랙 엔젤이 아우구스티노 수사를 해치려 한다면 현암으로서도 막을 자신이 없었다. 블랙 엔젤이 지금 이렇게 수작을 부리는 것은 나름대로 이유가 있을 것이니 그 이유라도 들어 보는 것도 그리 나쁘지 않으리란 생각이 들었다.

"좋다. 좌우간 아까 이야기한 대로다. 네가 누구든 건드리면 나는 죽을 때까지 온 힘을 다해 싸울 테니까!"

"너나 승희는 안 되겠지만…… 이 늙은이도?"

"그래! 그리고 네가 몸을 훔친 백호도!"

"원 참."

블랙 엔젤이 알 듯 모를 듯한 미소를 짓자 현암은 다시 한번 강조했다.

"네가 조금이라도 손을 쓴다면…… 인질을 잡아도 소용없을 거다. 나는 이미 결심했으니까."

"알았어, 고집불통."

블랙 엔젤은 망치와 아우구스티노 수사의 몸을 양손에 하나씩 아주 가볍게 집어 들더니 현암에게 말했다.

"자, 그러면 이쪽으로 와 보라고. 내가 재미있는 것을 보여 주지."

현암은 블랙 엔젤의 손에 들린 아우구스티노 수사의 몸을 보면서 바싹 긴장하며 목소리를 높였다.

"허튼짓일랑 하지 마!"

블랙 엔젤은 현암이 긴장하든 말든 조금도 개의치 않고 아우구스티노 수사의 몸을 들고는 압둘이 죽어 있을 옆방으로 옮겨 갔다. 현암도 걱정이 돼 긴장을 늦추지 않고 그 뒤를 따라갔다.

그 방으로 들어서자 현암은 눈살을 찌푸렸다. 압둘이 꽁꽁 묶인 채 피바다 속에 쓰러져 있었는데, 그 몸은 꼭 차에 치인 것같이 엉망진창이었다. 망치로 한 방 맞았다고 이 정도로 박살이 나 버릴 줄이야. 하지만 짐작과 달리 압둘은 아직 죽지 않은 듯 가냘프게나마 숨이 붙어 있었다.

현암은 압둘이 살아 있는 것을 확인하자 놀라면서도, 한편으로는 다행이라는 마음에 압둘에게 응급조치할 요량으로 손을 뻗쳤다. 그러다 보니 자연스럽게 간직하고 있던 검기와 '탄' 자 결의 공력을 거둬들일 수밖에 없었다.

막 압둘 쪽으로 손을 뻗는 순간, 현암은 온몸에 짜릿한 전율이 감돌면서 몸이 움직이지 않는다는 것을 느꼈다. 그렇다고 기절할 정도는 아니었다. 정신은 말짱했으나 마치 뭔가에 꽁꽁 묶인 것처럼 손발이 말을 듣지 않았다.

현암은 속으로 아차 싶었다. 무심코 공력을 거둔 것이 이런 결과를 낳을 줄은 미처 몰랐다.

'아차! 방심했구나!'

현암은 등골이 서늘해졌다. 블랙 엔젤은 그런 현암을 바라보며 깔깔깔 웃었다.

내색하지 않고 어떻게든 해 보려고 애써 보았지만 현암은 손끝 하나 까딱할 수 없었고, 공력까지 뭔가에 꽉 막힌 듯 운행되지 않았다. 순간적으로 방심한 아주 짧은 사이에 블랙 엔젤이 자신에게 뭔가 술수를 부린 게 분명했다.

현암은 입을 벌려 보았다. 신기하게도 말은 제대로 나왔다.

"도대체 어쩔 셈이지?"

블랙 엔젤은 현암을 보고 눈을 크게 떴다.

"말은 할 수 있군. 재주 좋은데. 하지만 움직이진 못할걸?"

블랙 엔젤은 현암에게 윙크해 보이며 말을 이었다.

"겁낼 것은 없어. 아까도 얘기했지? 널 어찌진 않을 거라고. 아까 약속도 했잖아. 너도, 늙은이도, 백호도, 승희도 안 건드린다고 말이야. 하지만 이놈은 약속에 들어 있지 않았어."

"나, 나는!"

현암은 압둘이 이미 죽은 것으로 알았기 때문에 그때는 굳이 그런 말을 하지 않았을 뿐이었다.

블랙 엔젤은 현암이 더 말할 틈도 주지 않고 계속 말했다.

"난 너에게 재미있는 사실을 알려 주고 싶어서 그러는 거야. 자,

이제 잘 봐."

블랙 엔젤은 아우구스티노 수사를 방 저쪽에다 내려놓고 곡예라도 하듯 황금 망치를 번쩍 들어 보였다가 씩 웃었다. 다음 순간 육중한 황금 망치가 처참한 형상으로 넘어져 있는 압둘의 가슴팍 위로 뚝 떨어졌다. 우지끈하면서 뭔가 꺾어지는 듯한 소리가 들리고, 압둘의 입에서 피가 안개처럼 확 뿜어져 나왔다.

참혹한 광경에 현암은 눈살을 찌푸리며 하마터면 소리를 지를 뻔했다. 긴장한 상태라 소리는 지르지 않고 참아 넘길 수 있었지만 부르르 치를 한 차례 떨고 난 후 현암은 예의 나직한 음성으로 물었다.

"뭘…… 하는 거지?"

블랙 엔젤은 현암의 말을 들은 척도 하지 않고 압둘의 이마에 손을 갖다 댔다. 그러자 압둘의 입에서 컥! 하는 소리와 함께 피가 솟구쳐 나오고 더듬더듬 목소리가 새어 나오기 시작했다.

"나, 나는……. 나는……."

"뭐 하는 거냐니까?"

끔찍한 광경에 현암이 눈살을 더욱 찌푸리며 조금 큰 목소리로 말하자 블랙 엔젤이 대꾸했다.

"재밌는 걸 알려 준다니까 그러네. 네가 알고 싶은 것을 다 알 수 있게 해 주지."

블랙 엔젤이 다시 압둘에게 얼굴을 돌리며 말했다. 그러나 압둘에게 말하는 것이라기보다는 현암에게 들려주는 듯한 음성이었다.

"너는 성당 기사단 소속이라고 했지? 성당 기사단이 왜 저 늙은이를 쫓아다니는 거지? 뭘 바라는 거야?"

그러나 압둘은 온몸에 경련을 일으킬 뿐 대답을 하지 않았다.

블랙 엔젤은 다시 서슴없이 황금 망치를 들어 장난이라도 하듯 압둘의 왼쪽 어깨를 내리쳤다. 가벼워 보이는 동작이었지만 실제로는 엄청난 힘이었다. 망치가 떨어지는 순간 어깨가 으깨어지면서 압둘의 팔이 어깨에서 떨어져 나가, 방 저편으로 튀어 올라 살아 있는 것처럼 잠시 펄떡거리며 움직였다.

"으아악!"

압둘의 비명이 방 안을 가득 메웠다. 가까스로 참고 있던 현암이 더 이상 견딜 수가 없어 블랙 엔젤에게 소리쳤다.

"그만둬! 그러다 죽겠어!"

현암의 외침에 블랙 엔젤은 현암을 돌아보며 끔찍한 짓을 하고 있다고는 도저히 여겨지지 않는 밝은 표정으로 웃어 보였다.

"죽어? 절대 안 죽어! 내가 누군데? 내가 이자의 영혼을 잡고 있는 동안 이자는 절대 죽을 수 없어. 온몸을 가루로 만들어도 죽지 않아. 그러니 염려 말라고."

기가 막혀 현암이 대꾸조차 못 하자 블랙 엔젤은 다시 압둘에게 물었다.

"뭘 원하는 거지? 저 늙은이에게서 바라는 게 무엇이기에 여기까지 따라온 거야? 너희가 꾸미는 일이 대체 뭐지?"

압둘은 극심한 고통 때문에 온몸을 푸들푸들 떨고 있었다. 그러나 블랙 엔젤이 이마에 손을 얹고 무언가 술수를 부리고 있는 탓에 죽지 않을뿐더러 기절할 수도 없는 것 같았다. 차라리 기절이라도 할 수 있었으면 좋을 텐데.

현암은 마음속 깊이 솟구치는 분노와 역겨움과 안타까움에 미칠 지경이었지만 특유의 필사적인 의지로 얼굴빛 하나 찌푸리지 않고 이를 악물고 참아 냈다.

압둘은 너무나도 극심한 고통 때문에 자백하지 않고는 버틸 수 없을 것만 같았다. 압둘은 분신술을 그토록 원활하게 쓸 수 있는 자이니만큼 정신력이나 영력도 강해 블랙 엔젤의 주술에 대항하고 있는 것이 분명했다. 하지만 블랙 엔젤 또한 대악마라 압둘의 정신력이 대악마가 직접 가하는 압박을 이겨 낼 수 있으리라곤 볼 수 없었다. 더군다나 이렇게 극심한 고통을 느끼고 있으니.

현암은 저기 누워 있는 것이 압둘이 아니라 현암 자신이라 할지라도 대답하지 않고는 못 배기리라는 생각이 들었다.

블랙 엔젤이 황금 망치를 들어 올리자 압둘의 입에서 떨리는 목소리가 흘러나왔다. 너무나 극심한 고통 때문에 목소리가 떨려서 또렷하지 않은 영어였지만, 현암은 대강 알아들을 수 있었다.

"프, 프리…… 프리메이슨의 형제가 원하는 것은…… 원하는 것은……."

"원하는 게 뭐라고?!"

블랙 엔젤은 박살 난 압둘의 왼쪽 어깨를 망치로 툭툭 건드렸다. 그럴 때마다 압둘의 몸은 전기에 감전된 것처럼 부르르 떨렸고, 현암은 잇몸에서 피가 흘러나올 정도로 이를 악물었다.

"말세의 예언…… 종말의 때에 대한 예언을…… 예언을…… 메소포타미아…… 메소포타미아의 예언석…… 예언석을……."

"아, 예언석, 그런 것도 있었나? 저 늙은이에게 있다는 말이지?"

블랙 엔젤이 대뜸 기절해 쓰러져 있는 아우구스티노 수사 쪽으로 손을 한 번 내뻗자 그의 품 안에서 작은 가죽 가방 같은 것이 저절로 쑥 빠져나오더니 허공으로 날아 블랙 엔젤의 손에 잡혔다.

"이것 말이군. 그런데 말세의 예언을 찾아 뭘 하려는 거지? 그리고 너는 성당 기사단 사람이랬잖아? 그런데 왜 프리메이슨 이야기를 하는 거지?"

"성,성당 기사단은 프리…… 프리메이슨의 지부."

"아, 그래? 그러면 성당 기사단보다도 더 상위에 있는 세력이 프리메이슨이라는 건가? 그런데 마녀 협회는 왜 그러지? 너희는 그래도 기독교인지 뭔지 더러운 신앙을 믿고 있는 놈들이고, 마녀 협회는 나를 따르는 착한 여자들인데 왜 둘이 손을 잡았느냔 말이야."

"그, 그건……."

압둘이 주저주저하면서 뭐라고 말을 하지 않자 블랙 엔젤이 큰 소리로 외치면서 이번에는 압둘의 오른 손가락을 망치로 쾅 찧으며 몇 번 비벼 댔다. 망치로 찢긴 손가락이 납작하게 뭉개지면서 완전히 바스러졌다.

"으악!"

압둘의 비명이 또 한 번 방 안을 울리자 현암은 그 광경을 더 이상 볼 수 없어 눈을 질끈 감아 버렸다. 그러면서도 현암은 공력을 운용해 보려고 필사적인 노력을 기울였다. 지금 소리를 지르거나 안달을 해 봤자 아무 소용이 없었다. 할 수 있는 것은 어서 공력을 되찾아 악마에게 대항하는 것뿐이었으니까.

'잠시만······! 잠시만 참는 거다. 마음을 안정시키고 공력을 모아야 한다. 아무리 대악마라 해도 내 공력은 도혜 선사께서 물려주신 인간 최고의 힘이다. 이겨 내지 못할 리 없다. 그러기 위해서는 마음을 안정시켜야만 한다.'

현암은 전심전력으로 공력을 한데 모아 아래쪽 기해혈 쪽으로 끌어 내리려 안간힘을 썼다. 그리고 눈을 감고 심호흡하자 조금씩 마음이 편안해졌다.

한편, 블랙 엔젤은 현암에게 신경조차 쓰지 않고 다시 압둘에게 물었다.

"이봐! 크게 이야기하란 말이야! 나는 물론 이미 다 알고 있어. 그러니 저기 저 친구에게 들릴 정도로 큰 소리로 얘길 하란 말이야. 알아듣겠어? 알아듣겠지?!"

다시 쿵 소리가 났다. 블랙 엔젤이 압둘의 손가락을 또 하나 부스러뜨리는 것 같았다. 현암은 압둘의 비명을 듣고 자신도 모르게 눈을 떴다. 블랙 엔젤이 압둘의 이마를 더욱더 거세게 눌러 대고 있었다. 압둘의 머리는 너무나도 맹렬한 힘으로 짓눌려 금방이라도 으깨어져 버릴 것 같았다.

현암은 마음을 안정시켜야 한다고 생각하며 다시 눈을 감았다.

이윽고 압둘은 신음과 함께 조금씩, 조금씩 힘겹게 말을 내뱉었다.

"나, 나도…… 정확히는 모, 모르지만…… 하지만……."

"하지만 뭐라고? 크게!"

"마, 마녀 협회는 라미드 우프닉스를 잡아…… 마녀 협회의 바이올렛이……."

순간 공력을 모으던 현암은 자기도 모르게 몸이 움찔했다.

'바이올렛, 바이올렛이라면……?'

그러나 현암은 얼른 그 생각을 버리고 다시 한번 있는 힘을 다해 공력을 가했다. 그런 현암의 노력은 헛수고로 돌아갔다. 이에 현암은 잠시 다른 생각을 떠올렸다.

'그렇다면…… 천정개혈대법의 다음 단계…… 칠 단계를 해 보는 것이…….'

천정개혈대법의 칠 단계는 공력을 모두 분산시켜 온몸에 퍼뜨린 다음 일시에 그 힘을 모아 제방을 무너뜨리는 것 같은 기세로 익히는 방법이었다. 혹시 지금 공력이 사방으로 퍼져 분산된 상태라면 가능하지 않을까?

하지만 현암은 조금 더 생각해 보고는 그것을 포기했다.

화 노인이 편지에 언급한 내용에 따르면, 화씨 가문에 전해진 천정개혈대법 구 단계 중 실제로 인간이 이루었던 것은 육 단계뿐이었다. 칠 단계에서 구 단계까지는 이론상으로만 전해질 뿐, 그것을 익힌 사람은 없었다. 그러니 육 단계 이후의 대법은 임상적인 실험이 따르지 않은 이론일 뿐이있다. 어떤 부작용이 나타날지 모르고, 실제로 그것을 익히면 위험할 수도 있다는 의견이 있었기 때문이다.

그러나 그런 위험 때문에 현암이 포기한 것은 아니었다.

'위험한 것은 매일반이니 모험을 해 볼 수도 있지만…… 공력이 부족하다.'

화 노인 개인의 의견에 따르면, 천정개혈대법 칠 단계 이상을 익히기 위해서는 백 년이 훨씬 넘는 정도의 내공력이 필요하다고 했다. 현암은 자신의 내공력이 예전과 마찬가지로 칠십 년이라 굳게 믿고 있었다. 도혜 선사에게서 받은 내공력이 칠십 년 수위였으며, 그 이후 자신은 그다지 열심히 수련할 시간이 없었으므로 기껏해야 오 년 정도 공력이 늘었으리라고 본 것이다.

어느 정도 공력이 커진 다음부터는 참선이나 운기 등의 수련보다 실전을 거치는 편이 공력 상승이 빠르다는 것을 현암은 모르고 있었다. 게다가 천정개혈대법의 칠 단계를 실전할 수 있는 내공 수위를 이미 넘어서고 있다는 것 또한 알지 못했다.

좌우간 화 노인의 편지에 의하면, 공력이 있더라도 백 년의 내공력을 일거에 조작하는 것은 커다란 폭탄을 망치로 두드리는 것과 비슷한 위험성을 지녔다. 그리고 칠 단계나 팔 단계의 대법을 익히는 것도 위험한 일이지만, 구 단계의 천정개혈대법을 통하게 하는 것은 성공 확률이 거의 없다시피 한 일이니 절대로 하지 않게 되기를 바란다는 내용이 쓰여 있었다.

현암은 미처 거기까지 생각하지 않았다. 현암은 약간이라도 성공 확률이 있어야 모험을 걸어도 걸지, 지금처럼 애당초 성공 확률이 없을 때는 모험을 거는 성격이 아니었다. 단지 이후의 천정개혈대법 단계는 수십 년 후에나 익힐 수 있겠구나 하는 생각을 했을 뿐.

다만 상황이 급해지고 마음이 조금 심란해지자 현암은 문득 다른 생각이 스쳤다.

'가만. 블랙 엔젤은 나를 꼼짝 못 하게 할 수 있었는데, 어째서 내가 말을 할 수 있지? 그걸 보면 블랙 엔젤의 힘이 완전하다고 볼 수 없다는 뜻인데⋯⋯.'

그 순간 현암의 뇌리에 떠오르는 생각이 있었다. 현암의 공력은 천정개혈대법 육 단계를 거치기는 했지만 아직 상단전까지 유통되지 않았다. 즉 현암의 머리 부분으로는 공력이 소통되지 않은 것이다. 그렇다면 몸을 움직일 수 없게 마비된 것은 현암의 공력이 유통되는 부분에 한정됐다는 것인데. 그것은 우연일까? 더구나 블랙 엔젤은 분명 현암이 말할 수 있는 것을 보고 약간 의아해하는 듯한 반응을 보였다. 그렇게 따지면⋯⋯.

'지금 나를 움직이지 못하게 하는 힘은 나 스스로의 공력인 것은 아닐까? 만약 그렇다면⋯⋯.'

그럴 가능성이 있었다. 악마의 힘은 자신의 마음속에 있다고 박신부도 말한 적이 있었다. 그렇다면 지금 현암은 자다가 가위에 눌린 것과 흡사한 상태라고 볼 수 있었다. 물론 정신은 멀쩡했지만 말이다. 만약 블랙 엔젤이 현암 스스로의 마음에 작용해 공력을 소통하지 못하게 만든 것이라면 어떻게 해야 할까?

'그렇다면…… 가위눌림에서 깨어나는 식으로 해 보면……?'

현암은 세심하게 몸의 상태를 살피기 시작했다. 공력이 정말 온몸에 분산돼 있고, 가위눌림처럼 자신의 신경만 마비된 상태인지를 확인하기 위해서였다.

그러는 사이에도 블랙 엔젤의 질문과 압둘의 대답은 계속됐다.

"라미드 우프닉스라면 신의 분노에서 세상을 정당화하는 자들을 말하는 건가? 그런데 그런 자를 왜 마녀 협회가 잡아갔지?"

"그, 그 사람은 성당 기사단의 희망. 성당 기사단의 임무는 라미드 우프닉스를 보호하는 것…… 그런데 마녀 협회의 바, 바이올렛이 그를…… 그를 데려가서 더 이상 그들의 요구대로…… 요구대로……."

"요구대로 뭐지?"

"메, 메소포타미아의 석판, 그것을…… 그것을 넘겨주는 것…… 그렇지 않으면……."

"그렇지 않으면 어떻게 한다는 거야?"

"그렇지 않으면 그들은…… 라미드 우프닉스를 해치운다고, 흑마법의 의식으로 해치운다고."

"라미드 우프닉스는 죽어도 다시 태어날 수 있는 존재 아냐? 그런데 왜 신경을 쓰는 거지? 다른 사람으로 태어나면 그 사람을 찾아서 다시 보호하면 될 거 아냐? 안 그래?"

"그, 그건 정말로 나도 모르겠……."

"흠, 그렇군……."

거기까지 말하고 블랙 엔젤은 다시 현암 쪽을 휙 돌아보았다.

"이봐, 현암! 어때? 재미있지 않아? 마녀 협회가 뭔가를 꾸미고 있군. 인질을 잡아 성당 기사단을 이용해 석판을 얻으려 한다는데? 그런데 성당 기사단의 위에 있는 프리메이슨도 이 석판을 원하고, 마녀 협회의 바이올렛이란 여자도 이걸 원하는 것 같군. 여기 뭐가 있기에 그럴까? 궁금하지 않아?"

블랙 엔젤은 아우구스티노 수사의 품에서 빼앗은 가죽 가방을 현암 쪽으로 슬쩍 집어 던졌다. 그러자 그 가방은 마치 살아 있는 듯이 현암의 품속으로 쑥 들어왔다. 현암은 받고 싶지 않았지만 거부할 힘조차 없었다.

그 모습을 보며 블랙 엔젤은 다시 생긋 웃으면서 피 묻은 황금 망치를 집어 들고 이번에는 아우구스티노 수사에게로 다가갔다.

"이봐, 잘 들었어? 어때? 그렇다면 이 늙은이도 가만두면 안 되겠지?"

현암은 안간힘을 쓰고 있었다. 비록 압둘과 블랙 엔젤의 이야기를 듣고는 있었지만 그것을 논리적으로 분석한다든지 해서 감정의 변화를 일으키지는 않았다. 다만 단순히 녹음기처럼 그 내용을 듣고 머릿속에 기억하고 있었을 뿐, 현암의 모든 정신은 공력을 제어해 자신의 몸을 다시 자유롭게 만드는 데만 몰두하고 있었다.

지금 현암은 천정개혈대법의 칠 단계를 시도하고 있었다. 물론 크나큰 위험이 따르는 일이지만 다른 방법이 없었다. 시간이 조금만 더 있다면 될 것 같았으나 블랙 엔젤의 이야기가 끝난 것 같자 현암은 조금 다급해졌다.

'공력을 풀어도 다시 공력을 모으고 발휘하려면 시간이 걸린다! 안 되겠다. 칠 단계를 할 시간이 없어. 그것 말고 일거에 공력을 발휘하려면 부동심결밖에 없다!'

현암이 사용하는 대부분의 수법은 공력을 한곳에 모아 힘을 내는 반면, 부동심결은 공력을 온몸에 분산시켜 발출함으로써 밝은 빛을 발하는 수법이었다.

그렇기 때문에 공력이 분산된 상태라 해도 감각만 돌아오면 즉각적으로 사용할 수 있을 듯싶었다. 더구나 외공과 물리력 일변도인 현암의 기술 중 백호의 몸을 다치지 않게 하고 블랙 엔젤에게 타격을 줄 수 있는 수법은 그것밖에 없기도 했다.

그러나 그것조차 시간이 부족했다. 블랙 엔젤이 황금 망치를 들어 올리는 것을 보자 현암은 그때까지 하던 정신 집중도 중단하고 급히 소리쳤다. 조금 끌어올려지던 공력이 갈피를 잃으며 몸 안에서 서로 충돌하는 바람에 격렬한 고통이 느껴졌지만, 지금은 소리라도 지르지 않으면 안 되는 상황이었다.

"그건 안 돼!"

블랙 엔젤은 간사하게 웃으면서 되받았다.

"왜? 압둘은 죽어도 되고, 이 친구는 죽으면 안 된다는 건가? 하긴 압둘은 이미 죽은 사람이나 다름없지. 그런데 이 늙은이를 살려 두면 너한테 굉장히 안 좋을 텐데?"

"아까 약속하지 않았던가? 아무도 해치지 않겠다고."

"아까 분명히 약속은 했지. 이 늙은이나 누구라도 해치면 너는 죽을 때까지 싸운다며? 그럼 싸워 봐. 입으로 종알거려서 날 막을 수 있다면 내가 칭찬해 주지."

현암은 말문이 막혔다. 블랙 엔젤이 다시 떠들어 댔다.

"이봐. 널 위해서란 말이야. 메소포타미아의 석판은 네가 빼앗아 간 셈이 됐어. 그리고 너는 이 사람에게 큰 오해를 불러일으켰고 누명을 씌웠잖아. 지금 이 늙은이를 없애지 않으면 나중에 두고두고 후회할 텐데 그래도 괜찮아?"

현암은 고통을 참으며 강한 목소리로 말했다. 이젠 고통이고 뭐고 신경도 쓰지 않고 소리를 질러 어떻게든 시간을 끌면서 마구잡이로 공력을 몰아붙였다.

"절대 사람을 해치지 마라!! 내가 막겠어!"

다행히 블랙 엔젤은 재잘거리며 한참이나 떠들어 주었다.

"막아? 네가 뭘 막는다는 거지? 손끝 하나 꼼짝 못 하고 입만 나불거리면서? 그게 네가 할 수 있는 말이라고 생각해?"

"그자를 죽여서 네가 얻는 게 도대체 뭐지? 응?"

"이봐. 이건 말이야, 내 말대로 다 널 위한 거야. 너와 네 동료들은 너무 마음이 모질지 못하니 그게 탈이야. 예를 들면 아까 저 친구가 가르쳐 준 것 같은 정보를 네가 얻으려면 적어도 열 번은 죽을 고비를 넘기고, 스무 번은 싸움하고, 서른 번은 번민해서 서너 달 동안 온 곳을 뒤져야만 할 거야. 여기서 나처럼 간단하게 너의 적수에게 약간의 고통만 가하면 되는데도 말이야. 이렇게 모든 걸 쉽게 풀 수 있는 길을 놔두고 너희는 왜 일을 어렵게 만들지? 그러니 잔소리하지 마!"

대뜸 블랙 엔젤은 아우구스티노 수사를 향해 황금 망치를 높이 치켜들었다.

현암은 다급한 김에 아직 정신적인 집중도가 떨어지는데도 아랑곳하지 않고 서둘러 부동심결의 수법을 발휘하려 했다. 그러나 부동심결의 심법이 도무지 먹혀들지 않았다. 원래 부동심결이라는 술법 자체가 강력한 내공이나 거의 무아지경에 가까운, 극도로 강한 집중력을 요구하는 것이기 때문이었다.

지금 현암에게는 그렇게 집중할 만한 여유가 없었다. 무리했기 때문에 고통이 극심했고, 시간을 끌기 위해 말을 하는 만큼 집중력도 덩달아 떨어진 탓이었다.

'하다못해 공력의 일부분이라도 모인다면! 주화입마를 각오하고라도 시도해 보겠는데.'

블랙 엔젤의 황금 망치가 막 아우구스티노 수사의 머리로 떨어지려는 순간이었다. 현암은 순간적으로 기지를 발휘했다.

'가만! 그러고 보니 블랙 엔젤은 모든 내 공력을 흩기는 했지만 입을 막지는 못했다. 일단 사자후의 술법을 발휘하면 소리를 크게 낼 수는 없어도 어떻게든 공력을 모을 수 있지 않을까? 입은 자유로우니까!'

현암은 다급한 나머지 더 이상 생각할 겨를도 없이 사자후의 술법을 발휘해 입으로 냅다 크게 소리를 지르려 했다. 그러나 예상과는 달리, 흩어진 공력은 그리 쉽게 모이지 않았다. 오히려 흩어진 공력이 반탄(反彈) 되는지 극심한 고통이 물밀듯이 파고들었다.

이상하게도 고통이 더 강하게 느껴지자 마비 상태가 조금 풀리는 듯한 느낌이 들었다. 현암은 심한 고통에 몸을 부르르 떨면서 두 번, 세 번 사자후의 술법을 발휘하려는 듯 입을 크게 벌리고 숨을 내뿜으려 했다.

블랙 엔젤은 현암이 컥컥거리는 듯한 모습을 보이자 잠깐 현암 쪽을 돌아보았고, 그 덕분에 아우구스티노 수사의 머리를 내리치는 것이 잠시 늦추어졌다.

"뭐야? 왜 그래?"

현암은 대답할 겨를이 없었다. 블랙 엔젤이 보기엔 현암의 안색이 하얗게 질리고 온몸을 부들부들 떨고 있었으며, 자꾸 컥컥거리며 입을 붕어처럼 벌리고 있었다. 사자후의 수법을 끌어내려고 애쓰는 것이었지만 겉모습만 보고는 제아무리 블랙 엔젤이라도 그 내막을 알 수 없는 듯했다. 겉으로 보기에 현암이 무슨 수법을 쓴다기보다는 몸 어딘가가 크게 잘못돼 고통을 호소하고 있는 것처럼 보였으니까.

그러나 블랙 엔젤은 대악마답게 냉혹하게 다시 현암에게서 시선을 거두고 아우구스티노 수사를 내려다보면서 말했다.

"네가 어디가 잘못되면 안 되지. 가만있어, 이 늙은이만 편하게 해 주고 너도 편하게 해 줄게. 응?"

블랙 엔젤이 황금 망치를 높이 들어 올렸다. 그 짧은 순간이나마 시간을 번 현암은 비록 엄청난 고통을 느끼긴 했지만 공력을 끌어모아 단전까지 한 줄기 통로를 만들어 내는 데 성공했다.

순식간에 지나치게 무리한 탓인지 코에서 피가 주르르 흘러내렸는데도 현암은 깨닫지 못했다. 다만 공력이 단전으로 한 가닥 모여드는 순간, 현암은 때를 놓치지 않고 부동심결의 수법을 발휘했다. 공력이 채 완성되지 않은 상태에서 발휘한 수법이라 그런지 전신에서 엄청난 고통이 느껴졌다. 땀구멍 하나하나에서 모든 생기가 빠져나가는 듯이 느껴졌지만 현암은 개의치 않았다.

눈부시게 밝은 빛이 방 안을 가득 메웠다. 현암은 너무나 고통스럽고 힘이 들어 오랫동안 힘을 발휘하기도 어려웠다. 거의 주화입마 일보 직전까지 간 상태가 되자 부동심결이 돌연 중단됐다. 부동심결의 금빛이 가시는 순간 현암은 그대로 쓰러지고 싶은 것을 억지로 참으며 눈을 크게 떴다.

백호의 몸을 빌린 블랙 엔젤이 아우구스티노 수사를 내리치지 못하고 저만치 비틀거리며 물러서 있는 것이 눈에 들어왔다. 블랙 엔젤이라도 불문(佛門)의 최상승 심법이라 할 수 있는 부동심결의 빛에 역시 타격을 많이 입은 것 같았다.

블랙 엔젤의 얼굴에 당혹스러움과 놀라움의 빛이 떠올라 있었다. 그것을 본 현암은 온몸이 으스러질 듯 아팠지만 비틀거리며 블랙 엔젤 쪽으로 달려들어서 들고 있던 황금 망치를 빼앗으면서 그 몸을 어깨로 밀어 냈다.

그러자 충격을 입은 탓인지, 아니면 블랙 엔젤이 빠져나갔는지 백호의 몸은 마치 허수아비처럼 저쪽 구석으로 넘어져 처박혀 버렸다.

현암은 황금 망치를 빼앗고 나자 이제야 됐구나 싶어 한숨을 내쉬었다. 그것도 잠시, 갑자기 등 뒤에서 무시무시한 힘이 후려쳐 왔다.

지금 현암은 서 있는 것조차 힘들 정도로 몸속이 뒤틀려 있는 상태였기 때문에 그 힘을 피하거나 방어할 생각은 하지도 못했다. 현암이 황금 망치를 든 채 앞으로 고꾸라져 몇 바퀴 구르고 나자 현암의 등 뒤에서 성난 목소리가 들려왔다.

"오 신이시여!"

현암이 고개를 돌려 보니 바로 아우구스티노 수사였다. 부동심결의 영향 때문에 아우구스티노 수사도 방금 정신을 차린 모양이었다. 일단 현암으로서는 아우구스티노 수사가 정신을 차린 것이 반가웠다. 비록 그에게 한 대를 얻어맞았다고 해도 말이다.

그러나 아까까지의 인자한 할아버지 같던 기색은 온데간데없고, 아우구스티노 수사는 분노로 가득 차 눈썹과 머리카락을 치켜올린 무서운 형상이 돼 있었다.

"수, 수사님!"

현암은 넘어진 채 고개를 들어 아우구스티노 수사를 보았다. 현암은 아우구스티노 수사가 왜 저토록 화를 내는지, 그리고 자신을 왜 공격했는지 언뜻 이해할 수 없었다.

아우구스티노 수사는 성난 얼굴로 현암을 무섭게 노려보더니 손을 들어 옆에 처참하게 죽어 있는 압둘을 가리켰다. 그것을 보자 현암은 뭐라 할 말이 없었다. 더구나 피 묻은 황금 망치가 지금 자신의 손에 들려 있는 것이 아닌가! 현암이 압둘을 죽였다고 수사가 생각하는 것도 무리가 아니었다.

현암은 뭐라 변명이라도 하고 싶었지만 몸 안의 상태가 심각해 말할 수가 없었다. 현암의 몸 안에는 부동심결을 발휘하느라 억지로 모아졌던 공력이 다시 소용돌이치며 온몸을 헤집고 다녔다. 마치 수천만 개의 바늘이 전신을 찌르는 듯한 고통이 느껴졌다.

더구나 아우구스티노 수사가 뒤에서 가한 그 일격은 가톨릭의 기도력이 깃들어 있는 것이라, 안 그래도 흐트러진 현암의 내공을 더욱더 좋지 않은 상태로 몰고 갔다.

다만 현암은 아우구스티노 수사에게 변명하는 대신 입으로 한 움큼의 선혈을 내뿜었을 뿐이다.

현암의 상태가 좋지 않은 것을 보자 아우구스티노 수사는 잠시 의아한 표정을 짓더니 곧 주변을 둘러보았다. 저만치 백호가 쓰러져 있는 것을 보며 아우구스티노 수사는 그쪽으로 다가갔다.

현암은 내심 블랙 엔젤이 다시 아우구스티노 수사에게 무슨 짓을 할까 봐 그리로 가서는 안 된다고 속으로 부르짖었으나 이미 넘어진 상태라 손가락 하나 까딱할 수 없었다.

아우구스티노 수사가 다가가 백호를 살펴보니 백호는 넘어져서 눈을 희게 까뒤집은 채 기절해 있었고, 입에서는 한 줄기의 선혈

이이 흘러내리고 있었다. 얼핏 봐서는 죽은 것 같았다.

그 모습에 아우구스티노 수사는 다시 분노를 터뜨렸다.

아우구스티노 수사는 분노가 극에 달한 나머지 한국말이나 영어를 하는 것조차 잊어버리고 자신의 모국어로 쉬지 않고 현암에게 뭐라 말하고 있었다. 물론 현암은 한마디도 알아들을 수 없었지만 그가 무슨 이야기를 하는지 정도는 이해할 수 있었다.

아우구스티노 수사는 현암이 압둘을 죽이고 백호까지 쓰러지게 만들었다고 믿는 것이 분명했다. 어찌 보면 당연한 일이었다. 만약 자기가 아우구스티노 수사의 처지였다면 블랙 엔젤이 한 짓을 직접 보지 못했으니 그렇게 보일 수밖에 없었을 테니까.

'말할 기운조차 없으니. 이러다가 수사에게 맞아 죽는 것은 아닐까?'

답답하다 보니 허망하다는 마음마저 들었다. 어떻게든 흐트러진 공력을 모아 기운을 차려야만 아우구스티노 수사에게 뭐라고 변명이라도 할 수 있을 텐데, 흐트러진 내공은 아우구스티노 수사의 일격을 받아 더욱더 몸 안을 거세게 소용돌이치고만 있었다. 자칫하면 금방이라도 주화입마에 빠져 버리게 될 것 같은 상황이었다.

아우구스티노 수사가 화난 얼굴로 현암에게 다가왔다. 현암은 뭔가 말하려는 듯 간절한 눈빛으로 그를 올려다보았다.

아우구스티노 수사는 현암의 상태 또한 상당히 좋지 않은 것을 보고는 표정이 조금씩 누그러지는 것 같았다. 아마도, 죄를 지었을지언정 성직자답게 일단 사람을 살리는 것이 중요하다고 생각한 모양이었다.

그의 손이 현암을 부축이라도 하려는 듯 현암의 몸을 건드렸을 때였다. 뭔가 털썩하면서 현암의 품에서 떨어졌다. 현암은 고개조차 움직일 수 없었으나 무엇이 떨어졌는지 알 수 있었다. 조금 아까 블랙 엔젤이 자신에게 넣어 준 석판이 틀림없었다. 그러나 그것을 다시 집어 올릴 수도, 몸을 일으켜 도망칠 수도 없었다. 현암은 암담해지는 느낌에 속으로 부르짖었다.

'아이구! 이거 큰일이다!'

아우구스티노 수사는 현암의 멱살을 잡고, 늘어진 현암의 상반신을 인정사정없이 번쩍 들어 올렸다. 그의 얼굴은 조금 전보다 더 무섭게 일그러져 있었다. 아까 현암은 아우구스티노 수사를 성당 기사단의 일원이라고 매도하면서 그를 적으로 돌리겠다고 공식적으로 선언했다.

그리고 아우구스티노 수사는 정신을 잃었다. 그러니 그로서는 현암이 압둘을 죽였고, 자기편인 백호까지 쓰러뜨린 악당으로 보일 수밖에 없었다. 그래도 그전까지는 현암이 왜 그렇게 했는지에 대한 의문이 있었을 터였다.

그런데 석판을 보는 순간 아우구스티노 수사는 모든 것을 나름대로 짐작한 모양이었다. 즉 현암이 석판을 얻기 위해 아우구스티노 수사를 속이고 압둘을 죽였으며, 같은 편인 백호까지 살해하려 한 것이 분명하다고 말이다.

아우구스티노 수사의 얼굴은 '도저히 용서할 수 없다'는 표정이 너무나 역력해 마치 목소리가 들리는 것같이 느껴질 정도였다. 하지만 현암은 변명조차 할 수 없는 몸이니 별다른 도리가 없었다.

느닷없이 아우구스티노 수사는 현암을 왼손만으로 잡은 채 눈을 감고 성호를 긋더니 라틴어로 짧게 기도를 올렸다. 현암은 라틴어에 능통하지 못했지만 그 기도가 퍽이나 숙연해서, 어쩌면 저 수사가 자신을 해치려는 것인지도 모른다는 생각에 몸을 부르르 떨었다.

죽는 것이 두렵다기보다 너무 억울하다는 생각이 들었다. 그러고 보니 혹시 이 모든 것이 블랙 엔젤이 꾸민 일이 아닌가 하는 생각도 들었다. 실컷 가지고 장난치다가 스스로의 손을 놀리지 않고 현암을 해치우겠다는 음모인지도…….

현암이 아무 말도 못 한 채 고통으로 몸을 떨고 있는 사이, 아우구스티노 수사의 오른손에는 서서히 오라가 맺혀졌다. 이어서 아우구스티노 수사의 손은 금방이라도 현암의 머리를 내리칠 듯 위로 높이 들어 올려졌다.

한순간 현암은 체념할까 하는 생각이 들었다가 특유의 오기가 뻗쳐 오는 걸 느꼈다.

'안 돼! 이대로 끝낼 수는 없어!!'

현암은 이를 꽉 깨물면서 어떻게든 공력을 다시 수습하려고 안간힘을 썼다.

아우구스티노 수사의 손이 막 아래로 떨어지는 순간이었다. 현암은 갑자기 온몸에 퍼져 있던 마비 상태가 풀리고 공력이 한꺼번에 위로 솟구치는 것을 느꼈다. 안 그래도 공력을 풀기 위해 안간힘을 쓰고 있었는데, 너무 갑자기 마비가 풀려 버리자 현암의 공력은 되레 엄청난 기세로 솟구쳤다.

몸을 움직일 수 있게 된 현암은 아우구스티노 수사의 손바닥이 머리로 떨어지는 순간, 자신도 모르게 솟구치는 공력을 오른팔로 몰아가면서 팔을 들어 수사의 손을 막았다. 그 순간 현암은 아차 했다. 몰려간 공력이 너무도 컸다.

'안 돼……! 이러면 수사님이……!'

그러나 때는 늦었다. 다음 순간 커다란 굉음이 울리면서 아우구스티노 수사의 몸은 뒤로 몇 미터를 날아가 발코니와 연결돼 있던 창문을 깨뜨리고 베란다에 넘어져 구르고 있었다. 현암의 몸도 같이 튕겨졌으나 현암은 그냥 넘어지는 정도에 그쳤다.

현암은 이제 막 간신히 공력을 수습한 상태라 힘을 제어하지 못해 모든 공력이 오른팔로 쏟아져 들어갔다. 그 통에 아우구스티노 수사는 현암을 해치기는커녕 현암의 백 년 공력과 정통으로 부딪쳤고, 그에 반탄돼 오히려 그 자신이 중상을 입게 된 것이었다.

그러나 현암의 공력은 또다시 타격을 받고 몸 안에서 충돌하며 대부분 소멸해 현암은 극도로 탈진해 버렸다. 한 가지 다행스러운 것은 공력이 대부분 바깥으로 쏟아져 나가 현암의 몸 안까지는 그리 많이 망가지지 않았다는 정도일까?

간신히 눈을 들어 보니 아우구스티노 수사의 상태는 생각보다 훨씬 심각했다. 아우구스티노 수사의 입가에는 피가 흘러나왔고 현암을 내리치려던 오른손은 서너 곳이나 부러진 듯 덜그럭거리며 기괴하게 휘어져 있었다. 현암은 암담한 느낌이 들었다.

'이건 도저히…… 오해를 풀 길이 없겠구나!'

현암은 급히, 아우구스티노 수사의 상처라도 볼 작정으로 비틀거리면서 몸을 일으켰다.

그때 현암이 일어나는 것을 본 아우구스티노 수사가 다시 날카로운 소리를 질렀다. 그러고는 고통을 무릅쓰고 몸을 굴리듯 해 현암의 앞을 지나 문밖으로 빠져나갔다. 어찌나 결사적인 기세였는지 미처 제지할 겨를도 없었다.

현암은 뒤따라가 무어라 이야기하고 싶었으나 너무도 기운이 없어 털썩 주저앉았다가 급기야 뒤로 벌렁 누워 버렸다. 공력이 흩어졌다가 모인 탓인지 고통은 극심했지만 주화입마까지는 다다르지 않은 것 같았다.

이대로 조금만 있으면 다시 힘을 발휘할 수 있게 될지도…….

그러나저러나 아우구스티노 수사를 해치려 했다는 누명을 벗어날 길은 이제 도저히 없을 것 같았다. 생각할수록 암담한 기분이 들 따름이었다.

'이제 앞으로 어떻게 해야 하나…….'

현암은 탈진해 누워 있으면서도 이삼십 번 정도 애써 심호흡하자 어느 정도 힘이 회복되는 것을 느꼈다. 물론 공력을 전력으로 발휘할 수 있을 정도로 회복되지는 않았지만 최소한 몸을 움직일 정도는 됐다.

현암은 끙 소리를 내면서 서서히 몸을 일으키려 했다. 마음 같아서는 그대로 누운 채 잠들어 버리고 싶었지만 걱정되는 게 너무도 많았다. 백호는 과연 무사한지, 아우구스티노 수사는 무사한지, 아우구스티노 수사의 오해를 어떻게 하면 풀 수 있을지, 그리고 승희는 어디에 있는지 등등.

기를 쓰고 몸을 일으키려 했지만 현암은 몇 번이나 팔을 꺾으며 휘청거렸다. 그렇게 현암이 일어나려 애쓰는데, 누군가 등 뒤에서 현암의 어깨를 잡아 현암을 벌떡 일으켜 세웠다. 현암은 깜짝 놀라 뒤를 돌아다보았다. 백호였다.

현암은 놀랐지만 일단 백호의 얼굴부터 살폈다. 정말로 백호가 제정신이 돌아온 것인지, 아니면 아직도 블랙 엔젤의 지배하에 있는 것인지 확인하고 싶었다.

세세히 살펴보니 백호의 얼굴에 떠돌던 여자와 같은 모습은 어느샌가 없어지고, 백호는 평상시의 얼굴로 돌아와 있는 것 같았다. 물론 몹시 놀라고 당혹스런 표정을 짓고 있었지만.

"어떻게 된 겁니까?"

백호는 처참한 몰골로 죽어 있는 압둘의 시체를 바라보며 눈살을 찌푸렸다.

현암은 한숨을 쉬면서 고개를 설레설레 저었다.

"설명하자면 너무 길군요……."

메소포타미아의 예언석

백호의 도움을 받아 몸을 일으킨 현암은 한참 동안 숨을 돌린 후에 사방을 살펴보며 월향검을 찾았다. 월향검은 힘을 거의 잃고 한쪽 구석에서 떨어져서 힘겹게 몸을 파닥거리고 있었다. 부동심결의 영향을 받아 기운을 차리지 못하는 듯했다.

부동심결은 원래 불문 최상승의 심법이니 만큼, 비록 현암과 같은 편이기는 했지만 영혼 상태인 월향에게 좋은 영향을 줄 리 없었다. 물론 월향도 그동안 현암과 오랫동안 함께 지내면서 현암의 기에 적응이 돼 치명적인 피해를 보지는 않았지만.

현암이 몸을 굽혀 월향검을 다시 왼쪽 손목에 설치한 칼집에 꽂는데, 돌연 그의 눈에 어떤 물건이 들어왔다. 작은 가죽 가방이었다. 떨어질 때의 충격 때문인지 입구가 조금 열려 내용물이 밖으로 반쯤 나와 있었는데, 작은 석판 같은 것이 보였다.

'메소포타미아의 예언석!'

블랙 엔젤이 이것을 현암에게 주었지만 아우구스티노 수사가 도로 찾아갔다. 그랬다가 수사가 현암의 반탄력에 튕겨 나갈 때 떨어진 모양인데, 수사는 그것을 모른 채 그대로 빠져나간 것이었다.

그 석판을 보자 현암은 다시 난감해졌다.

'이것을 내가 빼앗은 것이라 생각하면 어쩌지? 안 그래도 오해를 풀기가 쉽지 않을 텐데.'

문득 또 하나 생각이 미치는 바가 있었다. 자신이 기절시켜 놓고 온 두 명의 술사였다. 그들의 몸에 공력을 가해 기절시켜 놓았으므로 금방 깨어나지는 않았겠지만, 이미 시간이 한참 지난 상태라 지금쯤이면 그들이 정신을 차리고 이쪽으로 찾아올 가능성도 있었다. 도중에 아우구스티노 수사를 만나기라도 하면 아우구스티노 수사의 상처가 몹시 심하니 상대가 되지 못할 터였다.

비록 오해를 사고 있는 처지지만 현암은 아우구스티노 수사가 염려스러웠다. 게다가 더 염려되는 것은 승희였다.

'얘는 도대체 어딜 가 있는 거야?'

몸이 욱신거려 죽을 지경이었지만 현암은 더 이상 참지 못하고 몸을 벌떡 일으키며 백호에게 말했다.

"백호 씨, 지금 나가 봐야겠습니다."

백호는 고개를 끄덕이면서도 한편으로 걱정이 되는 듯 압둘을 보며 말했다. 백호는 블랙 엔젤이 들어왔다가 나간 탓인지 좀 멍한 상태여서 현암에게 질문조차 거의 하지 않고 있었다.

"그런데 도대체 이 사람은 누가……."

물론 백호는 현암이 이렇듯 처참한 방법으로 사람을 살해할 리 없다고 믿었다.

"혹시…… 아우구스티노 수사가?"

백호가 의아한 표정을 짓자 현암은 고개를 저었다.

"그가 아닙니다."

"그렇다면 누가 이런 처참한 짓을 했지요?"

현암은 머리가 잘 돌아가는 편이었지만 금방 그 자리에서 뭐라고 대답할 수 없었다. 그리고 조금 전 크게 잘못된 추리를 한차례 했던 참이라 마구 말할 자신도 없었다. 그렇다고 사실대로 백호가 악마에 씌어서 그랬다고 말할 수는 더욱 없었다. 그렇다고 자신이 그런 짓을 했다고 말할 수도 없는 일이었다.

별수 없이 현암은 얼버무리려는 듯이 둘러댔다.

"뭔가가 나타났습니다. 아주 대단한 존재였어요. 그 덕분에 나도 이 꼴이 된 거랍니다. 아무튼 지금은 시간이 없으니 나중에…… 그리고 어떻든 뒷수습을 부탁드립니다."

백호는 몹시 난감한 표정을 지었다. 아무리 자신이 어느 정도 권위가 있는 사람일지라도 이토록 처참한 시체가 다른 곳도 아닌 자기 집에 남은 터이니 뭐라고 할 말이 없는 눈치였다.

몹시 당황해하는 백호를 보고 현암은 안됐다는 생각이 들었지만 일단 그보다는 아우구스티노 수사와 승희를 찾는 일이 더 급했다. 당황해 어쩔 줄 모르는 백호를 남겨 두고 현암은 절룩거리면서 아파트 문밖으로 나섰다.

승희는 남에게 들리는 것도 개의치 않고 크게 현암을 부르면서 아파트 주위를 헤매고 있었다. 아까 백호의 아파트로 들어서는 순간 승희는 쓰러진 백호와 그 옆에 서 있는 사내를 보았다. 그를 보자 염동력을 있는 대로 다 써 보았으나 그것은 압둘의 허상인지라 능력이 전혀 먹히지 않았다.

승희는 자기가 대적할 수 있는 상대라는 생각이 들지 않자 현암을 찾는 것이 일단 최선책이라 여기게 됐다. 상황이 상황이니만치 정확하게 집중해 투시할 수는 없었지만, 현암이 그리 멀지 않은 곳에 있다는 느낌이 왔다.

재빨리 초능력을 발휘해 거실에 있는 물건들을 엎어 버리고 난 다음 그 틈을 타 승희는 총알같이 밖으로 달려 나갔다. 승희는 몹시 당황한 상태였으나 계단으로 뛰어 내려가지 않고 엘리베이터를 타고 내려갔다. 그렇게 현암이 올라가는 순간과 승희가 엘리베이터를 타고 내려가는 순간이 절묘하게 엇갈려서 승희는 현암을 만나지 못했다.

엘리베이터를 타고 내려온 승희는 투시력으로 현암을 찾으려 했지만 그때는 이미 블랙 엔젤의 영향력이 백호의 아파트를 에워싸고 있어서 투시가 되지 않았다.

한참을 헤매던 승희는 점점 불안한 생각을 하게 됐다. 분명 자신이 신호를 보냈는데도 현암이 달려오지 않는 걸 보면 현암에게 무슨 일이 생긴 것 같았고, 그런 생각을 하니 눈이 뒤집히는 것 같았다.

"현암 군!"

참으로 이상한 것은, 주변에 지나가는 사람이나 차가 한 대도 보이지 않는다는 점이었다. 마치 이 아파트 단지만 시공이 정지된 상태에 빠져 버린 것 같았다. 승희는 점점 불안해졌다. 그때 승희는 예상치 못했던 두 사람과 마주치자, 놀라서 그 자리에 우뚝 멈춰 섰다.

아까 현암과 싸웠던 두 명의 주술사였다. 현암이 그들의 혈도를 짚었지만 시간이 흐르자 그들은 조금씩 움직일 수 있게 돼 다시 아우구스티노 수사와 현암을 잡으려고 여기저기를 살피는 중이었다.

그들은 승희를 알아보지 못했으나 승희는 가뜩이나 불안한 상황에서 갑자기 두 사람과 마주치자 깜짝 놀랐다.

'이런 망할! 선수를 치자!'

승희는 염동력을 발휘해 그들을 움직이지 못하게 하려 했다. 그런데 승희가 염동력을 가하자 그들은 일순 깜짝 놀라는 것 같은 표정을 짓더니 서슴없이 승희 쪽으로 다가왔다. 그들의 얼굴이 점점 음침하게 변하는 것 같고, 또 염동력이 소용없는 것 같자 승희는 놀라서 몸을 뒤로 돌려 다짜고짜 달아나기 시작했다.

'오늘은 대체 왜 이러는 거야! 만나는 놈들마다 하나도 힘이 안 먹히니!'

승희의 염동력이 통하지 않은 것은 아니었다. 승희가 염동력으로 혈도를 누르는 기술은 현암의 혈도 지식을 그대로 배운 것이니만큼 그와 똑같은 부위를 누를 수밖에 없었다.

승희의 염동력은 공교롭게도 현암이 공력으로 짚어 놓았던 혈도 부위를 눌러서 부자연스러웠던 그들의 몸을 오히려 자유롭게 풀어 준 것이었다. 그것은 마치 스위치를 한 번 누르면 켜지고 한 번 누르면 꺼지는 것과 같은 이치였다.

두 명의 주술사는, 만난 여자가 누군지 알 수 없지만 자신들의 몸에 술수를 가하고, 또 다짜고짜 도망가는 것을 보고는 승희가 현암과 한편이라고 의심하게 됐다. 그래서 그들은 몸도 풀 겸 승희를 추격하기 시작했다.

만약 승희가 다시 한번 그들의 혈도 부위를 눌렀다면 그들은 쓰러질 수밖에 없었지만 일단 효과가 없자 승희는 그들이 키건 같은 능력자들인 것으로 오해했다.

승희는 죽을힘을 다해 도망가면서 대신 염동력을 발휘해 모래며, 나뭇가지며, 쓰레기 같은 것들을 마구 그들에게 쏟아부었다. 그런 승희의 행동은 그들의 추격을 늦추기는커녕 그들을 더더욱 화나게 할 뿐이었다. 결정적인 것은 어느 빈 페트병 같은 것을 여자에게 쏟아부었을 때였다. 그 속에는 썩어서 고약한 냄새가 나는 음료수가 들어 있었다.

썩은 물을 뒤집어쓴 여자는 당연히 화가 치솟았고, 그때부터 그들은 거의 목숨을 걸 듯 승희를 뒤쫓았다. 급기야 마녀 쪽이 먼저 승희에게 주술을 썼다.

한 가지 다행스러운 것은 섀도 비스트를 부리던 그 주술사가 아직 힘이 온전하게 돌아오지 않아 소환술을 쓰지 못했다는 점이었다. 만약 섀도 비스트 몇 마리가 나와서 승희 앞을 가로막았다면 그것들은 승희의 눈에 보이지도 않고 염력을 발휘할 수도 없는 상대라 속절없이 당해 버렸을지도 몰랐다.

승희는 투시력을 발동해 그들의 살기를 느낄 수 있었기 때문에 마녀의 공격을 아슬아슬하게 몸을 날려 피해 가면서 도망쳤다. 옷이 더러워지고 구두 굽도 하나 부러지자 승희는 구두를 벗어 팽개치고 맨발로 뛰었다. 그러면서 승희는 이를 뽀드득 갈았다.

'현암 군만 나타나 봐라. 너흰 죽었어!'

승희는 자신도 모르게 눈에 익은 길, 백호의 아파트 쪽으로 달려가게 됐다. 그러다가 아파트 앞쪽의 꽤 널찍한 공터로 들어서는 순간, 승희는 부상을 입은 아우구스티노 수사와 마주쳤다.

그간의 사정을 모르는 승희로서는 아우구스티노 수사가 부상을 입은 것이 그 두 사람과의 싸움 때문에 그런 것으로 생각할 수밖에 없었다. 그런 생각에 일단은 반가웠다.

"아, 수사님! 나 좀 도와줘요!"

아우구스티노 수사는 간신히 죽을 고비에서 벗어나 병원으로 가야 할 상황이었는데, 처음 보는 여자가 나타나 유창한 영어로 말을 걸자 깜짝 놀랐다.

반가운 마음에 승희는 하지 말아야 할 말까지 해 버렸다.

"현암 군은? 아까 그 젊은이는 어딨죠? 저와 한편이에요! 저 좀 도와 달라고요!"

승희는 아우구스티노 수사와 어떻게든 같이 힘을 합친다기보다는 일단 상황을 모면할 생각에 그의 뒤로 숨으려 했다. 그때는 승희의 뒤를 쫓던 두 주술사가 시야에 들어오기 전이었다.

승희의 말을 들은 아우구스티노 수사는 곧 표정이 일그러졌다. 승희는 다시 아우구스티노 수사에게 말하려다가 그의 손이 높이 올라가는 것을 보고 깜짝 놀랐다.

현암은 아파트 문밖으로 나서면서 먼가 조금 이상하다는 것을 느꼈다. 이 아파트는 주민이 적지 않을 텐데, 어째서 한 명도 바깥에 나오거나 돌아다니는 사람이 없는 걸까?

'블랙 엔젤이라면 이런 이상한 짓도 할 수 있겠지. 그런데 도대체 무슨 속셈일까? 혹시 무슨 술수를 더 쓰는 것은 아닐까?'

블랙 엔젤이 부동심결의 영향 때문에 사라진 것인지, 아니면 아우구스티노 수사와의 골을 더 깊게 하려고 일부러 사라진 것인지는 알 수 없었지만, 블랙 엔젤이 죽거나 큰 타격을 입었다고는 믿을 수 없었다. 게다가 블랙 엔젤이 백호를 해칠 이유는 없었다.

현암은 아우구스티노 수사와 승희를 찾는 데만 전념하기로 했다. 그러나 밖에 나가 보니 막막한 기분이 들었다. 현암은 기왕 주위에 아무도 없으니 월향검을 이용하기로 했다.

아우구스티노 수사가 매서운 표정을 지으면서 승희를 한 대 치려고 하자 승희는 몹시 놀라 옆으로 데구루루 몸을 움직였다. 아우구스티노 수사가 중상을 입어 동작이 많이 둔해진 탓에 아슬아슬하게나마 피할 수 있었지, 안 그랬으면 꼼짝없이 저만치 나동그라졌을 것이다. 옷은 물론이고 꼬락서니가 더 엉망이 되자 승희는 화가 치밀어 꽥 소리쳤다.

"뭐예요!"

그때 두 명의 주술사가 나타났다. 그러자 상황은 아주 미묘해졌다. 두 명의 주술사는 아우구스티노 수사를 노려보고 주춤하면서도 승희의 눈치를 살피는 것 같았다. 두 사람이 보기에는 아우구스티노 수사와 승희가 한편인 것으로 보였으며, 아우구스티노 수사가 보기에는 술사들과 승희가 한편인 것으로 보였다. 아우구스티노 수사와 승희가 한편이 되면 자신들의 몸이 풀리지 않은 이상 섣불리 행동할 수 없다고 두 주술사는 생각했다.

아우구스티노 수사는 더욱 난감한 처지였다. 중상을 입은 데다가 삼 대 일이 되면 이길 수 없는 것은 당연했다. 아우구스티노 수사는 팔이 부러졌지만 헐렁한 옷자락을 이용해 그 모습을 보이지 않으려고 애쓰고 있었다. 중상을 입었다는 걸 적이 알게 되면 자신은 끝장나는 셈이니까.

다행히 그 시도는 성공적이었다. 승희도, 주술사들도 아우구스티노 수사가 다쳤다는 것을 알지 못했다. 덕분에 그들은 경거망동하지 못하고 긴장을 늦추지 않고 말없이 서로를 바라보며 대치하는 한편, 가급적 힘을 모아 일격에 상대를 처리할 순간만 노렸다.

승희는 투시력을 써 볼 것도 없이 재빨리 상황을 눈치챘지만 방법이 없었다. 먼저 승희는 아우구스티노 수사를 슬쩍 바라보았다.

'날 보자마자 한 대를 날렸겠지? 이 영감은 분명 좋은 사람이 아냐.'

승희는 다시 두 명의 술사를 보았다. 그들은 애당초 적이었다.

'이게 뭐야. 내가 움직이면 양쪽 다 날 먼저 치려고 할 거 아냐? 근데 이게 무슨 꼴이야? 정말 우습지도 않네.'

긴장되기는 했지만 조금 틈이 생긴 승희는 생각을 가다듬었다.

'가만. 현암 군은 대체 어딜 간 거야? 백호 씨도 위험한데! 아냐, 아냐. 일단 현암 군이 급해. 가만있자, 이 늙은이하고도 같이 있지 않고 저놈들하고도 같이 있지 않다면…….'

불안한 생각이 불현듯 뇌리를 스치자 승희는 식은땀을 흘렸다.

'설마 무적의 현암 군이…… 아냐. 그렇다면 혹시 이 늙은이가 수작을 부린 것 아냐?'

승희는 현암이 돌아오지 않고 소식도 없는 것으로 볼 때 이 늙은이가 현암에게 수작을 부려서 현암이 좋지 못한 상황에 처했다고밖에 생각할 수 없었다. 그렇게 결론을 내리자 있는 힘을 다해 늙은이를 박살 내고 그다음은 될 대로 되라고 놓아두자는 생각도 들었다. 하지만 승희는 다시 마음을 가다듬었다.

'아냐! 이런 껄렁한 것들한테 당할 현암 군이 아냐. 내 정신 좀 봐. 일단 찾아봐야 할 것 아냐?'

거기까지 생각이 미친 승희는 투시력을 발동해 급히 현암의 위치를 찾았다. 원래 현암은 강력한 내공을 가지고 있기에 승희의 투시력에도 속마음은 읽히지 않았다. 그래도 현암의 존재 여부 정도는 탐지할 수 있었는데, 지금은 그마저도 되지 않았다. 없는 것이 아니라 보이지 않는 암흑 같은 것이었다. 승희는 화가 났다.

'이따위 재주는 도대체 뭐에 쓰냐? 젠장! 차라리 없으면 없나 보다 하고 살 텐데……!'

지금 상황은 일촉즉발의 순간이었다. 승희는 우선 세상의 무엇보다도 현암의 안위가 중요했다. 그러다가 아무래도 투시가 무언가의 방해를 받고 있다는 낌새를 받았다. 다름 아닌 블랙 엔젤의 것이었지만 승희는 거기까지 파악하지 못했다. 다만 누군가 투시를 방해하고 있다는 것만 느꼈을 뿐. 그때 승희는 여태껏 몇 번을 사용해 효과를 본 수법을 기억해 냈다.

'그래, 월향검을 대신 투시해 보면 알 수 있겠다!'

현암은 주변에 사람이나 지나가는 차조차 하나도 없음을 확인한 다음 어느 정도 기운을 되찾은 월향검을 허공으로 띄워 올렸다. 승희와 아우구스티노 수사를 찾아내기 위해서였다.

허공으로 솟구친 월향은 잠시 허공을 선회하다가 현암에게 되돌아왔다. 그리고 현암의 왼쪽 손목에 설치된 칼집으로 들어온 직후 월향은 방향을 가르쳐 주듯 한쪽으로 현암의 팔을 잡아끌었다.

"됐다! 여기야, 여기!"

승희는 무심결에 커다랗게 소리쳤다. 때마침 하늘로 솟구쳐 방향을 찾던 월향검의 느낌이 들어오자 반가운 나머지 소리친 것이었다. 긴장해 있던 수사와 두 주술사는 승희의 목소리에 퍼뜩 놀라면서 몸을 움찔했다.

바로 그다음 순간, 마녀와 주술사는 준비돼 있던 주술을 쏘아냈고, 아우구스티노 수사는 왼손에 오라를 크게 펼쳤다. 주술사의 두 갈래 주술 중 한 가닥이 승희를 향해 날아왔다. 승희는 깜짝 놀라 움츠리는 바람에 간신히 피할 수 있었다.

또 다른 한 갈래가 아우구스티노 수사에게 날아오자 그는 한 갈래의 주술을 오라로 간신히 튕겨 냈다. 그러면서 아우구스티노 수사는 승희를 향해 팔을 휘둘렀지만 오른팔의 부상이 너무 고통스러워 승희를 치지 못했다. 그러는 와중에 아우구스티노 수사와 주술사들은 승희가 누구와도 같은 편이 아니란 것을 확인했다. 그들의 눈이 일제히 승희를 향해 날카롭게 빛났다.

현암은 언뜻 승희의 목소리를 들은 것 같았지만 확신할 수 없었다. 그래서 현암은 월향이 이끄는 쪽을 향해 가급적 빠른 걸음으로 걷다가 조금 공력이 회복되자 이내 달리기 시작했다. 얼마쯤 달려가다 보니 널찍한 공터가 보였다. 그때 공터에서 귀에 익은 음성이 들려왔다.

"뭐야? 왜 이러는 거야?!"

앙칼진 여자의 음성, 그것은 바로 승희의 목소리였다. 현암은 일단 승희가 무사한 것이 반갑기도 하고, 또 승희가 무슨 일을 당했나 걱정이 돼 월향검을 빼 든 다음 몸을 날려 공터 안으로 뛰어들었다.

사람 키보다 약간 큰 나무들로 둘러싸인 공원 같은 공터로 들어가는 순간 현암은 깜짝 놀랐다. 그곳에는 약속이라도 한 듯 앞서 만났던 두 명의 주술사와 아우구스티노 수사와 승희가 모두 모여 있었다.

현암이 들어서는 순간의 상황은 몹시 미묘했다. 아우구스티노 수사는 팔이 부러지고, 큰 타격을 입은 상태였다. 승희는 아까 압둘과 겨루어서인지, 아니면 지금 다친 것인지 여기저기 옷이 찢어지고 상처가 나 있었다. 현암과 맞서 싸웠던 두 명의 주술사도 현암에게 당했던 것이 완전히 회복되지 않은 듯 얼굴에 고통의 흔적이 역력했다.

양측은 승희와 새로 등장한 현암까지 잡아먹을 듯이 노려보았다. 그러나 일단 현암이 등장하자 섣불리 손을 쓰지 못하고 있었다.

현암은 아우구스티노 수사를 발견하자 품 안에 든 메소포타미아의 예언석을 돌려줄까 생각했으나 섀도 비스트의 주술사 마녀 협회의 마녀가 있는 것을 보고 생각을 접어 두었다. 이자들이 수사를 노리고 여기까지 쫓아온 것은 이 석판을 얻기 위해서라고 했다. 그러니 지금 석판을 아우구스티노 수사에게 넘겨주는 것은 화약고에 불을 붙이는 것이나 다름없기 때문이었다.

현암의 등장으로 정세가 미묘하게 바뀌었다. 섀도 비스트를 부리던 주술사와 마녀 협회 마녀는 아까 자신들을 갖고 놀다시피 할 정도로 강한 힘을 지닌 현암이 나타나자 다시 움찔하는 눈치였고, 아우구스티노 수사도 매우 놀라는 빛을 보였다. 현암이 나타나자 기뻐한 사람은 승희뿐이었다.

승희는 현암을 보자마자 다른 사람들은 안중에도 없다는 듯 현암 쪽으로 달려왔다.

"현암 군, 많이 다쳤어? 무사한 것 같은데. 괜찮지? 그렇지?"

현암은 승희가 달라붙으려 하자 손을 들어 잠시 제지하고, 도대체 어떻게 해야 하나를 생각하며 주변을 살폈다. 그런데 마녀 협회의 여자는 승희가 현암에게만 신경을 쓰면서 달려가는 틈에 거의 힘이 회복된 듯 다시 서둘러 몸을 추슬렀다. 그것을 본 현암은 승희에게 다급한 목소리로 말했다.

"방심하지 마!"

하지만 승희는 현암이 지금 어떤 상태인지 몰랐다. 그저 이제 살았다고 생각할 뿐 힘을 거두려 하지 않았다. 그러다가 현암이 승희에게만 보이도록 잠깐 눈짓을 하자 승희는 비로소 현암의 상태가 그리 좋지 않다는 걸 눈치채고는 급히 몸을 돌렸다.

그 순간 서늘한 기운이 일렁거리며 감돌았다. 주술사가 드디어 섀도 비스트를 불러낸 것이 분명했다. 몹시 힘이 드는 듯, 주술사는 조금 휘청하더니 그 자리에 털썩 주저앉았다.

현암은 그자에게 일격을 날릴까 하다가 섀도 비스트가 덤벼들까 봐 일단 사태를 지켜보기로 했다. 예상과는 달리 섀도 비스트는 현암이나 승희, 아우구스티노 수사를 향해 덤벼 든 것이 아니라 그들의 주변을 빙빙 돌고만 있었다.

"뭐지?"

그들 주변의 땅이 둥그렇게 파이며 도랑같이 길게 자국이 나는 것을 보고 승희는 현암을 돌아보며 물었다. 현암도 도대체 무슨 일인지 알 수 없는 것은 마찬가지였다.

더구나 지금은 공력을 제대로 소통시킬 수 없는 판이라 현암은 월향검을 들고 긴장하며 서 있을 뿐이었다. 공력이 예전만 했어도 셋을 모두 상대해도 될 것 같았지만, 지금은 아주 미약한 공력밖에 끌어올릴 수 없기 때문에 절대 방심할 수 없는 상황이었다. 현암은 그들의 주변에 둥그렇게 원이 쳐지는 것을 보고 왠지 불안한 느낌이 들었다.

현암은 주변을 맴도는 섀도 비스트를 처치해 보려고 월향검을 던지려 했다. 그런데 이를 눈치챈 듯 주술사가 안간힘을 쓰며 다시 손을 모으고 무어라고 주문을 외우자 현암 쪽으로 무엇인가 다가오는 듯한 느낌이 들었다. 또 다른 섀도 비스트임이 분명했다.

현암은 재빨리 월향검을 던졌다. 가급적 월향검을 이들에게 보이고 싶지 않았으나 상황이 상황인지라 어쩔 수 없었다. 월향검에 공력을 담아 주지는 못했지만 그래도 월향검은 귀곡성을 내면서 허공에 은빛의 둥근 호선을 그렸고, 월향검이 스쳐 지나간 곳에는 펑펑하면서 보이지 않는 무엇인가가 폭발해 버렸다.

그때 아우구스티노 수사가 크게 소리를 지르면서 현암에게 달려들었다. 현암의 몸에 빈틈이 생긴 것을 눈치챈 것이었다. 오히려 놀란 것은 섀도 비스트의 주술사와 마녀 협회의 마녀인 것 같았다. 아우구스티노 수사가 덤벼들자 승희는 화를 내며 아우구스티노 수사를 향해 냅다 소리를 질렀다.

"이 영감탱이가!"

승희가 아우구스티노 수사의 몸에 염동력을 집중시키자 아우구스티노 수사는 달려들던 자세 그대로 균형을 잃고 땅바닥에 볼품없이 데구루루 굴렀다.

그다음 순간 땅에 무엇인가를 긋고 있던 섀도 비스트가 이번에는 현암과 승희가 서 있는 곳에 아까 그려 놓은 원을 가로지르면서 선을 그었다. 그것을 본 현암은 안색이 변했다. 비록 현암은 서양의 흑마술에 대해서 박 신부만큼 자세히는 몰랐지만 지금 땅에 그려지고 있는 것은 흑마술 중에서도 유명한 솔로몬의 봉인[5]이 틀림없었다.

'이게 뭔지 잘은 모르겠지만 준후가 사용하는 진법과 비슷한 걸까? 좌우간 이걸 완성하게 놔두면 곤란하겠다.'

이렇게 생각한 현암은 월향검을 받아 들어 도형을 망쳐 놓으려는 듯 몸을 돌렸다. 그러나 섀도 비스트의 주술사는 그것을 허락하지 않겠다는 듯 소리를 지르면서 아예 육탄 공격으로 현암에게 달려들었다. 달려드는 그가 옷자락을 활짝 펼쳤다. 그 순간 무슨 장치가 돼 있는지 알 수 없었지만 그의 옷자락에서 뾰족한 가시 같은 것들이 우박처럼 쏟아져 현암의 앞을 덮쳐 왔다.

그것을 보고 승희는 깜짝 놀라면서 아우구스티노 수사를 붙잡고 있던 염동력을 그쪽으로 돌렸다. 몇 개의 가시가 땅에 떨어졌지만 나머지 가시들은 속절없이 현암과 승희에게 꽂힐 판이었다.

그때 월향검이 크게 귀곡성을 내면서 현암의 손에서 빠져나가더니 둥글게 호선을 그리며 날아오는 가시들을 하나하나 쳐 냈다.

---

5 다윗의 별이라고 부르는, 두 개의 삼각형을 포갠 육각의 별 모습을 한 도형이다. 제2차 세계 대전 때 나치 독일의 수용소 등에서 유대인의 표시로 옷에 새긴 도형이기도 하다.

그 틈을 타 현암에게 달려들던 주술사는 현암의 몸을 들이받았다. 주술사의 행동을 보고 승희는 코웃음을 쳤다.

"미친…… 어?"

승희는 현암의 내공이 굉장히 강한 만큼 주술사가 들이받는 것 정도는 간단히 튕겨 버릴 줄 알았는데, 현암은 주술사와 함께 땅에 넘어져 데구루루 구르고 말았다. 여러 해 동안 같이 다닌 경험으로 볼 때 현암이 극도로 탈진한 상태가 아니라면 이런 일은 일어날 수 없었다.

승희는 깜짝 놀라 다시 주술사의 몸에 염동력을 집중시키려고 했으나, 이번에는 승희의 등 뒤에서 아우구스티노 수사가 부러지지 않은 왼팔로 승희의 어깨를 힘껏 밀었다. 그들 둘은 암암리에 가장 강한 현암 쪽을 먼저 처치하기로 생각한 것 같았다.

그 탓에 승희도 염동력을 발휘하지 못하고 땅에 쓰러져 버렸고, 다음 순간 마녀가 섀도 비스트를 사용해 그리던 펜타그램의 마법원이 완성됐다. 도형이 완성되자마자 마녀가 하늘을 향해 커다랗게 소리를 지르자, 사방은 그들과 원 안쪽 외에는 아무것도 보이지 않는 어두운 세계로 변해 버렸다. 순식간에 일어난 일이라 더 이상 대처하고 말고 할 시간도 없었던 것이다.

주변이 컴컴해지며 음산한 기운이 가득 차자 아우구스티노 수사는 몹시 놀라면서 원 밖으로 뛰어나가려 했다. 그러나 승희는 아우구스티노 수사가 자신을 한 대 때려서 방해한 것에 화가 나서 아우구스티노 수사를 향해 염동력을 쏟아부었다.

승희는 일곱 개의 힘 중 세 개씩의 힘을 조종해 아우구스티노 수사의 두 다리 관절을 각각 꺾었고, 한 개의 힘으로는 부러진 아우구스티노 수사의 팔을 찔렀다. 수사를 넘어뜨리는 정도로도 수사의 행동을 저지할 수 있었지만 자신을 방해한 것에 대한 분풀이로 아우구스티노 수사에게 고통을 좀 더 줄 심산이었다.

그러나 아우구스티노 수사는 고통조차 느끼지 못하는 듯 땅에 넘어지면서도 몸을 굴렸다. 어떻게든 원 밖으로 빠져나가려는 듯했다. 수사의 몸이 원 밖으로 빠져나가려는 순간, 원 주변에 가득 들어찬 검은 기운은 마치 벽이라도 되는 것처럼 수사의 몸을 도로 밀어 넣어 버렸다. 그러자 아우구스티노 수사는 긴장하면서 재빨리 품을 뒤져 목에 걸고 있던 십자가를 꺼냈다.

한편, 현암은 주술사가 달라붙으면서 그에게 엉겨 붙는 바람에 잠시 휘청했지만 정신만은 바짝 차리고 있었다. 지금 현암은 공력을 약 이성(二成)밖에 끌어올릴 수 없었지만 그것만으로도 주술사의 맥없는 몸을 밀어 내기에 충분했다.

현암에게 밀린 주술사는 비틀거리면서도 재빨리 균형을 잡은 뒤 계속 주문을 외우는 마녀 쪽으로 가서 그녀를 보호하려는 듯 그 앞에 버티고 섰다. 그러자 허공에서 월향검이 한 번 크게 울더니 주술사를 향해 쏟아져 나가려 했다. 월향검도 화가 난 모양이었다. 그렇더라도 월향검에 피를 묻히고 싶지 않아서 현암은 다시 손을 뻗어 월향을 불러들였다.

한편, 아우구스티노 수사는 원 바깥으로 나가려다 실패하자 이번에는 마녀를 돌아보며 크게 외쳤다.

"안 돼! 그런 짓을 해서는!"

승희는 비록 아우구스티노 수사의 편이 아니었지만 돌아가는 정세를 보아하니 아무래도 마녀 쪽이 발등에 떨어진 불씨 같았다. 그러나 마녀의 마음을 투시로 읽어도 그녀는 무아지경 비슷한 상태라 아무것도 알아낼 수 없었다.

재빨리 승희는 투시력을 돌려 아우구스티노 수사의 마음을 읽었다. 아우구스티노 수사도 원래 굉장히 굳건하고 영적인 에너지가 충만해 승희의 투시가 잘 먹힐 만한 사람은 아니었다. 하지만 지금 그는 상처가 심했고, 몹시 당황해 마음이 흐트러진 상태였기 때문에 승희는 그의 마음속으로 파고들 수 있었다. 그런데 저 여자는…….

'뭐라고! 그럼 지금 저 여자가 악마를 불러내고 있다는 거야?'

승희는 소름이 끼쳤다. 아무리 그래도 악마와 직접 맞닥뜨린다는 것은 별로 기분 좋은 일이 아니었다. 더구나 그쪽 방면에 능한 박 신부나 하다못해 준후라도 있으면 그다지 걱정할 게 없지만, 지금은 그쪽 방면에 거의 힘이 없는 현암과 자신만 있지 않은가! 또 현암이 팔팔한 상태여도 불안한데 그는 지금…….

승희가 당혹스러운 표정을 지으며 현암 쪽을 돌아보자 현암은 서둘러 승희에게 손짓했다.

"승희야! 이쪽으로 와라!"

승희는 아우구스티노 수사를 혼자 내버려두고 펄쩍 뛰어 현암의 옆으로 다가섰다. 현암은 일단 월향검을 든 채 심호흡하면서 공력을 최대한 추슬러 보려는 것 같았다. 승희는 옛날에 했던 대로 현암에게 힘을 몰아주려고 하다가 혀를 찼다.

'가만있자. 나는 염동력이 생기면서 힘을 증폭시키는 능력이 거의 없어져 버렸지. 차라리 옛날이 좋았는데! 좌우간 이거 어떡하나? 현암 군도 안 좋은 상황인 것 같은데.'

승희가 속을 태우든 말든 마녀는 하늘을 향해 크게 주문을 외우며 팔을 활짝 폈다. 그러자 검은 장막 같은 것이 삽시간에 이글이글 타오르는 불길의 장벽으로 바뀌어 버렸다. 마치 지옥 불같이 무서운 불기둥이었다. 곧 장벽의 한편이 갈라지면서 검은 기운이 그곳에 엉켜 점점 사람과 비슷한 형체를 만들어 내기 시작했다.

승희는 겁이 나 현암의 등에 바싹 달라붙었다. 현암은 계속 심호흡을 해서 내공을 고르면서도 방심하지 않고 번쩍이는 눈으로 그 형체를 지켜보았다.

그때까지 마녀의 앞을 가로막고 있던 주술사는 뭐라고 혼자 중얼거리면서 이제 됐다는 듯 그 자리에 주저앉았다. 자기편이 성공적으로 술수를 부렸는데도 이상하게 그의 얼굴은 그리 밝지 않았다.

조금 떨어진 곳에 있는 아우구스티노 수사도 십자가를 쥔 채 무릎을 꿇고 앉아 계속 기도만 올리고 있었다.

승희는 아우구스티노 수사가 성직자이니만큼 뭔가 악마에 대처하는 술수가 있지 않나 하는 생각이 들었다. 또 아까 아우구스티노 수사의 마음을 투시로 읽던 중이기도 해 내친김에 아우구스티노 수사의 마음을 좀 더 읽어 보았다. 그러나 아우구스티노 수사의 마음은 안정을 되찾은 상태였고, 그의 생각은 승희가 알아들을 수조차 없는 라틴어와 이탈리아어가 혼합된 듯한 기도문의 내용뿐이었다.

그런데 마치 영화 장면 속에 TV가 켜져 있는 장면이 나오듯이, 아우구스티노 수사의 귀에 들리는 마녀의 목소리가 승희의 투시에 걸려들었다. 승희는 마녀의 말을 알아듣지 못했지만 아우구스티노 수사는 마녀가 지껄여 대는 소리를 알아듣는 듯했다. 그러니까 마녀의 말이 아우구스티노 수사를 통해 해석돼 승희에게 들려온 것이었다. 마녀는 다음과 같이 소리치고 있었다.

"지금 가장 빨리 올 수 있는 가장 강한 악마여, 임하소서! 어둠의 종인 나의 마음과 피와 영혼을 바치나니, 와서 나의 기원을 들어주소서!"

'저런 미친 여자! 마음과 피와 영혼을 다 바치면서 악마를 불러 뭘 하겠다는 거야?'

승희는 화가 나서 아우구스티노 수사가 악마에 대처하는 방법이라도 알고 있지 않을까 궁금해 계속 투시를 행했다. 그러나 아우구스티노 수사는 계속 기도만 올리고 있었다.

승희는 점점 불안해졌다. 물론 나타날 악마가 어떤 놈인지 알아볼 수 있는 재주는 승희에게 없었다. 하지만 아우구스티노 수사는 뭔가 감을 잡은 듯, 평정하던 마음이 조바심과 갈등으로 자꾸만 두근거렸고, 그 두근거림이 점점 심해졌다.

'이거야, 원. 나타날 놈이 적어도 보통 놈은 아닐 것 같네. 현암 군이 이겨 낼 수 있을까?'

승희는 아무래도 불안해 현암 쪽으로 시선을 돌렸다. 철석같이 믿고 있는 현암은 가볍게 온몸을 떨면서 호흡만 고르는 중이었다. 더구나 어느 사이에 터졌는지 현암은 조금씩 코피까지 흘리고 있는 것이 아닌가.

'이런, 이런! 죽었구나, 죽었어!'

현암의 상태가 몹시 심각하다는 것을 깨닫자 승희는 입술을 깨물었다. 그렇다고 현암을 그냥 둘 수는 없었다. 최소한 자신이 할 수 있는 일은 해야 할 것이 아닌가!

'가만, 일단 저 마년지 뭔지가 문제구나. 저것부터 어떻게 해야 할 텐데.'

승희는 염동력을 발동해 마녀 쪽으로 힘을 집중했다. 그런데 이상하게도 아무런 감각이 없었다. 염동력을 발휘해 목표에 힘을 가하면 그 힘이 성공적으로 가해졌는지, 어떤지 미약하게나마 승희에게 느낌이 오게 마련인데 이번에는 이상하게도 아무런 느낌이 없었다. 오히려 자신의 힘이 다른 곳으로 새어 나가는 듯한 기분이었다.

마녀는 조금도 방해를 받지 않고 기쁜 듯이 하늘을 우러러보며 알아들을 수 없는 주문만 계속 중얼거렸다. 그때 섀도 비스트를 부리던 남자 주술사가 마녀 쪽을 돌아보며 말했다. 마침 그의 말이 영어라 승희가 알아들을 수 있었는데, 그 의미는 대강 이러했다.

"꼭 이렇게까지 해야만 하는 건가? 저 녀석들은 지금 많이 다쳐 있어. 그냥도 이길 수 있다니까."

마녀가 그의 말을 들은 척도 하지 않자 주술사는 화가 나는 듯이 읊조렸다.

"아무리 너와 행동을 같이하라는 명령을 받긴 했어도 이건 정말…… 제길, 주여! 저를 용서하소서."

'주여? 이게 무슨 소리야? 흠. 아무래도 어울리는 한 쌍 같지는 않은데?'

승희는 저들이 그다지 공고한 결속으로 맺어진 것은 아니라고 생각했다. 한 명은 급한 상황에서 '주여!'를 외치고, 다른 한 명은 소환술로 악마를 불러내는 판인데 어찌 공고한 결속이 맺어질 수 있겠는가?

그러나 지금 승희에게는 그런 것이 중요하지 않았다. 이해할 수도 없었고 이해할 만한 겨를도 없었다. 승희는 자신의 가장 강력한 무기라고 믿고 있던 염동력마저 먹히지 않자 당황해 현암에게 말했다.

"현암 군, 어떡하지?"

"저 여자에겐 그 어떤 주술도, 초능력도 통하지 않을 거야. 이 원 안에서는."

"현암 군 힘도?"

"공력은 주술이 아니니까. 한번 해볼 수밖에."

"확실한 거야?"

현암은 숨을 고르느라 대답하지 않고 승희의 말에 다만 고개만 한번 끄덕이며 월향검을 쥔 손을 살짝 들어 보였다.

그러는 사이에도 마녀는 아주 기쁜 듯이 계속 주문을 외웠고, 불길의 장벽 너머에서 일렁거리던 검은 기운은 완연히 사람과 같은 형체로 변했다. 그 형체는 사람보다 두 배 정도나 큰 키에다 타는 듯한 붉은 눈을 지니고 있었다. 등 뒤로는 여러 개의 검은 그림자가 어렴풋이 보였는데, 날개가 드리워진 것 같았다. 날개는 대충 보아도 대여섯 쌍은 되는 것 같았다.

그 모습을 보고 있던 현암의 얼굴은 조금씩 의아한 표정을 짓기 시작했다.

"저, 저기……."

"왜 그래?"

승희가 반문하는 순간 그 검은 존재가 음산한 울림으로 말하기 시작했다. 목소리로 들리는 것이 아니고, 마음속으로 느껴지는 울림이었다. 그리고 그 소리는 그곳에 있는 다섯 사람 모두에게 들려왔다.

감히 나를 불러낸 것이 누구냐? 누가 어둠의 힘이 필요한가?

마녀가 크게 대답했다.

"어둠의 힘이여, 힘 중의 힘이여! 나의 소원을 들어주소서!"

마녀가 하는 말은 어느 나라 말인지 감도 잡을 수 없었으나 아우구스티노 수사는 그 말을 알아듣는 듯했다. 승희는 아우구스티노 수사의 마음속을 계속 투시함으로써 중계방송을 듣듯 마녀의 말을 알아들을 수 있었다.

소원을 들어 달라? 도대체 무슨 소원이냐? 들어나 보자.

무시무시한 분위기와 걸맞지 않게 악마의 말투는 좀 실없는 것 같았다. 그러나 악마의 말이 떨어지자 마녀는 지체 없이 눈을 빛내면서 앞에 있는 세 사람을 가리켰다.

"저들 모두를 없애 주시오!"

짐작은 하고 있었으나 승희는 마녀가 손가락으로 자신들을 가리키자 소름이 쫙 끼쳤다. 자신이 정말 죽을지도 모른다고 생각하자 무서웠다. 죽는다는 생각이 스치자 속에서 오기가 치밀어 올랐다. 소용없는 일이라는 것을 알면서도 승희는 마녀를 향해 냅다 한마디 욕을 해 주었다.

"나쁜 여자 같으니! 그러고도 무사할 줄 알아?"

승희는 내친김에 급히 현암의 등을 밀면서 속삭였다.

"얼른 저 여자를 없애 버려. 지금 이 판에 이것저것 따질 거 없잖아? 아, 사람은 못 죽이나? 그럼 손이라도 하나 쳐 버리던지. 좌우간 입을 막으라고!"

그러나 현암은 고개를 저었다. 이상하게도 현암의 얼굴은 놀라움이나 두려움, 긴장감 같은 것이 느껴지지 않았다. 물론 현암은 아무리 강한 적을 앞에 두고도 두려움을 나타내는 법이 없었으나 이런 멍한 표정을 짓는 걸 승희는 처음 보았다.

'뭐야, 이거. 혹시 현암 군, 죽어 가거나 정신이 나간 건······.'

터무니없는 생각이었지만 승희는 다시 불안해졌다.

그들의 이야기를 아는지, 모르는지 악마는 다시 으르렁거리는 듯한 울림으로 말했다.

그래? 세 사람의 목숨이라…… 그러면 대가는 뭐지?

마녀는 다시 지체 없이 외쳤다.

"무엇이든!"

무엇이든? 세 사람의 죽음의 대가는 아주 크다. 나를 만족시키는 건 인간의 영혼밖에 없어. 그러면 누구의 영혼을 내놓을 거지?

마녀는 서슴없이 자기 앞에 있던 주술사를 가리켰다.

"여기 있소."

주술사는 깜짝 놀라며 몸을 벌떡 일으켰다. 그는 머리카락이 타 들어 갈 정도로 불같이 화를 내며 외쳤다.

"이런 사악한! 뭐라고?! 나를 제물로 바친다고? 목숨을 걸고 널 구해 준 게 누군데!"

그러나 마녀는 싸늘하게 되받았다.

"그래 봤자, 너는 성당 기사단의 일원일 뿐."

"이런 제길!"

주술사는 욕지기를 외치면서 급히 뒤로 몇 걸음 물러서면서 새도 비스트를 불러내려는 듯 허공에 손짓했다. 그러나 아무런 반응도 없었다. 그 모습에 마녀는 깔깔깔 그를 비웃었다.

"바보 같으니. 이 원 안에서는 어떤 주술도, 초능력도 통하지 않아. 이건 솔로몬의 봉인이라고!"

주술사는 자신의 주술이 통하지 않자 분노의 고함을 지르면서 맨손으로라도 죽여 버리겠다는 듯 마녀에게 달려들려 했다. 그러나 악마가 냅다 한번 소리를 지르자 주술사는 너무도 놀란 나머지 그 자리에 우뚝 멈춰 섰다.

　무슨 수작들이야. 아직 이야기는 끝나지 않았어. 이봐, 날 불러낸 여자. 이 작자를 나에게 제물로 바치겠다고? 정말이냐?

"그렇습니다!"

　그리고 네가 해치워 달라는 것은 누구지? 저기 있는 세 사람이냐?

"그렇습니다!"

　흠…… 안 되겠는데?

　마녀는 갑자기 오물이라도 밟은 것처럼 황당한 표정을 지었다. 악마가 얼버무리듯 말했다.

　저런 거지 같은 제물 갖고는…… 한 명밖에 해치워 줄 수 없겠는걸.

　마녀의 얼굴이 꿈틀하면서 안색이 하얗게 변했다. 이러한 종류의 소환술을 많이 해 보았지만 이런 의외의 답변을 듣는 것은 처음인 듯했다. 승희까지 어이가 없을 지경이었으니 그럴 만도 하지만.

"아니, 어떻게 그런 말을! 어둠의 계약에 따르면……."

　마녀가 당혹해하자 악마는 다시 으르렁거리며 화를 냈다.

　계약? 흥! 계약은 내가 만드는 거야! 알았어? 좌우간 이 작자의 영혼 가지고는 저기 있는 늙은이 하나밖에 해치워 줄 수 없어. 저기 있는 두 사람을 위해서는 따로 대가를 지불해야 해.

"따로 대가를 지불하라니, 그 무슨…… 도대체 무엇을?"

　악마는 잠시 손가락을 장난하듯 까닥까닥하며 마녀에게 말했다.

이것 봐, 이것 봐! 내가 아까 얘기했지? 하나의 죽음에 하나의 영혼이라고. 일단 네가 죽어 주기만 하면 저 둘 중에 한 사람 정도는 어떻게 할 수 있지. 어때?

마녀는 너무도 기가 막혀 뭐라고 응수조차 하지 못했다. 위기의 상황을 맞아 도움을 받기 위해 불러낸 존재인데, 자기가 죽어 버리면 그것이 무슨 소용이 있단 말인가!

그런 마녀의 안색을 보고 악마는 낄낄거리면서 날개를 퍼덕거리다가 다시 말했다. 말을 알아듣지 못했지만 현암도 분위기가 아무래도 장난스럽고 어색하다는 것을 느꼈다.

그건 싫어? 좋아, 그럼 내가 기회를 또 주지. 한 십 년 후에 말이야. 그런데 말이야, 너는 계약이니 뭐니 어쩌고저쩌고 함부로 나불대는데 도대체 어디서 누구한테 배운 거야? 들어나 보자.

악마가 거의 노골적으로 자신을 가지고 놀려고 하자 마녀는 입술을 깨물었다.

"나, 나는 마녀 협회의……."

뭐라고? 마녀 협회? 좀 더 크게 말해 봐.

그러자 마녀도 정말로 일이 잘못돼 간다는 것을 느끼고 참다 못한 듯 화를 냈다.

"도대체 왜 이러는 겁니까? 나는 어둠의 계약을 충실히 따랐는데, 이런 전례는 수백 년 동안 한 번도 없었어요!"

수백 년 동안은 이 짓이 재미있었나 보지, 뭐. 지금은 싫증 나.

"마, 말도 안 돼! 당신, 나에게서 뭘 알아내려는 거죠?"

악마는 날개를 퍼덕이며 대꾸했다.

그래, 뭘 좀 알아내려고 한다. 근데 네가 감히 말을 안 하겠다는 거야?

마녀가 뭐라 말하려던 순간 마녀의 한쪽 팔이 번쩍 들리면서 허공에 대롱대롱 매달렸다. 이어서 팔에서 우둑우둑 소리가 들리자 그녀는 찢어지는 듯한 비명을 질렀으나 악마는 계속 장난하듯 날개를 퍼덕거릴 뿐이었다.

마녀는 무척 고통스러운 듯 마구 악을 썼다. 팔을 잡혀 허공에 매다는 방식은 과거 수많은 마녀 혐의자를 처형할 때 쓰는 방법이었다. 그 때문에 전생의 기억을 지닌 마녀에게 그것은 육체적인 고통에다 잠재의식적인 고통까지 덧붙이는 악형이었다.

"솔로몬의 봉인 안에 있는데, 어떻게 나에게, 어떻게 나에게······!"

마녀가 숨을 헐떡거리며 말하자 악마는 태연하게 대꾸했다.

이 원은 네가 그린 게 아니잖아? 저 친구가 그린 것 아냐? 한 사람이 모두 그려야 완벽한 법인데 그리기는 딴 놈이, 그리고 주문은 딴 년이 외우니 제대로 되겠어? 안 그래? 더군다나 저 친구의 힘으로 원을 그려 놓고 저 친구를 제물로 바치겠다고 해? 그러면 저 친구가 너한테 좋은 감정을 가지겠어? 그렇게 만들어진 원이 보호가 되겠어, 안 되겠어? 대답해 봐, 이 멍청한 계집애야. 내 말 알아듣냐? 그런 기본적인 것도 모르면서 계약이 어쩌고 어쩐다고? 너, 도대체 누구한테 그렇게 엉터리로 배웠냐? 내가 찾아가서 한번 혼 좀 내 줘야겠는데?

악마는 아이들이 장난하는 것과 같은 말투를 쓰고 있었으나 실제 행동은 과격했다. 허공에 매달린 마녀의 몸은 몇 번이나 당겨

지고 뒤흔들어지고 꼬였다.

승희는 차마 그 꼴을 볼 수 없어 눈을 감았다. 계속 이어지는 비명과 함께 몇 번의 우둑우둑하는 소리가 들린 후 마녀의 몸은 다시 땅으로 털썩 떨어졌다.

악마는 한 번 씩 웃고는 마녀의 몸을 또다시 낚아채려는 몸짓을 해 보이며 말했다.

자, 그럼 계속해 볼까?

공포에 떨면서 기도만 하고 있던 아우구스티노 수사까지 기도를 멈추고 이해할 수 없다는 듯 눈을 크게 뜨고 그 광경을 바라보고 있었다.

그 순간 현암이 날카롭게 외쳤다.

"그만!"

주술사나 승희는 물론 성직자인 아우구스티노 수사까지 그 상황에서는 감히 입도 뻥끗하지 못했다. 그런데 현암이 크게 소리치자 모든 사람들이 현암 쪽을 돌아보았다.

현암이 다시 한번 단호한 목소리로 외쳤다.

"아무도 해치지 마!"

놀랍군! 대단히 놀라워!

악마는 깔깔거리며 날개를 퍼덕거리다가 현암을 보고 말했다.

넌 또 뭐야? 네가 뭔데 이래라저래라 하는 거지?

"자꾸 장난치지 마라, 블랙 엔젤!"

현암의 대꾸에 승희는 깜짝 놀랐다. 블랙 엔젤이라면 이때까지 몇 번이나 자신들과 대립했던 악마가 아닌가? 그런데 현암은 어쩌자고 그런 악마에게 말을 거는 것인가! 싸워도 시원치 않을 판에.

"현암 군!"

승희가 나서려 하자 현암은 슬쩍 등 뒤로 왼손을 돌렸다. 둘은 오랫동안 같이 활동한 터라 서로 정해 놓은 신호가 있었는데, 지금 이 신호는 투시력을 사용하라는 것이었다.

승희가 현암의 손을 잡았다. 현암이 마음을 열자 현암이 지금까지 겪었던 일이 승희의 투시력으로 인해 모두 승희의 머릿속으로 밀려들어 왔다.

비로소 블랙 엔젤이 간드러진 여자 목소리로 깔깔깔 웃으며 몸을 한 번 회전시켰다. 그러자 검은 형체와 붉은 눈만 보여 어렴풋하던 형체가 또렷하게 드러났다. 눈부시도록 요염한 얼굴을 지닌, 그러나 몸과 날개의 형체는 검은 안개처럼 어둡고 흐릿한 여자의 모습이었다.

블랙 엔젤은 현암을 보고 웃으며 다시 말했다.

"아, 미워라. 도와주고 있는데, 꼭 그렇게 티를 내야 해?"

승희는 놀라기도 하고 분하기도 해서 치를 떨며 소리쳤다. 현암에게 알랑거리는 블랙 엔젤의 얼굴이 너무도 요염해서 더 약이 올랐다.

"뭐야? 도와? 빨리 꺼져!"

블랙 엔젤은 승희의 말을 완전히 무시한 채 현암에게 말했다.

"이건 마음 놓고 장난조차 칠 수 없으니…… 얘네들은 너희의 적수가 아니지만 지금 너희 상태가 별로지? 그러니 내가 나서 줘야지 어떡하겠어? 호호호."

블랙 엔젤의 간드러진 웃음이 채 가시기 전에 현암이 아주 무거운 목소리로 되받았다.

"네가 상관할 바 아니다."

승희도 다시 소리쳤다.

"수작 부리지 말고 사라지라고! 그게 우릴 돕는 길이야!"

두 사람의 완강한 거부에 블랙 엔젤이 투덜거렸다.

"원 참, 어둠의 계약을 어길 각오까지 하면서 도와주는데 그것도 싫어?"

"어차피 계약이란 건 네 마음대로라면서?"

"아, 어차피 장난이지. 하지만 장난이라도 판을 통째로 깼는데, 그런 내 성의는 생각해야잖아. 그럼 저기 저 늙은이라도 없애 주지. 어때?"

그러면서 블랙 엔젤은 아우구스티노 수사 쪽을 바라보았다. 아우구스티노 수사는 도저히 믿을 수 없다는 듯 눈을 크게 떴을 뿐만 아니라 입까지 반쯤 벌리고 있었다.

블랙 엔젤은 일부러 아우구스티노 수사에게까지 들리도록 이야기한 것이다. 현암은 수사의 표정을 보고 그것을 알아차렸다.

'이 악마가 지금 나를 모함하는구나……! 빌어먹을!'

아우구스티노 수사는 거의 모든 것을 포기한 상태였다. 아우구스티노 수사도 세븐 가디언의 일원이니만큼 사악한 어둠과 흑마술의 술수를 여러 번 보아 왔다. 그런데 계약에 의해 흑마술로 불러내진 악마가 자신을 불러낸 존재의 말을 듣기는커녕 오히려 현암의 편을 들다니! 게다가 한술 더 떠서 현암의 말에 쩔쩔매는 듯한 반응을 보이고 있지 않은가!

아우구스티노 수사는 오로지 한 가지 생각밖에 떠오르지 않았다.

'이, 이 남자야말로 이러한 대악마를 부하로…… 부하로 부리는 자……! 대악마, 아니 지옥의 왕자? 아니, 아니! 지옥의 왕! 암흑의 제왕이다!'

아우구스티노 수사는 적합한 표현조차 찾을 수 없었다. 그렇지 않고서야 흑마술을 쓴 마녀의 말까지 무시하는 악마가 어찌 저렇게 말을 잘 듣는단 말인가.

아우구스티노 수사는 아까 있었던 석판 건으로 인해 현암을 대단한 악당으로 생각하게 됐다. 그런데 이제 한술 더 떠서 현암을 악마의 하수인, 아니 악마의 지배자에 가까운, 그야말로 암흑의 제왕일지도 모른다는 의심마저 하게 된 것이다.

현암은 아우구스티노 수사가 무슨 생각을 할지 짐작은 갔으나 지금 현암의 상태는 몹시 심각했다. 영 공력이 회복될 기미가 없었다. 그러니 블랙 엔젤이 뻔히 보고 있는 앞에서 구구하게 변명을 늘어놓으며 뭐라고 말할 수도 없었다. 마녀와 주술사도 눈을 시퍼렇게 뜨고 있지 않은가?

'좋다! 마음대로 해 봐! 기왕 오해가 빚어진 것, 이제 와서 어쩌겠나. 다만 지금은 어떻게든 수사와 나머지 두 사람을 살려 볼 수밖에 없다.'

실제로 자기가 블랙 엔젤과 직접 대적한다면 상대가 되리라는 보장은 전혀 없었다. 더군다나 지금 블랙 엔젤이 자기 멋대로 현암의 편을 든다고 하지만 언제 마음을 바꿀지 모르고, 블랙 엔젤이 마음을 바꾸면 여기 있는 사람들은 모두 죽은 목숨이나 다름없다.

설령 블랙 엔젤이 그냥 사라져도 현재 자신의 상태로 볼 때 마녀와 주술사를 당해 낼 것 같지는 않았다. 한 가지 희망은 지금 있었던 해프닝으로 인해 주술사와 마녀가 서로 싸우게 되는 것 정도랄까?

블랙 엔젤이 아우구스티노 수사를 바라보고 그쪽으로 손을 뻗친 채 한 걸음씩 다가갔다. 아무래도 분위기가 심상치 않자 현암이 소리를 쳤으나 블랙 엔젤은 들은 척도 하지 않았다. 무리라는 것을 알면서도 할 수 없이 현암은 몸을 한 번 휘청했다가 그 탄력을 이용해 앞으로 달려 나가 앞을 막아섰다.

"안 돼!"

블랙 엔젤은 현암에게 애교스럽게 씩 웃어 보이며 말했다.

"안 돼? 그렇다면 할 수 없지. 아, 알았어. 그럼 이자를 없애 달라고?"

다음 순간 원의 저쪽에 서 있던 주술사의 몸이 퍽 하면서 허공으로 폭발하듯 부서져 흩어져 버렸다. 어떻게 손을 쓰고 자시고 할 틈조차 없었다.

피가 튀고, 팔다리와 육신의 단편들이 끔찍스럽게 사방으로 흩어지다가 불길에 휩싸여 타 버렸다. 그야말로 재 한 점 남지 않았다. 현암과 맞서서도 상당히 오랫동안 버텨 냈던 성당 기사단의 이름 모를 주술사는 블랙 엔젤의 단 한 번의 손짓에 박살 나 버렸다.

웬만한 것에는 꿈쩍하지 않던 현암도 어깨를 움찔했으며, 승희는 간신히 비명을 참았지만 얼굴이 창백해졌다. 아우구스티노 수사도 몸을 부르르 떨었다. 현암이 너무 놀라 할 말을 잃자 블랙 엔젤이 깔깔깔 웃으며 말했다.

"어때? 잘했지? 잘했지? 안 그래?"

블랙 엔젤이 이번에는 신음을 내며 쓰러져 있는 마녀를 향해 손을 뻗치려 했다. 그것을 보고 현암은 다시 놀라 그쪽으로 뛰어가려다가 생각을 바꿨다. 지금 또 자리를 비우면 블랙 엔젤이 아우구스티노 수사를 해칠지도 모른다는 생각에서 현암은 월향검만 집어 던졌다.

월향검도 솔로몬의 봉인 안에 있어서 그리 큰 힘을 발휘하는 것 같지 않았지만 할 수 없었다. 그래도 월향검은 현암의 뜻을 알아차린 듯 제법 날카로운 귀곡성을 내며 마녀의 앞쪽으로 날아가 블랙 엔젤 쪽으로 칼끝을 향하고 날아들었다. 위협하듯 월향검이 자신의 앞을 겨누자 블랙 엔젤은 잠시 월향검을 쳐다보고 씩 웃었다.

"아이고, 귀엽기도 하네! 물러서라고? 흠, 그런데 참 딱하기도 하군. 네가 지금 맞서 보겠다는 거냐? 저기 저 남자 말은 당연히 들어야겠지만 내가 너까지 봐줄 줄 알아?"

다음 순간 블랙 엔젤은 날개를 번개같이 펼쳤고, 월향검은 블랙 엔젤의 날개에 붙잡혀 버리고 말았다. 전광석화 같은 속도인 데다가 월향검에는 공력도 없고 월향검 자체가 많이 악화돼 있었기에 빚어진 결과였다.

현암의 안색이 하얗게 질렸다.

"그만둬!"

"그만둬!"

승희도 현암과 동시에 고함을 쳤다. 현암은 월향에게 무슨 일이 생기는 것을 절대 참을 수 없었고, 그런 사실을 승희 또한 너무도 잘 알고 있었다. 그런 광경을 보고 블랙 엔젤이 다시 현암을 보며 말했다.

"알았어, 알았어! 네가 저걸 끔찍하게 생각하니까 질투 나는데? 하지만 네가 싫다면 내가 어쩌겠어?"

블랙 엔젤이 날개를 다시 한번 펼치자 월향검은 현암의 앞으로 날아와 쨍강 소리를 내며 떨어져 버렸다. 그러자 승희가 달려와 월향검을 잡아 현암의 손에 쥐여 주었다.

"어쨌든 나는 모든 힘을 다해 너를 도울 거라니까! 그리고 네 말을 잘 들어 줄 거야. 이제 믿겠지? 그런데 몇 번이나 하는 말이지만 네 뒤에 있는 늙은이 말이야. 빨리 처리하는 게 좋을 텐데?"

블랙 엔젤이 빈정거리자 현암은 다시 소리를 질렀다.

"닥쳐! 이건……."

블랙 엔젤은 다시 깔깔깔 웃으면서 현암이 말할 틈도 주지 않고 크게 외쳤다.

"알았어! 알았어. 그럼 후회하지 마. 후회 안 할 거지?"

현암은 수치심과 분노에 불타서 날카롭게 외쳤다.

"죽어도 후회 안 해!"

블랙 엔젤은 현암과 이야기하던 때와 딴판으로 다시 으르렁거리는 듯한 무서운 음성으로 아우구스티노 수사를 향해 말했다.

"이봐, 늙은이. 재수 좋은 줄 알라고 썩 꺼져!"

다음 순간 솔로몬의 봉인 주위에 둘러쳐 있던 불의 장막 한구석이 잠시 걷히고 무서운 바람이 몰아쳤다. 그 바람은 현암과 승희, 그리고 쓰러져 있는 마녀 등에게 어떤 영향도 주지 않았다. 하지만 아우구스티노 수사의 몸은 세찬 바람에 밀려 삽시간에 불의 장막 저편으로 밀려 나가 사라져 버렸다.

아우구스티노 수사가 밀려 나가자마자 열렸던 불의 장막은 눈 깜짝할 사이에 다시 닫혔다. 그때까지 돌아가는 상황만 지켜보던 승희는 잠시 불의 장막이 열리자 현암을 그리로 밀어 빠져나가게 하려 했지만 소용없는 일이었다. 승희는 할 수 없다고 생각하고 블랙 엔젤에게 말했다.

"도대체 무슨 꿍꿍이지? 너 같은 악마가."

승희를 흉내 내는 듯 블랙 엔젤이 다시 간드러진 목소리로 말했다.

"무슨 짓을 꾸미긴……."

"잔소리 말고 썩 꺼져! 너 같은 것 도움은 필요 없단 말이야!"

그러나 블랙 엔젤은 화를 내는 기색조차 없이 현암과 승희를 아예 무시하고, 쓰러져 있는 마녀 쪽으로 다가가 그의 이마에 손을 얹었다. 그때 현암이 소리쳤다.

"또 내 눈앞에서 사람을 해친다면 정말로 사생결단을 내겠다!"

"누구 맘대로 사생결단을 내? 네가 내 손가락 하나라도 당해 낼 수 있을 거 같아?"

블랙 엔젤이 이죽거리자 현암은 지체 없이 맞받아쳤다.

"그렇다면 자살이라도 하겠다."

블랙 엔젤은 의아한 듯이 현암을 바라보다가 현암의 마음이 진심인 것을 깨닫고 인상을 썼다.

"정말 지독하군그래. 알았어, 알았어! 죽이지는 않을 테니까 염려 말라고."

그러더니 블랙 엔젤은 압둘에게 했던 것처럼 쓰러져 있는 마녀에게 은근히 힘을 가하는 것 같았다. 그 모습을 보자 현암은 처참하게 죽은 압둘과 주술사 생각이 나서 다시 불끈하며 앞으로 달려 나가려 했다. 그때 승희가 현암의 옷깃을 잡았다.

"가만있어 봐. 죽이지는 않는다잖아."

승희는 투시력으로 현암의 마음을 읽은 터라 아까 있었던 일을 모두 알고 있었다. 승희의 입장은 현암과 달랐다. 현암은 악한 존재들과 어떤 타협도 하기 싫어하는 성격이었다. 허나 평소 승희의 생각은 일에 있어서 악마든 뭐든 간에 도움을 받을 수 있다면 최대한 받아야 한다는 쪽에 가까웠다. 사실 악마의 힘을 이용하는 것이 좋아서라기보다는 어떻게든 시간을 끌어 보려는 생각뿐이었지만.

현암도 승희가 옷깃을 잡자 더 이상 앞으로 나아가지 못하고 일단 블랙 엔젤이 무슨 짓을 꾸미는지 두고 보기로 했다.

압둘의 경우와 마찬가지로 마녀의 입에서도 목소리가 흘러나오기 시작했다. 압둘이 성당 기사단의 일원이라 블랙 엔젤에게 심하게 저항했던 것과 달리 마녀는 애당초 흑마술 쪽을 익힌 여자였기 때문에 블랙 엔젤의 수법에 조금도 저항하지 못하는 것 같았다.

"무엇을, 무엇을 원하시나요?"

마녀의 힘없는 목소리가 들리자 블랙 엔젤이 다그쳤다.

"너희는 보아하니 석판인가 뭔가를 빼앗기 위해서 저 늙은이를 따라왔던 것 같은데, 그 석판이 대체 뭐기에 이 먼 곳까지 온 거지? 한번 말해 봐. 큰 소리로 말이야."

"그것은, 그것은 고대 예언……."

"대체 무슨 예언이지? 예언이라면 인간들이 알고 있는 것만 해도 지긋지긋할 정도로 많잖아. 또 무슨 예언이기에 눈에 불을 켜고 뒤지는 거야?"

"거기에…… 거기에는 때가 임박했을 때 내릴 계시에 대한 예언이…… 예언이……."

"계시? 무슨 계시 말이지?"

"인간을…… 인간을 구원할 수 있는 사람들, 라미드 우프닉스,

그들에게만 내리는 계시에 대한 언급. 그것이 있어야…… 그것이 있으면…….”

"도대체 뭐에 대한 계시가 내린다는 거지? 한번 말해 봐."

"인간에게 주어진 기회…… 또 한 번의 기회. 종말의 때에 내릴 시험. 그 태어날 사람……."

"소위 기독교도들이 적그리스도라 일컫는 그분에 대한 예언 말인가?"

"그…… 아마도…… 그럴 것이라고, 바로 그것이라고…….”

"좋아. 그 석판은 일곱 개로 나누어져 있다고 들었는데 지금 여기 한 개가 있고, 그럼 나머지 여섯 개는 어디 있지? 너희들은 아마 그것까지도 파악하고 있겠지?"

"그것, 그것까지는 나도 잘…… 하지만…… 이미 여러 개의 석판이 발견돼서 흩어져 있다고…….”

"누가 갖고 있다는 거야? 어서 말해 봐."

"그것도 나는 잘…… 나도 잘 알지는 못하…….”

거기까지 말하고 그만 마녀는 온몸에 힘이 빠져나갔는지 쓰러지고 말았다. 현암은 마녀가 힘을 잃고 쓰러지자 눈을 부릅뜨면서 뭔가 말하려 했으나 그보다 먼저 블랙 엔젤이 날개를 팔락거리며 말했다.

"기절한 거야. 염려 마, 절대 죽은 건 아니야! 그러니까 안심해. 봐, 이렇게 숨을 쉬고 있잖아."

현암은 신중하게 마녀의 기색을 살폈다. 숨소리가 고른 것을 보니 잠시 기절한 것 같았다. 그것을 확인하고 현암이 약간 안심하자 블랙 엔젤은 다시 말했다.

"좌우간 어때? 이제 무슨 일을 해야 하는지 감이 잡히나? 이제 조금 알겠지?"

"뭐?"

"너희들은 아마 그 석판을 계속 찾아야 할 거야. 이미 한 개는 너희 손에 있잖아. 그리고 거기에는 너희가 그토록 바라 마지않는 말세의 때에 오시는 그분에 대한 이야기가 있다고 하잖아. 안 그래?"

현암이 눈을 빛내며 물었다.

"네가 바라는 것은 뭐지?"

블랙 엔젤은 얼버무리듯 대꾸했다.

"너희를 돕는 거라고 내가 말했잖아."

현암은 믿을 수 없다는 듯이 고개를 세차게 저었다.

"네가 아무 이유 없이 우릴 돕는다고? 있을 수 없는 일이야. 너희도 분명히 뭔가 바라는 게 있지? 대답해 봐."

블랙 엔젤은 조금 인상을 쓰면서 사나운 어조로 말했다.

"이것 봐! 내가 너희를 도와주는 거지, 네 부하가 된 건 아냐. 착각하지 말라고! 너무 건방지게 굴면 이것저것 생각 안 하고 다 박살 내 버리는 경우도 있어."

그러나 현암은 눈 한 번 깜짝하지 않았다.

"대답하기 싫으면 안 해도 돼. 하지만 너희가 조금이라도 좋은 일을 하려고 이럴 리는 없어. 나는 절대 너를 믿을 수 없어."

이렇게 말하면서 현암은 아우구스티노 수사에게 돌려주려고 했던 석판을 꺼내 들었다. 그리고 그것을 높이 들어 보이며 블랙 엔젤에게 말했다.

　"너희가 바라는 대로 움직이지는 않을 거야. 이 안에 아무리 중요한 이야기가 있건 어쨌건 너희가 원해서 하는 일이라면 나는 절대 하지 않을 거야. 알았어?"

　그러면서 현암은 석판을 쥔 손에 약간 힘을 주었다. 그동안 호흡해 공력을 고른 때문인지 현암의 손에서 석판은 바삭바삭 소리를 내며 금방이라도 가루가 될 것 같이 보였다.

　블랙 엔젤이 펄쩍 뛰면서 외쳤다.

　"너, 그 물건을 어쩌려고 그러는 거야? 그것을 부수겠다고?"

　현암은 블랙 엔젤의 말에 대답하지 않고 천천히 말했다.

　"너는 분명히 모든 것을 알고 있어. 그렇지 않은가? 너는 인간이 아니야. 인간의 입장으로 보면 시간을 초월한 존재나 마찬가지야. 너는 아마 이 석판이 직접 쓰였을 때도 세상에 존재했을 테고, 『묵시록』이 기록됐을 때나 우리가 가지고 있는 예언서가 쓰였을 때도 역시 세상 한구석에 있었을 거야. 너 정도의 존재가 그런 내용에 대해서 모르고 있다는 것은 말도 되지 않아. 하지만 너는 그것을 우리에게 알려 주려 애쓰고 있고, 그렇게 함으로써 우리가 어떤 행동을 하길 바라고 있어. 그 이유가 뭐지? 그렇게 하고 싶은 일이라면 우리를 이용하지 말고 네 맘대로 움직여 보란 말이야! 그렇게 강한 힘이 있으면서 왜 너희는 움직이지 않는 거지? 직접 손을 쓰면 간단할 텐데."

 현암의 다그침에 블랙 엔젤은 고개를 설레설레 저으면서 말했다.

 "이것 봐, 너희가 하는 일은 내 목적과도 일치해. 나는 옛날에 너희를 만났을 때도 그런 말을 했어. 우리는 세상의 종말을 원하지 않아. 인간의 멸망을 원치 않는다는 거야. 너희가 어떻게 생각하건, 그 빌어먹을 종교나 신의 가르침을 어떻게 믿고, 어떻게 해석하고 있건 간에 우리는 인간의 편이야. 인간 한두 명에게는 고통을 줄 수 있고 해를 끼칠 수도 있지만 인간 전체를 송두리째 멸망시키는 그런 신과 절대 다른 존재란 말이야! 우린 인간을 바탕으로 하고 있고 인간이 필요해. 인간 세상이 멸망하는 것을 도저히 두고 볼 수 없어. 그 때문에 너희를 돕는 거야. 그리고 이건 거짓말이 아니야. 나는 원래 거짓말하지 않으니까 말이야."

 그때 승희가 코웃음을 치며 나섰다.

 "악마가 거짓말하지 않으면 누가 거짓말을 한담? 그거야말로 내가 여태껏 들은 말 중 가장 웃기는 거짓말이네!"

 이번에는 현암이 입을 열었다.

 "좋다. 설령 네 말이 맞다고 해도 나는 너희를 믿을 수 없어. 너희의 힘은 확실히 엄청나다. 그런데도 우리를 필요로 하는 이유가 뭐지? 분명히 이유가 있기 때문 아닌가? 왜 너희가 직접 하지 않지?"

 블랙 엔젤이 대답하지 않자 현암은 약간 고개를 끄덕이며 말했다.

 "그래. 그렇겠지. 너희의 힘으로 처리하면 간단한 일을 직접 하지 못하는 이유. 알 것 같아."

"또 그 잘난 추리력인가?"

블랙 엔젤이 갑자기 날카롭게 빈정거렸지만 현암은 계속 말했다.

"분명히 너희도 무언가에 얽매여 있어. 그렇지 않아? 너희는 모든 사실을 알고 있지만 이 불쌍한 사람들을 고문해서 이 사람들의 입으로 직접 사실이 나오게 만들었어. 그리고 이 석판을 부수는 것에 대해서도 너는 놀라고 긴장하고 있지? 왜 그럴까? 너는 이 석판의 내용을 다 알고 있을 텐데 말이야. 정 원한다면 직접 나에게 말해 주면 간단할 텐데? 그러나 너희는 우리가 구태여 이 석판을 직접 손에 넣고, 또 해석하기를 원하고 있지. 그리고 석판의 예언을 그대로 따라가길 원하고 있고."

거기까지 말하다가 현암은 갑자기 벼락같이 외쳤다.

"너희는 허약하기 짝이 없는 존재야! 너희는 운명에 대해 아무런 힘도 없어. 인간만이, 우리들만이 그걸 할 수 있는 거야. 그리고 나는 너희가 바라는 대로는 그 어떤 것도 절대 하지 않겠어!"

현암이 단호하게 말을 맺자 블랙 엔젤은 잠시 조용하다가 천천히 말했다.

"너희가 가지고 있는 선악의 가치관이 무엇인지 모르겠지만, 실제로 우주를 지배하는 선악의 가치관은 너희 인간들의 선악과 같지 않아. 너는 신이라는 존재가 인간 편만 든다고 생각하나?"

"웃기는 소리하지 마! 너는 악마면서 신에 대해서 어떻게 함부로 얘기할 수 있지?"

승희가 다시 외쳤지만 블랙 엔젤은 계속 자신의 이야기를 했다.

"너희가 말하는 것처럼 신이 초월적이고 무소불능적인 존재라면 신에게 우주의 모든 것은 똑같을 거야. 그런 초월신이 아니라면 그건 신이 아닐 거야. 그렇지 않아?"

"궤변이야!"

그러나 블랙 엔젤은 계속 말을 이어 나갔다.

"인간 중에서도 그런 생각을 하는 사람들이 있는 것 같던데? 인간이란 존재가 중요하다면 여기 있는 벌레 한 마리도 신에게는 소중한 존재고, 이 땅바닥에 굴러다니는 먼지나 공기 중의 분자 하나도 신에게는 인간과 같은 존재야. 그런 입장에서 신이 인간에 대해서 얼마나 동정심을 가질 수 있다고 생각하지? 인간이 자연을 파괴하고 생물을 멸종시키고 자신들만 생각하며 살아온 게 벌써 얼마나 됐지? 물론 생존에 필요해서 다른 생물을 죽이는 것 자체는 죄가 되지 않아. 그것도 질서 속에 있는 것이니까. 하지만 인간은 조화를 깨뜨리고 있어! 그 때문에 너희는 신의 분노를 샀고, 신은 계속 너희를 시험에 빠뜨리는 거야. 너희가 정말로 존재할 만한 가치가 있는지 없는지를 알기 위해서 말이야. 말세? 말세는 항상 있어 왔어. 여태까지 인간들은 근근이 어떻게든 버텨 왔지만, 그 이면에는 우리의 힘도 컸다는 걸 잊어서는 안 돼. 신에게는 모든 게 같을지 모르지만 우리에게는 인간이 가장 중요하거든."

"인간이 너희 밥이라서?"

승희가 빈정거리자 블랙 엔젤은 갑자기 화가 나는 듯 소리쳤다.

"악마가 도대체 어떤 존재지? 너희의 그 잘난 가치관으로 보면,

인간의 영혼을 빼앗아 타락에 빠뜨리고, 인간을 유혹하고, 해치고, 피를 흘리게 하고, 고통을 주는 그런 존재야! 그러나 정말 악마가 그런 존재라고 보나? 그건 정말로 얄디얕은 생각일 뿐이야! 큰 악을 행하는 자들이 작은 일에 있어서 그런 표를 내는 경우가 그리 많던가? 뭔가 큰 악을 바라는 자라면 그런 시시하고 유치한 악을 범할까? 하지 않을 거야! 너희가 생각하는 악의 관점에서 생각해도 그렇고, 너희 인간 중에서 몇몇 대악인들의 예를 봐도 그렇지 않아? 물론 과거에는 그런 일도 약간 있었지. 그때는 인간의 정신도 박약했고 인간들이 인간들을 통치하는 데도 그러한 수단을 썼잖아? 그래서 한때는 우리도 그러한 수단을 썼던 적이 있어. 그건 신도 마찬가지 아닌가? 『성경』에 나오는 신이 직접 천사를 시켜 죽인 사람의 수가 얼마지? 불타 버린 소돔과 고모라, 모세가 출애굽 하던 시기에 죽은 이집트인의 장자(長子), 가나안 땅으로 가는 도중 유대인들의 기도로 천사들이 짓밟은 수많은 민족의 군대…… 하지만 때가 다르잖아. 지금은 벌써 새 밀레니엄이야. 설마 너희 인간들만 진화하고 발전하는 존재고, 우리 악마 같은 존재들은 전부 원래 자리에 머물러 있는 바보 같은 존재라고 생각하는 것은 아니겠지?"

블랙 엔젤이 지껄이는 말을 현암은 똑똑히 들으며 심각하게 생각하고 있었다. 물론 겉으로는 그런 내색을 보이지 않았다. 하지만 승희는 달랐다. 승희는 블랙 엔젤의 말을 듣고 즉각 날카로운 목소리로 쏘아붙였다.

"무슨 소리인지 잘 모르겠지만 지옥으로나 꺼져!"

이에 블랙 엔젤은 상당히 열띤 듯한 목소리로 되받았다.

"지옥? 지옥이 우리 집인 줄 알아? 도대체 너는 지옥이 어떤 곳인지 알고나 하는 소리야? 지옥을 누가 만들었지? 지옥을 왜 만들었지? 지옥의 처벌이란 것을 누가 내리는 거지? 우리 악마는 신에게 반기를 든 자들이야. 그런데 신의 뜻을 받들어 우리가 지옥을 지키고 있다고 믿는 거야? 왜 우리가 신의 말을 듣지? 그렇게 신의 말을 잘 들을 거면 왜 우리가 신의 길과 다른 길을 걸으려 한다고 생각하지? 너희의 선입관은 그야말로 모순투성이야."

블랙 엔젤은 잠시 말을 끊었다가 다소 가라앉은 듯한 목소리로 다시 말했다.

"지옥에서 이글이글 불타는 영혼들. 그들에게 고통을 가하는 것들이 악마인 줄 알아? 그들이야말로 신의 의지에 충실한 천사들일 뿐이야. 우리의 집은 너희들의 생각처럼 지옥이 아니라 전혀 다른 곳이야."

"어디지?"

"여러 곳이지만 내 경우는 아바돈(기독교에서 말하는 무저갱)."

"무저갱 말고 다른 세계도 있나?"

블랙 엔젤이 다시 맞받았다.

"기독교의 경전에는 아바돈이나 게헨나가 나오지만. 음…… 그러나 우리가 사는 곳은 아마 너희의 상상과 본질적으로 다른 세계일 거야. 너희는 상상조차 할 수 없는 다른 세계. 너희는 어둠의 세계라고 하지만…… 좌우간 그곳에 대해서는 더 말할 필요가 없어. 다만 너희의 상상과는 전혀 다를 거야. 아마 지금의 인간들이라면 이상형이라고 생각할 만한 아주 깨끗하고 솔직한 세계라고나 해 둘까?"

승희는 그 말을 듣고 어이가 없어 코웃음을 치며 고개를 저었다.

"절대 못 믿어!"

"그렇게 나올 줄 알았어. 하지만 사실이야."

그때 현암이 말했다.

"너희의 세계에는 창조가 없는 건가?"

짧은 말이었지만 블랙 엔젤은 그 말에 몹시 흥분하는 것 같았다.

"바보 같은 인간들아! 우리가 왜 너희 같은 시시한 존재들에게 신경을 쓰고 관심을 두는지 알기나 해? 너희가 그만큼 중요하고 강력한 존재라고 착각하나? 우리는 너희가 불쌍할 뿐이야. 허울만 좋고 실제로는 잔인하기 이를 데 없는 신에게 얽매여 꼼짝 못 하고 사고까지 경직돼 버린 너희가 가련할 뿐이라고! 우리는 너희를 초청하는 거야. 우리의 자유로운 세계의 문을 열고 말이야. 생각해 봐. 생각이 잘 안 돌아가더라도 그 굳어 터진 머리라도 한번 굴려 보라고. 너희를 사랑한다고 떠벌리고 무조건 자신을 따르라고 하다가 싫증 나면 멸망시켜 버리려고 드는, 너희의 그 알량한 종교에서 말하는 신과 너희를 진정으로 보다 넓고 초월적인 세상의 문을 열어 주려고 하는 우리 중에서 과연 어느 편이 너희가 진실로 받아들일 수 있는 신의 모습에 가깝지?"

그 말을 듣고 승희는 잠시 생각에 잠겨 대답하지 않았다. 하지만 현암은 조용히 말했다.

"너희가 아무 목적도 없으리라고는 나는 절대 생각할 수가 없다! 그렇게 믿을 수는 없어. 너희는 무엇인가 목적이 있어. 그리고 너는 지금 우리를 돕겠다고 말하지만 그것이 정말 너희의 순수한 의지 때문인가? 너는 이미 몇 번씩이나 너희가 생각하는 방향과 우리가 하는 일의 방향이 같기 때문에 우리를 돕는 것이라고 말하지 않았던가? 어때? 너는 거짓말을 하지 않는다고 했지. 어디 한번 대답해 봐!"

블랙 엔젤은 아무런 말도 하지 않았다. 잠시 침묵이 흐르다가 블랙 엔젤은 이렇게 말했다.

"이미 때는 임박했어. 잘 생각해 봐. 종말의 기회는 이때까지 너희가 아는 것처럼 한 번뿐이 아니었어. 종말이 올 수 있었던 때는 수도 없이 많았어. 지금 이 순간도 세상 어느 쪽에는 너희 인간 전체가 종말을 맞을 수 있는 일이 벌어질 실마리가 싹터 왔는지도 몰라. 다만 또 그것이 누군가, 무엇인가의 힘에 의해 억눌려 왔을 뿐. 그리고 이번은 그중의 하나. 조금 많이 두드러지는 위기를 맞았을 뿐이고."

그 말을 듣자 현암은 잠시 고개를 갸웃하며 블랙 엔젤에게 말했다.

"그렇다면 너희 또한 지금이 정말로 종말의 때는 아니라고 믿는단 소리군!"

"그렇게 말하지는 않았어!"

"너희는 신에 반대하는 존재이니만큼 신의 존재를 부정하지는 않겠지? 그런데 그 초월적인 신이 정말로 예정한 일이라면 우리 인간들도 막을 수 없고, 너희도 막을 수 없을 거야. 그게 아니면 초월자가 아니겠지. 또한 신이 아니거나 종말이 신의 예정이 아닌 거겠지. 그런데 종말의 방향을 돌리려고 네가 애쓰는 것을 보니 이번 위기는 확실히 신의 의지로 결정된 종말은 아냐. 우리의 의지로 그것을 막을 수 있다면 우리는 스스로 막을 거야. 그러니 네 도움 같은 건 필요 없어! 네가 그 와중에 무슨 꿍꿍이를 가지고 있는지는 모르지만, 아무리 위장하고 궤변을 늘어놓아도 너는 선의를 행하는 존재가 아냐! 그런 뻔한 올가미에 걸려들지는 않아."

블랙 엔젤은 현암의 이야기를 듣고 반문했다.

"너희들에게 종말이란 무엇이지? 너희는 무엇을 종말이라고 생각하지?"

현암이 대답할 틈도 주지 않고 블랙 엔젤이 다시 말했다.

"너희가 생각하는 것과는 많이 다를 거야. 아니, 예상조차 할 수 없는 식으로 종말이란 것이 다가올 거야. 조짐은 충분히 나타나 있고, 때가 닥친 후에 그것이었구나, 해 봐야 그때는 이미 늦지. 하지만 지금은 아무도 예측하지 못하고 있는 그러한 종류의……."

현암이 블랙 엔젤의 말을 막았다.

"네가 말하던 종말이 어떤 건지 우리는 알지 못할 것이고, 알 수도 없을 것이라고 믿는다. 그러나 한 가지만 묻자. 징벌자에 대해 이해하겠나?"

"물론!"

"그는 너희의 우두머리가 될 자인가?"

"그건 아냐."

"징벌자는 정말로 종말을 가져다주는 자인가?"

"네가 쓰는 용어로 구원자가 같이 나지 않는다면…… 더 이상은 말할 수 없어."

"구원자는 확실히 태어나게 돼 있나?"

"그, 그건……!"

현암은 눈을 가늘게 뜨고 블랙 엔젤을 노려보았다.

"너는 아무것도 이해하지 못하고 있어. 너는 우리들의 생각을 베껴 지껄이고 있을 뿐이야……"

블랙 엔젤은 잠시 조용했다. 현암은 천천히 그 악마에게 말했다.

"도대체 너희의 꿍꿍이는 뭐지? 너희는 무슨 생각을 가지고 우리의 일을 돕겠다는 거지? 징벌자의 죽음을 막아 보겠다는 건가?"

블랙 엔젤은 더 이상 긴 이야기를 하지 않고 갑자기 말을 끊듯 큰 소리로 웃었다.

"마음대로 생각해! 너희가 내 말을 안 듣고 너희 뜻대로 하는 것처럼 나도 언제든 내 뜻대로 할 거야. 알았지? 그리고…… 네가 한 말이 하도 모욕적이라 한 가지만 더 가르쳐 주겠어. 사십 일이야, 사십 일 남았어!"

승희가 놀라며 물었다.

"뭐, 뭐라고? 뭐가 사십 일 남았다는 거지?"

"때가 임박했어. 사십 일밖에 남지 않았다는 거야. 운명이 바뀔 수 있는 것은 그 기간뿐, 그때가 지나 버리면 다시는 바로잡을 수 없어. 모두 끝장이야. 잘 기억해 둬."

그리고 블랙 엔젤은 섬뜩한 웃음소리를 남기며 사라져 갔다.

"나는 언제나 너희 옆에 있어. 그리고 언제든 돌아올 수 있다는 것을 명심해······."

승희는 눈살을 찌푸리며 블랙 엔젤에게 뭔가를 더 외치려 했으나 현암은 묵묵히 서서 아무 말도 하지 않았다. 곧이어 솔로몬의 봉인 주위에 둘러쳐 있던 불의 장막이 약간 희미해지는 듯하더니 다음 순간 사라져 버렸고, 컴컴한 밤거리가 다시 나타났다.

한참 동안 아무 말도 하지 않고 서 있는 현암을 승희가 불렀다.

"현암 군."

현암은 승희에게 고개를 돌리고 웃어 보이면서 말했다.

"백호 씨에게 가 보자."

"도대체 일이 어떻게 된 거야?"

"가면서 차차 얘기해 줄게."

말은 그렇게 하고 있었지만 현암의 마음은 무거웠다.

'사십 일이라고? 고작 사십 일밖에 남지 않았다고?'

준후의 예언과 여태껏 그들이 알아 왔던 한빈 거사 및 다른 사람들의 의견을 종합해 볼 때 블랙 엔젤이 말한 결정이 이루어진 순간이란 것은 징벌자의 탄생을 의미했다. 탄생의 날짜가 고작 사십 일밖에 남지 않았다는 것은······.

그러나 현암은 날짜의 강박 관념보다 다른 생각에 머리가 아팠다. 그리고 마음이 혼란스러워졌다.

'도대체 블랙 엔젤이 바라는 것은 무엇일까? 도대체 그들은 왜 우리를 돕겠다고 하는 것일까? 종말을 원치 않는다는 그들의 말은 일견 타당한 것 같기도 하다. 하지만 징벌자의 탄생은 곧 종말을 의미하는데.'

일반적으로 알려진 예언이나 보통 사람이 믿는 바에 의하면, 징벌자는 적그리스도를 의미하며 그의 탄생은 종말이라는 화약에 불을 붙이는 것이나 다름없었다. 그가 일단 탄생하고 나면 어떻게 하든 간에 종말은 이루어지고 흘러가게 될 것이다.

그 시기가 징벌자가 약간 성장한 후일지, 아니면 장성한 후일지, 어쩌면 노년이 된 이후일지도 모르지만 종말의 때에 이르는 시계는 그때부터 작동돼 아무도 멈출 수 없게 흘러가게 되는 것이다. 그 때문에 다른 사람들은 징벌자를 막아, 없애는 방향으로 종말의 때를 넘기려 하고 있었다.

하지만 도혜 선사의 예지와 퇴마사들의 의견에 따르면, 그 징벌자를 인간의 생각에 따라 없애려고 하는 것이야말로 세상의 섭리를 무시하고 인간들 스스로가 나서서 멸망을 자초하는 일이 될 것이었다. 그래서 그들은 징벌자를 보호하려는 것이다. 징벌자가 없어지면 징벌자를 제압하도록 운명적으로 정해져 있는 구원자가 또다시 징벌자가 된다는 것이 도혜 선사와 한빈 거사의 의견이었으니까. 그리고 그러한 결정에 대해 현암은 전혀 이의가 없었다.

그런데 블랙 엔젤의 등장이 현암을 골치 아프게 만들었다. 악마들이 인간의 종말을 막기 위해 그들의 뜻을 돕는다는 것은 그렇다고 치자. 하지만 징벌자는 적그리스도이고, 그렇다면 악마들과 같은 편이 된다고 볼 수 있지 않을까. 또 징벌자가 세상을 종말에 빠뜨리려는 자라고 하면 그들도 자신들의 뜻과 대치되는 일을 하는 것이 아닐까.

결국 현암은 결론을 내릴 수밖에 없었다. 그들은 그러한 내막까지는 모르는 것이 분명하다. 그들은 다만 하나의 기회를 이용하는 것뿐이다. 적그리스도의 보호를 위한 것이 가장 그럴듯한 이유 같았지만 섣불리 단정 지을 수는 없었다.

현암은 과거 박 신부와의 대화에서, 악마들은 창의력이 없는 존재가 아닐까 하고 말한 적이 있었다. 오랜 기간 존재해 왔기 때문에 지식은 엄청나지만 지혜와 창의력이 없는 존재가 아닐까 하고 말이다. 그리고 악마의 힘 중 절반은 상대의 힘과 상대의 두려움에서 나오는 것이라는 이야기도 들은 기억이 났다. 아까 현암의 마비 상태도 현암에게 일말의 두려움이 있기에 빚어진 것 같았다.

'앞으로 도대체 어떻게 대처해야 하나……'

현암은 마음이 무거워졌다. 악마와 싸우지도 못하고 오히려 악마가 같은 편인 척하게 되다니. 이 때문에 빚어질 오해는 얼마나 많을까? 아우구스티노 수사의 예도 그렇고, 앞으로 오해 살 일을 생각하니 암담할 정도였다. 더구나 블랙 엔젤이 언제든지 백호를 통해 다시 나타나고 힘을 행사할 수 있으리라는 것도 분명했다.

그렇다고 백호를 어떻게 하거나 블랙 엔젤을 제지할 수 있는 수단이 현암에게는 없었다. 박 신부와 상의한다면 혹 무슨 수가 생길까? 현암은 다시 고개를 저었다.

그 정도의 자신감 없이 블랙 엔젤이 자신에게 모습을 드러냈다고 생각하기도 힘들었다. 좌우간 할 수 있는 데까지는 해 봐야 할 것이 아닌가.

"현암 군, 말 좀 해 봐."

승희의 목소리에 현암은 퍼뜩 생각을 멈추었다. 현암은 쓰러져 있는 마녀를 어깨에 둘러멘 다음 승희를 향해 씩 웃어 보였다.

"승희야, 우리 같이 생각해 보자. 머리가 좀 아파서……."

"좋아!"

두 사람은 다시 백호의 아파트를 향해 걸음을 옮겼다. 블랙 엔젤이 사라지자 아파트는 다시 인기척이 들리는, 사람 사는 곳처럼 변해 있었다.

현암과 승희가 사라지고 난 다음 약간 멀리 떨어진 어느 덤불 속에서 아우구스티노 수사는 쓰러진 채 몸을 부들부들 떨고 있었다. 아우구스티노 수사는 상당한 수준의 기도력을 발휘하는 사람이었지만 악마가 만들어 낸 불의 장막까지 뚫고 볼 수는 없었다.

현암이 비록 자신에게서 메소포타미아의 예언석을 빼앗아 가고, 또 악마와 대화하는 것을 들었더라도 아우구스티노 수사는 정말로 그가 악마들과 한편이라고 믿기 힘들었다. 하지만 솔로몬의 봉인 안에서 본 악마의 이야기를 들은 수사는 더 이상 거부할 수 없었다.

블랙 엔젤과 현암이 마지막 순간에 한판 대결이라도 했더라면 아우구스티노 수사는 현암을 어떻게든 구제해 보려고 노력했을지도 모른다. 현암과 같은 강력한 능력자는 세븐 가디언의 입장에서도 필요한 존재였다.

그러나 실제는 그것이 아니었다. 그 젊은이와 악마는 같은 편임이 분명했다. 아니, 아우구스티노 수사가 생각하기에 그들은 악마를 마음대로 부리는, 그야말로 겉으로는 그런 내색을 전혀 하지 않으면서 실제로는 어둠의 세계를 지배하다시피 하는 그런 자들이 분명하다는 확신이 들었다.

부상의 고통과 또 다른 무서운 적을 만났다는 생각에 아우구스티노 수사는 몸을 떨었다. 이 일을 어서 빨리 알려야 했다. 여태껏 세븐 가디언들은 아주 급한 경우 사람을 다치게 하는 정도의 일은 했지만 사람을 해치거나 생명에 위협을 가한 적은 없었다.

이제 그 금기를 깨야 할지도 모른다고 생각하며 아우구스티노 수사는 한숨을 지었다. 그러면서 자신의 결정이 그른 것이 아니기를 빌며, 하늘을 보고 가볍게 성호를 한 번 그었다.

―3권에서 계속

퇴마록 말세편 2

초판 1쇄 인쇄	2025년 5월 8일
초판 1쇄 발행	2025년 6월 5일
지은이	이우혁
책임편집	양수인
편집진행	북케어(김혜인, 전하연)　**교정** 양서현
디자인	studio forb　　　　　　　**본문 조판** 정유정
책임마케팅	최혜령, 박지수, 도우리
마케팅	콘텐츠 IP 사업본부
해외사업팀	한승빈
경영지원	백선희, 권영환, 이기경, 최민선
제작	제이오
펴낸이	서현동
펴낸곳	㈜오팬하우스
출판등록	2024년 5월 16일 제2024-000141호
주소	서울특별시 강남구 테헤란로 419, 11층 (삼성동, 강남파이낸스플라자)
이메일	info@ofh.co.kr

ⓒ 이우혁

ISBN 979-11-94654-85-8 03810

* 반타는 ㈜오팬하우스의 출판브랜드입니다.
* 이 책은 저작권법에 따라 보호받는 저작물이므로 무단전재와 무단복제를 금지하며,
  이 책 내용의 전부 또는 일부를 이용하려면 반드시 저작권자와 ㈜오팬하우스의 서면동의를
  받아야 합니다.
* 책값은 뒤표지에 표시되어 있습니다.
* 잘못된 책은 구입하신 서점에서 바꿔드립니다.